Um dia na vida

Ricardo Piglia

Um dia na vida

Os diários de
Emilio Renzi

tradução
Sérgio Molina

todavia

I. Os anos da peste

1. Sessenta segundos na realidade 9
2. Diário 1976 18
3. Diário 1977 34
4. Diário 1978 66
5. Diário 1979 92
6. Diário 1980 113
7. Diário 1981 142
8. Diário 1982 162
9. Os finais 167

II. Um dia na vida 173

III. Dias sem data

1. *Private eye* 267
2. O cachorro cego 271
3. O conselho de Tolstói 275
4. O piano 279
5. O urso 283
6. O bar de Scott Fitzgerald 288
7. Que gato? 294
8. A maré baixa 299
9. A ilha 303
10. Um dia perfeito 307
11. A queda 310

Índice onomástico 313

I.
Os anos da peste

I.
Sessenta segundos na realidade

Tinha passado vários meses, exatamente desde o início de abril de 2014 até o final de março de 2015, trabalhando nos seus diários, aproveitando um transtorno, passageiro segundo os médicos, que o impedia de sair para fora; como Renzi dizia aos amigos, brincando, sair para fora já foi uma tentação para mim, e também não me interessa o que poderíamos chamar ir para dentro, ou ficar dentro, porque inevitavelmente, Renzi disse aos amigos, a gente se pergunta: para dentro do quê?, enfim, graças a esse — ou por causa desse — transtorno passageiro, ele pôde afinal dedicar todo o seu tempo e toda a sua energia a revisar, reler, revisitar seus diários, dos quais tinha falado muito em outra época, porque sempre estava tentado — em outra época — a falar da sua vida, ainda que não se tratasse disso, e sim de falar dos seus cadernos. Mas nunca o fazia, apenas aludia a essa obra pessoal, privada e "confidencial", embora muitas vezes o que ele tinha escrito nos cadernos ocorresse, como se diz, tal e qual nos seus romances e ensaios, e nos contos e novelas que ele escreveu ao longo dos anos.

Mas agora, aproveitando o transtorno que de repente o atacou, ele teve a oportunidade de se recluir no seu estúdio para transcrever as centenas e centenas de páginas escritas com sua letra manuscrita nos seus cadernos de capa preta. Por isso, quando se sentiu afetado por um transtorno misterioso, de sinais visíveis — por exemplo, a dificuldade para mexer a mão esquerda —, mas diagnóstico incerto, então, como ia dizendo, disse Renzi, começou uma tarefa interior, feita dentro, ou seja, sem sair para a rua. Não leu seus diários cronologicamente, não suportaria fazer isso, disse Renzi aos amigos. Antes, muitas vezes empreendera a tarefa de ler aqueles cadernos e tentar passá-los à máquina, "a limpo", mas depois de poucos dias desertava da pavorosa sucessão cronológica e abandonava o trabalho. No entanto, Renzi estava pensando em publicar suas notas pessoais seguindo a ordem dos dias, porque, depois de descartar outros modos de organização, por exemplo, seguindo nos seus cadernos um tema, ou uma pessoa, ou um lugar ao longo dos anos e dar à sua vida uma ordem aleatória e seriada, percebeu que desse modo se perdia a experiência confusa, sem forma e contingente da vida, e portanto era melhor seguir a disposição sucessiva dos dias e dos meses. Porque de repente percebeu que de um lado estava seu trabalho — era mesmo um trabalho? — de ler, pesquisar, rastrear nos seus cadernos, e outra questão muito diferente era a ordem de publicação das notas que registravam sua vida. Conclusão, ler não é o mesmo que *dar a ler*. Uma coisa é a pesquisa e outra a exposição, isso ele tinha aprendido na faculdade; para um historiador, são antagônicos o tempo que ele passa no arquivo procurando às cegas aquilo que imagina estar lá e o tempo que lhe toma expor os resultados da pesquisa. A mesma coisa acontece com quem se torna historiador de si mesmo.

Portanto, tinha resolvido apresentar seus diários em ordem cronológica, dividindo o escrito em três grandes partes, respeitando as etapas da sua vida, porque descobriu, ao ler os cadernos, que era possível uma divisão bem clara em três tempos ou períodos. Mas quando, em abril do ano anterior, encarou a tarefa de releitura e cópia das entradas do seu diário, ele se deu conta de que era insuportável imaginar sua vida como uma linha contínua e, rapidamente, decidiu ler seus cadernos ao acaso. Estavam arquivados de qualquer jeito em caixas de papelão de diversas origens e tamanhos, aqueles cadernos o haviam acompanhado por toda parte, e a desordem das mudanças tinha quebrado toda ilusão de continuidade. Nunca tentara arquivá-los de forma ordenada. De vez em quando os trocava de lugar ou posição, conforme o estado de espírito, olhava para eles sem abri-los, por exemplo, espalhados pelo chão ou empilhados na sua mesa de trabalho, e o impressionava a quantidade de espaço físico que suas anotações pessoais ocupavam. Um dia, seguindo o exemplo do seu avô Emilio, resolveu destinar um cômodo exclusivamente para seus diários. Que ficassem todos num só lugar e, acima de tudo, que ele pudesse fechar a porta de acesso, inclusive à chave, o tranquilizava. Mas não chegou a fazer isso. Se havia desperdiçado parte da vida escrevendo os fatos e pensamentos num caderno, não ia agora, além disso, desperdiçar um cômodo da sua casa para se sentar e passar noites inteiras lendo e relendo as besteiras catastróficas do seu viver, porque não era sua vida, era o transcorrer dos dias. Usou então umas caixas de papelão que pediu ao seu amigo dono da mercearia da rua Ayacucho e usou caixas de diversos produtos para guardá-los e encaixotá-los sem nenhuma ordem e, por fim, para não cair em tentação, decidiu ficar de costas para os cadernos, guardados em oito caixas, e então, sem olhar, apenas tateando, puxar um caderno. Assim, de acordo com o que Renzi disse aos amigos, tinha conseguido desarticular por completo sua experiência e passar das anotações de uns meses em que ele estava sozinho e inativo para outro caderno onde se revelava ativo, lúcido e conquistador. Desse modo, começou a perceber que ele era várias pessoas ao mesmo tempo. Por momentos, um fracassado e um inútil, mas, ao ler depois um caderno escrito cinco anos antes, descobria um jovem talentoso, inspirado e vitorioso. A vida não deve ser vista como uma continuidade orgânica, mas como uma colagem de emoções contraditórias, que não obedecem à lógica de causa e efeito, não, voltou a dizer Renzi, não há progressão e claro que não há progresso, ninguém aprende nada da própria experiência, a não ser que tenha tomado a precaução, um tanto insana e injustificada, de escrever e descrever a sucessão dos dias, pois então, no futuro — e apenas no futuro —, brilhará como uma fogueira no campo, ou melhor, arderá, nessas páginas, o sentido. A unidade é sempre retrospectiva, no presente tudo é intensidade e confusão, mas se olhamos o presente quando já aconteceu e nos instalamos no futuro para voltar a ver o que vivemos, então, segundo Renzi, algo se esclarece.

Tinha passado todos aqueles meses, desde o início de abril até o final de março, mergulhado na lagoa, às vezes turva, às vezes clara e transparente, da sua existência. Muitas vezes ficara durante algum tempo cativado por um escritor ou um filósofo, e passara meses mergulhado na massa de escritos de um autor — por exemplo, Malcolm Lowry ou Jean-Paul Sartre —, lendo tudo o que ele escreveu e tudo o que se escreveu sobre ele, mas agora, apesar de o sistema, digamos, ser o mesmo, tudo era diferente, porque o sujeito da pesquisa era ele mesmo, o si mesmo, disse com uma gargalhada. O si mesmo, o em si de cada um, mas como cada não é um, e sim outro e mais outro, num círculo aberto, resulta daí que a forma de expressão deve ser fiel à contingência e à desordem e que seu único modo de organização deve ser o fluir da própria vida.

Desde abril do ano anterior ele se dedicara aos cadernos, com a ajuda inestimável e sarcástica da sua assistente mexicana, Luisa, a quem ele havia ditado, ditou Renzi agora, todos os seus cadernos, e em meio a brincadeiras e risadas conseguiram nadar na lagoa de águas ao mesmo tempo turvas e transparentes. Naquele dia, segunda-feira, 2 de fevereiro, tinham acabado de chegar à margem e já podiam olhar em perspectiva o que tinham feito. Em meio ao cipoal de páginas escritas, lidas, ditadas e passadas a limpo, brilhavam alguns fatos, alguns acontecimentos ou situações que ele capturara e entrevira ao ditar, como se os vivesse de novo. Toda experiência é, digamos assim, retrospectiva, um *après-coup*, uma revelação tardia, exceto dois ou três momentos da vida em que a paixão define a temporalidade e fixa no presente o sinal que perdura. A paixão, volta a dizer Renzi, é sempre atual, é o atual, porque se manifesta num presente puro que perdura como um diamante na vida. Se voltamos a ela, não é para recordá-la, e sim para vivê-la, agora, mais uma vez, no presente, sempre viva e incandescente.

Por exemplo, nessa época, o encontro com uma mulher, solitária e invicta mas também dolorida e alquebrada, num modesto apartamento no bairro de Villa Urquiza, mobiliado de modo anônimo, com uma cozinha igual a tantas cozinhas em Buenos Aires, ampla, onde era possível se sentar junto a uma mesa de madeira branca — como fizemos naquele dia ela e eu — para tomar uns mates. Eu só vi a cozinha e a sala de jantar, com fotos emolduradas e enfeites quase invisíveis de tão vistos, nem sequer vi o banheiro, mas posso imaginá-lo — o armarinho com espelho, os azulejos brancos —, como também posso imaginar o quarto com a cama de casal, usada fazia anos por apenas um dos cônjuges — o sobrevivente. Um apartamento num quinto andar igual a tantos outros, com o televisor sobre uma mesa junto à parede esquerda da sala, diante das poltronas brancas. Naquele lugar tão comum brilhava a verdade. E por isso recordo esse encontro com tanta nitidez, é só eu fechar os olhos que volto a estar lá. Há apenas uma referência lacônica nos meus cadernos, com o dia e a hora e uma anotação de passagem para não revelar demais, num tempo em que qualquer palavra ou gesto podiam fazer grandes estragos na vida da pessoa de quem se falava e que se tornava visível na menção. Precauções que serviam não para garantir nada ou para imaginar que estávamos a salvo, eram apenas para registrar que continuávamos vivos naquele tempo sombrio. Na época escrevi: *Hoje visitei o oráculo de Delfos, não porque ela — a mulher ferida — se apresente assim, mas pela clareza imperturbável do seu modo de falar. Um oráculo sem enigma; a confusão, em todo caso, é de quem o consulta.* Recordo o encontro melhor e mais vividamente do que se o tivesse escrito, e essa evidência foi para mim — toda vez que a confrontei e recordei — a prova de um momento único em que a vida e o sentido estão juntos. À custa do quê?

Por isso falei da peste naqueles anos; era a forma de se referir ao mal social na tragédia grega. Uma praga que assolava uma comunidade em consequência de um crime perpetrado na própria sede do poder do Estado. Um crime estatal que provocava nos cidadãos — sob a forma de uma epidemia — o terror e a morte. Uma metáfora, em suma. Muito contraposta à metáfora, usual nos nossos dias, do poder despótico associado a um cirurgião que deve operar sem anestesia para abrir o corpo doente da nação. A ideia da cirurgia como metáfora médica da repressão estatal é muito comum na história do meu país. Um médico se vê obrigado, como dizem esses canalhas, a intervir sobre os corpos para curar a doença política que, segundo eles, aflige a nação.

A tradição grega, ao contrário, faz ver a calamidade como efeito do crime perpetrado no Estado: quem assassinou Laio, o rei, numa encruzilhada da estrada? A peste, portanto, é o efeito de um delito que atinge a população, os anos da peste são os anos sombrios em que os indefesos sofrem um mal social, ou melhor, um mal estatal que desce do poder sobre os cidadãos inocentes. Então, para remediar a maldade ou para encontrar um alívio ou uma saída, era preciso visitar a pitonisa, a mulher, misto de adivinha e de pássaro, encará-la e ouvir seu canto. Dessa dama, que conhecia o segredo, esperava-se que sua vida e seus hábitos fossem inatacáveis. E assim era Antonia Álvarez de Cristina, cujos poderes só vislumbrei muitos anos depois de visitá-la na sua modesta casa, em Delfos, quer dizer, em Villa Urquiza.

Esse era também o sentido do título do romance de Camus, *A peste*, o primeiro livro que li "pessoalmente", quer dizer, que usei para contar a uma mulher, uma moça na verdade, minha versão do que tinha lido, não me lembro do que eu lhe disse, mas me lembro da noite em que li o romance com fúria e como se vivesse em mim, o livro, enquanto o lia para ela. E é isso o que tenho feito desde então, ler um livro, ou melhor, dar a ler um livro para alguém que o pediu. Para Camus, é o nazismo, a ocupação alemã, o que provoca a epidemia que se espalha até a Argélia. O outro sentido da peste é produzir uma série de narrações que a têm como condição, não como tema; vemos isso no *Decameron*, de Boccaccio, em meio ao terror da morte há sempre um grupo que se isola para contar, alternadamente, umas histórias. O perigo, o terror, a maldição de uma realidade sem saída muitas vezes são convertidos em narrativas, pequenas histórias que circulam no meio da noite para contar imaginariamente a experiência vivida daqueles dias sombrios, e poder suportá-los e sobreviver. A narração alivia o pesadelo da História. Por exemplo, já contei o relato anônimo que começou a circular naqueles dias em Buenos Aires. Alguém dizia que alguém tinha um amigo que uma madrugada, numa estação ferroviária, num subúrbio da cidade, tinha visto passar, lento e silencioso, um trem de carga que ia para o Sul carregado de caixões vazios. Essa era a história que circulava de boca em boca em meio à peste militar e ao horror argentino. Uma narrativa perfeita que dizia e não dizia, que aludia, na sua imagem, à realidade em que vivíamos. Porque aqueles caixões vazios remetiam aos corpos sem sepultura que assolavam, e assolariam durante décadas, a memória do país. Iam para o Sul, precisão esplêndida que aludia ao "deserto" patagônico, mas também, claro, à guerra das Malvinas que os assassinos vinham preparando fazia meses como via de escape e que o relato parecia antecipar. Como se sabia que os caixões estavam vazios? Era a força, pensava Renzi, da literatura fantástica, que na nossa cultura foi um modo de narrar muito original que permite postular uma realidade inquietante mais verdadeira do que a realidade tal como é vivida. O outro dado muito político do relato era a presença de uma testemunha. Sempre há alguém que estava lá e viu o que acontecia para poder contá-lo, sempre há uma testemunha no lugar do fato, um particular que vê e vai contar. Por isso há no mundo certa justiça poética que permite que os crimes sociais sejam revelados e conhecidos. Há uma testemunha que dá seu depoimento e conta o que viveu e o que viu. Mostra e faz ver, porque o relato, disse Renzi, não julga, apenas *dá a entender* e desse modo permite saber o que a História oculta.

A peste, portanto, e nós, testemunhas, contamos o que vivemos naquele tempo sombrio; meus cadernos são um registro alucinado e sereno da experiência de vida em estado de exceção. Tudo parece continuar igual, as pessoas trabalham, se divertem, se apaixonam, se distraem e não parece haver sinais visíveis do horror. Isso é o mais sinistro, sob uma aparência de normalidade, o terror persiste e a realidade cotidiana continua aí como um manto, mas às vezes um vazamento deixa ver a verdade crua. Por exemplo, quando voltei a Buenos Aires, depois de passar vários meses lecionando na Universidade da Califórnia, San Diego, em 1977, porque não me exilei, embora pudesse ter ficado lá, e decidi voltar a Buenos Aires, já que a mulher com quem eu vivia naquele tempo, Iris Marrapodi, não queria deixar o país sem o filho, mas o pai do garoto, o professor de grego e latim Javier Méndez, se negava a permitir que seu filho de dez anos viajasse ao estrangeiro, fazendo valer o assim chamado "pátrio poder". Portanto fiquei com ela, e acho que mesmo sem ela teria permanecido aqui, porque naquele tempo eu estava longe de ser um escritor conhecido e não pensava correr perigo, e era difícil imaginar uma vida fora de Buenos Aires. E então, disse Renzi, ao voltar, como sempre faço ao voltar de uma temporada fora do país, fui para a rua e percorri os lugares para mim mais íntimos e emotivos, saí em busca do mundo onde tinha vivido e sido feliz, e naquela tarde de repente percebi que os militares tinham mudado o sistema de sinais da cidade e, em lugar dos legendários postes pintados de branco que indicavam os pontos de ônibus, tinham instalado placas em que se lia *Zona de detenção*. Notei que a cidade inteira, dizia Renzi, estava cheia daqueles sinais funestos, que estavam lá para dizer — e não dizer — que os habitantes eram todos potenciais detidos, detidos-desaparecidos à espera, com permissão para andar nas ruas até que nos mandassem alinhar e fazer fila para sermos transportados. A cidade dividida em zonas de detenção. Estaquei, paralisado; era como se estivesse lendo que toda noite as pessoas deviam se alinhar naqueles pontos e fazer fila para ser levadas aos campos de concentração, onde seriam torturadas e assassinadas. *Zona de detenção*, há muitas maneiras de indicar o lugar onde os ônibus param, mas dar esse nome aos pontos parecia uma manifestação que tornava visível o que estava acontecendo. Suponho que, antes de escolher essa forma de nomear os pontos, devem ter discutido com urbanistas e publicitários até encontrarem, os militares, o nome mais ajustado às suas ações de sequestro e detenção dos cidadãos. *Zona de detenção*, na cidade ainda sobrevivem algumas dessas placas. Nos meus cadernos daqueles anos está narrada minha forma de viver sob a peste, como eu circulava pela cidade feito um fantasma, como ganhava a vida e as coisas que escrevia e fazia.

O melhor exemplo da verdade dessa época, dizia Renzi, foi minha visita a Antonia, seus dois filhos estavam desaparecidos, Eleonora e Roberto tinham sido sequestrados, torturados e assassinados. Ela era militante da organização Montoneros e ele era dirigente da Vanguarda Comunista, um grupo político de orientação maoísta. Eu era amigo do Roberto e o via com frequência, e esses encontros estão registrados, elipticamente, nos meus diários. Mas a visita, naquela tarde, à mãe que me recebeu na sua casa em Villa Urquiza foi uma epifania, em meio ao horror e ao desespero e à notícia atroz que aflorava do inferno e se infiltrava entre nós, ocorreu um milagre, sem estridências, numa conversa tranquila, em meio à dor daquela mulher, houve um momento de claridade.

Havia no YouTube, segundo Junior, um vídeo em que Renzi falava das Mães da praça de Mayo e contava que tinha visitado uma delas e que a mulher, segundo Renzi, lembrava Junior, discutia diariamente com o televisor por causa das mentiras que espalhavam. Ele a recordava muito nitidamente, disse Renzi, e começou a ditar, em 1978 fui visitar Antonia Cristina, mãe de Eleonora e Roberto, seus dois filhos desaparecidos. Morava num apartamento muito modesto em Villa Urquiza, e de fato, dizia Renzi, discutia com o televisor e rebatia suas mentiras. Ela me disse: só peço a Deus que me deem um minuto na televisão para poder dizer como as coisas são. Todas as noites, ela me disse, repenso e ensaio o que poderia dizer a eles num minuto, retoco, ajeito. E o que essa mulher, sozinha na cidade, queria dizer era o que hoje é um pensamento aceito na Argentina. A verdade dos fracos às vezes consegue se fazer ouvir. É algo que sempre devemos lembrar.

Não era o oráculo? Era o oráculo, uma mulher na cidade, que à noite, antes de dormir, na hora incerta em que o dia muda, memorizava e revisava e às vezes repetia, em voz baixa, a verdade, enquanto lá fora milhares e milhares de palavras, ditas pelos assim chamados porta-vozes do poder militar, repetiam suas canalhices tentando apagar a realidade dos seus crimes, e os locutores de televisão e os principais jornalistas repetiam e amplificavam a versão distorcida dos fatos, enquanto num apartamento modesto em Villa Urquiza uma mulher pensava repetidas vezes em dar forma a um relato simples, verdadeiro, direto e frontal, que resumia e respondia às milhares de palavras ditas pelos canalhas. A vidente devia ser uma mulher íntegra, assim na Grécia clássica como também, séculos mais tarde, num modesto apartamento em Villa Urquiza, Antonia retomava essa tradição, que era também a de Antígona, e pedia justiça, pedia que seus filhos pudessem receber uma sepultura digna. Renzi tentara imaginar aquelas palavras, e o impacto daquela voz o ajudou a sobreviver e a escrever. O silêncio da mulher — as palavras que ela pensava e não podia dizer e que ninguém escutava — era o segredo, o enigma, o que não é dito mas é sabido, um dizer que esperava sua oportunidade para se transformar num ato que mudaria a realidade. Assim, os militares argentinos tinham ido à guerra nas Malvinas para que aquela voz não fosse escutada. E a tentativa de silenciá-la os levara à derrota e ao desastre.

Renzi tinha passado, portanto, todos aqueles meses fechado no seu estúdio, lendo seus cadernos sem ordem, até finalmente chegar aos anos da sua experiência daquele tempo, e isso era o que agora pensava dar a conhecer, quer dizer, mostrar o modo confuso e incerto em que escrevera sobre aqueles anos enquanto os vivia. Não depois, quando tudo se esclareceu, e sim a quente, sobre o terreno, ou melhor, na fronteira psíquica da vida, instalado na terra de ninguém que dividia a realidade em dois, de um lado o horror, do outro lado a loucura, as loucas que à noite repetiam como uma prece a verdade da História, o pesadelo, a peste, seus filhos sem sepultura. Repetiam, aquelas mulheres, como numa ladainha, o que todos sabiam e ninguém ousava dizer. Era isso que Renzi contava naquela tarde de fevereiro, no seu estúdio, acometido de um transtorno passageiro que o impedia de se mover com liberdade e obrigava seus amigos a ir vê-lo, para escutar sua versão dos fatos da sua vida, conforme os registrara nos seus cadernos de capa preta.

2.
Diário 1976

Janeiro

Alguém que escreve num caderno alfabético e ordena as emoções, as letras guiam os sentimentos (que sintaxe pode resistir à descoberta da paixão?).

Domingo 4

Releio *Madame Bovary* e estou no meio da cena da feira. O contraste não é fácil demais? Discurso tosco, tosca sedução: as grandes palavras. A mesma sensação desde o começo: muita ênfase no mundo "estúpido" de Charles Bovary, oposto à espiritualidade piegas de Emma. Peço desculpas, porque Flaubert é um mestre extraordinário, o fato de preparar o adultério com Léon e fazê-lo consumar depois com outro homem é notável.

Terça-feira 20 de janeiro de 1976

No anfiteatro da Faculdade de Direito, em frente ao Panthéon, homens e mulheres que se amontoam e mantêm entre si suaves cumplicidades. Entra Lacan, casaco de pele, paletó xadrez, blusa de médico, charuto apagado, extenso e ziguezagueante, fala num sussurro incompreensível: estranha agressividade. Faz com que desejem sua voz, já que vieram escutá-lo, "quem quiser me ouvir que me leia", repete duas vezes. Depois apresenta um jovem pulcro (Jacques Aubert), que expõe uma correta leitura de Joyce, enquanto Lacan faz as vezes do seu monitor escrevendo na lousa, com gesto teatral, palavras soltas: "Dublin", "pai", "Bloom".

Vimos Barthes: a loucura, disse, está sempre na sintaxe, porque é aí onde o sujeito procura seu lugar. Uma longa espera antes, na escada.

Domingo 1º de fevereiro
Em Buenos Aires, de volta em casa, entro sozinho no apartamento da rua Canning, arrumado e limpo: estranha paz. Brincar de homem solitário que volta de uma viagem a Paris.

Sábado 14
Passei a semana arrumando minhas estantes. Pacotes e mais pacotes de papéis queimados, acumulados durante anos, nos quais não fiz mais do que escrever inutilmente. Traço a linha. Eu tinha quantos anos? Papéis e mais papéis agora em sacos de plástico, transparentes, práticos para o lixo.

Leio as cartas finais de Nietzsche, a destruição da sua mente que, no entanto, não contamina o estilo.

Rumores de golpe de Estado, segundo o Rubén, não passa desta semana.

Segunda-feira 16
Almoço fruta e leite. Começo a fumar depois das duas da tarde.

Quinta-feira 19
Insólito telefonema de Ulyses Petit de Murat para elogiar *Nome falso*, leitura que parece vir de outro mundo e, no entanto, se opõe à dos que parecem estar mais próximos (Juan Carlos Martini, Enrique Molina, Osvaldo Soriano), que tomam a história sobre Arlt ao pé da letra e acham que é verdade.

Sexta-feira 27
Fala-se do golpe militar como inevitável, Lorenzo Miguel apoia Isabel, e os militares, ao que parece, já organizaram um gabinete. Repetem-se as generalizações do golpe de 1955: corrupção, ineficiência etc. O objetivo parece ser desarticular o movimento sindical para dar via livre ao projeto liberal.

Sábado 28
As memórias de Sarmiento vão se organizando num eixo sobre o qual eu gostaria de trabalhar: o projeto de ser escritor, as condições de possibilidade. No caso de Sarmiento, encontro um núcleo que chamarei de "arltiano": obsessão com a legitimidade, com a falta de títulos acadêmicos,

leituras excessivas, busca de reconhecimento: por causa dessas faltas ele se torna escritor. Talvez fosse possível partir desses nós para reconstruir um percurso — fazer um nome com a literatura — presente em Sarmiento, mas não só nele.

Em Arlt, reler as *Águas-fortes*: o escritor que vê, o vidente (que vem das ciências ocultas), a forma é: hoje eu estava caminhando pela rua e vi. Ele escreve essas crônicas por dinheiro, e por isso o secretário de redação tem o direito de cortá-las. Você é um gênio, repete, para lhe explicar por que esses fragmentos rasurados não saem.

Por seu lado, Mansilla: o início da sua escrita está ligado à sua fuga da prisão depois da tentativa de duelo com José Mármol. Refugia-se em Santa Fe e é contratado pelo governador para descrever aquilo que não viu, sob o nome de quem lhe paga; pressionado e por dinheiro não consegue, a escrita não sai ("de como a fome me fez escritor"). Inversão da sua "facilidade" e investimento da sua fortuna familiar. A partir daí só escreverá sob seu próprio nome e apenas aquilo que viu. Comparar, então, as *Causeries* de Mansilla e as *Águas-fortes* de Arlt.

Releio *Dom Quixote*, lembro da primeira leitura do romance, em 1959. A oposição Quixote-Sancho parece se basear no legível, a oposição loucura-razão depende da leitura: dom Quixote diz "tudo isto terias por certo se tivesses lido tantas histórias como eu", ao que Sancho responde "perdoe-me vossa mercê, pois, como não sei ler nem escrever, como já lhe disse...".

Segunda-feira 1º de março
   Enfim, a velha conhecida superstição que me acompanha desde sempre: os inícios precisos que permitem começar de novo. O sujeito que vai embora ("Wakerfield") e larga tudo para se transformar em "outro".

Terça-feira 2
   Por momentos tenho a sensação de que avanço com dez anos de atraso: agora devia ter vinte e cinco anos, nesse caso "poderia" ter — ou me dar — tempo para fazer e entender tudo o que quero. Por que dez anos? Como se tivesse acordado para a vida em 1950, ou seja, quando nasceu meu irmão, súbita descoberta da "realidade", urgências etc. Talvez por aí possa entender

minha formação descontrolada: levado pela deriva do desejo, somente este diário enlaça e fixa os fragmentos. Recordava períodos anteriores parecidos com o mês passado: aquele verão de 1960 morando na casa vazia dos meus pais, perto do porto. Tinha escrito ou estava escrevendo "Os autos do processo" e simultaneamente havia mergulhado numa história econômica da República Argentina (seria a de Ortiz?) e num estranho livro (soviético) sobre lógica dialética. Preenchia cadernos de capa dura com anotações febris. Lembro, enfim, de uma maciça leitura de William Shakespeare na cozinha da minha casa.

No sábado, visita do Augusto Roa Bastos, solitário e um pouco distante das suas borrascas sentimentais. Quase morreu — disse — escrevendo *Eu o Supremo*. Planeja escrever três livros: um deles com os restos de *Eu o Supremo*, outro sobre López; vai passar o que resta do verão numa chácara dos subúrbios, sozinho.

Como sempre, fascinado com a ideia de um escritor que se isola. No meu caso, a fantasia esteve sempre ligada à presença de alguém que me espera. Quero dizer, estar sozinho, mas que outras pessoas saibam disso. O que volta a demonstrar a urdidura literária da minha intenção de viver como um solitário.

Sábado
Diversas e sucessivas modas homogeneizaram os intelectuais argentinos: Cortázar (1963-67), o estruturalismo (1968-71), o populismo (1972-74), hoje essa bandeira é o exílio. Todos vão embora, querem sair, fogem, todos dão os mesmos argumentos. Ontem encontros sucessivos com José Sazbón, Néstor García Canclini, Eduardo Menéndez. Atemorizados, incapazes de sustentar um projeto em meio a esta escuridão, só pensam em sair, em procurar uma estrutura acadêmica que os sustente. Resisto ao exílio como alternativa de vida em tempos difíceis.

Sábado 13
Dedicar este mês a transcrever o diário (1958-62) e a escrever neste caderno. Entre os velhos dias encontro esta anotação escrita à máquina no sábado, 1º de julho de 1970: "Um bom jeito de mudar de assunto é começar a passar a limpo estes cadernos, afinal me transformar no leitor de mim mesmo,

ver a mim mesmo como se fosse outro, sentir a rudeza de uma linguagem esquecida, acontecimentos que a memória não registrou e que resgato canhestramente nestes volumes de capa preta, escritos também com a música de uma conversa secreta". Assim como hoje, que voltei pela Corrientes entrando e saindo das livrarias, com o vento frio gelando meus pés, até chegar aqui.

Encontro com o Andrés no Ramos. Não haverá golpe militar, segundo ele (está enganado). Depois me fala distanciado dos seus dramas familiares e do pai, que se nega a comer. Resiste a exigir da Corregidor que marquem a data de publicação do seu romance, e é difícil que saia nos próximos meses. Fui me encontrar com ele porque me levou fragmentos do diário de Brecht.

Domingo
Produtiva leitura de *Facundo*: o sistema de citações e referências culturais que vêm legalizar a enunciação. Erros, desvios, lapsos, contradições.

Nova mudança de planos: não é o momento para passar o diário à máquina. Levaria um tempo que não posso ceder. Transcrevê-lo como se fosse um romance, com que finalidade? Volto ao ensaio sobre Roberto Arlt.

Quinta-feira 18
Vastos elogios à "Homenagem…" em *La Nación*. "Novela que entrará para a história."

Sexta-feira 19
Pode-se dizer de Brecht o mesmo que Chklóvski diz de Shakespeare: "Não foi um criador de argumentos, e sim de novas motivações para a ação".

Romance. Escrevo a história de alguém (Maggi) que escreve a vida de outros (Enrique Ossorio). Encontrando um motivo, ele poderia se desdobrar numa narrativa com tons estranhos e fábulas intermináveis, no estilo de *As mil e uma noites*. O outro pode talvez estar preso ou louco. Por outro lado, o escritor é obrigado a decifrar os papéis (cartas, diários) que o outro deixou. Mas como termina um romance desses? Intriga policial, investigação. Os papéis de Ossorio chegam a Maggi por meio de um descendente do personagem do século XIX.

Sábado
Jantar na casa do Andrés: os vizinhos que vigiam uns aos outros; o radicalismo yrigoyenista — que não existe mais —, o refluxo das lutas sociais e o militarismo exasperado dos grupos guerrilheiros são de direita, ele diz. As viaturas de patrulha têm sistemas que permitem verificar os antecedentes de qualquer pessoa em dez minutos. A pessoa tem que esperar junto ao carro, com os documentos presos; a roleta-russa.

Segunda-feira
Rumores de golpe militar, tentativas de alianças do radicalismo e do peronismo. Plano: frente multipartidária com vistas às eleições de dezembro a fim de deter o golpe. São cada vez menos os que vão atrás dessa saída: certos setores do radicalismo (Perette, De la Rúa) e do peronismo verticalista.

Terça-feira 23
O golpe militar parece iminente. Os deputados radicais retiraram o busto de Yrigoyen que estava no Congresso. Fico indignado com a atitude geral; apavoradas com a violência, as pessoas esperam que os militares tragam "ordem".

Quinta-feira 25
Ontem, o golpe. Fiquei lendo a noite inteira até de madrugada e pela janela vi os militares cortando o trânsito, escutei vozes de comando, vi ônibus ofuscados com a luz de um holofote antiaéreo, vi civis patrulhando as ruas; na manhã seguinte, voltei à vertigem de escutar as rádios em cadeia nacional transmitindo marchas militares. Preparam uma repressão sangrenta. Seu assessor econômico é Martínez de Hoz. Passei a quarta-feira sem pôr os pés na rua, hoje me preparo para dar uma espiada na cidade.

É como se eu sempre tivesse esperado algo assim acontecer.

Sexta-feira 26
O pior é a sinistra sensação de normalidade, os ônibus circulam, as pessoas vão ao cinema, sentam-se nos bares, saem dos escritórios, vão ao restaurante, riem, brincam, tudo parece continuar igual, mas se ouvem sirenes, e carros sem placa passam a toda a velocidade com civis armados.

Segunda-feira 29

No sábado, visito o Enrique Pezzoni, hospitalizado por causa de um acidente de carro. Vou com o Luis Gusmán. Fico um pouco a sós com o Enrique, que mantém o bom humor, mesmo engessado. Dali a pouco chega Bioy Casares, um senhor amável e sutil que critica — ele também — o golpe militar.

Segunda-feira 5 de abril

Sexta-feira, na livraria, o Marcelo Díaz me conta do empastelamento da Siglo XXI, homens à paisana armados, interdição por ordem da Junta Militar. Os militares vão seguir nessa linha, será necessário ir para o exílio, então? Em Buenos Aires, enfim, grande clima de incerteza e terror.

Terça-feira

O romance que quero escrever é por ora mais um vago desejo. Terei que tomar uma decisão e me concentrar num projeto durante os próximos seis meses. Ideia um tanto abstrata do tema: a biografia de um personagem histórico escrita a partir de um arquivo.

"Não sei como descrever o estado em que me encontrava, tomado de uma espécie de pavor mesclado de impaciência, temendo aquilo que eu desejava, a ponto de às vezes procurar seriamente em minha cabeça algum meio honesto de evitar a felicidade." J.-J. Rousseau, *Confissões*, Livro V.

Quarta-feira

Nu no banheiro, dou uma topada com o pé na porta, os dedos estalam com um ruído sinistro. Pulo num pé só e não consigo me olhar no espelho, medos diversos: a repressão, a situação política.

Ontem, confuso, dei péssimas respostas ao Alberto Szpunberg, que está preparando um artigo sobre a nova narrativa e escolhe meu livro como o melhor. Apesar disso (ou por causa disso), penso que sou incapaz de pensar e o que sair nessa reportagem servirá para me arruinar.

Não queria voltar à reclusão de 1969-70: querer escrever um romance sem ter nada nas mãos (a não ser esse desejo), deixar tudo, deixar os dias passarem (um após o outro).

Sexta-feira 9
　Estranha angústia. Pela primeira vez vivo historicamente. Temores que vão além dos vaivéns da alma. Detenções, buscas. Basta um pouco de música na casa em frente para que eu corra até a janela e olhe por onde poderia escapar.

A par disso, tudo parece transcorrer normalmente: proposta de *El Cronista Comercial*, me oferecem 500 mil pesos por um artigo de seis laudas sobre Arlt. Para me convencer, dizem: nunca na história do jornal se pagou tanto a quem quer que seja.

No café La Ópera, encontro o Roa Bastos, um pouco perdido e pálido, sofrendo desgraças várias. Com o casamento destruído e sem que a aventura com a jovem estudante de letras tenha durado mais do que um mês, queixa-se com suavidade. Falamos da situação política, ele está muito pessimista (eu também): não sabe se fica em Buenos Aires ou se viaja para a França. Ele me oferece escrever um prefácio sobre Rafael Barrett em troca de mil dólares para a Biblioteca Ayacucho, dirigida por Rama na Venezuela. Recuso. Proponho, através dele, escrever um prefácio para o volume de Roberto Arlt ou para *Facundo*, de Sarmiento, ou para *Una excursión a los indios ranqueles*.

Quinta-feira 29 de abril
　Para o romance, trabalhar com o método de Dickens: reconhecimentos inesperados e múltiplos.

Quarta-feira 5 de maio
　Não há consolo mais hábil do que pensar que escolhemos nosso infortúnio.

Ontem, na Biblioteca do Congresso, volto ao prazer das salas de leitura, dos fichários. Lá me perco como numa viagem. Por isso pensei que seria capaz de suportar três ou quatro meses de solidão total com o único procedimento de sair de casa às cinco da tarde e ficar na biblioteca até a meia-noite. O notável é que um método de defesa se torne um exemplo de rigor intelectual. Ou melhor, é notável que, nesse tipo de guerra, a construção de trincheiras seja uma forma de "saída intelectual".

Quinta-feira 6
Temores vários, efeitos de uma realidade que se agrava e se complica. Notícias confusas. Saudade do tempo em que podia escrever tranquilo sem temer a história (um pesadelo do qual tento acordar, como dizia Stephen Dedalus).

Terça-feira 11
Parece confirmada uma proposta do Ángel Rama (através do Roa): mil dólares para preparar uma edição de Roberto Arlt para a Biblioteca Ayacucho da Venezuela. É a encomenda que precisava para organizar minha vida (além do mais, neste país, com mil dólares dá para viver um ano).

Às vezes penso que, seguindo um homem ao acaso pelas ruas da cidade, esse homem (ou qualquer outro) poderia nos conduzir a um crime.

Sábado 22
Reunião de Videla com escritores (Borges, Sabato, Castellani): ser canalha não depende da qualidade do estilo. Da minha parte, nada a dizer, se bem que o padre Castellani, segundo dizem, pediu pelo Haroldo Conti, desaparecido há várias semanas. O padre jesuíta conheceu o Haroldo no seminário.

Segunda-feira 24
O bar onde me encontro com o Pablo Urbanyi na esquina da Córdoba com a Callao, como numa aparição ou memória proustiana recordo aquela vez em que eu estava falando ao telefone deste bar e vi a Julia atravessando a avenida com seu ar de beleza egípcia. Uma lição moral: essa lembrança me fez esquecer por completo a conversa com o Urbanyi.

Admirável carta de Chklóvski para Roman Jakobson, que estava em Praga (incluída em *A terceira fábrica*): "Você é um imitador. Na verdade, é um palhaço [...]. Mas me diga, por que banca o acadêmico? São tediosos, velhos de três séculos. São repetitivos, imortais".

Quinta-feira 27
Ontem, encontro com o Carlos Altamirano, saiu (com a Beatriz) da *Los Libros* pelos mesmos motivos que eu.

Diversas leituras sobre história argentina com *Facundo* como eixo. Longe da escrita, faço fichamentos como se construísse quebra-cabeças, jogos vazios.

Mau tempo para a poesia, como dizia Brecht na época de Hitler.

Sábado 5
Um turista, para não dizer um presidiário; ontem à noite, Stravinsky até de madrugada. Agora está chovendo; espero a hora de começar o curso. Preparo um mate.

No cinema, ontem, vi a mulher mais bela da cidade.

Para sair desta encruzilhada, talvez me adiante dedicar as manhãs a transcrever o diário. Um exercício, ou melhor, uma mania.

Mudo a luminária de lugar, agora a mesa parece ter um espaço novo. Essa simples mudança bastou para me fazer feliz.

Domingo 6
Nas poltronas de couro da Central Internacional, imagino o David em San Diego: telefono para ele. Escuto a voz sonolenta da Beba, e depois ele e eu trocamos frases confusas. "Você acha que minha viagem é possível?", ele me pergunta. Foi por isso que me pediu para ligar: "As coisas, no fundamental, não mudaram depois que você foi embora". Saio para a cidade com uma vaga sensação de não ter dito o quanto me alegra que ele volte e, ao mesmo tempo, com o temor de não ter sido claro a respeito da situação, dos riscos e da inutilidade de ele abandonar o exílio.

Sábado 12 de junho
Os dias passam em oscilações que me lembram o ano de 1970. Leio, estudo, tento (sem sucesso) retomar os romances. Tenho dinheiro, mas não sei como gastá-lo: compro sapatos, malhas, livros, duas garrafas de uísque. Não há nada a dizer. Este diário caiu mais baixo do que nunca.

Quarta-feira 23 de junho
Digamos um dia típico nestes tempos. Trabalho a manhã inteira no primeiro rascunho de um dos romances, depois de umas duas horas consigo

alguns resultados. Arocena, o censor que lê cartas ao acaso num escritório do Correio Central.

Às três vou à Biblioteca Nacional, leitura sobre o século XIX, o livro de Tulio Halperín sobre Echeverría, a correspondência de Sarmiento. Às sete, passo por *El Cronista Comercial* para ver o Andrés, vamos a El Querandí: balanços e dispersões. Ele me entregou um conto ("El cruce de la cordillera"), retórico e desalinhavado. Espera que a Sudamericana, ou a Seix Barral, ou a Siglo XXI do México publique seu romance. Depois fui (mais uma vez nesta semana) à Cinemateca, bom filme tcheco (*O vale das abelhas*). Quando as luzes se acendem, encontro o José Sazbón. Grande alegria. Ele, como eu, é um solitário em busca de um refúgio na tela e no escuro do cinema. Comemos uma pizza na Callao quase com a Corrientes.

Sábado 3 de julho
Entro na Arenales (resolvi comprar pastilhas para aliviar a irritação na garganta — por causa do cigarro) e encontro o Eduardo Galeano, nos despedimos porque ele está indo embora (para o México ou para Berlim).

Sábado 31 de julho
Um mês atroz. No mesmo sábado 3, na tarde da anotação anterior, pouco depois de chegar em casa, uma voz masculina me diz pelo porteiro eletrônico que precisam entrar no apartamento, da parte de Obras Sanitárias. Pronuncia mal meu sobrenome: "É o sr. Rienzi?". Sem pensar duas vezes, desço e vou até o Jardim Botânico, eles subiram pelo outro elevador. Passei duas horas sentado sob as árvores com a mente em branco. Por fim, voltei e falei com o porteiro: "Mostraram credenciais do Exército", disse. Depois dei voltas por vários lugares, passei um tempo na casa do Horacio em Adrogué. Ele sabia perfeitamente o que estava acontecendo e não me fez muitas perguntas. Apesar de ter três filhos, correu o risco de me refugiar por uma semana. Eu me instalei num quarto dos fundos e fiquei lá lendo uma história do nazismo. No fim da tarde, o Horacio, que é como um irmão, vinha bater papo comigo. Quanto mais dura e despótica é a situação política, mais falamos de qualquer coisa, como se repetíssemos a frase de Joyce: "Já que não podemos mudar a realidade, vamos mudar de assunto".

Segunda-feira 9 de agosto
O esforço por manter meu pensamento afastado do real me reduz a uma idade mental próxima à dos meus doze anos. Naquele tempo eu brincava de acertar uma bola de borracha num balde e fantasiava em ser um grande jogador norte-americano de basquete (uma espécie de Bill Russell). Agora estou lendo vários livros ao mesmo tempo: sobre os nazistas, sobre a Idade Média (ontem, domingo) e sobre as formações pronominais. À noite, pela primeira vez na vida, tenho insônia.

Domingo 29 de agosto
Passei duas semanas na casa de um amigo do Horacio que está viajando; ele conseguiu as chaves e me levou a um velho edifício para os lados de Tribunales. Sem lugar, sem futuro, sou capaz de me concentrar neste ninho cheio de rituais absurdos.

Afundado na vida cotidiana, vejo várias mulheres passarem por mim (Amanda, Isabel, Lucía, Pola), sem ter onde realizar as fantasias. Pela primeira vez, as crises são objetivas. Quem sabe devesse me exilar, mas enquanto isso vivo o dia de hoje. Conflitos cotidianos, pesadelos noturnos.

Segunda-feira 30
Lembro com saudade das minhas piores épocas, em meio às chuvas que assolam este país. Perdido e sem ancoragem. Agravado pela presença da S., que me procura com a avidez de sempre e que resisto a considerar mais do que uma paixão passageira. Perdi tudo, vivo em território inimigo, afundado na suja contemplação.

Quinta-feira 16 de setembro
Caminho pela cidade. Como isso pode estar acontecendo comigo? Penso que desta situação saio de duas maneiras: ou destruído, ou certo de poder renascer. Também não sei o que quero que aconteça.

Quarta-feira 22 de setembro
Volto pela Callao e na esquina com a Viamonte vejo uma aglomeração, com vários carros da polícia. Alguém, uma mulher, diz: "É numa casa". Dou meia-volta, viro na Tucumán, e na esquina da Riobamba um soldado desvia o trânsito. Penso: "É uma busca". Eram 15h30. Sento num bar, telefono

para casa. Ninguém atende. Viajo de metrô como um morto, desço nas estações intermediárias para telefonar de novo para casa de telefones públicos. Ninguém atende. Espero o próximo metrô, ameaço entrar, mas fico na plataforma para ver se não estou sendo seguido. Entro no trem seguinte, viajo pela cidade de ponta a ponta. Imagens dispersas. Termino na praça de Mayo. Não sei onde passar a noite. Penso: "Perdemos tudo". Decido ligar para o Andrés, nos encontramos no El Querandí. Conto para ele o que aconteceu. Parece surpreso. Vamos a um bar na avenida Belgrano. Ele liga, e a Iris atende. O trânsito tinha sido desviado por causa dos festejos do Dia da Primavera.

Terça-feira 28 de setembro
Continua a queda aos infernos. Notícias sinistras sobre buscas e desaparecimentos.

A história de um homem pessimista que passa os melhores anos da vida esperando a catástrofe, e quando a catástrofe chega é pior do que ele imaginava.

Hoje à noite os amigos do Elías transportaram sigilosamente meus livros e os poucos objetos que deixei no apartamento da rua Canning ao fugir.

No meio, as garotas. Ontem à noite foi a Pola quem quis se deitar comigo, assim como a S.

Nem ler eu consigo, portanto o vazio é total.

Quarta-feira 29 de setembro
Agora estou lendo o diário de Kafka. É notável no tom — sempre preciso — das descrições, ao mesmo tempo algébricas e líricas. Evitar o kafkiano (quer dizer, seus temas), mas rondar a entonação da sua escrita: distante, fria, cerebral. Ao contrário da minha relação com Borges, de quem aprendi muito sobre a articulação de diversos materiais, mas evitei — ao contrário da maioria dos meus contemporâneos — os maneirismos do seu estilo (que todos copiam). Kafka e Borges: dois escritores inimitáveis mas fáceis de plagiar.

Segunda-feira 18 de outubro
Bebo álcool para me manter à tona, vinho branco desde as onze da manhã, recebi uma carta do David, e isso serve para aplacar a solidão. Como se eu já tivesse perdido os pontos de referência e não existisse um centro. Sou um refém.

Quinta-feira 28
"Nenhum homem difere tanto de qualquer outro como de si mesmo ao longo do tempo." Pascal.

Só vou mudar quando eu conseguir mudar a escrita deste diário.

Luis Gusmán me pede um conto para uma antologia de novos narradores (novos?). Queria lhe entregar um texto que fossem "Páginas de um diário". Dez dias: um homem se despede dos amigos, da mulher, encaixota seus livros como se fosse morrer... Nesses dez dias termina uma tradução de cartas de Malcolm Lowry e dá uma palestra sobre Borges. Escreve cartas. Recebe uma...

Nunca escrevi tão pouco nestes cadernos, um ano em cinquenta páginas, e ao mesmo tempo é o ano mais carregado de acontecimentos da história.

Novembro
Nestes tempos minhas saídas se reduzem às visitas que faço todas as tardes ao Luis Gusmán na livraria Martín Fierro. Fiquei sozinho depois do exílio dos amigos (David, León, José Sazbón, a distância do Saer e do Puig) e dos afastamentos (B. e N.), já longe dos velhos circuitos sociais (as reuniões na Galerna, na revista, na editora), que se dissolveram nessa situação. Sofro na vida pessoal os efeitos da história política (a perda do apartamento da Canning, claro, meus livros e objetos num guarda-móveis, a falta de trabalho e de dinheiro, os riscos), mas atribuo essas catástrofes a mim mesmo. Hoje, como sempre, fui à livraria, encontrei *Speak, Memory*, de Nabokov, e *Os cadernos de Malte*, de Rilke, para motivar e justificar o vazio dessa exploração monótona. Sentados a uma mesa do Banchero, na Corrientes com a Talcahuano, escuto as notícias que o Luis me conta sobre o estado geral da literatura argentina e dos seus jovens escritores. Fala e volta a falar de uma mesa-redonda com Asís, Rabanal et al. Caminho pela cidade sem vê-la; já perdida

a distância daqueles anos remotos, a cidade deixou de me interessar, ou então é o contrário: é a cidade, ocupada, que talvez tenha se esquecido de mim.

Um modo de trabalhar a oralidade na literatura é evitando as descrições. Nesse sentido, são visíveis os equívocos da minha narrativa, com seu tom demasiado escrito e seu excesso de descrições.

É evidente que perdi mais do que um apartamento. Ao mesmo tempo, é evidente que fiz mal em deixá-lo e, se o deixei, foi por seguir o conselho dos amigos. Mas se tinham vindo me buscar, por que foram só ao apartamento? Talvez o endereço estivesse numa agenda, ou os vizinhos me denunciaram porque eu recebia gente jovem. O porteiro disse que lhe mostraram credenciais. Desde aquele dia, faz um mês, circulo pela cidade na intempérie.
Por isso não parece possível admitir que *tudo* seja culpa da situação política.

Terça-feira
Justamente porque nestes cadernos só em raros momentos encontro a mim mesmo, preciso valorizar sua escrita. Escrever um diário é escrever para ninguém, numa linguagem cifrada que só entende quem a escreveu, não tenho por que contar a mim mesmo o que já sei, nunca explicar: isso não é narrar, e sim escrever. Ao mesmo tempo, escrever como se o verbo fosse intransitivo.

Terminar um texto (este diário, qualquer outro) com a frase: eu morri.

Você tinha decidido se despedir sem dar maiores explicações, ou melhor, sem que ninguém se explicasse por completo. Movimentos furtivos: arrumar e encaixotar a biblioteca, guardar os papéis. (Vontade de dar todos os meus livros.)

Quarta-feira 10 de novembro
Um narrador que conta a mesma história para diferentes destinatários. Ou diferentes pessoas que recebem a mesma história. Inversão de Conrad e de Faulkner. Não diferentes versões de uma narrativa, mas a mesma narrativa para diferentes pessoas.

Ao meio-dia vou à Martín Fierro, encontro o Luis. Almoçamos num bar da rua Talcahuano. O Luis quer me convencer a participar de um livro sobre Borges. Recuso, elusivo, faço críticas gerais: todos os imbecis escrevem sobre Borges. Jurei nunca escrever um livro sobre ele.

Quinta-feira 11
Comecei a envelhecer. Aqui estou eu, cravado numa cadeira, afundado na minha própria vida, sem acreditar em nada. Trabalho, espero, tive o que queria. Tudo como num sonho.

Encontro o Andrés Rivera, nos vemos no El Querandí, ele vacila entre publicar ou não seu romance. Eu o aconselho a esperar, os militares não vão durar dez anos..., ele dá risada. Em certo sentido, meus encontros com ele me tranquilizam, como se restasse um sobrevivente do passado com quem conversar. Ele se mudou, está esperando os pais morrerem.

Domingo 12 de dezembro de 1976
Ontem, telefonema dos Estados Unidos. Oferecem um cargo para os dois na Universidade da Califórnia, San Diego, por 6 mil dólares, de janeiro a junho. Por outro lado, acenam com uma alternativa: duas bolsas de doutorado, de quatrocentos dólares, por três anos. Ligamos hoje para pedir 8 mil dólares e as passagens. Descansar por seis meses deste horror. Por que não ir?
Meu passaporte venceu em 5 de dezembro, preciso renová-lo, tirar o visto, medo das identificações.

3.
Diário 1977

Quarta-feira 6 de julho de 1977
De novo em Buenos Aires, a entrada na cidade sob a neblina. Vou até a agência telefônica da rua Maipú para falar com o Joe na Califórnia e tranquilizá-lo: chegamos bem, o *mole poblano* saiu perfeito. Usamos a comida mexicana como mensagem cifrada. Volto a pé pela Corrientes como quem vive numa cidade ocupada pelo exército inimigo.

Minhas reações ao regresso, as notícias dos amigos e minha dificuldade para encontrar um lugar onde morar podem ser vistas como uma versão privada da história política.

Quinta-feira 7 de julho
Zona de detenção nas placas que indicam os pontos de ônibus. A verdade é exposta na troca dos sinais de trânsito em Buenos Aires.

Sábado 9 de julho
Leio um excelente romance de Peter Handke (*Breve carta para um longo adeus*): tom tranquilo de um narrador que circula pelos Estados Unidos "livre de laços", solitário, com ecos de Fitzgerald e de Chandler, está na tradição das histórias que quero escrever.

Na Califórnia, morei em La Jolla; inacreditavelmente, ninguém conhecia Raymond Chandler nesse vilarejo, onde ele morou por muitos anos e onde morreu.

Terça-feira
Volto a circular por Buenos Aires, almoço com Germán García, Marcelo Pichon-Rivière, Luis Gusmán, María Moreno, discutimos a situação ambiental, os riscos do clima na cidade.

Procuro um apartamento. Não seria o caso de investir nisso todo o dinheiro que tenho? Um lugar para trabalhar, sair do círculo que começou há exatamente um ano.

Domingo
Na análise de *Facundo*, de Sarmiento, levar em conta as mudanças no exército depois de Napoleão: exército popular e não profissional, alistamento voluntário que entre nós definiu as *montoneras gauchas*.*

Releio o caderno de novembro a abril, bem escrito, um pouco trágico: mas quanta banalidade, da perspectiva de hoje. Penso num quarto de hotel para resolver as coisas de uma vez.

Trabalho numa antologia de narradores norte-americanos que começaram a publicar no final dos anos 50 (T. Pynchon, J. Hawkes, J. Barth, D. Barthelme, J. Heller, P. Roth, J. Updike, G. Paley, W. H. Gass, J. P. Donleavy, J. Rechy etc.).

Segunda-feira
Melancólico percurso pelos lugares desabitados da cidade: acabo de olhar um apartamento menor que uma caixa de sapatos, pelo qual pediam 2,5 milhões de pesos por mês e aumento de 15% a cada três meses, além de 12 milhões de pesos de caução. Umas dez pessoas estavam brigando por ele quando cheguei. Preciso aprender a trabalhar em qualquer lugar: bares, bibliotecas, praças, ônibus, trens, estações, hotéis. Tenho seiscentos dólares e a entrada garantida de trezentos dólares por mês daqui até dezembro, mais algumas propostas de trabalho em vista. Durante toda a minha vida deixei tudo de lado pela literatura, escolhi a intempérie para preservar

---

* Milícias rústicas organizadas por caudilhos locais, inicialmente para auxiliar na Guerra da Independência (1810-16), multiplicando-se durante as Guerras Civis (1814-80), geralmente alinhadas aos rebeldes federalistas na resistência à centralização portenha. [N. T.]

a liberdade de trabalho. Pelo menos devo saber que por baixo disso não há nada: nunca pensei no dinheiro, mas quando ele faz falta para alugar um buraco, eu me deixo levar pela metafísica da poupança.

No jantar da terça-feira com a Beatriz S. e o Carlos A., volta a ideia de fazer uma revista com o apoio dos rapazes (o Rubén e o Elías), trabalhar nas sombras uma publicação dedicada a reconstruir tudo o que se perdeu e entrar em conexão com os amigos exilados. Da minha parte, nenhum entusiasmo, mas aceito o projeto porque entendo sua importância etc.

Quinta-feira
Jantar com Anita Barrenechea, E. Pezzoni, Tamara e Libertella. Tento compartilhar minha experiência na Califórnia, um possível exílio dourado que recusamos porque o assim chamado marido da Iris se recusa a abrir mão do "pátrio poder" para que ela possa viajar com o filho. Não existe canalha maior do que o bem-pensante de esquerda. Em todo caso, eu me alegro secretamente por não sair daqui: estou na segunda linha, os que estavam no front morreram todos. Não demora, os tiros vão chegar a esta trincheira... O Enrique me pede o romance que ainda não escrevi (exceto o primeiro capítulo).

Sexta-feira
Alugo um quarto na grande casa de uma mulher que mora sozinha na rua Azcuénaga, perto da Córdoba. É uma parente distante de uma parente distante, sai para trabalhar de manhã e volta no fim da tarde, portanto tenho várias horas para trabalhar em paz. Continuo me desfazendo dos meus livros, as bibliotecas que perdi (a começar pelas que deixei na casa das minhas duas ex) são apenas uma "metáfora material" dos livros que não li, biblioteca imaginária, também perdida.

Ligado ao anterior, sempre presente um trabalho sobre a leitura na Argentina: Mariano Moreno, que morre traduzindo um romance; Mansilla, que lê *O contrato social* à sombra de um salgueiro junto ao matadouro; o general Paz, que cai prisioneiro e a quem Estanislao López empresta *A guerra das Gálias*, de Júlio César; Hernández, que lê *Los tres gauchos orientales* no quarto de hotel onde se refugiou; Borges, que lê pela primeira vez *A divina comédia* todos os dias no bonde que atravessa a cidade e o leva ao seu trabalho de obscuro bibliotecário.

Sábado
Não conheço outro sentimento além da nostalgia.

Admiro os que se empenham em escrever em tom irrefutável. É uma qualidade que encontro em Brecht, Kafka, Borges, Calvino.

Segunda-feira 25
Para voltar ao assunto da biblioteca perdida, a lembrança dos livros que estive a ponto de comprar mas não comprei: por exemplo, a edição de La Pléiade dos romances de Flaubert que vi naquele dia na vitrine da livraria Hachette, mas segui em frente, e que quando, horas depois, arrependido, voltei a procurar, já tinha sido vendida. Um livro sobre linguagem e contexto do linguista romeno Coseriu que vi na livraria da Callao com a Córdoba. Por fim, a versão completa dos *Cadernos do cárcere*, de Gramsci, que não quis comprar na livraria Rizzoli de Nova York porque achei que na alfândega etc. Livros perdidos, inesquecíveis, que nunca tive. Uma biblioteca imaginária: lembro melhor desses livros — seu formato, sua tipografia — que de muitos outros que tenho comigo. Escrever um ensaio sobre os livros que alguém recorda.

Quinta-feira 28
Para mostrar certos bastidores da minha vida cotidiana, direi que por estes dias preciso dar um jeito de que alguém venha buscar duas caixas de livros e as retire do cômodo onde penso instalar uma mesa de trabalho.

Sexta-feira
Certeza de que nunca vou conseguir escrever.

Sábado
Lembrar a frase que anotei ontem sobre a certeza de que para mim é impossível escrever é o único modo de poder começar a escrever: a partir do vazio, da estupidez, um avanço lento e desajeitado.

"Postulemos, portanto, como ponto de partida, que a arte não é recorte do real, e sim um modo de ver — e que não existe forma do informe." Pierre Francastel, *La Figure et le lieu: L'Ordre visuel du Quattrocento*.

Domingo

Leio e releio um texto de Santo Agostinho, e minha própria leitura é uma prova do meu estado atual. "Pobre de mim! Quem me libertará? Do que se me libertará? Dize do quê. Uns dizem que do arbítrio; outros, do cárcere; outros, do cativeiro dos bárbaros; outros, da febre e da agonia. Dize tu, Apóstolo, não aonde seremos mandados ou de onde seremos tirados, mas o que levamos conosco, o que nós mesmos somos, dize. Do corpo desta morte. Do corpo desta morte? Do corpo — diz — desta morte." Trabalhar essa dupla enunciação, que fala a outro e escreve com outro, por exemplo em *Facundo*. Representação do delírio.

Segunda-feira

Incapaz de manter uma mínima continuidade neste caderno, pulo de assunto em assunto, essa é minha vida. Leio Auerbach, encontro o Bernardo Kordon, que está indo para Nice e me lembra a necessidade de não acreditar em nada para poder escrever. À noite, jantar com a Beatriz e o Carlos, avançamos no projeto da revista. Como chegamos a esta situação? O que há na cultura argentina que possa explicar este momento? E, ao mesmo tempo, o que há na cultura argentina que permita construir uma saída?

Encontro com o Hugo V.: cada vez mais próximo da moda lacaniana, decidido a estudar com Sciarretta. Assisto a um estranho filme de Coppola no San Martín: uma mulher que viaja com um idiota.

Sexta-feira

Não conseguir escrever é o inferno. Estou no inferno e sei também que não basta a vontade para resolver essa impossibilidade. Estranho paradoxo de um homem que organiza sua vida em função de algo que não consegue fazer. Sem dúvida, essa é a condição do escritor, já que todo mundo consegue escrever, menos ele. Pois o que quer dizer escrever, senão sair de si mesmo e da linguagem? Não confundir escrever com redigir.

Segunda-feira 8

No sábado, no IFT,* assisto a uma versão filmada de *Mãe Coragem*, da companhia Berliner dirigida por Brecht. As canções, o rosto pálido de

---

* Sigla de Ídisher Folks Teater, ou Teatro Popular Judaico. [N. T.]

Helene Weigel, a cena em que a prostituta Ivette aparece com um amante muito alto, o cozinheiro estranhamente parecido com Brecht.

Terça-feira 9
Dia perverso, às nove da manhã quebrei a chave na fechadura e não posso entrar em casa. Sentado na escada, irrisão, a sacola de rede com a comida. Passo o dia às voltas com vários chaveiros. À noite, o Carlos Boccardo inaugura uma exposição na galeria Carmen Waugh; a altas horas, jantar e outras divagações.

Sexta-feira 19
Ontem à noite, encontro com o Oscar depois de muitos anos, ele sempre com o mesmo entusiasmo, o principal inimigo é aquele que não se combate.

O romance avança. Precisei de quinze anos para descobrir que realmente faz falta um horário para escrever.

Ontem à noite, discussão com a Iris sobre os méritos intelectuais do David Viñas, de que perspectiva julgá-lo etc. O melhor crítico, um narrador com dois livros. Sartriano, odeia a literatura.

Sexta-feira 26
Crise quase metafísica com sufocamentos que duram toda a quarta--feira: a altas horas da noite, termino no Hospital Alemão. Respiração artificial, ou quase. Os sufocamentos do pai, as conhecidas identificações. Agora me recupero com injeções e sedativos. A primeira crise me atacou faz uns dez anos, quando fui com a Julia à casa da minha mãe em Mar del Plata, ela, irônica, me faz a cama, Oh, Electra, naquela noite acordei com falta de ar. Tudo muito banal.

Terça-feira 30
Não consigo me lembrar de um sonho, e no entanto parece próximo e definido: eu entrava num cinema e via o sonho na tela?

Sexta-feira 16
Com dureza excessiva, discuto frontalmente com a Beatriz S., que expõe suas ideias sobre o realismo. A literatura lhe é alheia, assim como aos realistas a realidade.

Segunda-feira 19
Passei os últimos dias no cinema, como sempre que tento fugir. Na quinta, *O inquilino*, de Polanski. Na sexta, *O último magnata*, de Fitzgerald, com roteiro de Pinter, dirigido por E. Kazan. No sábado, *Esse obscuro objeto do desejo*, de Buñuel. Domingo, *Um dia muito especial*, de Ettore Scola, e hoje à noite também irei ao cinema. Monto minhas mostras privadas.

Sexta-feira 30
O fato de um crítico ter que fazer análise social não quer dizer que deva ler apenas as obras em que o social é evidente. Escolher Balzac em detrimento de Baudelaire é um modo de escolher as obras em que essa análise social é mais evidente e mais simples para o crítico. (Tudo isso por causa da minha polêmica com a Beatriz S. sobre Lukács, recomendo que ela leia Benjamin etc.)

Viver no frio sonho do desprezo de que falava Mallarmé.

Defeito, o otimismo que, como você deve saber, não foi criticado, se bem que, a esta altura, prefiro esse defeito ao renascimento aristocrático das virtudes do niilismo (da minha carta ao José Sazbón).

Terça-feira 11
Vou ao cinema à tarde e à noite para fugir das minhas próprias imagens.

Comprei uma espécie de computador programado para jogar xadrez. A máquina aprende à medida que joga. Quem o programou viu que na primeira partida o computador errava porque ninguém tinha ensinado a ele que duas peças não podem ocupar a mesma casa. É ao mesmo tempo idiota — precisa que lhe expliquem tudo — e muito inteligente: ganhou duas partidas. Passo a noite jogando xadrez sozinho: efeito da situação política.

Quarta-feira 12
À noite, vou à casa da Beatriz e do Carlos, o projeto da revista avança.

Quarta-feira 19
O dia de hoje pode servir de modelo. Chego às nove, leio o jornal (*La Opinión*), tomo café, começo a revisar o rascunho do capítulo do senador. Depois escrevo dez linhas de uma carta para a María e o Willy, meus amigos na Califórnia. Às catorze horas desço, compro o *Clarín* e vou almoçar no restaurante da rua Córdoba, como peixe ao roquefort com uma garrafa de vinho branco, pago a conta, agora não sei o que fazer, talvez vá caminhar pela cidade.

Quinta-feira 20
Ontem à noite, encontro com o Hugo V. Como todos os psicanalistas amigos, ele me conta suas histórias. A moça de dezessete anos, vestida de vermelho, que o fascina com suas aventuras perversas; ela e sua amiga em triângulo com namorados intercambiáveis.

Terça-feira 25
Poderia talvez ir visitar o Luis Gusmán na livraria e ver se encontro algum livro para hoje à noite, mas isso me obrigaria a trocar de camisa, e acho que aí já é demais. Muito calor na cidade.

Não é inacreditável (penso de repente) que durante vinte anos, apesar de tudo, eu tenha encontrado o impulso necessário para escrever estes cadernos? No entanto, estas anotações fechadas que assinalam o presente têm sido fiéis a mim por anos e anos. Atravessaram minha vida como nenhuma outra coisa, escrita ruim (no sentido moral) que não serve para nada, que não vale nada, que um dia terei que jogar fora. Ou ainda me decidirei a passá-los a limpo e a correr o risco de encontrar minha estupidez?

Quarta-feira 2
Ontem à noite, discussão com a Iris sobre meu conto "Suave é a noite". Ela aponta a fragilidade da construção e o efeito artificial que ela produz. Talvez tenha razão, para mim o erro — que não voltarei a repetir no romance que estou escrevendo — é o excesso de descrição. Estou decidido a narrar sem descrever.

Sexta-feira 4
Ontem, nova discussão com a Beatriz e o Carlos sobre Lukács: a literatura é uma forma de ideologia e, portanto, reflete. Então desliguem o projetor, digo.

A revista avança. Hoje à tarde, reunião das sextas-feiras, Susana Zanetti, Noemí Ulla, María Teresa Gramuglio, Josefina Delgado, a Beatriz e o Carlos. Vaguezas teóricas que discuto sem convicção. Só me entendo por momentos com a María Teresa, porque ela, pelo menos, sabe ler.

Quarta-feira 9
Termino um rascunho de vinte páginas do capítulo de Ossorio em Nova York.

Pela janela, vejo lá embaixo o terraço do colégio de freiras: a aula de ginástica. O recluso sou eu.

A Iris insiste na sua crítica à psicanálise: consolo para a classe média, como ela diz, que não serve para nada, só para reclamar. "No futuro vão rir de nós quando souberem no que gastamos o dinheiro."

Uma das características mais notáveis de um diário é ser escrito para uma leitura futura. Isso deveria servir para definir sua técnica. O que significará para mim ler o dia de hoje daqui a dez anos? Agora vou preparar um ovo cozido.

Quinta-feira 10
O surdo-mudo (analfabeto) que mata prostitutas: matou duas. Circula pela cidade mergulhado num silêncio absoluto.

Releio o que já escrevi do romance, pensei num título que vem de Borges e remete à morte: *A prolixidade do real* (do poema "A noite em que no sul o velaram"). Como sempre, conto a história de alguém que encontra papéis, cartas, documentos de outra pessoa.

Com a Iris na livraria Premier, conversamos com o Germán García sobre uma aula de Lacan acerca do gozo da mulher, apenas "insinuado" na mística católica. A Iris ri.

Encontro um sujeito de quem tenho uma vaga lembrança, com um rosto franco e "argentino", aos poucos consigo localizá-lo no passado, uma tarde na central telefônica, antes de viajar para os Estados Unidos, estava ligando para a Califórnia. O sujeito se aproxima e me cumprimenta. É irmão do Juárez, um *montonero* morto naqueles dias. Agora o encontro na Corrientes, pergunto como ele está, como vai (despreocupadamente). "Estão batendo duro, encarnaram conosco. Um policial à paisana veio nos dizer que a mulher do meu irmão morreu na prisão em condições duvidosas. Tínhamos recebido uma carta dela, estava otimista, pensava que ia sair no final do ano. Os moleques vão ficar com meus pais. Querem que digamos que foi suicídio."

Sexta-feira 11 de novembro de 1977
O único modo de recuperar o fascínio da leitura é não escrevendo, dois modos antagônicos. Lembro das minhas leituras em La Plata em 1960, escutava jazz no pátio, escrevia nestes cadernos, sentado nas poltronas de vime daquela casa onde alugava um quarto e que lembro muito bem. O Sánchez, que vinha de Mar del Plata e também morava lá, morreu. Estudava medicina, o nome dele era Carlos? Eu fascinado pela mãe dele, uma bela professora de seios imponentes, como uma deusa de Sacher-Masoch, igualmente altiva e desdenhosa. Ficávamos estudando a noite inteira, mas eu só estava lá para espiar a mãe.

Particularidade de discussões incertas na nova casa da Beatriz, minha falta de interesse não me impede de comparecer regularmente às reuniões da revista. Vou porque é o que tenho que fazer; depois do jantar, certos temas que sobrevivem. Sou uma acumulação de casos, para mim é mais difícil refletir do que contar.

Sábado 12 de novembro
Todas as manhãs, às nove, eu me sento em frente a esta mesa coberta com um pano marrom, recupero os rituais mais antigos da minha vida. Sossegada felicidade, nada a pensar sobre o mundo até depois das duas da tarde. Maravilhosa construção de um tempo próprio em que o ambiente já é uma forma da literatura, ou seja, a postulação de uma realidade livre.

Às vezes o acompanhava uma estranha sensação de destino favorável; chegara a acreditar que lhe bastava desejar algo para tê-lo. Isso fortalecia a duplicidade da sua vida e o segredo com que vivia essa certeza com seus ares benéficos. Quanto à infelicidade, parecia vir de outro, como se alguém assumisse a tarefa de viver no lugar dele.

Jantar com a Tamara e o Héctor, ele trouxe seu livro sobre as vanguardas na América Latina. Fala-se do sucesso de *Nome falso*, o que não deixa de me surpreender. A conversa se dispersa e deriva para a época ruim em que estamos mergulhados. Dificuldades para sobreviver, os amigos em perigo, os amigos exilados, a literatura é para nós uma ilha açoitada por todos os tufões (à la Conrad).

Trabalho por algum tempo, mas parece que o que tento encaixar no ensaio (relação entre tradução, originalidade e propriedade literária) não encaixa, como se o próprio texto resistisse à generalização.

Domingo
Sempre sou acusado de frieza e de distância (hoje, inesperadamente, pela Iris). Como se eu fosse alguém que não sabe expressar seus sentimentos. O cinismo, ou melhor, a ironia, é o escudo dos corações demasiado sensíveis. Não é um tema tão literário quanto o de Don Juan? Um homem apaixonado, apaixonado demais, que todos acusam de insensível e distante. Seria um apaixonado que esconde as cartas de amor que nunca chega a escrever.

Seja como for, salta aos olhos qual é o "tema": o homem que acredita que sente, que chega até a acreditar que acredita no amor. O homem que acredita na oportunidade — e a espera. A crença, isto é, a confiança, o crédito que alguém é capaz de dar ao outro, é o fundamento secreto disso que chamamos amor, paixão; o desejo é outra coisa, é vivido no corpo, é imediato, sempre vivido no presente, não há nada a esperar porque tudo está dado aí. Mas o que acontece com um homem que vive o presente como se já tivesse passado? A distância, não há também nisso um tema trágico? Alguém deveria escrever a história de um Don Juan em quem ninguém acredita, todas as máscaras caem, a sedução fracassa.

Segunda-feira 14

Depois de duas horas de trabalho, se estou muito concentrado, preciso pôr a cabeça para fora como quem mergulha no mar e sobe até voltar à tona em pleno sol. Duas horas para escrever uma página e, depois, o resto do tempo para esperar a manhã seguinte em que será possível, durante duas horas, escrever outra página.

Romance. Avanço às cegas, mas sei o que procuro e sei qual é o romance que gostaria de escrever. Maggi é contratado para escrever — ou lhe encomendam — a biografia de alguém. Precisa se apoiar numa vida alheia. Trabalha com documentos, cartas, fotografias. Encontra-se todas as tardes com Ossorio. Maggi lê para ele o que escreveu de manhã e de noite. Vivem numa casa afastada de um bairro tranquilo. O homem cuja vida eles querem conhecer desapareceu e só restam seus papéis, os segredos, escreveu muito ou deixou muitos rastros. Alguém quer impedir que essas memórias sejam publicadas. Entrevistas e pesquisas nos arquivos históricos das pessoas citadas nessa biografia.

Minhas maiores dificuldades na vida resultam do fato de não ter, digamos assim, um modelo com o qual me identificar, ou melhor, um modelo no qual me basear (já se sabe o que isso quer dizer na psicanálise). Nunca consegui me basear na experiência recebida para saber se tudo vai bem. Rompi minhas relações com o mundo familiar muito cedo, meu pai sempre foi para mim um contraexemplo, e no entanto, graças a isso, consegui cedo minha liberdade, pelo menos bem jovem, antes dos dezoito já morava sozinho e não dependia de ninguém. Mas isso não quer dizer que a história familiar não seja o grande tema da minha vida. Meu avô Emilio, o pai do meu pai, foi um pai para mim, mas um pai sereno e reflexivo que fez de tudo para eu entender por que eu era quem era. Quando morreu, senti de um modo muito vívido que agora estava sozinho no mundo. Por causa dele, do seu jeito de falar e de olhar o mundo, quem sabe, me tornei escritor.

Romance. Tensão paradoxal e banal, por se tratar de uma "encomenda": Maggi escreve quase como num ditado, mas intervém nas transformações dessa vida que tenta reconstruir. Onde pode estar "o intrinsecamente argentino"? É isso que não consigo descobrir. E por que, depois de tudo, tenho essa intuição, se não acredito nesse tipo de coisas? Acho que, para mim, é aí que está o modo de escrever sobre o presente, sobre estes tempos sombrios. Acho, portanto, que o melhor será trabalhar sobre uma biografia histórica (talvez de um personagem real, um herói invisível e obscuro do século XIX). Evitar a tentação de que esse homem seja Witold Gombrowicz.

Terça-feira 15 de novembro
O barulho torturante de um compressor, os primeiros cigarros da manhã, a cega certeza com que escrevo apesar de tudo. Deixo preparado um rascunho de dez páginas de um possível esboço da biografia de um personagem que será um antepassado de Ossorio.

Ontem, diálogo ouvido na Callao ao voltar das aulas. Um vendedor de jornais, com a sexta edição do dia a tiracolo, pede passagem para dois jovens elegantes e impecáveis. "Com licença, companheiro, por favor", diz o jornaleiro. "Companheiro?", diz um dos sujeitos. "Companheiro", diz o outro, "vamos varrer vocês do mapa." Nítida cristalização verbal da presente situação política.

Romance. Como achar a trama dessa história de vida? O homem que foi para os Estados Unidos atraído pela febre do ouro. Conhece uma mulher da Martinica e se tornam amantes. A mulher é casada com um industrial. Os amantes têm um filho que o marido reconhece como seu, o homem se encontra com o filho às escondidas, este não sabe que ele é seu pai. O homem, sozinho em Nova York, visita a mulher como se fosse seu amante e mantém uma relação de amizade com o filho.

Se eu pudesse ter certeza de que nos próximos vinte anos serei capaz de escrever quatro ou cinco livros, e que conseguirei viver do meu trabalho sem muitos sobressaltos econômicos e que esses livros terão certa aceitação, se eu pudesse ter certeza disso, não teria por que sofrer os males de um futuro incerto.

Estou lendo *Doutor Fausto*, de Thomas Mann. Gosto do modo como ele encaixa a reflexão no livro, a técnica de narrar conferências e aulas. Mas o romance tem algo de ingênuo que não acho que deva ser atribuído apenas ao tom irônico do narrador. Muito interessado na tessitura da teoria musical, romance de iniciação "perversa", leve paródia da biografia de um homem genial e uso muito elegante das citações, dos fragmentos que usa sem explicitar a referência. A relação entre ironia, frieza, intelectualismo (como dados demoníacos) e o caráter sempre nítido da música de Adrian são excelentes. De resto, não se deve esquecer que Mann se viu obrigado a registrar, nas edições do livro posteriores a 1947, que a teoria musical atribuída a Adrian tinha sido copiada de Schönberg, via T. W. Adorno (com quem se encontrava frequentemente na Califórnia enquanto escrevia o livro). Quanto ao pacto com o demônio, é um pouco ridículo nestes tempos e, como bem dizia Brecht, prova o fim do romantismo com sua teoria do gênio. Agora, para ter um pouco de inspiração, os artistas geniais precisam, coitados..., fazer um pacto com o demônio! Segundo Brecht, são tão estéreis que devem telefonar para o inferno quando querem escrever um soneto.

Nestes meses, desde que voltei dos Estados Unidos, estou me exercitando na pura ginástica do trabalho e, desse modo, como um pugilista que treina antes da luta, vou adquirindo "forma e estilo".

Romance. Depois do desaparecimento de Maggi, o narrador ainda recebe uma carta que o tio lhe enviou antes de ser pego. São dados não revelados sobre sua vida como professor de história num colégio do interior.

Quarta-feira 16
Ver que jeito vou dar nesta manhã para escrever um capítulo "histórico" (sobre a história), evitando o tom descritivo e sobrecarregado de informações. Mas a questão é dramatizar os dados e os documentos.

Quinta-feira
Desconfortável e como que desprezado pelo meu corpo, engordo, a meu pesar. Agora peso 67 quilos e terei que voltar a certo ascetismo para ver se é possível recuperar uma silhueta mais "romântica".

Recebo as provas da minha tradução de *Men without Women*, a prosa parece fluida e eficaz. Utilizei deliberadamente o critério de traduzir a prosa de Hemingway ao castelhano do Rio da Prata, a oralidade ganha impulso e perde "brilho literário". É mais fiel à poética de Hemingway. Preciso lembrar que esse trabalho me acompanhou durante os meses mais sinistros, definidos pelo horror do golpe militar.

Como sempre, o ritual das quintas-feiras, o jantar no restaurante em Primera Junta, com o Carlos e a Beatriz, nos encontramos para falar do que estamos fazendo, reconhecer que há outros neste deserto. Especialmente notável o caso do Carlos, que parece muito seguro da sua posição no mundo intelectual, uma posição ao mesmo tempo humilde e complexa. Um intelectual de novo tipo, numa época que recusa toda reflexão e anula qualquer vontade de trabalho. Eu, por meu lado, estou longe dele, não pessoalmente, mas justo por seu modo de pensar, que sinto alheio às questões de poética que no meu caso decidem todo o meu trabalho. Como fazer o que quero fazer se ninguém toma conhecimento etc.?

Sexta-feira 18

Para corroborar o anterior, seduzido pelo convite do Roa Bastos de ir ao Congresso de Literatura Latino-Americana em Cluny (com Cortázar, Carlos Fuentes, ou Paz e outros autodesignados mandarins), depois poderia dar uma série de conferências em universidades da França e da Alemanha. Seria uma base para viver na Europa. Mas é isso o que eu desejo?

Para mim sempre foi mais fácil e mais prazeroso escrever ficção do que escrever ensaios. A ficção é escrita enquanto se escreve, não há nada anterior e você escolhe e despreza o que serve (ou não serve) enquanto avança, não há nada "a dizer", enquanto no ensaio você tem que fazer com que a prosa sustente aquilo que veio dizer, ou seja, as hipóteses que tenta apresentar. A prosa se enche de nós, protuberâncias, ideias que pertencem a outro registro etc. Escreve-se o que se pensou antes, e isso é sempre um problema, porque a linguagem é feita para que você pense enquanto a usa. Portanto, antes de escrever um ensaio você deve desenvolver as ideias, ter um plano. O mais difícil de escrever é aquilo que você "tem claro", enquanto na ficção você parte de uma nebulosa escura (por exemplo, um homem escreve a vida de outro) e avança em direção à claridade escrevendo. Tenho que conseguir escrever meus ensaios como se os estivesse improvisando enquanto converso com um amigo que sabe do que se trata.

O homem jovem, meio calvo, vestido com um terno preto de largas listras cinza, que levava pendurados no pescoço diversos aparelhos e máquinas fotográficas, avançava pela cidade sob o sol entoando uma ária de ópera com voz afetada.

A Beatriz, que ao falar "em público" (mesmo que seja num diálogo comigo) imposta não a voz, mas o léxico, que se enche de palavras rebuscadas, termos estrangeiros, expressões antigas (hoje, por exemplo, disse "ora isto, ora aquilo"). É como se ela sempre estivesse falando na frente do espelho.

Sábado 19
    Um sonho. Alguém, uma mulher, me fala de Pirandello. Eu, por meu lado, acho uns comprimidos no chão, que de início penso que são... (e agora, ao lembrar, me foge a palavra que designa essas pílulas que substituem o açúcar no café). São muitos, em todo o caminho, e encho um frasco. Pelo jeito, quero perder peso. O mais curioso é esse esquecimento, me vem a palavra *Dulcineia... Edulcorante* é a palavra que me fugia, é horrível pensar numa realidade edulcorada. Acho que alguns dos meus amigos, não os mais próximos, digamos, então, alguns dos meus conhecidos e o público em geral estão vivendo a situação política edulcorada...

Trabalho na aula de hoje à tarde. "O matadouro", de Echeverría, não põe a história no futuro, mas no passado, ou seja, o narrador vê o atraso da barbárie de uma perspectiva futura. A assincronia da realidade é um dos seus temas: não estamos no presente. Ou o presente, que é o tempo de Rosas, nos faz viver no passado. Por isso a temática do conto é explicitada sobretudo nos poucos momentos em que se usa um verbo no presente. Especialmente nesta frase que condensa a "moral" do relato: "Simulacro em escala reduzida era este do modo bárbaro como as questões e os direitos individuais e sociais são ventilados no nosso país". Aí se expõe o núcleo concentrado do texto.

Domingo
    O plano de vasculhar velhas livrarias. Em Dávalos, encontro uma antologia de ensaios de Lukács e a edição fac-similar do *Archivo americano*, de Pedro de Angelis. No livro de Lukács, um ensaio muito notável de 1913 sobre o cinema. Já então ele formula a hipótese segundo a qual o efeito de realidade da imagem cinematográfica começa a dissolver a oposição tradicional entre ficção e realidade. A ilusão de que tudo o que se vê no cinema é real constrói implicitamente uma impressão de ambiguidade em relação ao vivido. Uma experiência muito clara disso é sair do cinema às três da tarde e sentir o sol como uma visão que parece continuar as luzes que brilham no

escuro do cinema. O choque que o espectador sofre ao passar das sombras da sala à luminosidade do dia está ligado àquela incerteza de que fala Lukács.

Segunda-feira 21

Minha convicção de ser único, construída na infância, provoca efeitos obscuros no presente. Sempre me surpreendo ao saber que outra pessoa pode ocupar meu lugar, ainda que esse lugar seja evidentemente imaginário. Hoje me encontrei com o Luis Gusmán, e ele comentou algumas ideias sobre a tradução; ele está pensando em publicar seus ensaios de crítica literária no *La Opinión* ainda este ano. Essa série de exemplos e suas consequências na minha ilha de Robinson são muito evidentes para mim. Como se eu fosse o único escritor no mundo que escreve. Ou melhor, imagino que devo ser o único escritor que sobrevive num mundo em ruínas: a catástrofe passa rapidamente de uma imagem do mundo deserto a uma catástrofe "íntima", mas igualmente violenta. Só no isolamento total, cultivando minhas fantasias, posso "sustentar" minha escrita. O homem sozinho...

Trabalho na *História da sexualidade*, de Foucault, que vou usar na minha aula para os psicanalistas. A passagem da herança como legitimidade aristocrática para a herança como "tara" biológica: há aí uma continuidade e uma permutação. Dois modos de pensar o "sangue" (como nobreza e sangue azul, ou como doença e sangue envenenado que se transmite). Outra questão: a confissão como prática em que a verdade está com quem escuta.

Passo pela Fausto para pegar o livro de Thomas Wolfe *La orgullosa hermana muerte*, que acaba de sair na série de literatura norte-americana que eu coordeno para eles. O Manolo me avisa que o Negro Díaz perdeu meus textos para as orelhas. Portanto, vou ter que escrever novas apresentações de Hemingway e Fitzgerald. Tento me lembrar do que escrevi, mas logo sou salvo por uma das minhas manias mais renitentes: nunca jogo nada fora (por isso minha biblioteca e meu escritório são um caos de papéis velhos e restos inúteis), o que me permite encontrar os rascunhos e reconstruir os textos.

Já faz alguns dias venho pensando e voltando a pensar que preciso perder peso. Não sei bem por que razão me preocupo com essas coisas. Vaidade? Acho que não, é só que não suporto me imaginar como um "gordo". Peso 67 quilos, preciso perder o peso que ganhei quando parei de fumar (cinco quilos). Trata-se portanto de pensar na figura imaginária de escritor que pretendo mostrar à sociedade. Cada vez mais os escritores dependem da sua imagem pública e da construção de uma figura que cause efeito, e menos dos seus livros.

Vou ao cinema assistir a *Patton*, por causa do excelente roteiro de Francis Coppola. Cenas fechadas que terminam com um lance de efeito e vão se encadeando. O microcinema da rua Lavalle está cheio de homens sozinhos, um filme de guerra, clima perverso, ar de pegação homossexual. Soldados, marinheiros, sujeitos com pinta de tarados. Volto caminhando pela Lavalle com a calma de sempre nesses passeios.

Terça-feira 22 de novembro
Trabalho no livro de ensaios, a chave é minha hipótese sobre os modos de apropriação na literatura. São textos de dupla enunciação, escritos de mão dupla: a citação e o plágio definem a fronteira legal/ilegal. No meio está a tradução: o tradutor reescreve um livro — de fato o copia — que é dele e de outro (principalmente de outro), o nome do tradutor — sua propriedade — é sempre invisível, ou quase. Ele escreve o livro inteiro, mas este não lhe pertence. Trata-se, em todo caso, de escrever uma leitura. Na linguagem não existe propriedade privada, a passagem à propriedade, ou seja, a apropriação, em certo sentido define a literatura. Deve-se pensar sobre o que acontece na mudança de idioma: o escritor escreve o mesmo livro em outra língua (Borges faz isso com as citações que ele mesmo traduz e transforma em textos escritos sempre "à maneira de Borges", quer dizer, apropria-se deles, de modo que sempre temos a sensação de que ele inventou as citações ou atribuiu suas frases a um autor existente). É preciso trabalhar a relação entre legalidade e propriedade.

Romance argentino. Evidentemente, o caráter nacional do gênero surge na autobiografia. Os "retratos" das pessoas que o autor conhece e frequenta começam a definir um uso romanesco da narrativa pessoal. Por exemplo, o cabo Gómez em Mansilla, os retratos que aparecem em *Facundo*, de Sarmiento (o rastreador, o *gaucho* mau). Seria o caso também de observar a transcrição de cartas alheias ou próprias e analisar sua função narrativa (semificcional). Dedicar-se a ler e fichar todas essas biografias incorporadas à narrativa pessoal. Atraído também pelas autobiografias de *O homem sem qualidades*. Um homem a quem não acontece nada de especial ou historicamente revelador, mas que escreve a própria vida para dar testemunho de algo que sempre é explicado no livro (por exemplo, como se salvou de um naufrágio ou como assistiu nos pampas a uma fantástica nuvem de gafanhotos no final do século XIX). O narrador pode não ser escritor.

Continuo firme tomando notas sobre a minifábula que me intriga há meses, na qual enxergo o núcleo do romance que quero escrever: um homem encontra um baú cheio de papéis, cartas, documentos, e a partir daí reconstrói a vida de outro homem que ele não conhece. Encontra um baú ou lhe entregam um arquivo e lhe pedem que escreva a vida de um antepassado morto.

Quarta-feira 23
Hoje trabalho três horas e avanço lentamente no segundo capítulo. Cada frase me leva uma eternidade...

Curiosa coincidência metafórica, o ministro do Interior, general Harguindeguy, depois de elogiar Onganía, anuncia que a primeira fase do "Processo de Reorganização Nacional" se iniciará em 1979 e se estenderá até 1982, seguido de uma segunda etapa, que abarcará de 1983 a 1987, para chegar à Nova República. "Eu aqui, de Comodoro Rivadavia, quero dizer a vocês, aos que estão me escutando e ao país inteiro, que de uma vez por todas deixem de dar ouvidos ao canto das sereias e se esqueçam de suas disputas eleitorais imediatas" (estranho que um militar cite — claro que de maneira involuntária — as sereias do Homero, e engraçado também que um ministro do Interior decida por conta própria quanto tempo permanecerá no poder).
O ministro da Economia, Martínez de Hoz, por sua vez, ao comentar o plano econômico e a luta contra a inflação, também destacou que as Forças Armadas estão decididas a manter o plano e disse que "é para não cairmos na tentação de nos deixarmos levar pelo canto das sereias daqueles que, tendo interesses particulares a defender, sejam eles políticos, econômicos ou sociais, tentam desviar o rumo que traçamos em vista dos interesses maiores da nação". De novo as sereias de Ulisses.

Daria para inventar uma narrativa imaginando o homem que escreve — ou revisa — os discursos de todos os ministros, um único indivíduo cuja personalidade poderia ser reconstruída a partir das citações recorrentes (porque sem dúvida se trata de um intelectual) e do fraseado e das construções gramaticais que ele mais utiliza. A partir daí, dá para imaginar o risco constante que esse escriba corre em meio a generais e políticos militaristas arrogantes e idiotas. De quando em quando o mantêm em prisão domiciliar por alguns dias, porque algum discurso que ele escreveu não agradou aos seus chefes.

Quinta-feira 24 de novembro
Faz vinte anos que escrevo esta data nos meus cadernos. Seria o caso de dizer que é essa minha idade.

Ontem à noite, minha mãe traz — como sempre — os relatos da família, como se ela fosse a guardiã da memória de todos (por ser a caçula de doze filhos): foi recebendo as histórias de cada um dos irmãos e acabou sendo a Sherazade do clã Maggi. Por exemplo, a narração épica do projeto do Chiquito e sua fábrica, suas inesperadas conexões com os soviéticos e com industriais dos países do Leste, com quem acabou negociando depois de ter buscado financiamento em todo o mundo capitalista, argentino ou de qualquer país, para manter viva a fábrica deserta. Voltou da Polônia com a patente de um carro elétrico. A mágica salvação dos direitos, o sumiço e reaparecimento de um cheque. Ao mesmo tempo, a lucidez sobre o futuro da indústria automobilística. Minha mãe me conta que ele lhe contou que Gladis Espinoza é a grande cafetina da prostituição de luxo: é ela que arranja as acompanhantes para os altos executivos. A chave do negócio é que a mulher escalada faça de conta que é seduzida pelo magnata, como se sucumbisse ao encanto pessoal do cliente e não fosse uma puta. Depois o Chiquito cuida de pagar à mulher o dinheiro cobrado pela noite de amor. O engraçado é que minha mãe conta essas coisas com ar cúmplice e fingida inocência.

Uma carta do meu irmão me avisando da morte da Helena D., a primeira coisa que eu pensei foi que ela se suicidou. A beleza dos excessos sempre em busca da morte como desfecho, ela era isso. O grande tema romântico das vidas "não escritas", mas em certo sentido "lidas" por ela mesma. Eu deveria escrever sobre meus sentimentos, mas o que volta é a experiência na minha remota juventude, quando descobrimos uma paixão que durou quase um ano. Só a sensação de perigo, naquela noite em que viajamos no mesmo carro em que agora ela morreu e pela mesma rua, quando de repente se perdeu e entramos num trecho de terra sem saber qual a direção certa. Metáfora, ou melhor, mulher metafórica à qual poderiam se atribuir todos os sentidos. Em todo caso, persiste aquele seu gesto ao descer do carro da primeira vez que nos vimos, o modo como me tocou o rosto.

Também na carta do meu irmão: uma referência ao Julio A., agora toca um comércio de vinhos e continua aferrado às velhas fantasias (que naquele tempo eram também as minhas). Está escrevendo um livro em duas partes — conforme ele explica, a primeira em inglês, um roteiro que enviou a Stanley Kubrick; vive portanto na ilusão de se transformar intempestivamente num homem famoso por ter escrito para um diretor de cinema que admira. Não muito diferente de mim, que também escrevi — com um pouco mais de sorte — mensagens para desconhecidos de quem esperava tudo.

Certo temor à proliferação não me deixa escrever, passo a maior parte do tempo numa luta ferrenha com as palavras, os parágrafos, os períodos, as páginas, os capítulos. Reescrevo e releio, copio e reviso sem avançar, a prosa tem para mim um efeito que sempre me deu uma sensação de bem-estar: escrevo para não pensar, mas, então, como fazer para me distanciar da narrativa e saber onde encontrar o fim?

A prova de que sabemos algo, disse Aristóteles, consiste em que podemos ensiná-la.

Desordenadas leituras do jovem Lukács. Fascinado por sua *Teoria do romance*. Tende a construir uma teoria do personagem diferenciando o protagonista do romance do herói da tragédia. Deve-se pensar a passagem da tragédia para o romance. A pergunta de todos é por que não se escrevem mais tragédias.

Gostaria de registrar para mim mesmo o modo como hoje vai se transformando num dia típico. Levanto depois de ler os jornais na cama, tomo um banho e em seguida uma grande xícara de café preto com uma torrada e venho para cá trazendo vários livros que espero usar no trabalho. Compro o *Clarín* da quinta, que traz o suplemento literário, e entro, um pouco mais tarde do que de costume, no meu estúdio, tomo o primeiro mate e escrevo neste caderno. Por volta das dez me sento para trabalhar e cinco minutos depois decido que é impossível, não vou escrever mas também não me decido a fazer outra coisa, passo a manhã inteira inativo e, por fim, de puro tédio, encontro uma frase que soa como música na minha cabeça, depois que a escrevo não paro mais e trabalho de uma sentada até as cinco da tarde. Daqui a pouco tenho que ir me encontrar com a Beatriz e o Boccardo para definir o padrão gráfico da revista.

A notícia. "Nesta madrugada, por volta das 4h30, um Fiat 128, dirigido por Gustavo T., argentino, vinte e três anos, solteiro, chocou-se contra um caminhão na avenida Peralta Ramos y Ortiz, em Zárate. O motorista e sua acompanhante foram imediatamente socorridos, mas foi necessária a intervenção dos bombeiros para retirar os feridos. Nessas circunstâncias, constatou-se a morte da mulher que viajava no carro, enquanto o motorista apresentava diversos ferimentos. Ambos foram transferidos para o Hospital Interzonal, onde a vítima fatal foi identificada como Helena D., de trinta e sete anos" (Jornal *El Atlántico*).

Depois do meio-dia, faço a sesta e tenho um sonho. Alguém me diz: "Em Lukács, a relação essência-aparência é a chave da teoria do reflexo". Quanto menos penso nos meus sonhos, mais inteligentes eles são.

Sexta-feira 25
Trabalho na primeira parte do ensaio sobre tradução. Talvez possa começar analisando a primeira página de *Facundo*. Só agora tenho mais ou menos definida a linha de trabalho, talvez tudo possa se desenvolver a partir da frase em francês escrita por Sarmiento em 1840 ao se exilar.

Domingo 27
São publicados os resultados da enquete do jornal *La Opinión*. Consultados cem escritores, críticos etc., os mais votados em ficção são Asís, M. Briante, Rabanal, Lastra, Gusmán, Germán García (não aparecem nem Saer nem Puig). Na crítica, Ludmer está na dianteira, seguida por Gregorich e Pezzoni.

Segunda-feira 28
Trabalho na seguinte hipótese: o europeísmo é a condição e o modo de luta dos intelectuais que buscam a autonomia da literatura no século XIX. A relação com o pensamento europeu serve para delimitar um grupo letrado

que continua a tradição da Revolução de Maio, esse processo avança e postula a autonomia da cultura. Segunda questão: a literatura argentina do século XIX confronta dois tipos de autonomia. Por um lado, a literatura deve se autonomizar em relação a outras práticas sociais, especialmente a política. A segunda questão é que a literatura argentina deve também se autonomizar da tradição espanhola (e para isso se apoia na cultura francesa), que a define e determina. Em suma, um processo de dupla autonomia.

Preparo a aula desta tarde sobre crença, magia e superstição. Uma inversão da "boa-fé": a magia negra duplica a religião incorporando o outro aspecto da oposição bem/mal. Tentativa de conseguir automaticamente, pela via mística, a realização do desejo (pacto com o diabo); ao mesmo tempo reflito sobre o sentido e a busca do significado da vida pessoal (que substitui a ideia de destino). O pensamento mágico possibilita um novo sistema de referência no interior do qual podem integrar-se dados até então incompatíveis. Lógica do acaso, da casualidade, da semelhança e da coincidência: o que acontece por acaso ou a repetição de certas coincidências torna-se um sinal de boa sorte ou de uma ordem misteriosa. Uma linguagem secreta esotérica que só os iniciados podem entender. As fórmulas mágicas muitas vezes se desgastam ao ser transmitidas e terminam numa caixa insensata (a linguagem de Lacan e os rituais de iniciação que acompanham o acesso à psicanálise podem ser vistos como uma estrutura de iniciação mágica). Também o nome próprio é considerado uma extensão da pessoa, talvez seja essa uma das origens dos apelidos, das alcunhas, da denominação por parentesco (irmão etc.). A um estranho não se entrega nada além do rosto, considerado uma fórmula impessoal; o nome, ao contrário, é escondido e só circula entre os íntimos. "Se os deuses não atenderem a esta súplica, os homens farão uma greve de culto", texto religioso egípcio de 2100 a.C.

Terça-feira 29 de novembro
Ontem, um sonho: converso ao telefone com Mujica Láinez. Explico que tenho dificuldade em escrever ensaios: "Para escrever dez páginas, preciso de três meses".

É um francês, Paul Groussac, o primeiro a formular a ideia do estilo. E é o primeiro que fala em "escrever bem".

Trabalho no início da segunda parte. Análise da primeira página de *Facundo*: a oposição civilização e barbárie é reduzida à oposição entre quem pode e quem não pode ler uma frase em francês.

Numa tarde de 1963, falando com Pochi Francia na frente do restaurante universitário de La Plata, defini o ensaio como a chave do trabalho literário. Por que é tão difícil escrevê-los? Porque sei claramente o que não quero fazer: não quero fazer jornalismo cultural, mas também não quero fazer crítica acadêmica, nos dois há um jargão. Da minha parte, tento encontrar a forma de fazer aquilo que chamo "crítica do escritor". Um escritor não fala da própria obra, não pode dizer nada sobre ela, mas a experiência do seu trabalho criativo lhe dá uma perspectiva única para falar da literatura feita por outros.

Um diário é escrito para dizer que não se pode escrever. Kafka, é típico nele. O engraçado é que se escrevem muitas páginas para descrever esse tema.

É verdade que minha decisão de escrever ensaios está ligada à ideia de arranjar um trabalho (dar aulas, ser editor, dar conferências). A outra razão, basta com o que escrevo nestes cadernos: reflexões privadas sobre os modos de fazer e de ler literatura. Não haveria necessidade de publicar nenhuma dessas hipóteses se não existisse uma espécie de demanda implícita. Volta e meia alguém me pede para escrever um ensaio e me paga por isso, mas é muito raro alguém me pedir um conto ou outra narrativa e pagar por sua publicação. (Pelo menos em Buenos Aires.)

Quinta-feira 1º de dezembro
Excelente narrativa de Alan Pauls, que, aos dezoito anos, conseguiu realizar uma novela (*Anverso y reverso*) com o tema do homem sozinho: alguém que se reclui numa clínica depois de se mutilar para fugir de um perseguidor. O Alan é muito inteligente e escreve muito bem. Tenho com ele a mesma sensação que tive quando li as primeiras coisas do Miguel Briante, que também nessa idade mostrava grande destreza e um estilo notável. Mas tenho a impressão de que o Alan Pauls tem mais futuro, o Miguel acabou enredado no mito do escritor precoce e teve muita dificuldade para voltar a escrever. O Alan, ao contrário, é — ou tenta ser, acho — mais completo, mais culto, e dele se pode esperar o melhor.

O mais difícil para mim é manter o embalo quando a escrita preferida e os textos parece que vão se escrevendo sem minha ajuda, por si mesmos. Normalmente, essa "inspiração" (ou seja, para mim, uma concentração extrema) dura no máximo duas horas...

Como se vê, este caderno avança porque nele escrevo invariavelmente uma série de motivos que chamarei de musicais, uma melodia, um *ritornello* em que volto a dizer sempre a mesma coisa, mas em outro registro. A mudança mais visível é cronológica: escrevo o mesmo, digamos, mas em dias sucessivos, ou seja, há uma continuidade na repetição. Nunca vou saber se o que há aqui é uma narração, quer dizer, uma série articulada de acontecimentos; nesse caso, a única forma de comprová-lo seria ler todas estas notas numa sucessão linear.

Numa inesperada livraria da rua Lavalle encontro *Culture and Society*, de Raymond Williams, que começo a ler imediatamente e a encontrar nele diversas confirmações (originalidade, mercado etc.), uma sensação de conhecer esse livro que eu nunca tinha visto.

"Um filho é o melhor investimento", slogan de um anúncio publicado hoje no *La Nación*.

Sexta-feira 2 de dezembro
    Por momentos, consciência da importância do ensaio que estou escrevendo sobre Sarmiento. Como ninguém reparou nisso antes? Por enquanto, trabalho nas citações, paráfrases, referências culturais. Esse ensaio e minha novela sobre Arlt são minha contribuição para a cultura argentina, ele disse.

A paranoia, afim ao tempo presente. Recebo estranhas ligações.

Domingo 4
    Fim de semana sossegado arrumando os livros na estante. Volto a encontrar um velho tema que talvez possa ser a base de um romance. Um homem que se recolhe para ler seus próprios diários: analisa-os e escreve sobre eles.

À tarde, a Anita Barrenechea vem conversar com a Iris, e eu vou ao cinema. Quando volto, ela ainda não foi embora, e a conversa se torna lenta e chata.

À noite, acordo sobressaltado: fantasias persecutórias, ruídos perigosos.

Segunda-feira 5
Nova ligação inquietante. As associações que constroem o sentido. Tudo pode significar. Sobretudo os rostos na rua, ou os carros que avançam lentamente, a passo de gente. A experiência do terror político é sutil e sem forma. O significado é definido pelo contexto, ou seja, a época em que vivemos.

Vou até a Fausto e seleciono os desenhos para as capas dos livros de Hemingway e Fitzgerald. Dou a última aula no curso das segundas para psicanalistas, minha principal fonte de renda, que espero que continue no ano que vem. Depois vou sozinho ao cinema: *Senso*, de Visconti, no Coliseu, rodeado da "comunidade italiana". No final da noite, janto, também sozinho, no Arturito da rua Corrientes.

No ano que vem, vou preparar um curso para arquitetos, talvez possamos começar com *A cultura das cidades*, de Mumford, e *Luxo e capitalismo*, de W. Sombart. Velhos livros que eu gostaria de reler. E, claro, os ensaios de Benjamin.

Terça-feira 6 de dezembro
Como sempre nestes últimos anos, dou uma puxada no trabalho para finalmente conseguir quatro ou cinco meses livres no verão, que financio com o dinheiro que consigo juntar de diversas fontes. A sensação de ter todo o tempo disponível abre espaço para a felicidade e a escrita.

De repente me lembro da Tristana acendendo um cigarro na ponta do outro. Aquela madrugada vendo amanhecer na praça San Martín. Bela mulher. O último encontro, meses depois de terminarmos, quando ela assistiu ao início de um seminário que eu dava na Filosofia e Letras. Dessa vez ninguém disse nada, e havia três mulheres no mesmo lugar.

Quarta-feira 7
Avanço no ensaio sobre Sarmiento. O europeísmo como função autônoma. Os letrados se atribuem lugar, assumem uma consciência da sua importância social a partir da diferença que implica o uso de uma língua estrangeira. "O europeu aclimatado no Prata", o grande elogio que Sarmiento concede a Alsina.

A mulher (descendente de um grande poeta) que registrava suas trepadas na agenda, com o nome do amante e uma cruz ao lado, como uma trilha estranha.

Encontro com o Ricardo Zelarayán. Suavemente paranoico, vai tentar (mais uma vez) processar a mulher por insanidade mental. Conta velhas histórias do peronismo: a amante de Ramón Carrillo transformada aos setenta anos em poetisa popular, graças a uma citação dos seus poemas numa telenovela de Migré. Perón que assina Descartes, porque Descartes teria assinado Perón.

Sexta-feira 9
Escrever é tão difícil, exige tanta paciência que, se eu soubesse disso em 1960, teria escolhido outro caminho. Mas, uma vez que o escolhi, não pude sair dele, ou seja, primeiro você escreve e depois vê, no final do caminho, algum livro que conseguiu terminar (e não o contrário).

Fim de semana lendo Proust, há aí uma obscura origem da teoria da reprodução mecânica de Benjamin: a tia do narrador não quer fotografias. Livro notável, mas ao mesmo tempo, quando o relemos, tudo já parece muito conhecido e quase banal. Certos livros nunca são lidos pela primeira vez.

No sábado, longa conversa na casa da Beatriz, de onde saio descontente. Conciliação.

O peso das coisas por fazer é um obstáculo sempre renovado: cartas, artigos, encomendas, pareceres etc. Para completar, hoje me avisam do jantar de amanhã com outros críticos (Nicolás Rosa, M. T. Gramuglio etc.): nunca gostei de comer com intelectuais.

Quarta-feira 14
A reunião de ontem à noite, o jantar, a conversa e o vinho até as três da manhã. Nada a dizer. Mas digo o que lembro: num velho restaurante de La Boca estavam o Lafforgue, a Josefina Delgado etc. A conversa derivava sem ordem: Joyce, Borges, a enquete do *La Opinión*, Saer, minha novela sobre Arlt, as atrizes. Depois fomos a Los 36 Billares, na avenida de Mayo, e lá, na ponta da mesa com o Lafforgue, o Carlos e a Beatriz, passamos em revista

os filósofos argentinos: Astrada, Mondolfo, Guerrero, Pucciarelli. Discutimos (discutiram comigo) a pertinência, ou não, de incluir León Rozitchner nessa lista.

Quinta-feira 15 de dezembro
Estou trabalhando no romance desde agosto, mas só no fim de outubro entrei para valer no livro, portanto faz dois meses que estou em plena *Respiração artificial*.

Encontro com o Rubén K. no bar da Córdoba com a Ayacucho. Veio me ver para que eu lhe conte a quantas ando e o que estou escrevendo. Faço um resumo do tema do romance, e ele, como sempre, se mostra atento e interessado no que eu faço. Vive na clandestinidade, usando documentos falsos, e parece sempre alegre. Uma vida ao mesmo tempo humilde e épica.

Sexta-feira 16
Janto com a Tamara K. e o Héctor L. Soturna revista pelos livros que estamos escrevendo. O gesto vanguardista do Héctor, que eu perdi ou, em todo caso, desloquei para uma paixão experimental que prefiro não definir. Eu me entendo bem com ele porque é meio lunático (não no sentido de alguém que está aluado, e sim pensando mais no significado poético de um sujeito levemente hermético). O pátio da cervejaria Munich de Palermo, a comida horrível e crua.

Romance. A época em que Maggi conviveu com Witold Gombrowicz. Discute com ele o artigo que W. G. está preparando ("Um testemunho") para vender a um jornal. A impossibilidade de se afastar de W. G. Ele lhe dava dinheiro em troca do quê? Analisar certos núcleos: o adolescente que encontra a carta.

Domingo
Encontro com o Andrés R. no Tortoni. Os medos do futuro, as discussões de sempre diante do seu ceticismo principista. Eu lhe falo (sem convicção) do livro que estou escrevendo. Ele me conta uma história em que reaparecem suas manias. Por outro lado, ninguém quer publicar seus romances.

Segunda-feira 19
Nunca corto por completo as relações por causa de diferenças de concepção (hoje com a Beatriz), não dou importância às pessoas com quem discuto. Mesmo assim, continuo repetindo a mim mesmo os argumentos que dei na nossa discussão. Ela parece ter vários interlocutores simultâneos interiorizados, e o que diz se amolda a cada um desses sujeitos potenciais.

Terça-feira 20 de dezembro
Belos romances paralisados. Cinema alemão no Goethe. Velhas fraudadoras de bancos, senhoras de certa idade. A jovem estudante da Bauhaus que decora o próprio corpo.

Quarta-feira 21
Pela primeira vez na vida, penso com temor no tempo que se abre depois do trabalho. A única coisa que espero é que o dia passe logo para que eu possa dormir e acordar na manhã seguinte para escrever. Não consigo ler porque estou escrevendo, tento não pensar até o dia seguinte na página que deixei pela metade. Alguns amigos, o Gusmán, o Andrés. O Carlos A. Distraído demais, por um motivo ou por outro. Várias cartas pendentes, para o Roa Bastos, para a Jean Franco, para o Osvaldo Tcherkaski, para várias editoras, para os herdeiros de Arturo Cancela. Acho que tenho o espírito perfeito para ser o protegido de um mecenas que me pagasse para escrever...

Neste diário há uma incógnita: o que acontecerá no final das contas com essa certeza que, no fundo, sempre tive quanto ao meu futuro como escritor? A escolha cega e segura que fiz naqueles anos, quando comecei a largar tudo (antes de mais nada, escapar de qualquer laço familiar) pela "literatura" (que para mim não era nada além dessa aposta), no que vai dar? Outros têm medo da velhice, mas eu, ao contrário, tenho uma espécie de fé cega num futuro em que vou conseguir o que quero (mesmo sem saber muito bem o que seja). O presente se apresenta ruim, e o futuro imediato também, mas serão os anos finais que abrirão espaço para essas velhas esperanças. Estranha mitologia pessoal.

Romance. Continuo a achar que a história de Maggi dedicando-se a escrever para outro a biografia de um antepassado é melhor e mais aberta. Maggi, historiador amador, dá aulas na escola secundária (é advogado). Se eu encontrar o personagem sobre o qual ele tem que escrever, não haverá dificuldades. Por outro lado, tenho a ideia central: a desaparição, nunca dita.

Quinta-feira 22 de dezembro
Trabalho um pouco em Sarmiento. Vou à Biblioteca Nacional e passo a tarde lá, abrigando-me da história lendo livros de história.

Domingo 25
Escrevo cartas atrasadas. Digo ao Roa Bastos: para fazer ouro da terra, deve-se usar o pó dos mortos.

Segunda-feira 26
Mais uma manhã que passo tentando organizar o início do romance. A partir de agora tenho que escrevê-lo como sair, deixar que a prosa defina o que ainda não entendo. Penso em levar a máquina de escrever para Santa Fe, onde vamos passar quinze dias de férias.

Por outro lado, estou tentando escrever o ensaio sobre Sarmiento com a estrutura de uma narrativa: a trama, as intrigas, o suspense, os *racconti*.

Terça-feira 27
Trabalho a manhã inteira e de novo à tarde. Maggi, como última vontade, digamos, diante a iminência da catástrofe, deixa seus papéis para o sobrinho. Esse deve ser o início, à medida que eu escrever, verei onde entra o resto.

Quarta-feira 28
Para conhecer a superfície da minha alma. Serão as reuniões ligeiras com intelectuais que me provocam um desinteresse que dura dias? Como se, depois de me encontrar com eles, eu pensasse que é melhor me dedicar a outra coisa. Ontem à noite, jantar com Anita Barrenechea, Pezzoni, Libertella, Tamara Kamenszain e uma senhora ruiva que dá aulas em Nova York. Todos comendo no Claudio. Para mim, tédio e tensão. Esqueço imediatamente do que se conversou, como se eu não estivesse lá, por mais que eu goste da Anita e aprecie o Enrique e o Héctor.

Se eu pensar no efeito de questões tão superficiais, devo dizer que vejo aí uma variada série de identificações: tendo a enxergar meu futuro nesses intercâmbios "literários" (que odeio). O processo é conhecido, preciso da irrealidade, da fantasia, das identificações mágicas, escrever sem nenhuma presença além do vazio para poder avançar na neve ou no deserto sem orientação, guiando-me apenas pelas palavras.

Tenho trabalhado por dinheiro na tradução dos contos de Hemingway, por isso não tive coragem de suspendê-la. Acaba de me ligar o Manolo Mosquera, eu pensava pedir 10 milhões de pesos, mas ele mandou me pagarem 12 milhões; eu pensava receber depois de entregar o primeiro, mas ele já providenciou o pagamento para amanhã. Os amigos são o melhor da literatura, já dizia o Paco Urondo. Por outro lado, estou com as aulas para os psicanalistas combinadas para o ano que vem (trezentos dólares por mês), e assim garanto o tempo livre de que preciso. Deixei aqui registrado meu resumo do ano que termina.

Quinta-feira 29
Passo o dia trabalhando num panorama da situação cultural (1955-75): uma autobiografia intelectual. A história da minha vida interrompida — ou definida — pelo peso da política. À noite, janto com o Carlos e a Beatriz.

Sexta-feira 30
Tudo se resolve magicamente, nesse sentido minha economia é imaginária. Recebo 6 milhões de pesos na Tiempo Contemporáneo (ou seja, cem dólares) e na Fausto recebo duzentos dólares pela tradução e cinquenta dólares de décimo terceiro. Com isso, em dezembro vou totalizar quase quinhentos dólares. Como sempre, não sei muito bem para que serve o dinheiro, só sei que o uso para não trabalhar.

Compro livros: Z. Medvedev, *Diez años en la vida de A. Solzhenitsyn*. De Soljenítsin, *Um dia na vida de Ivan Denisovich* e *O primeiro círculo*. De J. J. Johnson, *Militares y sociedad en América Latina*. De T. Di Tella, *Argentina, sociedad de masas*. De Vicente Fidel López, *Autobiografía*. De Paul Groussac, *Relatos argentinos*, e de J. B. Alberdi, *Cartas inéditas*. Depois almocei sozinho no bar da rua Talcahuano que eu frequentava na época da Jorge Álvarez.

Janto na casa colonial dos meus amigos O. Os excessos do dinheiro e das artes. Muita beleza: o mirante, as lajotas de barro, a tampa de ferro do tanque de banho das vacas, o jardim e o rio, as barrancas, os quadros (*A morte de Quiroga*, de Figari), os objetos (o pequeno baú onde Güiraldes guardava seus manuscritos), a história da casa que foi de Le Blanc (o chefe da frota francesa durante o bloqueio de 1832), o jantar com champanhe francês. Irrealidade à la Fitzgerald e ao mesmo tempo mecenato: no ano que vem, a filha psicanalista do casal anfitrião estará à frente do grupo para o qual dou aula toda segunda (para financiar meu tempo livre).

Sábado 31 de dezembro
Nada de balanços desta vez (a primeira viagem aos Estados Unidos, Nova York, Califórnia. O rascunho do ensaio sobre Sarmiento. O início de *Respiração artificial*).

Gombrowicz e Jimmy Carter. As versões do discurso do presidente dos Estados Unidos J. Carter em sua chegada a Varsóvia. O tradutor, falando em polonês com forte sotaque norte-americano, pôs na boca do presidente Carter palavras, mais do que surpreendentes, imperdoáveis. Por exemplo, quando Carter disse: "Fico feliz em conhecer os desejos dos poloneses". O intérprete traduziu: "Desejo sexualmente os poloneses". Além disso, em outra passagem, o tradutor pôs na boca de Carter a frase: "A constituição polonesa, objeto de ridículo" (cabo da Ansa no *La Nación* de hoje).

Só agora, depois de vinte anos escrevendo nestes cadernos, tenho a sensação de que registro minha vida cotidiana com cautela e eficácia.

Quem sabe um dia eu possa ler em livro este romance que agora me dá tanto trabalho escrever. Também este caderno será lido, um dia no futuro, por alguém que não será este que sou agora.

4.
Diário 1978

Domingo 1º de janeiro

Entro no ano novo lendo as histórias de *A Revolução Francesa*, de G. Rudé, e *A era das revoluções*, de Eric Hobsbawm. Como se eu quisesse pensar sobre o fim deste ciclo de revoluções e contrarrevoluções, leio também *Um dia na vida de Ivan Denisovich*, de A. Soljenítsin. A discussão atual, depois da catástrofe, o horror e o pesadelo que estamos vivendo na Argentina, parece ser um espelho deformado — como o dos antigos parques de diversões — dessa realidade política violenta.

Segunda-feira 2

Sempre ameaçado por obscuras melancolias.

Trabalho desde as nove da manhã, sem grandes resultados. Organizo a ordem dos textos. A quantidade de tempo (e a quantidade de papel) que jogo fora é inacreditável.

Quarta-feira 4

O romance avança, imagino agora o censor que lê cartas ao acaso num escritório luminoso do Correio Central. Ouvi dizer que trabalham da seguinte forma: têm um conjunto de correspondência vigiada que abrem, leem, extraem dados, fecham antes de entregar ao destinatário. Sobretudo as cartas vindas do exterior; especialmente das pessoas que mantêm sob vigilância. Mas há também outro sistema, mais sinistro, que consiste em todo dia escolher uma quantidade cada vez maior de cartas ao acaso. Eles as abrem, preparam novos prontuários, às vezes baseados em frases que entendem mal (costumam acreditar que tudo sempre se refere àquilo que eles procuram). Acho que essas coisas chegam ao meu conhecimento através dos meus amigos, mas, por outro lado, acho que eles mesmos espalham o rumor para que as pessoas se sintam sob permanente ameaça. Então o censor controla a correspondência de Maggi, mas também lê uma série de cartas escolhidas ao acaso. Na proporção de uma em cada dez, ou três em cada cem, conforme o humor e as notícias políticas.

Quinta-feira 5
Como qualquer pessoa que trabalha uma matéria frágil (e essa matéria sou eu mesmo, minhas paredes de vidro atrás das quais se vê o terror), eu deveria fazer como muitos e escrever nestes cadernos numa linguagem cifrada? Minha decisão é na verdade muito pessimista: se corro algum risco, se vierem me pegar, não será por causa do que escrevo nem dos livros que tenho na minha biblioteca, mas por ter sido mencionado por alguém que em condições infernais soltou um nome; também pode ser que meu telefone conste na agenda de um dos amigos que perdi de vista depois do golpe. Como não pensamos em nos exilar, vivemos em condições sempre incertas. (Deixo registrado que o pai do Fernando, o filho da Iris, que tem dez anos, não concede a permissão paterna imprescindível para deixar o país.) Seja como for, prefiro mesmo não sair.

Acabo de receber o pagamento por alguns trabalhos editoriais (vivo do que leio, ou do que digo sobre o que leio, ou das traduções que faço dos textos que leio) e agora carrego no bolso 20 milhões de pesos. Uma cifra impressionante até para mim mesmo, a maior quantia que já tive na vida, e no entanto, apesar de todos esses zeros, não é muito dinheiro. A realidade econômica é tão insana quanto a vida política (ou melhor, a não vida econômica e política).

Absolutamente mergulhado em Soljenítsin. Ele tem, num "país socialista" e no século XX, o tom ao mesmo tempo heroico e frágil dos velhos ideólogos e das velhas histórias do escritor maldito que marcou a literatura russa do século XIX. É um testemunho indiscutível do terror no sistema soviético: arbitrário e insano. E tem a mesma estrutura (digamos, de *A casa dos mortos*, de Dostoiévski): impossibilidade de publicar, depois "amizade", sucesso e reconhecimento. Seus livros eram inteiramente transcritos por seus amigos em pequenas folhas de papel e distribuídos desse modo. Como sempre, leio tudo de um autor (hoje as *Memórias* e, quando ainda estou no meio da leitura, *O primeiro círculo*) e me apaixono, mas quando a moda já passou.

Terça-feira 10
    Romance. A vida de quem? Se eu conseguir resolver esse ponto, logo encontrarei os materiais que são a base da biografia. Rastreio dados, cartas e documentos do século XIX, e só então me sento para escrever. Parece que esse deve ser meu sistema: não escrever todo dia, e sim em piques curtos. Isso explica, claro, minha produção "contística" e o uso das anfetaminas.

Ontem, encontro com Alberto Laiseca. Um sujeito estranho, versão saxã do rosto do David Viñas, mas construindo uma obra mitológica, ficção científica e delírio, quer ir morar nos Estados Unidos, escrever em inglês, ser como Pynchon ou como Philip Dick ou Vonnegut. Mas é muito pobre, tão pobre que regula já não digo os cigarros, mas os fósforos, não deve saber uma palavra de inglês e suas leituras são variegadas (como diria ele, que usa sempre esse tipo de palavras), o que escreve é muito bom, tem um estilo arisco muito fluido, por momentos quase um idioleto. Vive sempre sob ameaça (como muitos de nós nesta época), mas por outros motivos, esotéricos e íntimos. Não consegue ganhar a vida, nisso também se parece com muitos de nós, mas nele é uma impossibilidade quase majestosa.

Quarta-feira 11 de janeiro
    Estou totalmente parado, sem saber o que fazer, como com medo de pensar. De onde vem isso? Talvez da sensação de fracasso e de esforço excessivo e vazio diante do que estou escrevendo. Tenho esperanças de que os quinze dias que vamos passar fora de Buenos Aires me ajudem. Em fevereiro vou passar a limpo as duas partes dos romances que tenho escritos. Por ora, desinteresse total, vontade de fazer outra coisa (ir pescar, montar um quebra-cabeça etc.).

Tenho que narrar este estado com a maior cortesia. Estranha distância, lucidez impensada e uma dor surda no flanco esquerdo.

Construir um personagem que inventa ficções no diálogo com os amigos, incessantemente, sem parar, sobretudo sobre si mesmo, porque esquece quem ele é, mas não quer reconhecer que está desnorteado, e então retoma a história da sua vida em qualquer ponto esquecido e segue em frente tentando parecer sensato e feliz.

Sábado 14
Ontem, inesperado encontro com a Amanda na esquina da Córdoba com a Pueyrredón. Muito decaída, digamos. Agarrada às convicções da loucura. Estranhas histórias sobre pensar com a cabeça de outra pessoa, relatos sobre suas experiências com LSD na clínica de Fontana. Também me conta que quis estudar com Ure e, de modo incoerente, passa a me dizer que estava com ele num carro quando abriu a porta e se jogou com o veículo em movimento para fugir de algo que não cheguei a entender. É muito bonita (não quero escrever essa frase no passado), eu gostava dela. Agora, distância: uma estranha.

Preparo os papéis que quero levar para Santa Fe, quinze dias nas terras do Saer, para quem vou escrever contando que visitarei Colastiné.

Quarta-feira 18 de janeiro
Em Santa Fe. Uma chácara com piscina, a casa com ar-condicionado, uma temporada numa espécie de espaço neutro. São parentes distantes da Iris. À noite, num projetor de dezesseis milímetros, exibem um filme pornográfico e depois nos convidam para ir com eles ao quarto de cima. Eu passo, digo. Então convidaram a Iris, ela sorriu com seu ar mais perverso e disse que preferia não fazer.

Na manhã seguinte, os anfitriões tomam o café da manhã conosco, muito relaxados; ela é uma loira insípida, sem graça, e ele é um médico de província. São os piores! Em todo caso, são muito cordiais, guardam a formalidade e nos deixam a chácara enquanto vão, imagino, em busca de outros parceiros para levar para a cama na cidade de Santa Fe.

Troco meus óculos, mas escolho uma armação péssima, que já quero trocar de novo.

Quinta-feira 19
Isolado e preso, o cidadão que eu era estabelecia com facilidade um estranho diálogo com amigos distantes ou já mortos. Nesse momento estava

lendo uma biografia de Gramsci e me punha a conversar com ele de um modo quase onírico, enquanto passeava pelo jardim ou nadava na piscina. Eu me identificava com ele na sua luta contra o fascismo em condições de extrema dificuldade, no cárcere assim como eu, digamos. A posição de Gramsci, "democrática" e de frente ampla, contrapunha-se ao esquerdismo de Bordiga. Algo nessa linha é o que eu penso nestes dias, ao sol, numa pausa, em relação aos amigos que anos atrás escolheram — equivocadamente, na minha opinião, e obedecendo a uma liderança política imbecil ou provocadora — a luta armada.

Sexta-feira 20
Para as novas ideologias ou modos de pensar — lacanismo, pós-estruturalismo, virada linguística etc. — que estão na moda, o escândalo — para usar as palavras de Marx — é que exista um mundo, isto é, uma história, uma realidade.

"A necessidade da filosofia surge quando o poder de unificação desaparece da vida dos homens e os opostos perdem sua interação e sua relação viva, tornando-se autônomos." Hegel, sobre a origem da filosofia.

Algumas das minhas ilusões atuais são simples e possíveis de realizar: passar um ano nos Estados Unidos, nas bibliotecas universitárias, consultando todos os livros necessários para escrever uma obra sobre Sarmiento que seja ao mesmo tempo uma história do período entre 1838 e 1852. O que mais me impressionou na biblioteca da Universidade da Califórnia foi que, numa tarde, percorrendo as estantes, podia ter à mão toda a bibliografia necessária para escrever sobre o tema que eu bem entendesse, enquanto em Buenos Aires levo mais de três meses para conseguir a série de livros que necessito para trabalhar.

Segunda-feira 23
Releio os cadernos, só se eu dedicasse uma grande quantidade de horas de trabalho conseguiria reestruturar e ordenar essa acumulação de acontecimentos, lembranças, ideias, sentimentos, conversas e esquecimentos. Um dia ainda irei a um lugar tranquilo como este onde estou agora, longe da cidade, e começarei a transcrever o que venho escrevendo ao longo de todos esses anos nos meus — vamos chamá-los assim — diários pessoais.

Terça-feira 24
O romance policial norte-americano e a figura dos seus detetives podem ser entendidos como uma sequela da crise de 29: intimidação dos operários e espionagem industrial. Como informa o relatório sobre o Private Police System, o emprego de sistemas de detetives particulares resultou na "usurpação da autoridade pública por empresas privadas, bem como na corrupção de funcionários estatais, na opressão de grandes grupos e cidadãos e na perversão do governo representativo", cf. M. Dobb, em seus *Estudios sobre el desarrollo del capitalismo*, p. 418.

Quarta-feira 25
Por mais incrível que pareça (mas nem tanto depois do sonho que tive outra noite, em que via o número quatro por toda a parte), fui ao cassino de Paraná, Entre Ríos, e, jogando sempre plenos no quatro e uma ficha no zero, ganhei 4 mil dólares.

Quinta-feira 26
Voltei ao cassino e perdi 2 mil dólares, apesar de ter chegado a ganhar 2 mil nas primeiras três horas, portanto joguei 4 mil dólares, mas como era a quantia ganha na véspera, feitas as contas, perdi "apenas" 2 mil dólares. Essa frase foi escrita com a típica lógica numérica dos jogadores compulsivos.

Sábado 28 de janeiro
Finalmente hoje à noite voltamos para casa. Quinze dias em terra estranha, muito sol e muito tédio. Se o casal gentil e educado nos tivesse feito um segundo convite para uma cama grupal, dessa vez teríamos aceitado, sob o efeito afrodisíaco do vazio das férias.

Nesses dias li: o livro de Dobb que já citei. *As origens da Revolução Industrial*, *A era das revoluções (1789-1848)* e *A era do capital (1848-1873)*, todos de E. Hobsbawm. Também *A vida de A. Gramsci*, de G. Fiori. Leituras que para mim estão ligadas, por um lado, à época atual e, por outro, incompreensivelmente, ao romance que estou escrevendo.

Domingo 29
Vou ao cinema com a Iris para assistir a *Annie Hall*, levo comigo a pasta com os documentos e as chaves do meu estúdio, esqueço no cinema, volto para pegá-la certo de que perdi tudo sem remédio, uma senhora estrangeira — segundo me informaram — a deixou na chapelaria do cinema.

Quarta-feira 1º de fevereiro
Ontem à noite passei na editora para pegar um exemplar de *Hombres sin mujeres*, minha tradução dos contos de Hemingway, que agora, relida, me parece dura e pouco fluida.

Sábado 4
Em três dias comecei a redigir o capítulo do censor no romance. O nome dele é Arocena, esse fragmento foi reescrito em terceira pessoa. Em certo sentido, as cartas que ele tem sobre a mesa são o nó central do romance e a marca mais forte do contexto em que o escrevo. Um livro escrito ao mesmo tempo que a história que o motivou.

Na biblioteca, encontro por acaso uma biografia de Einstein e nela encontro a seguinte anotação de A. E.: "Quando você entra em desespero, nada pode ajudar, nem seu trabalho diário, nem suas conquistas passadas, nada. Toda a confiança desaparece. Acabou, pensei, tudo é inútil. Não consegui nenhum resultado. Devo desistir de tudo".

Segunda-feira 6
Belas ideias sobre o suicídio. Mais baixo, não posso descer. Nunca uma crise tão profunda, mesmo assim, em meio à escuridão, consigo rascunhar o capítulo de Arocena.

Escrevo sobre W. H. Hudson para a *Punto de Vista*. Vejo Hudson numa trama de europeus aclimatados no Prata (para usar a expressão de Sarmiento), seus romances são traduzidos simultaneamente ao auge do *criollismo*. Nesse sentido, é uma espécie de par de Güiraldes. E é sem dúvida um escritor extraordinário, do nível de Conrad.

Segunda-feira

A história do suicida colombiano que se tranca com um gravador: "Esta é minha última gravação. Depois dessa canção, acaba tudo". (Está escutando música.) Sobre essa história poderia ser escrita uma pequena peça de teatro de um ato. Uma espécie de versão mais extrema de *Krapp*, de Beckett.

Agora vou revisar o texto sobre Hudson. Espero poder assiná-lo com meu nome.

Romance. Sempre a história de um criminoso alucinado, trancado num manicômio, ou de uma mulher que escreve cartas para o futuro.

Esta é a situação hoje. Levanto às sete e meia para deixar pronto o artigo sobre Hudson para a revista. Não está bem escrito, mas está bem pensado (se é que isso é possível). Tenho pouco dinheiro, vou ter que trocar cem dólares — dos quinhentos que são todo o meu capital. Preciso responder uma carta falsa e afetada que recebi do Oscar T. há mais de uma semana. Depois, rascunhar o projeto de uma coleção de ensaios para a Fausto. Agora vou levar o texto para a Beatriz.

Quem será capaz de atingir o ponto de congelamento que consiste em reconhecer-se totalmente fracassado? Escrever como um doente que descreve seu mal com a secreta esperança de mais tarde lembrar o sofrimento esquecido.

Eu poderia ganhar a vida "decentemente", fazendo traduções, melhorando meu trabalho na editora, aparecendo mais, dando mais cursos, escrevendo de quando em quando um artigo nos jornais (mas não nesta época). Não imaginar nada para mim. Ler, esperar o futuro; poderia então, talvez, estar mais tranquilo. Curiosamente, isso é o fracasso — ou seria o fracasso para mim —, já que, desde os vinte anos, venho tentando tornar minha vida mais difícil, como se isso fosse a condição da arte...

Terça-feira 14

Ao contrário de mim, ele havia aceitado a ideia do fracasso. Abandonara havia muito tempo toda pretensão de fazer qualquer coisa que fosse além da sua mera subsistência. Descobriu na falta de ambição uma espécie de confusa felicidade e sentia uma irônica satisfação quando observava seus contemporâneos conseguindo um ínfimo sucesso. Ele nunca poderá ter essa compensação; escreve para não pensar.

Vou até a editora. Apresento o projeto de uma possível coleção de ensaios, baseada em livros ou em coletâneas de artigos sobre literatura escritos por escritores: Brecht, Pound, Valéry, Eliot etc. Na livraria está o Luis Gusmán, que voltou de uma viagem ao Brasil e traz notícias do Manuel Puig. Almoço com ele no Banchi: o Manuel não pensa em voltar, e nós não pensamos em ir embora.

Quinta-feira 16
Uma das chaves da literatura moderna na Argentina é o francês Paul Groussac. Ele definiu a noção de estilo que chegou até Borges. E depois? Deixa de haver um só critério para definir o que se costuma chamar "escrever bem", isso quer dizer que já não existe um único lugar de poder literário que determina as exclusões e inclusões.

A *Punto de Vista* está na gráfica e vai sair em março. O Elías e o Rubén são a base de apoio econômico. Queremos que a revista sobreviva nesta época sombria, em que todos se cuidam e se escondem: é preciso tentar que os intelectuais se reúnam e é preciso tentar também uma conexão com o exílio. Discutimos vagos projetos sobre o número 2. Tentamos fazer reaparecer os velhos amigos, que saiam de baixo das pedras. O Nicolás Rosa, a M. T. Gramuglio, o Jorge Rivera. Todos desacorçoados pela ditadura. Vou ver se consigo pedir um conto para o Miguel Briante ou o Alberto Laiseca: os que sobrevivem no terror.

Trabalho no romance com fervor, lentamente surge a noção de fracasso como um estranho motor da narração. Uma espécie de épica negativa: o que dizem, do que falam aqueles que fracassaram? Sensação de estar exausto, de que é melhor deixar o tempo passar e esperar. Essa "impressão" tem algo de atraente para construir um personagem, um misto de quixotismo e cansaço. Alguém que se paralisa diante da menor dificuldade. Temor à possibilidade: esse é o mal da nossa época, por assim dizer. Uma espécie de niilismo idiota.

Sexta-feira 17

Um sonho. Eu olhava o relógio e via que dava erroneamente *quinta-feira 3*, "não virou o dia", pensei. "Hoje é sexta-feira." Parece uma transposição da primeira reunião com o Carlos e a Beatriz para discutir a revista: foi na quinta-feira 2 de fevereiro, mas a reunião estava programada para a sexta-feira 3. Um resto diurno: ontem fui me encontrar com os dois, era quinta-feira, mas também não era o dia da reunião. Já na realidade, escrevi o ensaio sobre Hudson e o assinei com meu outro nome. Que eu deva assiná-lo assim não deixa de ser uma metáfora. Serei capaz de aceitar o anonimato, a discrição, a insegurança? Parece que é isso o que eu tenho que fazer nos tempos que correm. Elogios da Beatriz, que recebo com ironia. Somos um grupo de franco-atiradores atrás de uma vanguarda em dispersão.

Sou um homem muito particular, disse. Acordo às sete para ir trabalhar. Quando o sol declina, volto para casa. Preciso ir buscar, disse, um aspirador numa loja que fecha às dezoito. Depois vou à feira, acrescentou, e à noite ao teatro. A luta contra as ideias persiste em mim, concluiu.

Sábado 18

Ontem à noite no teatro: *Butley*, de S. Gray, peça um tanto convencional, com um personagem delirante, que monologa sem prestar atenção nas palavras que seus amigos lhe dizem como réplica. Gostei dessa situação, um personagem que está numa peça de teatro como se fosse um visitante surpreso numa trama que não entende. Monologa sobre isso. Leio um romance e quero escrever outro mudando aquilo que li, por exemplo, *O cerne da questão*, de G. Greene, tirar daí todo o modo de ser transcendente e religioso, o que restaria? Nesse caso, assisti a uma peça de teatro e imaginei uma peça diferente, que poderia ser escrita. As virtudes da literatura não empírica. Hoje de manhã, no banho, imaginei uma peça que eu poderia escrever: "Gombrowicz em Buenos Aires", os delírios, "as representações", a pensão etc. O homem que diz ser um escritor genial sem que ninguém acredite nele. A arte de fracassar com estilo.

A situação geral age como uma poção maligna que produz um efeito de letargia geral. Nada me interessa, disse. Não consigo me suportar. O outro lhe responde que não deve confundir o mundo com seu espírito interior. Ele ri, e esse é o começo daquilo que chamamos épica negativa.

Domingo

No banheiro, ao me barbear — o rosto no espelho — hoje de manhã, de novo Gombrowicz. Escrever algo sobre ele em *Respiração artificial*. "O homem loiro que hoje se instalou no quarto diz que é conde." De novo um escritor como protagonista? Melhor Maggi ser um historiador e o outro, um filósofo. Bouvard e Pécuchet. Talvez isso esteja ligado ao que pensei hoje ao ver um conto de Borges no *La Nación*. Parece uma colagem dos seus contos anteriores. "Está se repetindo", pensei, "mas eu vou persistir na diferença."

Ontem recebi uma carta do Manuel Puig, acaba de terminar, diz, seu quinto romance. Espera, diz, grandes coisas de mim na linha que "abri" com *Nome falso*. Está bem e está tranquilo, apaixonado, não pensa em voltar nunca mais "para esse país, horrível e rancoroso". Queixa-se com razão da crítica estúpida e negativa que recebe o tempo todo dos "jornalistas literários e afins". Respondo que estou trabalhando com dificuldade num romance cujo horizonte confuso tem a ver com a tentação do fracasso.

Segunda-feira 20 de fevereiro

Nos últimos dias, escrevi um rascunho de 35 páginas, limitando-me a desenvolver a linha do romance epistolar. Um gênero antigo que o mundo atual pôs na moda, os amigos dispersos como uma tribo assolada pelos espíritos do mal. Muitos se refugiam nas altas montanhas, outros se escondem na floresta e alguns permanecem na intempérie.

Quarta-feira 22

Ontem à noite, este sonho. Estou com a Amanda. Alguém fala em armas. Peço que as guardem "no guarda-roupa dos fundos". Ela recusa. "É uma questão de estilo", digo eu. A Amanda tem um irmão médico etc.

Romance. O homem sem qualidades que lê cartas no correio e deve censurá-las. Classifica a correspondência. Fotocópias, transcrições.

Curiosidades. A geladeira funciona sem parar desde ontem: é pequena, está na parede em frente ao minifogão e enguiçou. Mas enguiçou de um modo particular: em vez de não funcionar, funciona sem parar.

A capacidade de trabalhar duas ideias diferentes ao mesmo tempo, dizia Fitzgerald, é a marca de uma inteligência de primeira ordem. Aqui não se trata apenas de duas ideias, quem dera fossem apenas duas: a proliferação persiste, e aí você acha que a loucura é iminente. Faço listas como se fosse um modo de apagar o que penso, deixá-lo escrito para esquecer, ficar só com o zumbido doente da geladeira enguiçada. Como construir um sistema para apagar as lembranças? Escrever uma história com um homem que foi treinado pela polícia secreta da Alemanha Oriental: um método soviético, mais ou menos pavloviano, que permite apagar os nomes, os endereços e os dados que podem ser delatados sob tortura. O homem, digamos um guerrilheiro do ERP, aprende a construir o esquecimento e não se lembra de nada que não queira lembrar etc.

Quinta-feira 23
Parece que a análise do início do *Facundo* ("a primeira página") pode ser o núcleo de um ensaio sobre Sarmiento.

Domingo 26
Encontro com o Laiseca, ele me dá para ler seu excelente romance interminável, escrito à mão. A ficção paranoica, o melhor é o estilo valente e muito pulsional.

Ontem, o dia inteiro em conversas sobre os anos 60. As décadas não têm sentido, não são um modo de pensar, mas ainda assim é preciso refletir sobre os anos em que um amplo grupo de pessoas em diversos lugares viu a mudança como algo iminente e possível. Ninguém pode imaginar a felicidade que isso significa.

Na sexta, revejo a Italiana como uma estranha e também próxima e também decrépita (como eu mesmo). Por ela (não por sua causa), como se fosse uma realidade paralela da qual é impossível sair, me separei da Julia. Tem esse mérito.

Não queria reduzir estes cadernos a um mero bloco de anotações do que estou escrevendo, mas também não quero esquecer o ar destes tempos. Meus amigos na cidade, de rosto descoberto, admiramos os poucos que continuam imaginando que isso tem um objetivo secreto ou, em todo caso, que obedece — entre aspas — a uma lógica política clássica neste país. Em algum momento terão que fazer política, e aí já não terão mais tempo. Por outro lado, certas dificuldades com os livros para a Fausto, resistem a formalizar minha situação (6 milhões de pesos por mês). É o que me pagam de forma avulsa. Reuniões para erguer a revista e tudo em torno dela: sempre vivo essas coisas de fora.

Terça-feira 28
   Termino de trabalhar em meio a grandes inquietações pessoais. Ontem me deitei às nove e fiquei na cama doze horas. Faz quase oito meses que estou trabalhando no romance, e os resultados ainda não se veem. Ontem me encontrei com o Luis Gusmán no café Los Galgos, conversa fluida com ele, que é um amigo, leio alguns fragmentos de *A prolixidade do real*, e ele me mostra o romance que acaba de terminar. Sempre estamos sozinhos e isolados nestes tempos "ruins para a poesia", como dizia B. B.

Preciso ir à embaixada dos Estados Unidos para pedir a devolução dos impostos sobre meu salário na Universidade da Califórnia, que recebi no ano passado. Parece que vão me devolver 750 dólares.

Quarta-feira 1º de março
   Troco cem dólares na casa de Pocho Peña. Recebo 6,5 milhões de pesos. Percorro as livrarias da Florida e da avenida de Mayo. Circulo entre os pedestres como um homem invisível. Compro *El diario alemán*, de Drieu La Rochelle. Sento no bar Los 36 Billares. No livro, encontro um procedimento narrativo, o escritor em outro país que registra tudo como um antropólogo. (Fazer o mesmo aqui.)

Passo a manhã trabalhando na Biblioteca do Congresso. A língua estrangeira como chave da autonomização dos intelectuais no Salão Literário. O europeísmo, procedimento de autonomia.

Quinta-feira 2 de março
   Passo a tarde na Biblioteca Nacional. Tomo uma A e varo a noite trabalhando até as oito da manhã.

Domingo
Quando vinha para cá pela Viamonte, uma mulher no meio da rua vazia se aproxima com um papel na mão. Acho que vai me atacar. Que Deus te abençoe, diz, e te ajude a realizar teus desejos. Me entrega um folheto da Igreja Pentecostal de Santidade.

Terça-feira 7
Já se passou metade da manhã quando me deito para dormir. Será que não é melhor eu trocar a Dex pelas E? São fortes demais, me fazem trabalhar doze horas seguidas, mas me deixam destruído no dia seguinte.

Desci para almoçar à uma e meia. Na volta, me deito e durmo três horas. São cinco da tarde; atordoado, quase morto, olho a cidade pela janela.

Janto com o Alan Pauls, que vem da Europa e me traz os livros de Tyniánov.

Quinta-feira 9
O diário de Anaïs Nin, um modo de introduzir nos textos aquilo que depois se quer provocar na realidade.

Sexta-feira 10
Agora vou à barbearia e em seguida me encontro com o Andrés, e depois continuarei lendo o romance de Semprún para matar o tédio.

Discussão com a Iris sobre a *Punto de Vista*, que acaba de sair. Ela está certa, e é isso que me deixa furioso. Tudo jornalístico demais, diz.

Terça-feira 14
Ontem à noite, voltando do cinema, na praça Lavalle, numa daquelas ilhas no meio da rua, um homem, ajoelhado, empunhando uma garrafa de vinho pela metade como se fosse um microfone, rezava em voz alta, na solidão. "Que foi morto e sepultado e ressuscitou no terceiro dia para nos salvar do pecado." Um rosto vagamente balcânico.

Quinta-feira
Lá embaixo, no terraço do colégio, as crianças judias com seus capotes me fazem pensar na brutalidade nazista, naquela foto de um menino no

instante de ser fuzilado; essa imagem serve, paradoxalmente, para me lembrar em que país estou vivendo.

Sábado
Em sua casa, Héctor Libertella recebe Enrique Lihn. Bebe uísque e falamos da poesia chilena.

Terça-feira
De quando em quando volto à crise familiar de 1955; neste país a política interfere diretamente na vida íntima.

Chega dos Estados Unidos uma carta de Joseph Sommers. Talvez tenhamos que ir embora outra vez.

Trabalho há meses no romance. As anfetaminas permitem que eu me concentre e trabalhe dez horas sem parar, depois passo um dia em branco e volto a me trancar por mais dez horas. Tento escrever um primeiro rascunho sem voltar atrás nem reler. As cartas que Arocena abre e lê são um núcleo básico da trama.

Segunda-feira 27 de março
Reviso a tradução de *Despair*, de Nabokov, preparo o curso de filosofia para psicanalistas, em troca de quinhentos dólares por mês.

Sexta-feira 31
Quarta-feira à noite nos encontramos para discutir a revista, críticas e digressões que se estendem até as duas da manhã.

Sexta-feira 14 de abril
Avança a história de Marcelo Maggi. "Para mim, a história começa há dez anos. Eu acabava de publicar meu primeiro livro, e ele me mandou uma foto e uma carta."

O tio só quer que sua situação seja conhecida porque no relato dessa vida há um segredo que ele quer que seja conhecido. Está em perigo e desaparecerá no final do romance.

Plano: a história, escreve cartas para o sobrinho, não é encontrado. Revela um segredo (um amor ou qualquer outro fato para revelar o que ele não queria dizer).

Terça-feira 18
Por que o procura? Para retificar sua história. Qual? Algo que não será dito. Partir de um único dado (insignificante) que o narrador tenta retificar. Essa é a fábula que preciso "descobrir".
Consigo construir a fábula (a fraude) e escrevo duas folhas e meia. São três horas da tarde e entro na segunda parte do longo capítulo: as "correções" que Maggi faz no romance e na história da sua vida.

Quarta-feira 19
Trabalho a manhã inteira para deixar uma versão legível do que escrevi até agora, porque a Iris quer saber o que estou escrevendo. O rascunho tem quarenta páginas e avança melhorando. Hoje: "convicto e confesso".

Quinta-feira 30
A Iris lê as quarenta primeiras páginas e funcionam bem.

Há uma versão do romance publicada em abril de 1976 que Marcelo Maggi corrigiu, cheia de notas, interpolações, até críticas ao estilo. O diálogo com o romance público a partir da "verdade" autobiográfica como sinal de um homem que está em perigo.

Sexta-feira 21
Reescrevo a primeira carta. O personagem vai sendo situado e se define a fábula que vai resultar da troca de cartas.

Segunda parte do romance: viagem a Concordia. Não o encontra. Deixou um recado para ele no hotel. Longa conversa com o enxadrista polonês. Cruza o rio e se encontra com Coca, que delira outra história.

Terça-feira 25 de abril
Não vejo muito bem por onde seguir depois da primeira carta. Preciso resolver o problema técnico, como "explicar" a sequência de cartas?

Atolado. A narrativa é conduzida por Maggi, mas falta achar um gancho. Não gosto da sequência de cartas sem motivo.

Quinta-feira
O romance avança, exasperante lentidão. Escrevo o rascunho de mais duas cartas. O exílio na época de Rosas. O homem preso que não vê as mudanças políticas.

Terça-feira 2 de maio
A prolixidade do real. 1. História familiar, o romance já escrito. Ampliar biografia de Marcelo e dados sobre a família. 2. Cartas. Manda o sobrinho falar com vários amigos. 3. Viagem a Concordia. Marcelo "foi embora". Jantar com o Polonês. 4. O Polonês, único herdeiro. 5. O arquivo. Anotações pessoais, documentos históricos. Cartas de Maggi. Cartas de Esperancita. 6. Cruza o rio, monólogo de Coca.

3 de maio
Marcelo Maggi trabalha numa biografia de Enrique Lafuente. Secretário de Rosas: traidor. Avô de Esperancita. Deixa um baú com documentos inéditos que a avó de Esperancita (Clara Lafuente) decidiu manter em segredo. Com o falecimento de Clara, o baú passa às mãos do seu filho mais velho, Marcos, o cego inesquecível, pai de Esperancita. Ninguém dá importância a esses papéis. Por motivos familiares, o pai fez Esperancita jurar sobre o baú que não o abriria antes de sua morte. Os papéis passam trinta anos em poder de Marcos no seu quarto. Marcelo não respeita o juramento e começa a trabalhar nesses documentos depois de se casar. Este seria o prólogo escrito por Marcelo Maggi.

Sexta-feira 12 de maio
Atolado. Não consigo resolver o capítulo II, qual o tom e a fábula das cartas de Marcelo?

18 de maio
É preciso saber esperar. Deixar que chegue o modo de resolver essa história que parou depois de ter começado bem.

Quarta-feira 31 de maio
Resolvo o capítulo de transição entre as cartas e a viagem.

Quarta-feira 14 de junho
Preparo um fragmento do início do romance com a história do "irmão da minha mãe" para a *Punto de Vista*.

Assisto à Copa do Mundo pela televisão, nada do que acontece faz sentido e não merece ser lembrado.

Segunda-feira 19
Recordo uma cena, na esquina da Rivadavia com a Medrano, antes de entrar no metrô: eu lendo um elogio a Doris Lessing no suplemento literário do *Times* de Londres. Por que ela se fixou na minha memória? Deveria reler o diário daquele ano (1965) para ver se naquele momento teve algum significado especial. E esse poderia ser um procedimento para escrever o livro do diário (relação entre o que escrevo e o que recordo).

Sexta-feira 23
Reunião da revista, saiu o capítulo do romance e meu artigo sobre o Saer.

Multidões nas ruas para comemorar a classificação da Argentina para a final da Copa. Eu passeava sozinho em meio ao mar de gente, como Robinson na sua ilha.

Quarta-feira 28
Ontem à noite, telefonema de Susana Appel, da editora Pomaire, leu o capítulo na *Punto de Vista* e ficou interessada no "romance que estou escrevendo".

Terça-feira 4 de julho
Recente golpe, resolvo o assunto da segunda carta (as conversas entre Genz e Maggi sobre filosofia e história; evitam falar de questões pessoais). A mesma iluminação alguns dias atrás, quando escrevi a passagem da primeira para a segunda parte do romance.

Quinta-feira 20
Ontem à noite, súbito surto de paranoia. O corredor. Não podia avançar nem retroceder. Espero não voltar para o clima de pesadelo de março e setembro.

Terça-feira 25 de julho
　Começo a copiar e a passar a limpo a primeira metade do romance.

Única virtude, a desconfiada utilização dos meus próprios defeitos. Sou aquele que não pude ser etc.

Ainda conseguirei fazer, destes cadernos "negros", um laboratório da minha própria vida? Rastros, citações, experiências, ficções breves.

Terça-feira 1º de agosto
　Uma história. O homem que não consegue se decidir a fazer nada e adia tudo. Passa os dias sentado num bar ou zanzando pela cidade ou largado na cama. Tudo lhe dá trabalho e se deixa estar. Fora, uma realidade estranha e aterradora (que não é descrita) e que ele é o único que parece entender.

Outra história. Um homem que se deixa capturar pela fantasia, imagina uma vida, principalmente quando caminha sozinho pela rua. Na sua imaginação, tem um apartamento muito seguro e luminoso, alguém lhe traz todos os meses quinhentos dólares com os quais vive modestamente. Vai vivendo nessa vida inventada e tranquila, mas aos poucos — primeiro nos sonhos, depois na realidade — tem a forte impressão de ter sido traído, porque não era essa a vida que tinha imaginado para ele etc.

Quarta-feira 9
　Na segunda e ontem, uma crise inesperada. A Rosita quer vender o apartamento, e tenho que deixar o quarto que aluguei para escrever.

Segunda-feira 14
　Faz muito frio. Fui à barbearia e cortei o cabelo.

Leio o diário de Brecht, ele também havia perdido tudo, mas não tinha medo à noite nem era acordado pelos barulhos da rua. O que se aprende nessas situações? A reconhecer as determinantes, a vida já não depende de nós mesmos. A realidade exterior invade a iniciativa de tal maneira que parece absurdo fazer qualquer coisa, já que nada pode ser feito para resolver a questão principal. Não é verdade que nesses casos a gente valorize — como deveria — a liberdade: o medo de perdê-la faz com que seja preferível não pensar nas suas virtudes. Tende-se antes a pensar que a vida anda tão complicada e ameaçadora que, afinal de contas, a morte não seria tão grave assim (claro que não se trata apenas de morrer...). Estranha relação com o tempo, o futuro (outra situação política) parece muito distante. Difícil fazer projetos, vive-se o dia de hoje. A memória está ligada ao presente: só se recorda a situação atual. Não se sabe nada sobre os fatos que diziam tudo. No que eles estarão pensando? O que pensam em fazer? O telefone, aparelho perverso. Só traz más notícias. Salvo esperar que clareie, tudo deixa de ter importância. Portanto, é cada vez mais difícil agir.

Outro dado, não consigo reler estes cadernos. Agora também desconfiança do passado.

É preciso saber esperar, ter a paciência — a fortaleza — da pedra que desvia o curso do rio. Pensado depois de eu sair para a sacada, no oitavo andar, com a secreta ilusão de "passar desta para melhor".

Terça-feira 15
Dei uma boa aula, os grupos de estudo são um espaço inesperado de liberdade e decisão, os estudantes procuram uma formação fora da universidade, sob a intervenção dos militares. Há meses venho dando um curso sobre Sarmiento. Saí de casa e fui ao cinema e depois fui jantar no velho restaurante da Riobamba com a Santa Fe.

O sonho de ontem é a melhor expressão do meu estado atual. Eu fazia uma viagem imprevista às Filipinas, onde Karpov e Korchnoi disputavam o título mundial de xadrez. Minha mãe tinha conseguido um lugar no avião para mim. Um mês ao sol, eu pensava. Viajava preocupado com os alunos e os grupos, que não conseguira avisar por telefone.

Sexta-feira 18 de agosto
Reunião ontem à noite na casa do Pezzoni com Bianco, Anita Barrenechea, Libertella etc. Discussões, conversas, piadas.

Terça-feira 22
    Acordo às duas da manhã. Terror. Olho pela janela, na rua não há carros. Tomo um comprimido para dormir. Os detalhes microscópicos do medo (o ruído do elevador no meio da noite).

Segunda-feira 28
    Os amigos desaparecidos. Ontem à noite, o Andrés me traz a versão, os detalhes. O Elías pediu alguns livros para ler quando vieram buscá-lo, o Rubén se despediu da mulher e dos filhos. Discuto com o Andrés caminhando pela Florida. Depois, mais tarde, profundas ruminações noturnas. O álcool. Os calmantes. Em claro desde as três da manhã. Penso neles e não posso fazer nada.

Segunda-feira 4 de setembro
    Viajo a Mar del Plata. Duas noites sem dormir (quarta e quinta). As notícias se sucedem, uma pior que a outra. A espera. O temor. Os calmantes. Todas as notícias são catastróficas.

Nenhum dos amigos que caíram disse nada sobre a relação do grupo com a revista. Vaguei estes dias pela cidade, desolado e confuso, mas nenhum dos que sabiam da relação com a revista disse nada nem nos comprometeu, apesar do horror que procuro nem imaginar.

Sexta-feira 8
    Passo três dias na casa da minha família em Adrogué. Fico sozinho na edícula; meu pai alugou a frente da casa para um gráfico e sua mulher. Eu escuto suas vozes e risadas à noite. Durmo no aposento que era o arquivo central do meu avô Emilio. Há um quarto ao lado, com escrivaninha, uma cozinha e um banheiro. São dias, para mim, de reclusão e espera. Veremos o que se pode fazer.

Quinta-feira 14
    Continuo nesta casa que é a da minha infância, aqui me fecho. Continua a espera. Em todo caso, venho para Adrogué todas as terças, confinamento e solidão até a sexta, quando volto para Buenos Aires (hotéis, casas de amigos).

Quinta-feira 21

Desde terça, como sempre nesta casa estranha, trancado, lendo. Não quero escrever nestes cadernos, a não ser que encontre uma linguagem cifrada que ninguém possa entender.

Sexta-feira 22

Encontro a Beatriz Sarlo na Biblioteca do Congresso, e depois de uma troca de palavras rápida e nervosa decidimos voltar para casa, certos de que nossos amigos nos mantiveram a salvo. Assim sendo, vamos continuar com a revista.

Terça-feira 3

Vejo vários filmes alemães de Wim Wenders (*Alice nas cidades*, *No decurso do tempo*, *O amigo americano*), onde encontro as viagens, as fugas, a distância, a literatura norte-americana.

Um conto. "Heroico Paysandú, eu te saúdo." Boa frase para escrever uma carta final. O suicida. Alcoólatra. A solidão nesse recanto de Buenos Aires. Não sabe como viver, efeito das determinações políticas. Solidão e ascetismo à toa. Bancarrota total. Tem trinta e sete anos. Uma vida inútil.

Trabalho no período 1852-74 para o curso dos sábados. Mansilla e Hernández. O primeiro escreveu *Una excursión a los indios ranqueles* quando estava afastado do Exército, aguardando o julgamento militar. O segundo escreveu *Martín Fierro* fechado num quarto de hotel, perseguido, em frente à avenida de Mayo, em Buenos Aires, a febre amarela, o tédio. Como o Rodolfo Walsh me disse alguns anos atrás: "Estando entediado, o que se pode fazer além de escrever?". (A lista de mortos.) Pode-se fazer tanta coisa…

Quarta-feira 25 de outubro

Trabalho no romance. Agora volto para Buenos Aires. Amanhã, conferência sobre o gênero policial.

Terça-feira 31 de outubro

De novo na casa da família, depois de viajar no trem que corta minha vida ao meio. Na quinta, dei a conferência; na sexta e no sábado, dei aulas; no domingo, escrevi um breve artigo sobre Barthes que a Tamara me pediu para *Confirmado*; na segunda, aula para os psicanalistas sobre Deleuze.

***
Leio uma biografia de Goebbels: "Ao jornalista norte-americano Edgar Ansel, declarou que precisava de três dias para encontrar as duas palavras exatas para um cartaz eficiente".

Regresso aos mitos familiares. Almoço na casa da Elisa, a família é uma máquina de produzir ficção sobre si mesma.

Quarta-feira 1º de novembro
Hoje visitei o oráculo de Delfos, não porque ela — a mulher ferida — se apresente assim, mas pela clareza imperturbável do seu modo de falar. Um oráculo sem enigma, a confusão, em todo caso, é de quem o consulta.

Basta falar com uma dessas mulheres para perceber a outra realidade. As mães vivem num país ocupado por um exército inimigo.

Terça-feira 7
Novamente nesta casa no sul. Leio um livro sobre o nazismo (Karl D. Bracher, *A ditadura alemã*). A trajetória de Hitler, que chama a si mesmo de "artista" ("seu trabalho consistia na cópia ou ilustração de cartões-postais"), fracassos variados até que "chegou à conclusão de que o criador — ou seja, ele mesmo, como pintor — é sempre enganado pelo marchand judeu, homem astuto e muito vivido, erigido em comprador inescapável". Estranha raiz antissocial do "artista" confrontado com a sociedade, matriz fascista nada estranha a outros "criadores": aqui se atribui ao judeu o que Flaubert dizia do burguês (mas esse pequeno-burguês não era um rentista).

Ao mesmo tempo, outra derivação dessa leitura: "Errância misteriosa de Hitler, que se estende por mais de cinco anos. Abrupto e encoberto desaparecimento". Durante esses anos (ele reaparece em 1913, em Munique), digamos que Hitler se encontra com Kafka. Caminham juntos pelas ruas de Praga. "O antissemitismo como ciência oculta" (segundo Hitler). Os dois, por outro lado, são "artistas" marginalizados que sonham com grandes construções. Construir, então, uma narrativa que ajudasse a explicar como e por que Kafka se antecipou de modo tão previdente às realidades do nazismo. Hitler lhe contava seus planos etc. Kafka, claro, foi (era) o único a não considerá-lo louco. Uma nova explicação, por outro lado, da sua decisão de mandar queimar seus escritos. Existe um retrato de Kafka pintado por Hitler: um cartão-postal e, num canto, a figura doce de K. Por outro lado, Hitler estava em Praga, digamos, porque fugira ao "dever do alistamento militar que lhe cabia entre 1909 e 1910". Um desertor, além disso agarrado à sua "saudade de Munique, cidade das artes".

("Em resposta às investigações das autoridades austríacas, que resultaram inclusive em sua detenção provisória e transferência a Salzburgo, Hitler apresentou uma servil confissão de suas penúrias. Só se livrou do alistamento e do castigo previsto devido a sua saúde precária. A extensa alegação que dirigiu às autoridades de Linz [peça kafkiana] é quase um rascunho de *Mein Kampf*, no qual se derramava em frases de autocomiseração [em 1914] como estas: 'Nunca conheci essa palavra tão bela que é juventude'.") ("Artista, frequentador de cafés, incapaz de relações humanas normais.") ("Não bebia, não fumava, era viciado em guloseimas.")

Éramos homens de transição, vivíamos à margem da realidade.

Quarta-feira 8 de novembro
Polêmicas em torno dos trinta meses da ditadura militar e dos planos econômicos implantados por Martínez de Hoz. No que toca à inflação e levando em conta apenas os dados oficiais, observa-se que nesses trinta meses o aumento do chamado "custo de vida" chegou a 1354,3%. A participação dos trabalhadores na renda nacional, que em 1974 estava em 46,9%, caiu para uma média hoje inferior a 30%. Tomando como base o PIB informado por Martínez de Hoz, de 50 bilhões de dólares, os assalariados deixaram de receber 7,85 bilhões de dólares (isto é, mais de 200 milhões de perda mensal). A atual recessão, por sua duração e profundidade, não tem precedentes desde a crise de 1930. Os dados oficiais são os seguintes: houve uma queda de 5,1% do PIB em relação ao do ano passado, ficando abaixo do de 1976, 1975 e 1974. O investimento bruto fixo, no primeiro semestre deste ano, é 13,7% inferior ao do mesmo período de 1977, e está 14,4% abaixo do nível de 1974. A produtividade do setor industrial teve uma queda de 24,9%, quando comparada com a de 1974.

No marco dessas realizações, devemos ter em conta que a última reforma ministerial significou o respaldo absoluto a Martínez de Hoz e ao ministro do Interior, A. Harguindeguy. Nos primeiros nove meses de 1978, as falências atingiram um recorde histórico, em número oito vezes maior do que em 1977 e dezoito vezes maior do que em 1976. Tudo leva a crer que a crise da ditadura vai se acelerar, e com isso podemos começar a vislumbrar a ruptura interna e um novo reagrupamento.

Difícil prever o rumo dos acontecimentos, a cúpula militar tenta sem dúvida mudar o caráter de classe do Estado e reformular a base política do poder. É a expressão do capital financeiro monopolista? Difícil saber. Por ora, o peronismo e o radicalismo não avançam para além de uma crítica abstrata; a classe operária parece não sair do refluxo. No entanto, deve-se levar em conta a pressão dos Estados Unidos, que postulam a democratização e o diálogo, e os "riscos" de uma guerra com o Chile, que poderia ter dois efeitos: 1) Respaldo político à ditadura ("unidade nacional contra o agressor") e a seu plano econômico (a crise passaria a ser explicada pelos efeitos da guerra). 2) Processo de reconstituição do poder militar, "golpe de Estado" contra Videla a fim de assegurar a eficácia da condução militar e política em face da guerra.

Quinta-feira 16
Saturado: a reclusão, as anfetaminas, a solidão. Não avanço muito, por outro lado: termino um rascunho muito precário do segundo capítulo.

Domingo 19
Um conto. Um homem que vive sempre apertado de dinheiro aluga um quarto na casa de uma senhora alemã, viúva e solitária. Está escrevendo um romance. Todos os dias, à noite, sentado num bar etc., tenta dissolver os efeitos que a escrita e o isolamento provocam na sua linguagem: escreve correntemente, mas fala como um gago.

Quarta-feira 22 de novembro
Greve dos ferroviários. Amanhã vou a Adrogué com o Horacio, de carro. Começa afinal o processo do clímax? As sucessivas movimentações de oposição à ditadura dos setores políticos, declarações do peronismo, do radicalismo, dos católicos progressistas. A guerra com o Chile se apresenta, portanto, como a única contraofensiva possível da ditadura.

Quarta-feira 29
Decido escrever um prefácio para uma edição de *Facundo*, de Sarmiento, que o Lafforgue me pediu para a Centro Editor.

Quarta-feira 6 de dezembro
Trabalho no *Facundo*. O prefácio avança e se estende além da conta: deve chegar a trinta páginas, e ainda assim faltará dizer tanta coisa sobre tudo. Como sempre, me imagino dedicado a escrever um livro sobre Sarmiento no qual pudesse pôr tudo o que tenho pensado sobre sua escrita.

Trabalhei seis horas, desde as oito. Agora são cinco da tarde, e estou ao mesmo tempo entediado e cansado. Sempre sozinho, como na prisão. Deveria continuar escrevendo, mas não tenho mais vontade. Ontem, em compensação, trabalhei das nove da manhã às dez da noite.

Quinta-feira 14
Termino um rascunho de vinte páginas: "Introdução a *Facundo*".

Terça-feira 19 de dezembro
Nestes dias, escrevi um prefácio a uma antologia de contos policiais.

Terça-feira 26 de dezembro
Entre ontem e hoje, terminei uma versão reduzida de doze páginas — e bastante boa — do prefácio a *Facundo*. Além disso, terminei os cursos. Leio Freud.

5.
Diário 1979

Quinta-feira 11 de janeiro
　Estou outra vez na casa "natal". Vivo na ala que dá para o pátio interno, isolado, longe do barulho da família que aluga a parte da frente. As mulheres falam sozinhas, faz muito calor. Volto repetidas vezes à ficção. Onde este romance vai acabar?

Segunda-feira 22 de janeiro
　Escrever ensaios sem encontrar uma forma específica que permita um olhar pessoal não me interessa. Procuro transmitir "a leitura do escritor": vejo três passos, ou três campos. 1. Analisar a construção, uma leitura, digamos, técnica, centrada nos procedimentos. 2. Uma leitura estratégica, que consiste em ver a totalidade do território e se situar nele. Por um lado, luta de poéticas; por outro lado, o lugar da literatura na sociedade, e não o contrário. 3. História imaginária da literatura. Definir de que maneira a ficção narra diferentes campos da vida literária. História dos escritores imaginários.

Sábado 27
　No Tortoni, reunião da revista. Leitura de diversos artigos, entre eles meu ensaio sobre Borges.

Sexta-feira, no Centro Editor, recebo 13 milhões de pesos pela organização da antologia policial e pelo prefácio.

Termino um rascunho da resposta sobre a *Sur* para a enquete no *La Opinión*. Faço uma leitura muito crítica do senso comum atual, que atribui a Victoria Ocampo e seu grupo "a modernização" da literatura argentina. A tradução se socializou por si mesma, bem como os sistemas de legitimidade cultural.

O que me indigna é a docilidade de todos os intelectuais, que não levam em conta o uso que a ditadura está fazendo de Victoria Ocampo como modelo de intelectual argentina.

Da minha parte, vou me curando das atrações químicas à custa de uma espécie de torpor que parece eterno.

Desde sempre, nunca desejei outra coisa que não fosse tornar-me um grande escritor e ter a glória imortal, mas já vejo e entendo a que ficaram reduzidas as ilusões.

Fiquei sabendo de um apartamento que eu poderia alugar por 25 milhões de pesos (duzentos dólares), na Maipú com a Viamonte. Tentações, não vou ter muito dinheiro este ano, mas daria um jeito de pagar esse aluguel.

Ainda não sei muito bem o que vou escrever neste mês que me resta livre, antes do reinício dos cursos. Nos últimos meses voltei a ler *O capital* procurando confirmar velhas ideias sobre o conceito de "trabalho improdutivo" (não é que não produza nada, é improdutivo para o capital porque não produz lucro) como campo de reflexão sobre a arte nesta sociedade. Pode-se analisar por aí o lugar social da literatura, quer dizer, o lugar da literatura no social (que me interessa mais do que o contrário, isto é, o lugar da sociedade na literatura). O ponto-chave é que a arte não pode ser medida com o critério do trabalho abstrato, geral, que serve para medir ou calcular o lucro. Quantas horas são necessárias para produzir um conto de Borges? é uma pergunta ridícula, que obviamente não serve para calcular preço algum. Os livros valem, como objeto, pelo tempo de trabalho socialmente necessário (ou trabalho abstrato) que sua feitura demanda. (A base é o preço do papel, que é calculado do mesmo modo.)

Sexta-feira 16
Trabalho, também com interferências, no curso deste ano. Como pensar as origens do romance argentino? Leituras várias e notas sobre o período 1870-1916. Agora volto a Mansilla, que em algum momento foi para mim um possível tema de tese, do qual cheguei até a falar com meu mestre Enrique Barba.

Em todo caso, na semana que vem voltarei a me fechar por três ou quatro dias na casa de Adrogué para avançar na escrita do romance.

Segunda-feira 19 de fevereiro

Vim, mais uma vez, a esta casa onde vivi por muitos anos, para me recolher agora por três dias. Tentando escrever a história do censor que lê cartas. A história trasladada para uma cidadezinha de fronteira. Tudo a fim de avançar em *A prolixidade do real*, buscar o modo de avançar na história de Enrique Lafuente.

Apesar de tudo, algo há de acontecer. Faz vinte anos que escrevo nestes cadernos e faz o mesmo tempo que recorro às bolinhas "rápidas": processo encerrado. Agora são cinco da tarde, tomei três xícaras de chá e comi, em seis horas de trabalho, dois sanduíches de presunto, um pêssego e duas peras. Fumei quase um maço de cigarros e sinto a boca arder. Quanto custa a hora de trabalho de um escritor? E ainda, quanto ele gasta nas suas horas de trabalho?

Terça-feira 20 de fevereiro

O romantismo era então como uma doença necessária, consistia em passar a noite, se possível com o auxílio das drogas, num estado de doce excitação literária, travado por velhos projetos irrealizáveis. Solitário e sem contato com o real, assim concebia a felicidade naquele tempo (e poderia continuar, mas com Lafuente, e contar sua vida como se fosse a minha).

Quarta-feira 21

De volta a Buenos Aires, encontro uma carta do Sazbón: escreveu um ensaio de quinze páginas sobre *A prolixidade do real*, quer dizer, sobre o primeiro capítulo do romance que estou escrevendo. Muito inteligente, muito exaustivo, com várias derivações, mas ao mesmo tempo supérfluo. Ajuda a acentuar meu ceticismo em relação à crítica. Inclui na carta vagas referências a um possível convite para dar cursos na Venezuela.

Quinta-feira 22

Ao escrever, a gente imagina o livro que ainda não existe. Inclusive o vê como um objeto real, com capa, título e número de páginas. Isso me lembra meus períodos de abstinência de álcool, quando de repente me aparecia no ar um copo de uísque. O desejo produz imagens, mas é difícil sustentar um sonho vazio dia após dia. Também não vejo com clareza que romance vou escrever, só me deixo levar pela intuição e tomo decisões, fazendo avançar a história que vou entendendo à medida que a escrevo.

Sexta-feira
Recebo o Christ L., um estudante que assistiu ao meu seminário na Califórnia e que vai ficar um ano na Argentina, com bolsa, para pesquisar a obra de Roberto Mariani. Vem com aquela facilidade que os acadêmicos norte-americanos têm para trabalhar no vazio: os latino-americanistas escolhem como tema aquilo que imaginam que ninguém estudou ainda, nunca aquilo que poderia ser mesmo do seu interesse.

Quarta-feira 28
Escrevo o romance, o segundo capítulo do romance. O sujeito que lê as cartas em segredo. Sozinho numa casa vazia, no final do verão, escutando Telerman.

Na segunda, encontro com o Andrés. Conversa casual, ele como sempre muito generoso na sua amizade. Pode ser que eu consiga um apartamento por cinquenta dólares. A Silvia Coppola está indo para Paris, vai morar na Europa. Ela me deixaria o apartamento mobiliado na Bartolomé Mitre, altura do 1500, perto da passagem de La Piedad. A partir de abril. Confio (sempre confiei) na minha boa estrela e desta vez confio como de outras vezes.

Escrevo duas páginas, e em seguida o capítulo atola. Possibilidades: analisar em detalhes uma única carta ou trabalhar diversas cartas, temas variados. A situação em Buenos Aires, nesta época, expressa nas cartas escritas aqui e no exílio, fazendo alusões sem falar às claras, descrevendo elipticamente o horror da situação política.

Estou trabalhando há dez horas, e o capítulo começou a funcionar. São cartas variadas, lidas pelo censor. Um afresco, digamos, da Argentina atual, ou melhor, da relação entre exílio e permanência.

Quinta-feira 1º de março
O capítulo avança, já escrevi algumas cartas, duas cartas e meia na verdade, ainda faltam três. Uma, a do narrador; outra, de uma mulher

provavelmente porto-riquenha; outra, de um argentino que viaja a Nova York. O mais difícil, depois, vai ser entrelaçar umas com as outras e criar uma estrutura com o mosaico ou a colagem de cartas censuradas. Para mim, trata-se de mulheres, de homens indignados, conscientes, que não podem dizer diretamente o que querem dizer e disfarçam, escondem tudo. Por seu lado, Arocena, o censor, lê demais, interpreta em excesso, enxerga sinais perigosos em qualquer frase. Ao mesmo tempo, vou tentar pôr em circulação a voz das mães, a partir do pingente [*dije*] de uma pulseira. O *dije* — eu disse —, essa é a verdadeira enunciação. Citaria uma frase de Shakespeare que sei de cor e traduzo assim: "Para limpar uma nuvem tão suja, é preciso uma grande tempestade".

Segunda-feira 5

Certa sequência promissora. Telefonema do Andrés; pelo jeito, vai conseguir o apartamento. Combinamos de nos ver na quinta. Telefonema do Bernardo Kordon, nova insistência com os chineses para que eu faça uma segunda viagem a Pequim. Contatos. Longa estada na Europa (antes de voltar). Telefonema de Esther Aráoz (da IPA),* o curso das segundas para os psicanalistas está confirmado para este ano. Ontem, domingo, publicaram no *La Opinión* minhas considerações sobre a revista *Sur*. Muito crítico, muito irônico: toda elite se autodesigna, essa é a hipótese. Victoria Ocampo, uma intelectual da geração de 1880 que vive com cinquenta anos de atraso. O primeiro a me ligar entusiasmado é o José Bianco (ele que tocou a revista na sua melhor época), também poderia ter me ligado o Borges, que pensava o mesmo que eu da Victoria Ocampo (e às vezes até o dizia). Uma revista muito provinciana, segundo ele.

Terça-feira 6

Sonhei que *pijama* era um anagrama de Hegel. Estou outra vez na casa da minha infância, no sul. Só me encontro com o Horacio, meu primo, meu irmão. Promete me levar ao Soviet, que é como chamam um clube onde costumam jogar pôquer.

---

* International Psychoanalytic Association. [N. T.]

Trabalhei dez horas, fumei um maço de cigarros, mas deixei pronto o primeiro rascunho do segundo capítulo. São doze páginas que devem chegar a vinte ou 25, porque ainda faltam o final e uma das cartas (que foi cifrada). No final, Arocena se encontra com o pai e depois volta para o Correio Central.

Arocena é quem recebe o arquivo de Maggi, depois de ele ser sequestrado. Sua leitura e o comentário desses documentos fechariam o romance.

Romance. 1. O tio Maggi. 2. Arocena. 3. Viagem do narrador a Concordia. Maggi desaparecido. Conversa com Tardewski e vai ver Coca. 4. Monólogo de Coca. 5. O arquivo.

Quarta-feira 7
Numa das cartas surgiu uma história fantástica que eu não tinha previsto. Com isso fecho o capítulo, mas ainda falta escrever o final: o pai de Arocena descobre qual é seu trabalho e rompe com o filho. Arocena, na rua, recorre aos diagramas e decifrações. Encontra outra mensagem cifrada e volta ao Correio.

Quinta-feira 9
A Iris lê o capítulo, propõe que o termine sem o encontro com o pai. Ela tem razão.

Vou ver o apartamento da Silvia Coppola, é perfeito. Um estúdio mobiliado, com cozinha e banheiro. A janela dá para a praça Congreso. Mas terei que pagar por ele 120 dólares por mês.

Sábado
Sai o número 5 da *Punto de Vista*, com meu artigo sobre Borges. O Carlos e a Beatriz me falam do "Léxico da sociologia da literatura" que estão escrevendo juntos. (Dão demasiada importância à sociologia e pouca à literatura.) Na reunião da revista no Tortoni, discussões diversas e planos. Elogios à minha intervenção crítica sobre a revista *Sur*. Dois anos atrás, não poderia ter saído em nenhum jornal. A situação política continua complicada, mas voltamos a apostar numa crise: os militares terão que começar a procurar alianças para conseguir governar e isso vai sepultá-los (o peronismo está na oposição e não transige. Impossível governar sem eles).

Segunda-feira 12 de março

Tudo corria bem, mas surgiu um pequeno conflito no grupo de psicanalistas das segundas. A Julia C. se afasta, por motivos profissionais. A dificuldade dos grupos privados é sempre a contingência, e é claro que preciso desse dinheiro para arcar com o aluguel do novo apartamento.

Terça-feira

Vou a Adrogué, como sempre, sozinho na casa, sem interrupções. Reescrevo o final do capítulo. Interpretação delirante de Arocena. Assim que o termino, começo a trabalhar na continuação do romance. As coisas caminham bem, tenho muita esperança nesse livro. Óbvio que a situação econômica continua precária.

Sábado 24 de março

Aniversário catastrófico. Os militares estão há três anos no poder e destruíram tudo o que este país tinha de melhor.

Leio Pynchon, sempre notável e surpreendente. Num submarino alemão durante a Segunda Guerra Mundial, encaixa uma discussão típica do nacionalismo argentino sobre *Martín Ferro*, de Hernández (Pynchon parece bem por dentro do assunto, deve ter frequentado algum curso de literatura argentina na Cornell). Me respalda o rascunho que escrevi há um ano com a conversa sobre literatura no bar, que dura a noite inteira. O romance, para mim, aspira a integrar o ensaio, ou seja, aspira à interpretação narrativa.

Vou à Feira do Livro (aonde nunca tinha ido) anonimamente, só para conhecer o Juan Rulfo. Está lá, como que alheio a tudo, bebe Coca-Cola sem parar e autografa livros. Não me decido a falar com ele, fico ali perto por algum tempo, só observando.

À medida que avanço no romance, surge a questão da publicação. Talvez tenha que editá-lo fora. Não pensar no futuro foi o lema da minha vida.

Segunda-feira 26

A que se deve o estado das coisas? Problemas no espaço exterior. Abatimento, dificuldade de concentração, sem uma origem exata. Não se trata da situação econômica, estou melhor do que nunca, ganho uns mil dólares por mês. A situação política é opressiva, mas está estancada, e os militares passaram à defensiva. Ridículo falar assim, estando sozinho num apartamento do sétimo andar na cidade ocupada. Vejo pela janela as patéticas cerimônias do Conselho Assessor, criado pelos militares para substituir o Congresso. Estendem um tapete vermelho nas escadarias para os cúmplices subirem em meio à indiferença geral, até os aposentados se retiraram da praça no dia em que os membros do gabinete militar assumiram.

Domingo 1º de abril
A Tristana consegue me mandar duas caixas de anfetaminas, através do marido médico. Ela mora em Concordia, e em sua homenagem vou situar a ação do livro lá. De manhã entrevisto uma senhora para que venha cozinhar e limpar meu estúdio.

Releio *A interpretação dos sonhos* (talvez porque sonho cada vez menos).

Horário dos grupos de estudo. Segunda à noite, os psicanalistas. Sábado à tarde, o segundo grupo de literatura. Sexta, o primeiro grupo de literatura.

Quarta-feira 4
Entrevista para uma revista espanhola. Três horas falando de mim mesmo, é impossível refletir sobre "esse assunto". Gravador que registra minha estupidez. Os mitos banais (para não dizer pessoais): o diário, a literatura norte-americana, o gênero policial. Não posso dizer nada que vá além da própria situação: estou aí, obrigado a me referir àquele que fala. Para pensar ou escrever, preciso estar ausente.

Quinta-feira 5
As aulas vão ser, então: segunda, das sete às oito e meia da noite, tema de filosofia para psicanalistas. Este ano vou começar com Freud (autoanálise, sua relação com a introspecção filosófica. O "conhece-te a ti mesmo" socrático). Sexta, das dez ao meio-dia, poéticas atuais do romance. Sábado, das duas e meia às quatro e meia da tarde, história do romance argentino (1880--1916). Preciso preparar os cursos, portanto vou ter três dias livres por semana.

Continuo escrevendo o romance. Viagem a Concordia. Encontro com Tardewski.

Tenho três encomendas: um artigo sobre Arlt pelos cinquenta anos de *Os sete loucos*, um ensaio sobre "o reverso de *A volta de Martín Fierro*", com a publicidade de Hernández anunciando "livros estrangeiros" na sua livraria. Uma introdução a *Facundo* para o Centro Editor em troca de 75 milhões de pesos (750 dólares). Por outro lado, dois cursos públicos (um de quatro aulas sobre Arlt, outro de quatro aulas sobre Borges). Muito trabalho, trabalho demais.

Sexta-feira 6 de abril
Hoje assinei o contrato do apartamento (utopia dos últimos três anos). Pago um adiantamento de seiscentos dólares, por seis meses de aluguel. Recebo as chaves. Os grupos de estudo se formaram por conta própria, e agora tenho trinta alunos, ou seja, três grupos, e não aceitarei mais estudantes. Vamos revezando o local das reuniões; muito generosamente, os estudantes abrem sua casa, apesar dos riscos que isso implica. Também juntam o dinheiro para garantir a continuidade do trabalho. Nestes anos, os estudantes universitários, os jovens recém-formados, organizaram grupos privados para contornar as deficiências da universidade sob intervenção dos militares. O primeiro grupo é formado por jovens psicanalistas. O segundo, por estudantes de letras, e o terceiro, por uma combinação de jovens escritores, arquitetos, estudantes de cinema etc. Até onde sei, há na cidade cinco dessas universidades pessoais...

Pesquisar a história de Moreau, o pintor comunista e morfinômano que morou em José Mármol, o vilarejo vizinho de Adrogué.

Quarta-feira 11
Ontem, fotos numa praça. Eu me "disfarço" com minha capa de detetive para suportar as imagens. É preciso viver em terceira pessoa.

Terça-feira 17
Passo meu primeiro dia no apartamento da Bartolomé Mitre. Arrumo os livros, coloco a mesa contra a janela, começo a escrever o capítulo da viagem a Concordia. Ele vai ficar no meio do caminho?

Quarta-feira 25

Aparece o Chiquito, meu primo de Tandil. Vai resistindo sozinho, com obstinação, na fábrica deserta que foi da família até que uma desavença entre os irmãos provocou a falência que ele não admite. Veio me visitar, como sempre, sem avisar, toca o porteiro eletrônico e desata a falar assim que me vê. As forças cósmicas. Maria Teresa da Áustria. Versão arltiana e familiar do presidente Schreber: as mesmas ilusões (raios, luzes, religião, sistema, ser uma mulher, desenhos, paixão) traduzidas em lunfardo. Chama Jesus de *El Flaco*. Diz explicitamente que serei eu quem escreverá sua verdade. Descemos para almoçar no restaurante da esquina, ele fala alto e, como todo mundo olha, baixa o tom de voz para me dizer: "Está vendo que eu tenho uma aura?". Sou o único que o leva a sério porque no fundo diz a verdade. Gastou o dinheiro que não tem para tirar umas fotos de satélite da fábrica e das áreas vizinhas, porque quer instalar ali um Instituto de Desenvolvimento Agroindustrial. Eu o escuto e me lembro dele nos verões da minha infância, quando montava para mim brinquedos mecânicos, semirrobóticos, que funcionavam perfeitamente. Confeccionava aquelas engenhocas numa oficina instalada nos fundos da sua casa.

Quinta-feira 26

Um elemento a levar em conta em relação à literatura é o fim da moral do trabalho, o fim do artesanato como virtude que dá sentido (um exemplo é meu primo Chiquito, que faz tudo com as mãos). O artesão foi relegado ao mundo da arte, mas também aí está perdendo seu valor: a arte utiliza cada vez mais técnicas e instrumentos ou conceitos que não levam em conta a habilidade manual. O trabalho desaparece do horizonte ético e específico. O escritor usa a linguagem que é de todos e, no entanto, recebe por isso.

Terça-feira 1º

Muito ocupado com as aulas. Mesmo assim, tento avançar no romance. Tardewski conta: desaparecimento de Maggi. Viagem.

Quarta-feira 2

Começo, com muita dificuldade, a escrever o romance do ponto de vista de Tardewski. Em seis horas, duas páginas, perto do tom. Vejo com bastante clareza o que o livro carrega, embora não seja nada além de uma vaga intuição da forma. 1. Contato com Maggi (falta ampliar a carta). 2. O censor.

3. Ficha policial de Maggi. 4. Tardewski conta seu encontro com o narrador. 5. Monólogo de Coca. 6. O narrador recapitula e apresenta o arquivo. 7. Arquivo e notas de Maggi.

Segunda-feira 7
 Acabo de recusar um pedido do *La Opinión* para escrever sobre Arlt. Por quê? Não gosto de entrar em contato com os escreventes adesistas (Luis G. etc.). Escrevi sobre a *Sur* porque disse o que ninguém diz e fui o único que questionou Victoria Ocampo em meio aos festejos e homenagens militares. Por outro lado, não tenho tempo, ando muito ocupado com as aulas, não consigo nem manter minha correspondência em dia.

Quarta-feira 9
 Trabalho na cena do almoço e na visita de Magdalena. Conseguirei definir o encontro com quem narra? Aí se justifica o capítulo. Custo a encontrar a saída e escrever a conversa.

Estou cansado, fechado no estúdio desde cedo, já são três horas da tarde. Consigo avançar um pouco na cena e escrevo durante umas duas horas no tom justo.

Quinta-feira 10
 Estou tão farto e tão saturado da crítica literária que não entendo como pude passar alguns meses escrevendo sobre Arlt e Borges. Não tem nenhum sentido. Só mudando o estilo do trabalho crítico é que se justifica escrever sobre literatura. Por isso não penso em fazer crítica acadêmica. Tomei a decisão de abandonar a universidade em 1966 (naquele momento, assim como agora, sob intervenção dos militares) e deixei de lado a carreira acadêmica. Vou seguir firme nessa linha, apesar dos atinados conselhos da Iris, que subordina sua escrita ao padrão acadêmico. Ela está no seu pleno direito, mas não é meu caso.

Terça-feira 15 de maio
 Trabalho dez horas, tomo anfetaminas, não quero dormir, estou ansioso e quero terminar o romance em que estou trabalhando já faz uns dois anos (ou mais). Escrevo uma primeira versão do diálogo com Tardewski, que dura a noite inteira, mas não me convence, raso demais. Tenho que reescrever

esse trecho. Ainda assim, a Iris o lê e acha que está bom. Vou escrevê-lo de novo desde o começo.

Quarta-feira 16
Em certo sentido, o capítulo de Concordia já está escrito, mas vou ter que trabalhar muito o texto para chegar àquilo que me escapa. Tenho que trabalhá-lo sem tocar o centro, toda a conversa gira em torno do que não é dito, esperam por Maggi, mesmo Tardewski sabendo que ele não vem. Tenho que poder sustentar uma leitura sem o apoio da história de Maggi. É o centro nevrálgico do livro. Pensei muito e escrevi um tanto a partir do meio-dia, mas sem grandes resultados.

Sábado 19
E de repente o Lafforgue me liga para avisar que o Spivakow recusou o prefácio que escrevi para *Facundo*. Não posso acreditar. Ou melhor, posso acreditar, sim, perfeitamente, porque o Centro Editor pratica um tipo de crítica e de divulgação da literatura que é o oposto extremo do que eu penso. Combinam a sociologia vulgar com a divulgação jornalística. É a primeira vez que um texto meu é recusado. Claro que não vou dizer que foi por motivos políticos (não gosto de me fazer de vítima nem de pôr a história do meu lado, como o Viñas). Simplesmente vivemos em mundos diferentes. Segundo o Spivakow, as pessoas querem um contrafilé e eu lhes ofereço rabo de cobra (a metáfora quer dizer que meu prato é para poucos...).

Quinta-feira 31 de maio
Deixo pronto um capítulo de vinte páginas narrado por Tardewski, depois de dez horas de trabalho. Perdi toda a semana passada porque fiquei de cama, gripado. Trabalhei na sexta e mudei o tom do capítulo; na terça e na quarta, escrevi uma versão quase final.

Sexta-feira 8 de junho
Boas notícias, vagos convites para dar conferências nos Estados Unidos a partir de setembro do ano que vem. Espero terminar o romance antes de viajar. Enquanto isso, vou me virando como um típico escritor argentino que ganha a vida como freelance. Faço muitas coisas, dou muitas aulas e batalho para ganhar dois dias livres por semana e para manter certa disciplina de trabalho de manhã, sem me deixar dominar pela preocupação de

ganhar a vida. Sempre foi assim, e não vejo por que deveria ser diferente no meu caso. Basta pensar em Borges, que fez tudo o que nós fazemos (deu aulas, conferências, traduziu, escreveu artigos para os jornais, coordenou coleções, organizou antologias); não somos escritores norte-americanos ou europeus, ainda que agora estejamos no mesmo nível deles.

Segunda-feira 11

Volta a pensar no suicídio, é um modo como qualquer outro de passar o tempo, ele disse. Não pensa na morte, e sim na forma de morrer, afogado num rio; enforcado com o cinto no banheiro; atirar-se do alto do prédio. Evitar os comprimidos e o estrondoso revólver. O pensamento seguinte é sobre os momentos preliminares ao ato final. Logo desiste do plano. "Antes de me matar, eu passaria no cabeleireiro", diz a Iris.

Já faz algum tempo evito escrever nestes cadernos; pensamentos supersticiosos, mas também o esforço para não pensar. Flerto com uma ideia que não vale a pena mencionar. Estabeleci um prazo e tenho visto quais seriam as formas de fazer o que às vezes imagino como uma saída. É cômico, mas subi no topo do prédio, olhei para baixo e concluí que não consigo pular. Portanto, vou esperar até achar um modo tranquilo de tirar o corpo fora.

Não quero reler estes cadernos; por momentos eles são para mim um balanço que não quero fazer. Sensação de extrema precariedade. Presente contínuo.

Terça-feira 12

Não avanço no monólogo de Coca, a ex-mulher de Marcelo Maggi que mora do outro lado do rio, no Uruguai. Descarto, sem muita convicção, a possibilidade de que tudo seja contado pelo narrador. Quem sabe, então, um delírio de Coca, que fala sozinha.

Quarta-feira 13

Não sei que história devo contar nem acho o tom. Monólogo de Coca "falado": um registro da voz? O narrador está com um gravador. Poderia ser escrito de outro modo? Não acho o caminho, não há fábula.

Depois de várias horas de trabalho, escrevo um rascunho de um monólogo de Coca, seis páginas que acabo de reler. Não parece nada mau, talvez ela seja a única a contar a história do sequestro de Marcelo.

O que aprendi nesses anos todos? Que os enredos não existem até que começamos a escrever, antes disso não há nada.

Sábado 16
O monólogo de Coca poderá ser o capítulo II do romance? Nesse caso, a viagem do narrador para se encontrar com ela se anteciparia e poderia fechar a primeira parte, antes de entrar no arquivo. Então poderia ficar mais ou menos assim: 1. O narrador fala com Maggi. 2. Coca. 3. Censor. 4. Tardewski. 5. O narrador sintetiza.

Terça-feira 19
Se, como a Iris sugere, o monólogo de Coca não funciona, ou, como eu penso, não tem função narrativa porque volta àquilo que já se sabe e só mostra que ela está delirando sem que a história avance, então tenho que encontrar outro final, mas ainda não sei qual poderia ser. Talvez um resumo final do narrador, quando ele já leu o arquivo e conversa com Coca sobre tudo isso. Mas não seria voltar à conversa com Tardewski?

Quinta-feira 20
O narrador volta a contar a história depois da viagem, da leitura do arquivo e do encontro com Maggi, que se nega a reconhecê-lo e a ser reconhecido. Mas qual é a história que se conta outra vez? Não quero que volte a acontecer o que já me aconteceu duas vezes com dois romances diferentes. Preciso encontrar a fábula antes de continuar.

Sábado
Ontem à noite, conferência sobre Arlt no ciclo da revista na rua Jean Jaurés. Meu pai dormiu aqui, suas histórias da infância. Muito trabalho com os cursos. Eu me agarro ao romance como um náufrago à sua boia.

Terça-feira 26

O romance está atolado. Ao descartar o monólogo de Coca, não se sabe o que o narrador vai fazer em Concordia. Se não quiser repetir velhos erros, tenho que esperar: não escrever enquanto não tiver a história mais clara.

Quarta-feira 27

Ontem à noite, um sonho: uma mulher norte-americana me pede para escrever sua vida. Está presa em Sing Sing. Penso: como mudar de língua? etc.

Outro sonho: jovem ganha um concurso de contos. Elogio de Macedonio Fernández, no início de uma narrativa. Não me parece grande coisa. O jovem morre antes de o livro ser publicado, mas convencido da sua glória.

Vou tentar organizar e escrever o arquivo, depois vejo o que acontece no final da primeira parte (viagem do narrador). O problema é como criar interesse nessa história do século XIX. Tenho umas tantas semanas de incerteza pela frente.

Quinta-feira 28

Sou um estrangeiro. Cada vez consigo falar menos com as pessoas, cada vez consigo pensar menos. Passo o dia lutando contra "os maus pensamentos".

Segunda-feira 2 de julho

Preparo a aula de hoje sobre a noção de crise em Walter Benjamin. Tema indicado para mim. O estado de exceção é a norma da minha vida. Não é a crise dos quarenta o que mais ajuda a entender que as ilusões da juventude não se realizaram? Não vejo muita saída para mim e, no entanto, "a saída" não parece tão difícil: preciso terminar o romance. Historizar a infelicidade pessoal (tema do romance sentimental).

Uma citação que parece escrita por mim. "A percepção da morte como derrota final é tão natural nos homens da Idade Média como pode ser, para nossos contemporâneos de quarenta anos, a percepção da própria vida como frustração das ambições da juventude." E. Le Roy Ladurie.

Trabalho na Biblioteca Nacional (cartas e documentos de Lafuente) sem pretensões, procurando definir o material antes de escrever.

Isolado, sem amigos, sem futuro.

Quinta-feira 12 de julho
Na Fausto, convite para dirigir a revista da editora em troca de quinhentos dólares por mês.

Sexta-feira 13
Acho que descobri o sistema para escrever o arquivo. Como um *work in progress* de Lafuente. Anotações, cartas sem ordem cronológica. Depois de quatro horas de trabalho, o arquivo começou a funcionar.

Sábado 14
Ontem escrevi sete páginas, relidas hoje parecem muito ralas. Continuo não encontrando o eixo para ordenar o arquivo. Por ora, penso que a "ausência" do narrador (neste caso, Maggi) dificulta as coisas; acima de tudo, tenho uma tendência a pensar o começo do romance como uma sucessão de documentos.

Quarta-feira 25
Tentei escrever, sem sucesso, mas não sem dedicação, os seguintes romances fracassados. O romance "verdadeiro", a história do assalto ao carro-forte, a fuga e o cerco de quatro bandidos num apartamento em Montevidéu, onde resistem à polícia durante uma noite e, antes de morrer, queimam o dinheiro. Uso do gravador e de uma técnica que transmite a oralidade dos personagens como um documento real. Um romance curto centrado em Pavese, que se passa na Itália e gira em torno dos diários pessoais.

Como posso acreditar que vou conseguir escrever esse romance em que já estou atolado outra vez?

Segunda-feira 30 de julho
"Aqueles, entre nós, que classificam a morte como um mal devem estar equivocados. Se não há nenhuma sensação, mas uma espécie de sono, semelhante ao de quem dorme sem sonhar, a morte seria uma extraordinária

vantagem. De fato, se alguém escolhesse uma noite que tivesse dormido tão bem a ponto de não sonhar e, ao comparar essa noite às outras noites e aos dias de sua vida, pensasse e dissesse quantos outros dias e quantas noites viveu com maior satisfação e prazer do que aquela noite, estou disposto a acreditar que não somente um cidadão qualquer, mas o próprio Grande Rei acharia que esses dias e essas noites poderiam ser contados nos dedos em comparação a todos os outros." Platão, *Apologia de Sócrates*.

Quarta-feira 8 de agosto
Um dia antes de eu escrever o que se lê acima sobre o suicídio, Silvia Ahumada, uma aluna do meu grupo dos sábados, se matou. Não disse nada, nenhum dos seus amigos ou conhecidos podia imaginar que ela faria isso. Na reunião do sábado anterior à sua morte, ela fez uma apresentação muito inteligente sobre Felisberto Hernández. Jogou-se pela janela, sem deixar bilhetes nem cartas. Tinha vinte e sete anos.

Sexta-feira 10
A vida de Lafuente. Tento evitar a biografia. Por isso resolvo mudar tudo, montar pequenos blocos, um mosaico, uma espécie de conjunto sem ordem. Ele também é um suicida.

Sexta-feira 17
A máquina faulkneriana. Finalmente leio a trilogia dos Snopes (*The Hamlet*, *The Town*, *The Mansion*) e antes a versão integral da primeira redação de *Sartoris*. Ele conta uma única história na sua obra.

Terça-feira 21 de agosto
Aulas. Monotonia. Não escrevo, mas também não consigo pensar. Ontem à noite, sonhei que me suicidava injetando veneno numa veia da mão esquerda, que é minha mão boa.

Segunda-feira 27
Enfim chegamos aonde devíamos ter chegado quinze anos atrás, então tudo vai acabar, a não ser que eu consiga resolver a escrita do romance e assim, quem sabe, as coisas realmente melhorem pela primeira vez.

Terça-feira 28
Nem sequer sou capaz de analisar o desabamento, rifar tudo de uma vez (e isso pode ser um alívio, as pequenas desgraças não parecem uma catástrofe "histórica"), comigo sempre aqui. Sensação de estranha irrealidade, como se eu pudesse conhecer meu destino.

Leio *The Golden Notebook*, de Doris Lessing.

O mais estranho e difícil de pensar é o seguinte: que tudo vá mal, tão mal quanto se possa imaginar, não quer dizer que não possa piorar ainda mais. Não há nenhuma lógica e nenhum equilíbrio. A história e a situação política afetam diretamente a vida pessoal.

O álcool, o álcool.

Quarta-feira 26 de setembro
Ontem, até de madrugada com o Miguel Briante. Fui à sua oficina literária e li um capítulo do romance. Depois percorremos todos os bares da cidade. Pergunta do Miguel, muito sagaz: "Por que você vive enfurnado, se mesmo assim não escreve?".

Quarta-feira 3 de outubro
Como cheguei a este ponto? Foi sempre isto aqui mesmo, e o que se degela agora é a exceção. Já não restam nem as ilusões. O que um homem deve fazer para se matar? Penso: uma janela etc. Penso que vou resistir até os quarenta anos.

Quinta-feira 18 de outubro
Vou me matar, só falta decidir a forma e o dia, ele disse. Estava no bar e parecia contente, o que falava não parecia ser dito por ele. Depois acrescentou, sorrindo: primeiro, posso pensar que tive mais sorte na vida do que poderia esperar. O que vier não trará uma deterioração para mim. Terminou o copo de uísque e pediu o último com um gesto, passou a mão pelo pescoço, como quem se degola, mas o garçom entendeu o que estava pedindo e lhe serviu mais um uísque. Deveria ser dito deste modo: espero não ter medo e conseguir fazer o que decidi. Preciso de uma janela alta e coragem suficiente para não pensar durante um instante, olhou pela janela. A tarde está

bonita, disse. Não tenho mais futuro nem ilusão alguma. Não quero nem posso mais viver assim. A questão, portanto, é tomar a decisão e agir. Será um jeito de terminar com dignidade. O que eu posso fazer a partir de agora até esse momento? Olhou para o garçom que se afastava com a garrafa de uísque, como se esperasse ouvir dele uma resposta. Decidi me matar por diferentes razões que prefiro não explicar. Todos temos uma boa razão para nos matar, continuou eufórico. Da minha parte, são várias as razões, basicamente estou muito cansado. É evidente que já não consigo estabelecer relações fluidas com o mundo e que estou cada vez mais sozinho e mais isolado. O garçom tinha voltado para a mesa e o escutava com ar preocupado, com a bandeja numa das mãos. O fato é que já nada me interessa e que não acredito nos meus próprios projetos. Agora só preciso da coragem para me matar. O bar estava vazio a essa hora, mas uma mulher madura, sentada a uma mesa próxima, escutava com interesse o que ele dizia. Olhou para ela e disse: a questão é decidir a data e não adiá-la, concorda, senhora?, perguntou, sorrindo para a mesa vizinha. O único problema é pular pela janela, parece fácil, mas é preciso escolher um lugar alto o bastante para garantir que não vou sobreviver todo estropiado. Estive pensando, disse, em ir até esse lugar, abrir a janela, passar as pernas para o outro lado e mergulhar no vazio. Ergueu o copo de uísque e saudou a mulher com um gesto, como se brindasse com ela. Será que vou conseguir? O que a senhora acha? Se não, será a decadência total. Preciso achar um jeito que seja infalível, minha senhora.

Terça-feira 30 de outubro
    A Beatriz trouxe os artigos da *Punto de Vista*. Conversamos sobre a revista e sobre o futuro. Estamos conseguindo o que imaginávamos. Ela encontrou o Luis G. no ônibus, e ele comentou, com desprezo, que não tinha sentido publicar "essas revistinhas". (Porque ele escreve no jornal sob intervenção dos militares.)

Segunda-feira 5 de novembro
    Trabalho sobre a moral kantiana. "O homem moral sabe que o bem mais precioso não é a vida, mas a conservação da própria dignidade."

Decidido. Talvez dentro de vinte dias, aniversário etc. O único problema é o modo. E se não tivesse coragem? Pensava em dar um sentido àquilo que ia fazer, por exemplo, fazer um atentado suicida contra os militares que uma vez por mês vêm se reunir no Congresso. Ele os via da janela. Poderia se dedicar a preparar uma ação, por exemplo, usar daqui uma arma com mira telescópica (falar com alguém dos grupos armados).

Terça-feira 13
"De novo a ideia do suicídio", escreveu. "Sem saída, por motivos diversos e simultâneos. Falo e sou outro, estou afastado de mim, alguém anota o que escrevo. Sensação de estar desdobrado."

Quarta-feira 14
A espera é o inferno e tem a estrutura da paranoia, tudo se enche de sinais, a realidade não me ajuda, por momentos penso que todas as pessoas com quem cruzo na cidade são assassinos em potencial. Maus pensamentos que não me deixam pensar. A espera pura: ouço o elevador e penso que vêm me buscar. A ideia de que tudo está perdido é insuportável. Ou haverá um atraso? Não vejo a razão. Espio pela janela, vejo a praça do Congresso, há pombas, homens e mulheres caminhando lentamente.

Quinta-feira 15
Ontem sonhei uma espécie de solução perfeita para o livro: vi um homem e escutei sua voz. Agora há pouco transcrevi o que ele me disse ou o que eu lembrava, um tom meio elegíaco.

Ele agora sabe por que e a que se deve sua intenção de acabar de uma vez. Vejamos como tudo isso se deu, o que o leva a ver aí um exemplo dos meandros do seu coração. Anuncia-se a morte. No dia seguinte, pensa que deve escolher um dia. A semana inteira só faz esperar não sabe o quê. Ontem teve um sonho em que falava com alguém e acordou com a sensação de estar liberto.

Pesa 64 quilos.

Segunda-feira 19
Suspendo todas as aulas, deixo a semana livre até a outra segunda. Me isolo aqui decidido a retomar o romance procurando o tom que escutei no sonho.

Sábado 24

Começo a entender que o romance deve se desenvolver a partir da correspondência de Maggi com o narrador. Marcelo pede para ele tomar conta do arquivo.

Quinta-feira 29

O sonho me ajudou a definir o personagem do velho Lafuente. É ele que deu a Maggi os documentos do seu antepassado. É, por outro lado, o pai de Esperancita, a ex-mulher de Marcelo.

Terça-feira 4

Trabalho no capítulo do encontro do narrador com o velho Lafuente. Aí se fala de Enrique Lafuente e aparece outra versão do passado de Maggi. Pois bem, qual é a chave desse capítulo? Enrique Lafuente, que deve entrar assim no romance. Preparando a carta de Maggi em que a história vai se ampliar.

Sexta-feira 23

Última aula dos grupos. Não sei como fiz para escrever um romance sem ter uma trama, nem como fiz para viver sem ter o dinheiro necessário. Essas perguntas práticas me afastaram, ou melhor, me resgataram das ideias suicidas, que são um conglomerado confuso de situações reais e imaginárias. Entre dois mundos igualmente próximos e distantes: meus encontros com o Elías e o Rubén, vítimas da ditadura, e um romance escrito numa ilha deserta.

6.
Diário 1980

Terça-feira 1º de janeiro
Faço tudo o que posso para terminar este romance. Pela primeira vez posso dizer que o capítulo I começou a funcionar.

Quinta-feira 3
Trabalhei muito bem hoje, deixei pronto um rascunho do primeiro capítulo com mais de vinte páginas, que ainda vai precisar de revisão.

Sábado 5
Satisfeito com o capítulo que me deu um trabalho infernal e que eu já tinha tentado escrever há um ano.

Capítulo II. Será o censor. Talvez possa acrescentar mais uma carta para ampliar o panorama da Argentina em 1976. Além disso, carta do narrador, talvez carta de Maggi e ficha de Lafuente. De quebra, revisei a carta do adolescente.

Segunda-feira 7
Hoje trabalhei no capítulo do censor, decidido a já entrar no capítulo III, que será uma das chaves do romance. Monólogo do velho Lafuente. Espero escrevê-lo em menos de um mês.

Consegui escrever o capítulo em seis horas e quase de uma sentada. Sete páginas do monólogo do velho Lafuente, que passará a se chamar o Senador. Apesar do calor, muito bom o estilo e o tom. Agora vou deixar as coisas como estão.

Terça-feira 8
Avanço devagar. Preciso escrever vinte páginas, porque a viagem deve ser o final. Vou chegar a oitenta páginas dentro de um mês. Nesse caso, poderia me dedicar ao arquivo. Ainda me falta: 1. Ampliar as reflexões de Maggi sobre Lafuente, incluir talvez algumas outras citações da correspondência de Maggi. Ampliar carta final. 2. Mudar o início do terceiro capítulo. Incluir talvez mais uma carta. Ampliar o núcleo da relação Maggi-narrador, interceptada pelo censor. Outra carta do narrador. Meia carta de Maggi. Talvez carta de alguém para Maggi. Relatório policial sobre Maggi. 3. Levar o monólogo do Senador o mais longe possível, pelo menos vinte páginas. 4. Reescrever a apresentação do polonês. Ampliar a conversa, que *dura a noite inteira*. No final, devolver a voz ao narrador, da madrugada, faltando uma hora para o trem partir. Um vagabundo se aproxima, relato falado. O narrador entra no trem, começa a ler o arquivo. 5. Arquivo. Começar com textos de Lafuente. Depois se incluem as interpretações e o relato biográfico, escrito por Maggi. As anotações pessoais de Maggi no final. No capítulo IV, deve-se reescrever a história em primeira pessoa: Tardewski conta algo da sua vida. Ampliar o diálogo final.

Plano de trabalho. 1. O Senador. 2. Censor. 3. Tardewski. 4. Maggi-Renzi. 5. Passar tudo a limpo.

Se tudo caminhar bem, vou poder terminar a primeira parte antes de viajar. E o arquivo vai levar mais um mês. Portanto, tenho que fazer um esforço para escrever essa parte em janeiro.

Quarta-feira 9
Pois bem, em dez horas ininterruptas de trabalho e com um calor de 38 graus, atracado à máquina das oito da manhã às seis da tarde, escrevi vinte páginas do capítulo II.

Sexta-feira 11
Escrevi em três dias quase quarenta páginas do capítulo II, até deixá-lo pronto. Ainda não reli o que saiu, mas tenho minhas esperanças. Falta agora escrever o capítulo do polonês.

Sábado 19

Veremos o que fazer com o capítulo IV, fecho do romance antes do arquivo. O polonês e o narrador, diálogo que dura a noite inteira. Quem conta começa sendo Tardewski, depois vem o diálogo, a voz passa para o narrador, que é quem o fecha (esse capítulo tem um ar de *Ulysses*: Bloom, Dedalus).

Quarta-feira 23

Em certo sentido, posso dizer que acabo de terminar a terceira parte do romance. O capítulo IV ocupa quase setenta páginas, que escrevi em três dias e que amanhã começarei a passar a limpo.

Consegui, portanto, escrever 150 páginas num mês e meio de trabalho. O capítulo IV vai da página 78 até a 164. Eu mesmo custo a acreditar.

Sexta-feira 25

Discussão ontem à noite com a Iris, que leu o que já escrevi da parte central do capítulo, onde aparece a mulher que escreve belamente mas é muito feia, como se fosse uma alusão pessoal. Marconi, esse sim, é levemente inspirado no Osvaldo Lamborghini.

Segunda-feira 28

Na noite de domingo, sonhei um poema que depois incluí no romance. O equilibrista caminha lento por um arame farpado.

Terça-feira

Reviso e passo a limpo até a página 127 do primeiro rascunho, e o capítulo chega assim à página 146.

Decido então dividir o romance da seguinte maneira:

Primeira Parte. "Se eu mesmo fosse o inverno sombrio." Capítulos I a III, oitenta páginas.

Segunda Parte. "Do que não se pode falar, é melhor calar." Capítulo IV, cerca de cem páginas.

Sexta-feira 1º de fevereiro

Acabei o romance. Deu 210 páginas. Ontem resolvi a estrutura do capítulo final. Fecho com Kafka-Hitler.

Sábado 2
   Será possível, então? Os sonhos mais íntimos. Escrever um romance em dois meses. Depois que resolvi o capítulo 1, escrevi a uma velocidade incrível, duzentas páginas em menos de quarenta dias. Decisão de não incluir o arquivo como apêndice. Muito fácil. Melhor usar este mês para ampliar, revisar e passar a limpo o texto do jeito que está. Lafuente deve ser tão elusivo quanto Maggi.

Este romance poderá ser publicado na Argentina?

Direi, no entanto, o seguinte: o que me aconteceu nestas semanas é o que sempre sonhei que devia me acontecer na vida. Escrever um romance com o qual estou muito satisfeito.

O texto vai ficar assim, então:
   A prolixidade do real
   Primeira Parte. Se eu mesmo fosse o inverno sombrio
   1. Maggi-narrador
   2. Censor
   3. Senador
   Segunda Parte. Do que não se pode falar, melhor calar
   4. O Polonês

Para fechar, vou escrever na última página:
   Buenos Aires, 1976-1980.

Vou viajar com o livro terminado. Que mais eu posso pedir?

Quando andava com a ideia de me matar, ele disse, depois de vários dias de preparativos e planos inúteis, acabei desistindo e pensei: "Bom, agora resta ver o que é que eu vivo a partir do momento em que teoricamente deveria estar morto". Assim vou ver se teve algum sentido seguir em frente, concorda, senhorita?

O romance tem 60 mil palavras.

Segunda-feira 25 de fevereiro
　Lides diversas, revisão profunda do capítulo III, com Lafuente substituindo o censor. Depois, trabalho final de correção e cópia do rascunho, que hoje devo acabar de passar a limpo. Então começa a realidade. Será que vou conseguir publicar o livro? Agora há pouco liguei para o Pezzoni e propus levar o romance para ele amanhã.

Terça-feira 26
　Deixo o romance com o Pezzoni na Sudamericana. Faço fotocópias do original e dou uma delas para o Carlos Altamirano ler.

Quarta-feira 27
　Também levo o romance à Pomaire, onde o Oscar Molina me oferece 3 mil dólares de adiantamento e uma tiragem de 15 mil exemplares. Isso, claro, antes de ele ler essa mescla de alusões políticas e narração discursiva.

Em todo caso, irei ao México e, se o livro não for publicado aqui, vou tentar editá-lo pela Siglo XXI.

Acabo de reler o ensaio "Nota sobre *Facundo*" que escrevi para o Centro Editor, onde o recusaram. Vou publicá-lo na *Punto de Vista*, e o respeitável público que dê seu veredicto.

Terça-feira 4 de março
　O romance é lido pelo Carlos e pela Beatriz, pelo Andrés Rivera. Elogios, tranquilidade.

Quinta-feira 6
　Ontem à noite, telefonema do Pezzoni, elogios exagerados. "O melhor romance desde *O jogo da amarelinha*."

Sábado 8
　Ligam da Pomaire. Veremos. Peço um adiantamento de 5 mil dólares.

Boas leituras do Andrés e do Gusmán. Todos dizem que é o romance mais importante dos últimos anos etc.

Terça-feira 11 de março
O Pezzoni continua com seus elogios e faz propaganda do romance por toda a cidade. Vai publicá-lo ainda este ano. Na quinta, podemos assinar o contrato.

No dia 15 de março, parto para o México, Nova York, México. Volto no dia 15 de maio.

Segunda-feira 19 de maio
Ontem à noite, lenta caminhada pela Corrientes, como se eu fosse um dos meus amigos exilados de regresso. Olho a cidade com os olhos deles. Acho as ruas escuras demais. Pareço um turista recém-chegado. Ainda não liguei para ninguém. Espero agora resolver a questão dos cursos e a publicação do romance.

Falo com a Pomaire, me oferecem 4 mil dólares, eu peço 5 mil. Molina, o editor, diz por telefone que é o melhor romance que leu em muitos anos.

Terça-feira 20
Entro em circulação. Visito o Gusmán na sua nova livraria, ligo para o Andrés. Vou ao estúdio da Bartolomé Mitre, a janela continua dando para a praça Congresso, que já não parece a mesma. Os grupos funcionam. Filosofia contemporânea com os analistas. Leitura da prosa de Brecht com o grupo dos sábados.

Quinta-feira 22
Passo o dia inteiro lendo Brecht. A Iris continua fora. A solidão é como uma viagem. Não consigo mudar o estilo destes cadernos.

Estou no bar La Ópera, e vem uma mulher que comprou *Nome falso*. O senhor é o escritor? etc.

Tema. Um homem com o telefone mudo. Espera inutilmente uma ligação. Passa o dia esperando.

Na Pomaire, me oferecem 5 mil dólares de adiantamento e publicar o romance em setembro. Portanto vou aceitar.

Sábado 24 de maio
Depois de publicar o romance na Pomaire, vou me oferecer para coordenar uma coleção de romances argentinos. Agora trabalho na preparação dos cursos. 1. Filosofia contemporânea com os psicanalistas (Husserl, Heidegger, Wittgenstein). Antes vamos fazer uma revisão do que discutimos no ano passado (até Hegel) e encontrar a passagem via Nietzsche. 2. Brecht, estudo sobre literatura, os diários, *Me-Ti*.

Quarta-feira 28
Carta da Iris. Tem uma inteligência clara como o cristal (e ela não percebe?). Desde domingo estou tentando falar com ela por telefone, sem sucesso.

Fecho com a Pomaire. Vão me pagar 2 mil dólares agora e 3 mil em setembro.

Sábado 31
Em certo sentido, leio o romance pela última vez. Tento melhorar algumas coisas, mas já não há mais nada a fazer, só esperar. Enrique Lafuente passou a ser Enrique Ossorio. O Senador é Eugenio Ossorio. O título não me convence. (Não quero usar um poema do Borges.) Possibilidades: *Marcelo Maggi*. Outra opção: *As cartas do futuro*.

Domingo 1º de junho
Um tema. Aeroporto. Uma mulher se despede, atravessa o corredor e deixa cair o cartão de embarque (ou a passagem). O balconista do café percebe, mas não diz nada. Depois de algum tempo, um funcionário do aeroporto acha a passagem. A mulher não consegue embarcar.

A experiência de lecionar nos Estados Unidos. Ele se apaixona por uma mulher, uma colega, ela não fala espanhol. Transcrever as aulas. Uma entrevista com Tillie Olsen?

Janto com a Anita Barrenechea. Vai ficar uma semana, está na sua fase maluca e engraçada.

Segunda-feira 2
    Dou a aula sobre Husserl. Ao sair, vou ver o Luis. Erro o apartamento, telefono para ele. Impossibilidade total de participar de uma conversa social. Grandes esforços. Cada vez mais trancado na minha própria solidão. Janto sozinho no restaurante da Córdoba com a Ayacucho. Leio as cartas de Nietzsche.

Quinta-feira 5
    O romance vai se chamar *Respiração artificial*. Num poema de Eliot que sei quase de cor desde o tempo de La Plata, encontro a epígrafe. "Tivemos a experiência, mas não seu sentido..." etc.

De que outro modo alguém poderia sobreviver nestes tempos sombrios?

Sexta-feira 6 de junho
    Hoje, portanto, assinei o contrato com a Pomaire. Depois passei para ver o Luis Gusmán. Comprei sapatos. Vou assistir ao filme de Wim Wenders *O medo do goleiro diante do pênalti*, baseado no romance de Peter Handke.

Até o final do ano vou ficar ocupado com os cursos. Trabalho no projeto de um romance sobre Alberdi, *Los últimos días de J. B. A.*

Temas. Escrever uma narrativa que consista na indecisão de um livro de viagem de um estrangeiro em Buenos Aires. Chega, estranhamento. Descreve tudo como se o visse pela primeira vez. Não fala espanhol. Conhece uma mulher que não fala inglês. Tem uma sensação constante de perigo.

Escrever um livro que consista na aventura de ler meus próprios diários. Narrador anônimo. Investiga as causas do fracasso (ou do suicídio).

Escrever uma narrativa breve com a biografia imaginária da filha de Madame Bovary. Funcionária de uma tecelagem.

Escrever uma história a partir da minha temporada nos Estados Unidos. No início, o narrador é abandonado pela mulher, decide não voltar para a Argentina. Uma mulher que lembra a outra mulher. Apaixona-se etc.

Domingo 8
Percebo certo racismo em Buenos Aires e também, em algumas pessoas, a defesa de Martínez de Hoz. Os cérebros invadidos pela televisão, é ela que indica do que se deve falar: da tevê em cores, dos transplantes de coração, do passe de Maradona. Ninguém lê os jornais, mas todos parecem muito bem informados. Os jornalistas ocupam a cena e são a autoridade intelectual do momento.

Da minha parte, realizo alguns dos meus desejos mais íntimos que me acompanharam durante mais de vinte anos. O romance os realizou e nesse sentido fecha um ciclo que começou em 1957.

Quero comprar: um tapete, uma luminária de pé, outro par de óculos.

Às vezes tento imaginar o romance já publicado, o objeto mesmo.

Terça-feira 10
Tenho duas aulas de duas horas às terças e duas aulas de duas horas às quintas; vou ter que viver três meses sozinho no meio do deserto.

Para me animar quando penso nos ensaios que quero escrever, preciso lembrar de Michel Butor e Bertolt Brecht. Um trabalho "subsidiário" para o qual devo encontrar a forma.

A morte de J. B. A. Os testamentos, antes de morrer delira e lega o que não tem aos seus amigos já mortos.

Quarta-feira 11
Vivo de um modo estranho, trabalho, dou aulas, falo ao telefone, vou ao cinema, visito amigos ou eles me visitam. Tudo deveria estar ligado ou enlaçado pela minha escrita. Condições muito particulares. Irrealidade. Como é possível que eu sobreviva?

Quinta-feira 12
Saio de uma reunião com a equipe gráfica da Pomaire, onde discutimos a capa do livro. Não chegamos a um acordo.

Mandei uma ordem de pagamento de 1300 francos para a Silvia Coppola, por três meses de aluguel.

Domingo 15

Ontem, reunião do grupo dos sábados. Localizações do romance, a prosa autobiográfica de Cambaceres.

Sob que condições posso ter certeza de que a coisa pensada é real? A realidade da coisa depende das mesmas condições que a verdade da proposição (que a designa). Husserl.

Ontem, jantar com o Carlos e a Beatriz. Conversas sobre o futuro da revista (promissor), crescem as alianças, os intelectuais começaram a sair da toca e a se aproximar de nós.

Terça-feira

Diversos sobressaltos. Verdades sobre minha tendência à cumplicidade indiscriminada. Tendo às posições fluidas, exagero em buscar respaldos improváveis. Esta é uma época à qual voltarei muitas vezes no futuro.

Minha posição atual na literatura argentina é menor ou secundária. Gosto desse lugar, à margem. Atrás, por ora, de Asís, Medina, Lastra, Rabanal. Veremos o que acontece depois que o romance for publicado.

Neste ano, no que resta deste ano, trabalharei assim:
Domingo e segunda: curso de filosofia para psicanalistas;
Terça e quarta: curso sobre Brecht;
Sexta e sábado: Cambaceres e as origens do romance.
Por tudo isso, vou receber 300 milhões de pesos por mês (1,5 mil dólares).

Terça-feira 24

Chego ao estúdio às nove e me sento para trabalhar (sem ler os jornais, *La Nación* e *La Prensa*, que compro no caminho para cá). Trabalho até a uma. Às dez e meia, preparo um chá e começo a fumar. Depois de quatro horas de trabalho, vou comprar comida no restaurante de baixo ou cozinho alguma coisa para o almoço. Leio os jornais e durmo até as três. Tento então continuar trabalhando até as sete.

Analiso os escritos narrativos de Brecht. Dupla direção. Alguns são reescrituras de alguma vida célebre (Sócrates, Júlio César, Bacon, G. Bruno), à qual Brecht acrescenta um olhar particular, e escolhe certas situações dessas biografias. Por outro lado, estão as prosas "chinesas", construídas como apólogos, parábolas ou provérbios (*Me-Ti*, *Keuner*).

Passo pela editora e vejo o esboço da capa do livro. Gostei. Como sempre, para mim não existe outra paisagem além da visão da cidade. *Respiração artificial*: eu sonhava em ver uma capa assim desde 1970.

Quarta-feira 25
Trabalhando em Brecht, leio as notas do diário de Benjamin. Poderia escrever um conto que fosse o diário dos dias que o narrador passou na casa... de quem? Astrada? O sujeito é argentino e mora em Buenos Aires. Quer escrever suas memórias e contrata o narrador, que por seu lado escreve um diário.

A Anita Barrenechea e o Enrique Pezzoni falam com a Iris do romance, elogios "excessivos". O Pezzoni diz que devia ter pedido demissão na Sudamericana para forçar que o publicassem. "Mas 5 mil dólares eles não pagam nem para o Mujica Láinez."

Tento conseguir que a Pomaire me pague uma viagem à Venezuela e ao México para apresentar o romance; tudo depende de como o livro funcionar nos primeiros três meses.

Este mês guardei mil dólares, gastei quinhentos em casa e quatrocentos na dívida (da revista) com a Beatriz Sarlo.

O romance foi um golpe de sorte, escrevi tudo em poucos meses, me pagaram 5 mil dólares, vou conseguir publicá-lo em Buenos Aires, contrariando todas as previsões, e vai sair três meses depois de eu entregar os originais.

Sábado
"Eu não conseguia me relacionar com as pessoas, daí concluí que minha tarefa era extraordinária", S. Kierkegaard. Essa citação, para sintetizar

minhas impressões da reunião de ontem à noite, na concorridíssima inauguração da livraria do Gusmán. O circo ilustrado de sempre: Briante, Di Paola, O'Donnell, Gregorich, Lafforgue, eu mesmo. Percebo que só posso viver só.

Sonho. Alguém me diz: "Você é igualzinho ao seu pai" (fisicamente). "Parece seu duplo." Outro me diz: "Mas ele (meu pai) tem o rosto avermelhado".

Um sonho. Meu avô se casou com Regine Olsen quando Kierkegaard a abandonou.

Preparo as aulas e espero o momento em que possa ler meu romance já publicado.

Tenho que escrever o texto de orelha e encontrar uma frase para a quarta capa do livro. Missão impossível.

À maneira de Stendhal, anoto aqui meus três desejos:
1. Que o romance seja um sucesso.
2. Que me contratem em Princeton.
3. Que eu consiga viver só.

Sexta-feira
Aflição estranha, difícil de identificar. As exigências externas me sufocam. Por outro lado, a incerteza sobre o romance publicado neste tempo politicamente sinistro. É uma resposta ao estado de coisas e sua descrição: no fundo é um livro sobre o exílio e o fracasso, que definem muitos de nós. Para além de certo vazio meu que já conheço, nunca fui capaz de me alegrar com o que consigo fazer, nem mesmo nesta época, que daqui a alguns anos vou recordar com saudade.

O roteiro filosófico do meu curso para os psicanalistas vem assim: Kierkegaard, Nietzsche, Heidegger, Sartre. Wittgenstein. Na realidade, é um curso sobre a verdade pessoal e a ficção.

Segunda-feira 7 de julho
　Insônia. Aflições várias. Questões domésticas, monotonia, muito pressionado pelas obrigações. Uma vida vazia. Só consigo me esquecer disso quando estou livre, ou seja, em condições tão excepcionais que me permitam "ocupar" o tempo sem nenhuma pressão externa nem obrigações.

Quinta-feira
　Na Pomaire, recebo 2 mil dólares (470 milhões de pesos). Pago minhas dívidas e consigo guardar 1500 dólares.

Segunda-feira 14
　Discurso de Martínez de Hoz, que pode ser analisado.
　1. Condução cambial. Dólar muito baixo, com 50% do seu valor.
　2. Taxa de crescimento, a mais baixa desde 1950.
　3. Alta inflação. Varejista: 5,2% em junho. Atacadista: 71,3%.
　4. Déficit do Tesouro, em cinco meses de 1980, as reservas do Banco Central caíram 50% a mais que em todo o ano anterior. Tenta-se conter a sangria causada pelo dólar muito baixo. Possível desvalorização do peso.
　5. Duplicação da dívida. Endividamento a curtíssimo prazo. Quem ganha com isso é a banca internacional, diretamente ligada ao regime.
　6. Aprofundamento da abertura econômica, sobretudo do mercado de capitais, que fica agora profundamente ligado ao mercado financeiro internacional.

Julho 17
　Uma autobiografia teórica. A história dos pensamentos de um homem, das suas leituras comentadas. Uma vida exemplar.

O romance narra a história dos que não têm história.

Longa discussão com a Iris. Por onde devem começar as leituras? Pelo texto ou pelo mundo? Como ler sem um saber prévio?

Sexta-feira 18
　Debate com a Beatriz Sarlo e o Altamirano sobre a *Punto de Vista*. Eu me recuso a fazer parte do comitê de direção. Por quê? Diferenças na concepção da literatura. Não tenho garantias sobre sua qualidade. Um juízo que

não explicito. Digo, em vez disso, que não quero integrá-lo por causa de algumas diferenças, mas nada que nos impeça de trabalhar juntos.

Sábado 19
Envelhecer, para mim, não é pensar cada vez mais no futuro? Estranha inversão: o passado está condensado numa longa série de acasos, coisa que não convém pensar como lógica do futuro.

Nestes dias, leio sucessivamente: um livro de Deleuze sobre Nietzsche; *Histórias do sr. Keuner*, de B. Brecht; ensaios de Lukács contemporâneos à sua *Teoria do romance*; e um trabalho de Laclau sobre o populismo. Quando escrevo ficção, leio menos literatura, ou melhor, toda vez que escrevo, me afasto mais da "literatura", e no entanto minha vida é escandida ("programada") pela escrita literária. As narrativas de Brecht são perfeitas: parábolas chinesas em que o protagonista é um sábio cuja única ação é pensar bem.

Esperando que *Respiração artificial* seja publicado, quero dizer, estes dias não são mais do que uma preparação (não sei muito bem para quê). E depois? Vou ter que escrever outro livro.

Domingo 20
Tendência espontânea ao isolamento para poder produzir uma sensação de perda (sensação que sempre esteve na origem da minha literatura, desde minha mais remota juventude).

O sofista Hípias provocava Sócrates com uma pergunta maravilhosa: "Quem é a essência do ser?". A pergunta *quem* é a melhor de todas as perguntas, dizia, a mais apta a determinar o sentido do mundo (o sentido para quem?). Perguntar "quem é justo", e não "o que é o justo", era, então, resultado de um método elaborado, que implicava uma concepção do sujeito e toda uma arte sofista que se opunha à maiêutica socrática. Uma arte dos casos concretos, empirista e plural, disse Tardewski.

Por muitos anos, pratiquei uma sofisticada atividade intelectual que consistia em não pensar e não saber. Trata-se de um sistema de pensamento que comecei a enxergar como trágico e que se desenvolve apesar de mim, ou melhor, apesar da situação "objetiva". Ocupo minhas horas em tirar certas ideias de circulação: do contrário, tudo conduz ao mal.

Se eu pensar nas etapas anteriores da minha vida, posso ver um período "social" que vai de 1963 a 1975, em que eu circulava em vários espaços com diversas responsabilidades (revistas, jornais, editoras, discussões, mesas-redondas, intervenções públicas), depois veio uma etapa de reclusão ligada à situação política e, por fim, nos últimos tempos, de novo as exigências morais (*Punto de Vista*, as reuniões e discussões nas catacumbas). De certo modo, o romance que escrevi sintetiza todos esses momentos.

Segunda-feira 21
Reunião de escritores convocada por Pacho O'Donnell na casa dele. Vão todos ou quase todos (incluído eu). O que faço lá? Reconstruir aquilo que não está. Debate degradado, afim a este tempo. A solidão do fundista. Os aliados estão em outro lugar, no exílio. Proponho incluir a questão dos desaparecidos numa carta assinada por nós. Discuto a questão do racha que Gregorich levantou há algum tempo, quando alegou que os escritores argentinos no exílio iam se afastar da língua. Não dá para ir a lugar algum com essa gente.

Longa conversa com o Andrés sobre *O princípio da esperança*, de Bloch, e a utopia.

Leio Hermann Broch. Não há aí um tipo de dificuldade que eu não me decido a enfrentar? Inventar um tipo de narrativa que se encaminhe para a abstração.

As histórias. Ela é como um lugar inatingível. Ele está lá. Estranha tentação. E a vê pela cidade. Passa uma núbil, olha para ele, sorri etc. A pequena cortesã não era assim. Uma mulher procura alguém que tenha o mesmo apelido do marido, para não se enganar. Diz: procurei aquele homem porque era igual ao que morreu.

Contato com o Onetti. A mulher do Jorge lhe passou *Respiração artificial*, ele leu teu romance, a Dolly me diz, e gostou muito do Senador e de Tardewski.

Terça-feira 22

Certa "ideia", outra vez: não quero escrever um livro de crítica, quero escrever um livro em que circulem as conversas, as anotações, as leituras. Livro de escritor que tem certas ideias; na realidade, melhor seria escrever um livro que tivesse a forma de um diário teórico. Para que isso não se reduza a um projeto, seria bom organizar um pouco a estratégia dos meus escritos ensaísticos, até agora sempre casual e direta. Buscar uma leitura de vanguarda e uma escrita que seja sempre um experimento pessoal.

Sento para trabalhar no *Me-Ti*, de Brecht, às oito da manhã. Não importa tanto o fato em si, mas a satisfação (meio pueril) de registrá-lo aqui.

É notável o efeito romanesco produzido pela reconstrução de certas cadeias que se dão na "vida". Por exemplo, a morte de Roland Barthes. Susan Sontag conta que Barthes, em Nova York, lhe confessou seu desejo de escrever um romance. Isso implicaria, segundo ele, abandonar a docência, e ele não tinha coragem, porque temia a miséria. Algum tempo depois, ao sair de uma aula no Collège de France, foi atropelado por um caminhão. Portanto, se ele tivesse abandonado a docência para escrever um romance (na miséria), não teria morrido.

Talvez uma parte (a terceira) do ensaio pudesse ser um diário do pensar, que combinasse ideias ainda não pensadas, ou ideias a ponto de ser pensadas, ou ideias que só é possível pensar escrevendo.

Um dia na vida. Acordo às sete e trinta, tomo duas xícaras de café preto com duas torradas. Dou uma olhada nas manchetes dos jornais. Pego o ônibus que segue pela Callao e desço na Bartolomé Mitre. Compro um maço de cigarros e mais dois jornais. Às nove, sento para trabalhar e só paro à uma. Almoço, leio os jornais, deito e tiro um cochilo. Por volta das duas e meia, preparo um chá (tinha tomado outro no meio da manhã) e trabalho até as seis. Volto para casa caminhando pela Callao, já não faço nada até a hora de dormir, salvo jantar, beber vinho, correr os olhos por vários livros sem chegar a ler nenhum. Deito à meia-noite e meia.

Escrever a biografia da filha de Madame Bovary como operária têxtil. "Depois que tudo foi vendido, restaram 12,75 francos que serviram para pagar a viagem da srta. Bovary à casa da avó. A boa senhora morreu naquele mesmo ano, e, como o tio Rouault estava paralítico, a órfã passou à tutela de uma tia. Sendo pobre, manda a sobrinha ganhar o sustento numa tecelagem de algodão."

Escrever a biografia de Lucia, a filha de Joyce, que morreu nos anos 50 numa clínica psiquiátrica, onde tinha vivido por vinte anos. Quando Joyce explica a Jung que Lucia escrevia como ele (que naquele momento estava trabalhando no *Finnegans Wake*), Jung respondeu: É verdade, mas onde o senhor nada, ela se afoga.

Este mês terminei um curso de dez aulas sobre Brecht em que analisei os seguintes textos: *O círculo de giz caucasiano*, *A exceção e a regra*, *Terror e miséria do Terceiro Reich*. Os contos "O manto do herege", "A ferida de Sócrates" e "O experimento". *Os negócios do sr. Júlio César*, *Histórias do sr. Keuner*, *Me-Ti. O livro das mutações* e uma ampla série de ensaios e trabalhos teóricos.

Quarta-feira 23 de julho
Aqui direi algo para a diversão das gerações futuras: tenho uma certeza precisa sobre o funcionamento quase perfeito da minha inteligência, posso entender tudo o que for necessário, e as ideias proliferam, mas ainda não encontrei uma forma para escrever os ensaios que quero escrever. Essa inteligência é privada e se manifesta por inteiro em certas condições (na solidão, desde que eu chegue a ela por decisão própria).

Quinta-feira
Na livraria do Gusmán, encontro o Héctor Lastra. O Enrique Pezzoni, diz ele, elogiou muito meu romance numa reunião onde também estavam o Girri e o Pepe Bianco, depois me conta que a conversa daquela noite derivou para o Jorge Asís, que todo mundo critica por reacionário (mas, como argumentou a Iris: "O que o narrador diz em primeira pessoa deve ser lido como um conteúdo ideológico direto, ou o narrador também é um sintoma?"), e para o jornal *La Nación*, uma preocupação (esta última) que é central no Lastra. Sua descrição subjetiva não pode em nenhum momento considerar que esse jornal concentra o pensamento conservador (tanto em arte como em política), e tende a explicar a questão em termos

de relações pessoais (ódios, encontros casuais, amizades). Essa visão lhe permite fazer "política cultural", enquanto, no meu caso, é a política cultural que me exclui dessas redes.

Segunda-feira

Sou lento. Demorei muito a entender que só posso trabalhar de manhã, que depois das duas da tarde eu me disperso e me perco em lerdos devaneios e vastas conjuras.

Escrever também a biografia do filho ilegítimo de Marx (com a empregada), morto em Londres em 1924 depois de levar uma vida obscura como operário têxtil. Por sua vez, o filho de Marx tem um filho, que chega a Buenos Aires em 1915. Alguém deveria imaginar sua vida.

Terça-feira 29

Contatos com o Onetti, que nestes dias circula e é convocado como um fantasma. O Osvaldo Tcherkaski me escreve de Washington: o Onetti leu seu livro de contos numa noite de insônia em Paris e em seguida lhe mandou um parecer entre depreciativo e falacioso. O Andrés me contou no domingo, no Tortoni, que o último romance do Onetti vendeu 50 mil exemplares. Ontem Dolly Muhr, mulher dele, me ligou: "O Juan está com insônia, escreve fragmentos que não vai publicar. Fomos à praia".

Transformar o não pensamento num modo de narrar. Por exemplo, a luta para apagar certas ideias que parecem esconder ameaças. A ideia fixa que volta repetidas vezes: não é apenas uma ideia, mas também arrasta sentimentos e recordações variadas, como se uma única ideia encerrasse cadeias e redes de dores e sofrimentos. Ao mesmo tempo, interessante hipótese sobre a temporalidade narrativa: (para o herói) tudo vai bem em certo espaço, no presente puro, mas como não temer o futuro, por exemplo? Se eu tivesse um tema, tentaria escrever um conto, o primeiro que me aparece são sempre os procedimentos.

Continuo com Brecht, planejo ler mais uma vez todos os seus ensaios.

Quinta-feira 31 de julho

É notável o modo como Brecht desloca a origem das suas teorias do distanciamento: em 1923, conhece a atriz e diretora teatral russa Asja Lācis, e é ela quem o põe em contato com as posições e as teorias da vanguarda soviética (entre elas, o procedimento da *ostranenie*). Brechtianamente, ele dirá que sua descoberta do efeito de distanciamento nasce em 1926, quando ela, Asja Lācis, interpreta Eduardo II, e seu sotaque russo "produz o estranhamento".

1º de agosto

Esta noite sonhei com Perón, ele estava vivo, eu o visitava e tentava convencê-lo a empurrar Balbín para uma oposição mais clara. No sonho, eu pensava: como é que eles não percebem a importância de Perón estar vivo para enfrentar a ditadura? São esses os meus sonhos políticos: os mortos aparecem vivos, de vez em quando me encontro com o Elías, com o Rubén ou com o Rodolfo W.

Segunda-feira 4

Num livro sem importância, que folheio em busca de material para a aula de hoje, encontro esta definição excelente — acredito — da política atual. Afirma-se que, em vista da crescente participação das massas na vida política e econômica, foi traçado um modelo: "As crises podem ser resolvidas não pela expansão, e sim, ao contrário, pela regressão. Posto que a oferta é insuficiente, diz-se, em vez de promover seu aumento, por que não promover a redução da demanda? A partir daí, a moral é bem clara: deve-se impedir a participação das massas em todos os setores em que elas se manifestam". O livro se chama *Introducción a la política* e tem mais de vinte anos, mas já se pode ver aí o programa de Martínez de Hoz. Primeiro, intimidar a sociedade civil (como dizia Portantiero, "interpretando" o plano), para depois poder impor o modelo de desenvolvimento e o tipo de acumulação. Esse projeto explícito de "recortar" a sociedade e "rebaixá-la" é a repetição da velha política da direita em toda parte. "Excluir um povo da vida política para impedir que exija a parte que lhe cabe na renda nacional é um método que se mostra inadequado em países onde as massas têm perfeita consciência de sua importância e de sua força" (e é isso que acontece na Argentina com o movimento sindical).

Terça-feira 5 de agosto

O pior da vida é a prisão da insônia. As dores ignoradas no flanco esquerdo, o que isso quer dizer? O romance está prestes a sair, mas isso continua, atravessa o véu que eu mesmo teci. Precisarei também agora de uma transformação? Passei por metamorfoses em 1963 e 1972. Será necessária uma a cada dez anos? Tem algo que não me deixa viver: chega e me instala de um modo perfeito na solidão de junho, mas não é por aí que devo sair disso.

Quarta-feira

Vejo no teatro Del Picadero uma confusa teatralização de *Os sete loucos*; apesar de tudo, retumbam os altos ecos de Arlt. Antes de entrar, encontro o tal Jorge Asís, tomamos um café no La Academia e, como sempre me acontece com os "jovens escritores", assisto aos percursos autobiográficos e aos autoelogios. Ao que parece, ele escreve para Buenos Aires e não se importa com mais nada (isso quer dizer que não está sendo traduzido). Faz a lista dos seus livros anteriores e afunda no cinismo político.

Segunda-feira

Utopia privada: viver sem obrigações, escrever por obrigação (essa é para mim a fórmula da felicidade). Tentado pelas seduções do homem que vive sozinho e isolado, preciso, no entanto, obrigar-me à socialização.

Leio Heidegger. Encontro uma relação, que é a seguinte: o Ser não é tempo, o Ser se temporaliza no *Dasein* (ser-aí) e se converte em nada. Não estamos perto de Platão, para quem o tempo é a imagem móvel e finita da Eternidade? A Eternidade (do Ser) torna-se visível no tempo (através do *Dasein*) e morre com ele (finitude: nada). Foi Wittgenstein quem disse que toda a filosofia é uma série de notas de rodapé ao pensamento de Platão? Não, não foi Wittgenstein.

Terça-feira 12 de agosto

Na editora Pomaire, recebo os 2500 dólares que faltavam para completar o adiantamento de 5 mil. O romance não vai sair em setembro, mas em outubro, edição local, acelerada e reduzida (3 mil exemplares).

Quarta-feira 13
Economia pessoal. Como administrar os 5 mil dólares? Básico, pagar o aluguel do apartamento e providenciar um "uniforme" (um terno, uma capa) em que me sinta confortável — quer dizer, muito caro.

Quinta-feira 14
Inesperada aparição do José Sazbón, que vem do passado remoto, é o único amigo cuja amizade já dura vinte anos. É tão tímido quanto lúcido, avança nas suas deslumbrantes hipóteses sobre os historiadores ingleses. Descemos para jantar em La Americana, *fugazza* com queijo e uma garrafa de vinho.

Foi o primeiro a ler *Respiração artificial*; se o que eu escrevo passa pela rigorosa alfândega do José, já não me importa o que os outros digam. Ainda assim, tenho certas tensões com ele, obsessivo com meu romance, ou melhor, levemente pedante e ao mesmo tempo apaixonado pela literatura. Muito preso a Borges, à sua retórica, e também à moda (por exemplo, a de que a história é ficção), o José pensa como novidade minhas crenças de dez anos atrás.

Sexta-feira
Dou uma conferência sobre Sarmiento. Depois, num bar, debate sobre a lei do valor entre o Sazbón, o Dotti e o Carlos Altamirano.

Segunda-feira
"Não consigo reler seus escritos, mas entre nós dois não é preciso muito para nos entendermos." Carta de Heine a Marx (1844).

Assisto no cine Premier à primeira partida do match estendido entre Korchnoi e Polugaevsky; russos da KGB montam guarda na avenida Corrientes. Korchnoi se parece fisicamente com Nabokov e tem também a mesma inteligência ardente e temerária. A partida é brutal. Cada movimento é um ataque suicida; no fim, Korchnoi ganha.

Quarta-feira
Leio uma biografia da Janis Joplin enquanto escuto seus discos.

Sexta-feira
"Acabo de terminar o pior romance da língua inglesa", escreveu Virginia Woolf no seu diário depois de concluir *The Waves*...

Ao meio-dia, vou ao cinema e, na sala Lugones, assisto a um documentário sobre a história do cinema francês; às seis, vou ao cine Libertador e assisto ao filme *A hora do amor*, de Bergman; às nove, vou ao Cosmos com a Iris e assistimos a *Muriel*, de Resnais. (O cinema é o divã do pobre, como dizia Deleuze.)

Sábado 23
Por momentos, minha vida adquire a forma pura daquele sonho típico que Freud definia como "situação de exame".

Segunda-feira
Falo com a Pomaire, o romance já não vai sair em outubro, mas em novembro.

Mesmo assim, consigo me concentrar e preparar a aula sobre Heidegger que vou dar à noite para um grupo de psicanalistas. (Há vários meses que vivo da filosofia.)

Terça-feira 26
Maus pensamentos quanto ao romance, à demora, à incompetência que se percebe na Pomaire, onde só sabem pagar em dólares.

Quarta-feira
Vou dar uma conferência — Borges na literatura argentina — para o ciclo em homenagem a Jaime Rest organizado pela *Punto de Vista*.

Sexta-feira
As reticências do José em relação ao romance são de ordem variada: excesso de certos procedimentos, ausência de personagens, narrativa intelectual. Salvo a observação sobre os personagens, que acho equivocada (Tardewski, o Senador, Marcelo Maggi), considero os demais reparos virtudes, mas sua opinião serve para eu não alimentar ilusões sobre o futuro do livro. Se ele pensa assim, posso imaginar a reação da multidão de

imbecis que povoa a literatura argentina atual. Não esperar nada, portanto, e já me dar por satisfeito se o romance puder ser publicado na Argentina nestes tempos sombrios.

Quarta-feira 3 de setembro
"Qualquer tipo de polêmica compromete de antemão a atitude do pensar. O papel do oponente não é o papel do pensar. Pois o pensar apenas pensa quando aponta ao que fala *a favor* de uma questão. Toda a resistência do falar tem aqui sempre o sentido de proteger a questão." Heidegger.

José Sazbón expõe durante três horas suas reticências e seu olhar excessivamente minucioso sobre meu romance. Critica a identificação Hitler-Descartes e vários detalhes secundários. Como se achasse o romance muito experimental e ao mesmo tempo muito pouco borgiano.

Visito a Grete Stern. Olhamos suas fotos, suas colagens sobre sonhos.

Uma carta.
O romance vai sair em outubro, talvez novembro. A espera não é uma boa situação. Tento escrever um conto autobiográfico sobre meu pai, mas não consigo avançar. Imagino que vai ser difícil voltar a escrever enquanto o livro não for publicado. Sua carta prova que você captou bem certo estado que atravessa minha vida nestes tempos. Estou irritado, descontente, nada muito real nem ligado a fatos reais (mas não sei, não...). Acho que se avizinham rupturas, modificações. Isso costuma me acontecer a cada cinco ou seis anos, e em geral pego para outro lado. Desta vez não tenho motivos, mas os motivos são o de menos. Quando eu tinha vinte anos, achava que a felicidade consistia em escrever um bom livro e estar às vésperas da sua publicação. Agora que, digamos assim, estou vivendo algo parecido, percebo que a felicidade não depende da iminência de algo conhecido.
Te mando um abraço.
P. S.: Minhas cartas são cada vez mais curtas, quando é tão excitante receber longas cartas. Não se esqueça de mim.

Sexta-feira 5
Direi com Wittgenstein: "Estranha sensação de sentir-se completamente a salvo. Refiro-me ao estado mental em que nos sentimos inclinados

a dizer: estou a salvo, nada me pode prejudicar, aconteça o que acontecer" (... a não ser eu mesmo).

Leio perfis que Wittgenstein fez de B. Russell, de Von Wright, de N. Malcolm; os *Diários* de Brecht.

Segunda-feira 8
Deveríamos imaginar que toda a humanidade falou sempre o mesmo idioma, mas que ela foi mudando em cada época, como se sucessivamente tivéssemos falado em aramaico, grego, latim, italiano e inglês. Cada época teria seu próprio idioma, que seria universal. Suponhamos agora que esse idioma não é fixo: é preciso encontrar a palavra cada vez que se quer designar um objeto. Essa designação pode mudar se alguém demonstra que a nova expressão que cunhou é mais ajustada ao objeto. A situação produz certa desordem. Os filósofos constroem explicações. Platão, por exemplo, diz que as designações verdadeiras dos objetos reais estão no Topus Uranus: ali cada coisa tem a palavra correspondente. Depois, alguém chega e diz que, na verdade, só Deus sabe a designação correta de tudo e só a fé permite conhecer os nomes verdadeiros. Hegel, por seu turno, dirá que o Espírito Absoluto vai se desenvolvendo na História num devir cujo exemplo é a incerteza dos nomes. Já os cientistas decidem que para evitar a incerteza é preciso numerar cada coisa existente e que essa nomenclatura matemática deve passar a ser a linguagem. Ignoram assim a linguagem comum e inventam uma linguagem artificial e verdadeira. Muito bem, mas quem fala essa língua?

Faço um registro dos meus refúgios. 1966-67: passagem Del Carmen. 1968-71: Sarmiento com Montevideo. 1972-75: Canning com Santa Fe. Depois aqui, Mitre com Montevideo.

Segunda-feira 15
Ontem, dia social, discussão com o Pico, o Carlos, a Beatriz, que termina na casa do Dotti; durante todo esse tempo, absoluta sensação de idiotice; quase não conseguia falar, porque, enquanto falava, percebia a besteira que estava dizendo, lapsos, enganos, afirmações emprestadas. Então? Grave crise, tendência ao isolamento, à inação, dificuldade até de ler o jornal.

Que ficção eu poderia escrever se fosse capaz de trabalhar a partir desse estado?

Quarta-feira 17
Amanhã vai sair — finalmente — uma prova do romance.

Segunda-feira 22 de setembro
Passo a manhã revisando o romance que hoje segue para a gráfica. Discussão violenta ontem à tarde com o Molina por causa da capa. Não há como impedir que o livro tenha uma apresentação degradada, a capa vai dar na vista que me pagaram 5 mil dólares.

Facundo. A diversidade de públicos explica o caráter heterogêneo da prosa (escreve simultaneamente para a Europa, para Alsina, para Rosas e para o Chile).

Existe uma economia borgiana? Teria que ser pensada em diversos sentidos. Sistema de intercâmbios e equivalências como registro-chave da sua ficção. O dinheiro nos seus contos (por exemplo, "Emma Zunz", "O zahir"). A propriedade literária.

Terça-feira
Trabalho na conferência sobre Borges durante a manhã. À tarde, na Pomaire: esboço da capa, relativamente aceitável agora, depois da discussão. Vou tentar que a cor vermelha seja mais escura e que se use só uma cor. Escrevo as respostas para uma reportagem num jornal de Azul. À noite, Pacho O'Donnell telefona me convidando para uma mesa-redonda sobre novos narradores argentinos na SHA,* junto com Asís, Rabanal, Gusmán. Declino, prefiro não fazer. Vou ao cinema, assistir a um ciclo de novos filmes franceses no San Martín. Na saída, vou me encontrar com o Luis na sua livraria, ele me fala das traições de G. e de F. Trago o livro de Brassaï: *Conversas com Picasso*.

Quarta-feira 24
Certo desencanto, também, ao ver (afinal) as primeiras páginas do livro já compostas, ainda vão ser ampliadas etc. Mas nada até agora conseguiu

---

* Sociedad Hebraica Argentina. [N. T.]

desfazer a distância do livro real com o livro tal como eu o imaginava (problemas com a capa, a data, os prováveis erros na correção das provas de prelo).

Sexta-feira
Vou muito seguido ao cinema nestes dias, para esquecer a realidade. Hoje, *Os doze condenados*, de Robert Aldrich.

Na Pomaire, discussões por causa das exigências sobre minhas aparições públicas para promover o livro. Esperança de que o romance tenha "uma grande repercussão" (nas palavras que minha mãe sonhou).

Terça-feira 30
Trabalho na conferência sobre Borges.

Vou à Pomaire, lá cresce a desconfiança de todos em relação ao meu romance (o título, o preço do livro). Eu, da minha parte, não consigo me interessar por nada.

Passo cinco horas jogando xadrez contra um computador.

Quinta-feira
Amanhã o livro deve ficar completo (280 páginas), vou usar o fim de semana para corrigir as provas.

Avanço desordenadamente na conferência sobre Borges. Borges e a gauchesca; a ficção de Borges como ação no real (Scharlach, Acevedo Bandeiras, "Emma Zunz", "Tema do traidor e do herói", "Tlön" etc.).

Vejo afinal as páginas compostas do romance, leio o monólogo do Senador.

Sábado 4 de outubro
Uma multidão na conferência (mais de 250 pessoas) com diversas presenças, Lafforgue, Nicolás Rosa, Gregorich, Noemí Ulla etc. Sensação de fracasso enquanto falo. Depois todos vêm me cumprimentar, e eu acho tudo uma fraude. Experiência horrível. Daqui a dez anos vou me lembrar dessa conferência, mas com saudade.

Segunda-feira
Trabalho a manhã inteira e deixo prontas as provas paginadas. O que penso da leitura do romance? Só vejo os defeitos.

Terça-feira
Compro três cadernos como este e outros sete para o futuro. Cinco anos?

Leio o romance de Mailer sobre Gilmore.

Terça-feira
Inauguração de uma mostra de Juan Pablo Renzi. Encontro o Jacoby e o Miguel Briante.

Quarta-feira
A teoria dos jogos de linguagem de Wittgenstein: função decisiva do contexto extraverbal. A variedade dos modos como as palavras adquirem seus significados se mostra na variedade dos seus usos. Estranha coincidência, diga-se de passagem, entre Wittgenstein e Bakhtin: o que fazemos com as palavras? Deve-se lembrar a recomendação de Wittgenstein de que procuremos não as coisas que correspondem às palavras e às frases, mas sua função na vida social.

Segunda-feira 27
Só haverá exemplares do romance na quarta-feira da semana que vem. Sob uma tenda de vidro imaginária, assisto impávido aos acontecimentos.

Segunda-feira 3 de novembro
Passo o fim de semana inteiro preparando as aulas sobre Wittgenstein.

Aquilo sobre o qual se deve calar é a experiência ética; o significado da vida não pode ser expresso com a linguagem dos fatos (nesse espaço se localiza a ficção e especialmente o romance como gênero pós-trágico). Só podemos nomear as coisas que acontecem com outras pessoas, nossa própria experiência vivida, nossa existência, nossa sensação da passagem do tempo estão muito próximas de nós para ser visíveis de um modo externo (daí a impossibilidade e o fascínio dos diários pessoais como este); esse mundo constitui o objeto preferencial do romance, a narração coincide com a evocação dessas experiências incomparáveis. Só podem ser mostradas — no sentido de Wittgenstein, mas também de Henry James — porque a experiência vivida é incomunicável. Daí a premissa de Brecht, viver em terceira pessoa.

"É óbvio", escreveu Wittgenstein no *Tractatus*, "que o mundo imaginado, por mais diferente que ele possa ser do mundo real, deve ter algo — uma forma — em comum com este."

O positivismo sustenta (e essa é sua essência) que tudo o que importa na vida se resume àquilo de que podemos falar. Wittgenstein, ao contrário, acredita ardentemente que tudo o que realmente importa na vida é aquilo que devemos calar.

Wittgenstein: "Meu trabalho consiste em duas partes: aquilo que eu escrevi e, ademais, tudo aquilo que eu *não* escrevi. E precisamente esta segunda parte é a importante". Boa definição do romance que estou prestes a publicar: a política nesta situação é o que não pode ser dito.

Quarta-feira
Uma pessoa que se vê igualmente atingida pela vitória de Reagan, que consolida o processo geral de direitização, e pelo fato de seus óculos escorregarem pelo nariz.

Não se deve confundir, disse Tardewski, o casaco de Husserl com o capote de Gógol; nem a teoria dos tipos de B. Russell com a teoria do tipo de Lukács.

Sábado 8 de novembro
Jantar com Beatriz Lavandera. Brilhante carreira de linguista nos Estados Unidos, que abandona depois da terrível experiência da tortura. Foi detida absurdamente, com uma amiga, enquanto tirava fotos ao acaso pela cidade, acusada de ter fotografado um centro clandestino de detenção. Foi torturada e viu gente morrer. Daí em diante, nenhum interesse pela linguística, apesar de ser uma das discípulas favoritas de Chomsky. Torna-se uma militante dos direitos humanos e, nessa ação, conta com o respaldo do ativista Chomsky.

Quinta-feira 13 de novembro de 1980
Na editora me entregam dez exemplares do romance. Vou para casa caminhando pela avenida Callao, como fiz durante os anos em que o escrevia.

Sexta-feira
Autografo exemplares que serão enviados para diversas pessoas. Estão planejando uma viagem a Misiones na próxima sexta e um lançamento em Buenos Aires no dia 27. Encontro o Héctor Lastra, dou a ele um exemplar do livro e logo em seguida me arrependo.

Resisto a ler o romance porque os erros já não podem ser corrigidos.

Terça-feira 2 de dezembro
Se ele chegou a ponto de dormir dezoito horas seguidas, como em outros momentos da vida, é porque no meio do túnel não encontrava sentido algum em avançar: por isso ele se senta no escuro, sem ver a luz da saída nem a luz da entrada.

7.
Diário 1981

Segunda-feira 5 de janeiro
Cada vez faz menos sentido escrever este diário, talvez porque eu mesmo faça cada vez menos sentido.

Sábado
Abrir um caminho de saída em outro ponto. O trem que passa no meio da noite. Leio Robert Lowell, viajo a Adrogué, sempre escapo na mesma direção. Inútil dizer que já faz anos que deixei de querer ir a algum lugar. Nostalgia na casa deserta, andar nu, falar sozinho. Horas revirando papéis.

Segunda-feira 12 de janeiro
Continuo aqui; escrevo o início de um conto em que alguém se fecha numa casa como esta para ler sua própria vida. Somos animais sinistros etc. Queria poder partir minha vida em dois, ocupar dois lugares, ser outro em cada um deles; ter duas vidas, pelo menos duas vidas, simétricas, concêntricas, ir e voltar de um lado para outro, sempre no trem das seis da tarde.

Na rua, quando vou comprar carne ou vinho, sempre encontro pessoas vagamente conhecidas que não consigo identificar. Elas, por seu lado, me conhecem desde criança e me cumprimentam sorridentes e efusivas, como nos sonhos.

Quarta-feira 14 de janeiro
A Tristana vem e vai. Tira a roupa ao desembarcar do trem, depois põe as cintas e os tules. Carrega tudo na bolsa, como quem traz umas lembranças. Isso é o que mais a excita, viajo para me disfarçar — diz. Da minha parte, observo suas evoluções sentado na poltrona de vime que era do meu avô Emilio.

***

Dou alguns telefonemas, escrevo cartas, volto amanhã. Viver como um viajante, alguém que sempre está chegando a um lugar pela primeira vez, sem conhecer ninguém.

Quinta-feira 15 de janeiro
Como escrever o imediato, trasladar a experiência do presente. Por exemplo, a improvisação na música, tudo se passa em tempo real. Existe um standard, uma melodia prévia sobre a qual se tece a harmonia do instante.

A inspiração. Inspirar é como respirar. Trata-se de um pensar imediato, separado do pensamento mediato, que é discursivo (por meio da linguagem). Conhecimento inspirado: conhecer vendo. Tem uma índole peculiar: vai aprendendo imediatamente o objeto (como acontece com a visão). Não é uma inferência, mas uma visão imediata.

Experiência. Parte-se do vivido. O homem seria o ser pelo qual a verdade surge no momento presente. "Nada está inteiramente no nosso poder", ele disse, "salvo nossos pensamentos. A salvo."

Segunda-feira 19 de janeiro
Restos e lembranças sem forma: as vozes que vêm do passado. Segunda noite sem dormir, sentado no chão, vejo passar as sombras de sempre: a moça deitada sobre as almofadas de veludo acariciando os seios. Não te interessa?, me perguntou. Não, respondo, eu já tinha imaginado tudo isso de antemão.

No sábado fomos ao boxe, no Luna Park penso no Madison: o ruído áspero das luvas de couro contra a pele.

Nos dois anos em que estou aqui, que é que eu vi? Ou melhor, que é que eu posso recordar? Um cão pastor passeando numa sacada minúscula, de um lado para outro, de um lado para outro. Uma vez vi um homem falando ao telefone embaixo de uma luminária que lançava uma estranha luz azul. Uma vez vi uma mulher cortando as unhas dos pés apoiada no parapeito de uma janela no décimo andar. Uma vez vi uma tevê ligada num quarto vazio, demorei a entender que a pessoa que a assistia estava deitada no chão.

Uma vez vi duas mulheres fumando cigarrilhas marrons e jogando baralho, parecia um jogo simples, de poucas cartas.

Quarta-feira 21 de janeiro
   Sou alguém que pensa no seu estilo deste modo: Este sou eu, digo ao B., os ossos descarnados, secos, como se tivessem sido abandonados à intempérie durante anos. O esqueleto das paixões.

Quinta-feira 22 de janeiro
   Estive mais uma vez lá. A entrada, o pátio, aquela brancura sempre inesperada. Vou ver o que consigo imaginar: a outra enfia a cara entre as coxas dela, que morde de leve o lábio inferior. Ao sair, três horas depois, a cidade me parece iluminada demais. Porque, para tão dóceis amantes, fascinar...

Sábado 24 de janeiro
   Trabalho em dois textos: a biografia da filha de Madame Bovary; aquela noite, perdido em Nova York.

Sonho com ela, todas as noites sempre sonho com ela. Estranha forma de posse.

Terça-feira 27 de janeiro
   Lembrei agora o encontro com John Barth na Berkeley. Uma conversa da qual tendo a lembrar o que eu disse, não o que Barth me contava. Falamos de Borges e de Joyce. Eu disse: a forma temporal da vanguarda marca o *Ulysses*, a cada hora do dia narra-se com uma técnica diferente. Também disse algo sobre o estilo, mais ou menos assim: quanto ao estilo, o escritor terá tanto estilo quanto convicção de ter um estilo, e não mais. Lembrei essa conversa porque, revirando papéis, encontrei uma espécie de resumo que fiz no restaurante de San Francisco pouco depois.

Quinta-feira 29 de janeiro
   O escritor como crítico. A crítica não incorporou o trabalho dos escritores (principalmente a partir do século XIX).
   A crítica literária está presa aos saberes externos (por isso envelhece).
   A crítica como saber submetido: à linguística, à psicanálise, à sociologia.
   Terreno inexplorado (no esgotadíssimo campo da pesquisa literária): a contribuição dos escritores à teoria e à reflexão sobre a literatura. Um

escritor não tem nada a dizer sobre sua própria obra, mas tem muito a dizer sobre a literatura.

Minha lista é vasta: Pound, Brecht, Borges, Valéry, Gombrowicz, Auden, Eliot, Calvino, Pasolini. Já citei a frase de Faulkner: "Escrevi *O som e a fúria* e aprendi a ler". A escrita muda o modo de ler.

Que espécie de leitura é essa?

Forma de intervenção. O tipo de intervenção define a forma.

Muitas vezes é pessoal (diários, cadernos, conferências, prefácios). Muitas vezes é pedagógica, as aulas de Nabokov, o curso de poética de Valéry, os manuais de Pound. Muitas vezes é polêmica, discussões, manifestos, debates, cartas. Muitas vezes está nos textos de ficção, basta pensar, claro, em *Dom Quixote*, e poderíamos dedicar uma conferência só à análise desse romance.

Traços: a leitura técnica (construtivista, como a chama Pound). A leitura ficcional. A leitura estratégica.

1. Construção/interpretação. Como é feito, antes de o que significa.
Poe: "Filosofia da composição".
Valéry: A cátedra de poética.
Henry James: considerado o melhor crítico literário de século XIX por Wellek e assim definido por Kermode: "O grande mestre da pesquisa sobre as possibilidades formais da ficção narrativa" (*The Genesis of Secrecy*).
Forster: *Aspects of the Novel*, contemporâneo de *Teoria do romance*, de Lukács, do livro de Bakhtin sobre Dostoiévski, dos ensaios sobre a narração de Benjamin e de *Teoría de la prosa* de Chklóvski.

2. Leitura ficcional. História imaginária da literatura. *El mal metafísico*/ *O brinquedo raivoso*/ "O Aleph"/ "Martha Riquelme"/ *Los ídolos*/ "Os passos nas pegadas", de Cortázar/ "Sombras sobre vidrio esmerilado"/ *The Buenos Aires Affaire*/ *Aventuras de un novelista atonal*.
Histórias do escritor imaginário. Monsieur Teste, a literatura não empírica. O escritor conceitual. Stephen Dedalus.
As novelas sobre escritores de Henry James.

3. Estratégica. Leitura situada. Ler de um ponto de vista interno, não do alto.
Suas determinações. Romance familiar.

Estratégia de leitura: já no seu primeiro texto crítico conhecido, sobre *Dom Quixote* ("*Dom Quixote*, hoje"), Gombrowicz, em 1935, define sua poética da leitura. A obra inicial encerra todo o futuro, toda a sua poética.

Ele lê a partir do que quer escrever. Sua resenha de *Dom Quixote* define sua própria obra futura. Cada escritor, seu mundo; cada mundo, sua linguagem. "Criar uma linguagem é criar um mundo", L. W.

"Eis um livro que, ainda hoje, expressa uma ideia de uma atualidade para nós deslumbrante e ao mesmo tempo ameaçadora, qual seja: que cada homem possui sua realidade própria e que o universo se refrata no espírito de cada um de maneira diferente. Expressar essa ideia é a tarefa essencial da literatura: representar os milhões de mundos conhecidos por milhões de mentes, expressar essa 'outra coisa' que transforma ora os moinhos em gigantes, ora os gigantes em moinhos." W. Gombrowicz, *Varia* (trad. Allan Kosko), Paris, Christian Bourgois, 1978, p. 11.

Sexta-feira 30 de janeiro
Só o amor pelos desesperados nos sustenta a esperança, dizia W. B.

Quarta-feira 4 de fevereiro
A hipótese de K. Gödel. É impossível demonstrar a não contradição de um sistema lógico usando apenas os meios oferecidos pelo próprio sistema. A matemática é uma série de sistemas infinitos, logicamente distintos uns dos outros, cada um deles contendo um problema que não soluciona.

Quinta-feira 5 de fevereiro
Acordo às oito. Tomo duas xícaras de café preto. Leio os jornais. Escrevo cartas. Reconheço o sinal da morte toda vez que me olho no espelho. Preciso sair daqui. Me mexer, ficar em movimento. De um lado para outro, de um lado para outro.

Sexta-feira 6 de fevereiro
A experiência de viver em território ocupado. O direito à violência. Seria possível a ética?

Segundo Kant, não há nenhum fim, por mais elevado que seja, do qual se possa dizer que todos os seres racionais, em todos os momentos do seu agir, devam propor-se e realizar. Todo fim é digno de ser querido apenas em certas circunstâncias, se é uma obrigação condicional, uma necessidade relativa ou uma situação de fato que pode ser ou não ser. A lei moral ordena não o que se deve querer, mas como se deve querer o que se quer. Não o conteúdo, mas a forma.

Sábado 7 de fevereiro
De madrugada, sentado num banco da praça San Martín. Falaram a noite inteira, e ele tem os olhos vazios. Voltam a começar. "Só a utopia permite pensar", ele se move nessa direção. Do contrário, o que resta? A resignação, o ceticismo.

Sexta-feira 8 de fevereiro
Trabalhar de modo que a situação não possa ser identificada. Nunca há um momento real (pelo menos de saída): narrador perdido no tempo e na linguagem. Não há nenhum dado que garanta que nesse momento ele também não esteja afundado no passado. Eu tenho feito o mesmo durante anos.

Passo uma semana em Buenos Aires sem muito o que fazer. Situação narrativa. Entrevistas a que respondo de forma mecânica.

Quarta-feira 11
A noção de caráter destrutivo em Benjamin: "Esse caráter não vê nada duradouro. Mas justo por isso encontra caminhos inesperados. As ruínas permitem abrir caminho".

Sábado 14 de fevereiro
O José Sazbón me dá para eu ler seu ensaio sobre meu romance. É a leitura que não busco, uma interpretação excessiva daquilo que no romance é alusivo e deliberadamente críptico.

Segunda-feira 16
O exílio interior: a "vida" escrita no diário (1959-79), tratada como a história de uma geração.

17 de fevereiro
Clara sensação de não ter um lugar. Exilado excessivo, extraviado, excêntrico. A figura do apátrida. Dificuldade de falar com quem quer que seja, pratico uma língua em que já ninguém fala. Idioma pessoal, linguagem

privada. Descobertas noturnas, a literatura se afastou de mim? Também a reflexão. Só leio biografias, vidas alheias como diário de viagem. Desorientado. Se me tirarem o que eu li, que me resta?

Nota sobre a cultura na Argentina. Sociedade condenada ao esquecimento. Não existe instância crítica. Economia como espaço de sentido. Sem mediações. Terror.

É possível entender aqueles que já foram embora? Discussão sem saída.

Quarta-feira 18
   Inventamos nossos sonhos, dizia Tolstói. Acordamos de manhã e construímos os sonhos que depois contamos a nós mesmos.

Sexta-feira 20
   A fidelidade às velhas descobertas. O detetive que investiga um caso, que descarta todos os elementos estranhos ao drama do qual ele próprio é uma das testemunhas. Essa técnica não poderia ser usada numa autobiografia?

Quinta-feira 26
   A crise polonesa, ou seja, a presença do movimento operário (Solidariedade) em meio ao deserto da situação internacional, para mim, é acompanhada por Gombrowicz, cujos diários estou lendo.

Sexta-feira 24 de março
   Volto ao projeto de sempre, passar os diários, transcrevê-los, achar um título para eles, *Diários (1957-81)*. Publicar: páginas de um diário. Revisar, enxugar. Vinte e cinco anos de escrita, a prolixidade do real.

A ficção na minha vida pessoal é sempre ficção não escrita. O oposto do sonho. Captura um objeto, um acontecimento, e constrói uma história de destruição.

Os diários de Pavese, Connolly, Gide, Camus, Musil, Kafka, Max Frisch, Jünger, J. Green, Michel Butor.

Usar o gênero e sua verdade (o material vivido) para escrever um romance.

Segunda-feira 30
Atentado contra Reagan. A sequência na televisão produz um efeito narrativo e ficcional, com um herói real. A informação na mídia é totalmente exaustiva.

Uma hipótese. Diante de toda a política que assume a forma de delírio social, o louco isolado. Influenciado pelo cinema (*Taxi Driver*), é fascinado por Jodie Foster (a jovem prostituta do filme). Escreve cartas para a atriz que no filme acompanha o psicopata. Nova versão de *Dom Quixote*, seus livros de cavalaria são os filmes "duros" e as séries de televisão. A imagem de uma prostituta de quinze anos é sua Dulcineia. A ficção parece invadir a realidade. Nas suas cartas escritas em hotéis de beira de estrada (e que não envia), diz à atriz que, se ela responder, não vai matar o presidente. Espera apenas uma palavra dela, diz.

Quinta-feira 16 de abril
Um correlato de John Hinckley, que tentou assassinar Reagan seguindo um exemplo do cinema (*Taxi Driver*), é o caso da jornalista Janet Cooke, que ganhou o Pulitzer com uma crônica verídica (que logo se revela inventada) publicada no *Washington Post*: o retrato de um garoto negro de oito anos que é drogado (adquire o vício na lactação, mãe heroinômana). Se o atentado contra Reagan (que é ator) parece uma série de tevê vista no noticiário, é lógico que a ficção — disfarçada — invada o jornalismo. A jornalista autora da reportagem teve que devolver o Pulitzer e foi transformada no vilão da vez, porque escancarou o caráter manipulado da informação.

Domingo 26 de abril
Encontro o Andrés R. Iludido com o general Viola, que se opõe, segundo dizem, a Videla.

Segunda-feira
Na Pomaire, números sobre o romance que leio com a incômoda sensação que conheço bem em mim, uma estranha mistura de ansiedade e alegria. Até agora foram vendidos 5 mil exemplares, o livro continua vendendo trezentos exemplares por mês, está na lista de best-sellers do *Clarín*. Era impossível imaginar que esse romance pudesse interessar a leitores fora do meu círculo de amigos.

Sexta-feira 1º de maio
Anos atrás, neste mesmo pedaço da cidade, o quarto de pensão na Riobamba quase esquina com a Paraguai, um dia como hoje, vagando sozinho pela cidade deserta, tudo fechado, o bar estreito como um corredor na avenida Callao, a poucos metros daqui. Quanto tempo faz?

A repercussão do romance não mudou nada em mim; eu sou quem o escreveu, não quem o publicou.

Encontro o Luis Gusmán "nervoso" por causa da leitura que o Sazbón fez do romance, publicada na *Punto de Vista*. Ele se opõe à leitura política do livro. Enxerga oportunismo onde é ele o oportunista.

Quarta-feira
Viajo a Mar del Plata. Meu pai foi operado. A desolação e o passado.

Na rodoviária me encontro por acaso com o Osvaldo Lamborghini, vamos até o bar para beber alguma coisa, ele pede um conhaque e eu, uma taça de vinho branco. Está chegando de Pringles, da casa do Arturo Carrera. Ele me conta, no seu tom conspirativo, que Gabriela Massuh lhe encomendou um artigo sobre o Asís e sobre mim, todo mundo nos confronta, pelo jeito, como linhas opostas da literatura atual. Mas na verdade, ele me diz com seu tonzinho perverso, deveria escrever sobre mim e você. E talvez escreva mesmo. Está ligado à revista *Vigencia*, que faz a política cultural da ditadura e publica textos abomináveis de Marta Lynch exaltando a dignidade de Massera. Conversamos um pouco e depois cada um seguiu para o seu lado.

Terça-feira 12 de maio
Sou um escritor mais conhecido, e isso produz, entre outras coisas, novos alunos. Tenho, neste ano, três turmas; são trinta estudantes vindos de diversos lugares (aspirantes a escritores, a pesquisadores, psicanalistas, arquitetos), e eu os ensino a ler, digamos assim. Esse trabalho me toma três dias por semana.

Segunda-feira 17 de maio
Isolado, no beco, no estúdio; embaixo, a cidade. Distância gelada. É preciso um minuto a mais para contar o que me dizem, um minuto usado

para definir a situação enquanto se desenvolve, pensar que vou contá-la — num minuto? Talvez menos. Se esse tempo se estendesse, eu poderia saber o que é a loucura.

Terça-feira
O homem só pensa relações, ou melhor, só pode pensar relações.

Sexta-feira 29
Escrevo cada vez menos nestes cadernos porque — paradoxalmente — temo que sejam lidos.

Os boletos e as contas, a desordem se concentra na minha própria debilidade básica, uma estranha ênfase na espera, ou melhor, não querer sair do presente, não estragá-lo com obrigações. Portanto nenhuma precaução, não sou um homem precavido.

Sexta-feira 5 de junho
Passei os últimos dias resolvendo questões práticas, renovação do aluguel do apartamento por 76 milhões de pesos (duzentos dólares), efeito da desvalorização.

Terça-feira 9 de junho
Rumores vários na *Punto de Vista*, o comitê de direção se amplia.

Terça-feira 23
Trabalhando muitíssimo, Lugones, escrevo sobre as obras completas de Arlt. Acabam de me entregar originais seus, para eu ler: Andrés Rivera, Marcelo Pichon-Rivière, Pacho O'Donnell, Diego Angelino.

Terça-feira 14 de julho
Reuniões várias na revista, forma-se um comitê de direção (agora com María Teresa Gramuglio e Hugo Vezzetti). Tento politizar a questão, não encontro eco.

Sábado 18 de julho
Nunca consigo que o fotógrafo tire uma foto de mim onde se veja — ou se intua — o rosto de quem escreve.

Tenho várias receitas: 1. Trabalhar de manhã. 2. Nunca beber vinho no almoço. 3. Ter sempre vários livros que me interessem para ler à noite. (Agora, por exemplo, estou lendo uma biografia de Samuel Beckett.)

Quarta-feira 22
A decisão é uma curiosa situação narrativa, tudo deve ser "esquecido", qualquer pensamento causa dor. Não ver nada, não recordar. De onde vem? Um desdobramento, a realização "profissional" é conseguida em troca da incerteza pessoal.

Sábado 25
Quando penso no que vem acontecendo nos últimos dias, não consigo, como sempre, imaginar a causa dessa lenta e persistente apatia.

Segunda-feira 27
Para superar o estado de coisas, devo recorrer aos procedimentos interiores, tentar estar em outra coisa, como se diz. "Não quero saber de nada", frase que me acompanha e quer dizer "não me interessa em absoluto", mas que também quer dizer o que diz literalmente: sair do saber, recusá-lo, não querer conhecer o que já conheço e não posso esquecer.

Quarta-feira
Encontro com o Rabanal e o Martini Real para escrever uma declaração. Digo: uma carta aberta de escritores deve falar dos desaparecidos. Eles não concordam. Pelo menos, digo, deve falar do Walsh, do Conti, do Urondo, do Santoro, da Diana Guerrero, do Bustos. Senão, para quê?

Quinta-feira
A sombria tentação de morrer jovem (… mas já não sou jovem).

Sábado 31 de julho
Nas horas sombrias, eu me agarro aos objetos como um náufrago à sua boia vermelha, também desejo de vingança sem objetivo. De um objeto ao outro.

Reunião de escritores, preparam uma declaração. Fiquei isolado na minha posição sobre o que não pode deixar de ser dito. Os outros não querem nem falar dos desaparecidos.

Domingo 2 de agosto
Rodada de telefonemas. Rabanal, Martini, Moledo. O desenvolvimentismo cultural quer, a todo custo, publicar uma declaração. Acham o texto escrito pelo Martini "excessivo" (fala dos desaparecidos). Já imagino como vão "desbastá-lo" (sabem que, nesse caso, não vou assinar).

Segunda-feira 3
Trabalho de manhã preparando o curso de filosofia. Leitura dos jornais. Telefonemas. Certa inquietação que avança com o avanço da tarde. Às quatro, vou até a Galerna, na rua Talcahuano. Alguém me entrega uma carta do Ricardo Nudelman com notícias do México. Vão parar de publicar a *Controversia*. Estão se posicionando, como todos nesta época, em relação à convocatória dos "democráticos" do regime? Na Califórnia, o Portantiero — tinha vindo dar uma palestra na Universidad de Santa Cruz — me falou do Viola com iludida esperança.

Terça-feira 4
Rebuliço por causa do meu artigo sobre Arlt que saiu hoje. O "empolamento sombrio" etc.

Presença excessiva do espaço exterior, vozes remotas falam comigo na minha cabeça. Telefonemas, propostas. Trabalho nas aulas sem interesse e sem tempo. Hoje, Lugones, o espaço da ficção via ciências ocultas. Nervoso, com uma espécie de angústia secreta. Dificuldade de concentração. Tensão.

Peso 64 quilos. Vou ao dentista, tenho os dentes em perfeito estado.

Quarta-feira 5
Venho ao estúdio às nove, arrumo as cadeiras para os estudantes, mudo de lugar a mesa e a luminária. Pela janela, sempre vejo a imagem cambiante da praça Congresso. O Rabanal me liga intrigado com a repercussão de um artigo sobre a narrativa atual, escrito por um pau-mandado do O. L. na revista da cultura oficial *Vigencia*, que trabalha para o novo consenso do general Viola.

Compro uma garrafa de uísque Ballantine's. Vejo futebol na tevê. Começo a trabalhar no *Herzog* de Bellow para o curso.

Quinta-feira 6

Conversa errática com a Ludmer, que quer escrever um artigo sobre a crítica a Hernández para "entrar" na escrita e poder se sentar para trabalhar no *Martín Fierro*.

Ontem à noite, atentado contra El Picadero, onde se desenvolvia o Teatro Abierto. Em seguida nos reunimos no beco, somos um grupo indignado e confuso.

Vou ao centro, compro quinhentos dólares pensando na viagem à Europa. Encontro por acaso com o Ariel Badaraco, vendedor da Pomaire, filho de um legendário intelectual anarquista. Encontro com ele na livraria El Ateneo da rua Florida, onde fui procurar outro livro de Bellow para o curso. O atendente me conta: "Seu romance vende bem". O Badaraco é a versão otimista do mundo.

Uma conversa a ser lembrada, hoje à tarde na confeitaria Del Molino, com os que voltaram do inferno. Seu ar como que abatido, a experiência extrema, o relato que surge sozinho e não para; os fatos repetidos várias vezes, os nomes das ruas, como se tentassem se orientar. Osvaldo B., que delata as pessoas e as convoca por telefone. "Tenho uma má notícia para te dar", diz a elas antes de entrarem na sua panela. "Eu faço isso", diz, "porque o Roberto frustrou minha carreira literária." Não foi exatamente isso que percebi nele quando trabalhávamos no jornal? O tolo narcisismo dos escritores, nele, era patético e afetado. Agora se vê que guardou o ódio e o ressentimento durante anos e depois delatou e mandou para a morte toda a direção política. Não devemos julgá-lo porque não se pode dizer nada sobre alguém que sofreu tortura. Em todo caso, sua "explicação" é um exemplo da retórica do escritor maldito que faz da canalhice uma poética e um desígnio. Ficou na organização, como muitos, porque era um "revolucionário profissional" que recebia um salário pelo seu trabalho político. Basta recordar suas conversas comigo e sua insistência em que eu lesse seus contos para perceber sua ambição de escalar e formar parte da patética vida literária de Buenos Aires. Poderia entrar na série sinistra dos escritores imaginários, também sua mesquinharia lembra a atmosfera que circula entre "nós" por estes dias. Tem algo do conto "Escritor fracassado", de Roberto Arlt.

Longa conversa ao telefone com o Martini Real. Estamos nesse clima de cortiço. O Gregorich tentou eliminar, num artigo sinistro, os escritores que estão no exílio, com o argumento de que vão perder contato com a língua argentina (alvo, Saer). E agora, na revista *Vigencia*, onde a turma da Editorial de Belgrano tenta eliminar os escritores que escrevem aqui, postulando-se a si mesmos como a nova cultura — cínica e paródica — surgida nos anos da peste (o alvo sou eu, lembrar a conversa com o O. L. na rodoviária). Numa entrevista, o César A. disse que eu tenho cara de polícia. Bobagens, claro, acusações, manobras costumbristas da literatura patrulheira que só fazem a alegria dos palhaços do "Prêmio Coca-Cola nas Artes e nas Letras" dado ao Enrique F., que a cultura oficial enaltece para apresentar a nova geração.

Sexta-feira 7 de agosto
Confrontado com os "vanguardistas" da editora da Universidad de Belgrano (!) e com os "realistas" da linha Centro Editor, eu me movimento num território instável, mas sustento a guerra de posições e mantenho meu campo próprio. Aparecem como dois sistemas que eu sintetizaria nas oposições públicas e jornalísticas. Claro que não sou eu quem alardeia esses combates, não tenho nada a ver com a invenção de rivalidades que não proponho nem me interessam.

A questão é sempre a mesma. Que tipo de gente é capaz de resistir à pressão social e em que momento? Manter o estilo em meio ao combate, elegância sob pressão.

Aparece o Altamirano. Discussão sobre a situação geral. Ele, muito crítico do peronismo e cético. Eu vejo o peronismo como o polo mais firme de oposição ao governo militar. Interessado num socialismo à la Juan B. Justo (quer dizer, oposto às massas peronistas e à sua tradição), diante do qual levanto o horizonte da utopia como crítica do presente. Recordo uma iluminação inesperada e genial de Sartre, que, ao falar de Faulkner, diz que seu mundo narrativo está preso ao passado porque fala de uma sociedade em que não há nenhuma esperança na revolução.

Encontro com o José Sazbón. Ar kafkiano, delírio teórico, excessivamente interessado no estruturalismo. Caminhamos pela Corrientes e jantamos na

Sarmiento com a Montevideo. Traz notícias do León R. e de outros amigos exilados na Venezuela.

Sábado 8
Trabalho nos contos e na jovem narrativa norte-americana. Penso escrever um panorama do conto argentino. Preparo uma aula sobre Saul Bellow.

Este mês vem cheio de dificuldades. Penso isso para estabelecer um prazo e imaginar uma saída, tudo vai mudar no mês que vem...

Domingo 9
Passo o dia lendo o livro de Potash sobre o exército e política na Argentina entre 1945 e 1962. Estranha revisão da minha própria autobiografia, os anos de 1955 a 1959. Encontro o contexto exterior e histórico da minha vida pessoal.

Segunda-feira 10 de agosto
Como vem acontecendo nestas semanas, segue a cadeia de infortúnios. Telefonemas de Paris, o Molina, da Pomaire, não enviou o contrato de tradução do romance. Tudo se atrasa e se complica. Ansioso, desconcentrado. "Espero", supersticioso, que a maré ruim dure apenas um mês. Pensamento mágico, periodização psicótica, no mês que vem tudo vai mudar etc. Quatro cursos por semana, e no final das aulas espero estar mais aliviado. Enquanto isso, rodopio como os cachorros antes de deitar. Não faço nada porque não posso fazer nada além de esperar.

Faz quase um ano, eu recebia os primeiros exemplares de *Respiração artificial*, o Molina me liga; foram vendidos 7500 exemplares.

Visito o José Bianco na casa dele. Doente, mantém a dignidade como pode. Elogios ao romance, que ele leu para Borges. Pede desculpas pela sua moradia decadente, recorda com clareza e nostalgia os lugares perdidos — pela desvalorização da moeda — da sua infância e juventude. O anti-Proust, muito proustiano. Conversa trabalhosamente irônica sobre Gombrowicz e Mastronardi.

Terça-feira 11
Tranquilo hoje. Talvez por ter suspendido a aula que daria à noite. Talvez por ter sido acordado por um telefonema de Antoine Berman, de Paris; seu interesse no meu romance compensa as dificuldades com o ambiente literário do lado de cá.

Visita do Daniel B., que avança na tradução do romance para o inglês. Como viver na Argentina? É um dos seus temas. Por meu lado, eu me pergunto: como é possível construir um projeto intelectual no interior das universidades norte-americanas? O ambiente aqui é tão hostil e é tão difícil ganhar a vida em Buenos Aires que a possibilidade de trabalhar na academia surge como uma possível saída.

Quarta-feira 12
Trabalho em *Herzog* (o intelectual europeizado em crise imagina cartas que não escreve a mortos e desconhecidos) e dou uma boa aula. Compro discos de *hot jazz*, Bessie Smith, Louis Armstrong e Django Reinhardt. Os sons da adolescência não se recuperam.

Encontro com o Leonardo M. O desenvolvimentismo me faz concessões especiais e aceita incluir na declaração dos escritores um parágrafo sobre os desaparecidos.

Quinta-feira 13
Vim com a intenção de preparar a aula para o curso sobre história literária, mas decido que não posso continuar me enchendo de trabalho. Nenhum interesse em "sustentar" um discurso crítico sobre questões que me interessam cada vez menos. A leitura do escritor não deve assumir a forma de uma intervenção acadêmica, mas procurar os modos de pensar a literatura a partir de um lugar não estabilizado. Abro mão de 200 milhões de pesos por mês e espero poder começar a pensar ou a escrever um pouco. Por que deveria começar a me preocupar com o dinheiro?

A situação se esclarece, minha relação com o grupo de escritores que animei a fazer uma declaração me envolve com aliados de que não gosto, mas define uma posição crítica. Não preciso — nem pretendo — escrever ao *Clarín* para desfazer qualquer confusão. Não gosto da *Punto de Vista*, mas "estou lá" e é o que tenho, um jeito de sair do isolamento. Ainda assim, tenho saudade da solidão, quero que me esqueçam nos próximos meses. O romance criou um espaço social que me desagrada. Não quero escrever crítica, não me interessa como trabalho específico. Vou tentar pensar numa novela a partir do diário.

Almoço com o Aníbal Ford. Ele me convida a participar do Centro Clacso, criar um espaço alternativo, esperar que as coisas mudem. Interessado na reunião dos escritores, duvida que possa funcionar. Nomes muito desvalorizados. Ele pensa num espaço ligado ao pensamento nacional popular. Isto é, ao peronismo.

Resumo das tendências atuais e perspectiva de uma cultura pós-ditadura. Os socialistas à la Juan B. Justo. Os populistas próximos do peronismo. A vanguarda frívola e vagamente cínica. Os desenvolvimentistas que fazem entrismo.

Sexta-feira
Ontem à noite, telefonema do Marcelo Pichon-Rivière, com alusões ao grupo ligado à revista *Vigencia* e à editora da lamentável Universidad de Belgrano, que tem em mim seu inimigo ideal. Querem me tirar do caminho, ele disse, mas não vão conseguir nada além dos ferimentos do combate. Por outro lado, não gosto de ter que enfrentar as mulheres do grupo, ao qual direi que não dentro de quatro horas. Situação incômoda que se resolverá quando, de uma vez por todas, eu deixar de me preocupar com a opinião dos outros. "Que pensem de mim o que quiserem" deve ser o lema para sair desta situação que me distrai. Talvez esteja chegando ao ponto cego; amanhã, digamos, as coisas começarão a melhorar. Ando sempre cultivando a fantasia da mudança que tudo resolve.

Sábado 15
Ontem à noite, longa reunião para tratar da declaração dos escritores. Saiu bem, melhor do que eu esperava quando fui levantar a questão dos desaparecidos.

O romance me colocou na linha visível da literatura argentina. Tenho que voltar a uma posição fora do tumulto, tornar-me inédito e desconhecido, não penso publicar nada nos próximos cinco ou seis anos. Escapar desse lugar.

***

Começo a me interessar na reconstrução do contexto de Payró: o teatro nacional, a crônica, o romance *Pago chico* e, especialmente, *El casamiento de Laucha*.

Visita do José, preocupado com as críticas ao seu "sofisticado" método de escrita crítica.

Terça-feira 18
Deixemos de lado a tolice cronológica. Ontem à noite e hoje conflitos com a Iris, sempre a mesma coisa. Não seria melhor viver sozinho? O vazio vem de mim, repito desde 1963.

Sábado 22
Reunião para retificar o texto dos escritores, segundo as pretensões (fracassadas) do Belgrano Rawson. Depois, no elevador, Lili Marleen. A caminhada ao amanhecer. As fantasias de sempre que ontem se realizaram na medida dos meus [*ilegível*].

Encontro com o Roger Plá, autor do magnífico *Las brújulas muertas*. Amigo de Gombrowicz, sobre quem conversamos um pouco. Critica o ensaísmo do meu romance. É o melhor que você tem, respondi, e ele sorriu resignado. Fiquei de ir à sua oficina, para conversar e ler um conto. O velho escritor que não vende seus livros e de quem ninguém fala.

Domingo 23
Mês tétrico, minha vizinha vai embora (como eu já previa). Vai alugar o apartamento (pelo que entendi), não vou poder viver com a falta de vida que implica não ter alguém sempre do outro lado. Hoje acordei preocupado com essa questão. Por que nunca me senti à vontade neste apartamento, onde moro há mais de dois anos? Como se eu vivesse de favor e precariamente. Será que vou conseguir resolver isso agora (paredes de cortiça à la Proust) ou vou ter que me mudar? Este é o ano certo para esse movimento, porque tenho dinheiro.

Como sempre, descubro que o centro desta crise sou eu mesmo, o homem amarrado. Devo voltar ao analista? E se eu não viajar à Europa? E se não mudar de casa?

Incrível sensação de irrealidade. Afastado de tudo. Sem lugar. Obrigações impossíveis de cumprir que me sufocam. Sempre adiando. É óbvio que não consigo trabalhar. Estou para ler um romance de John Barth para o curso desta semana.

Segunda-feira 24
No sentido de sempre, corpo doente. Mal-estar físico. Avanço numa lentidão exasperante.

Sexta-feira
Lili Marleen, a noite inteira. De madrugada, decide não ir embora. A mulher casada. Enfrentar o que vier, porque, ela diz, viu em mim...

Discussão sobre o romance, ela também não está convencida. A narrativa conceitual é a melhor alternativa, digo, porque é a que provoca mais incompreensão.

Segunda-feira 31 de agosto
Não é isso que aconteceu neste mês, afinal? Era outro lugar que eu não previa quando resolvi anotar dia por dia.

Certa motivação (enfim sentimental) para a dor. A ausência e a saudade.

Domingo
Enquanto espero a mudança de estação, escrevo. Uma dor por outra, ele disse e acrescentou: "Ela vem e vai. Sempre se disfarça para mim". Disse: "Nos vemos amanhã". Ele respondeu: "Não. Já não é necessário". Por que será assim?, ele pensava. Ninguém sabe. Ela chora, ele dorme. Ela dorme, ele sai.

Segunda-feira
Restos ou lembranças sem forma: as vozes que vêm do passado. Segunda noite sem dormir. A casa da rua Sarmiento. Sentado no chão, vejo passar as sombras de sempre.

Sábado 8

Passei várias semanas lendo Tolstói, que vejo muito próximo de Wittgenstein. "É mais difícil seguir uma regra de conduta do que escrever vinte volumes de filosofia." O anarquismo individualista de Tolstói é uma resposta extrema à mentalidade capitalista, mas também à teoria da violência revolucionária de Lênin. Suas ideias parecem renascer diante da inclemência de uma época em que não se veem — porque foram derrotadas — alternativas ao estado de coisas. Por outro lado, com seu uso do distanciamento para ver o social de outro modo e com sua recusa da arte como falsa religião e sua passagem à prática, antecipou as grandes correntes de discussão sobre a relação entre arte e vida. A vida artística acima da arte (vanguarda russa e Duchamp) e o compromisso pessoal na sociedade acima da eficácia social da obra (compromisso à la Sartre e populismo estético).

8.
Diário 1982

Segunda-feira 4 de janeiro
Escrevo um conto autobiográfico sobre meu pai. Avanço às cegas.

21 de janeiro
Cada um é quem é, e isso provoca uma estranha sensação de distância.

Sexta-feira 22
Cada vez menos experiências no velho sentido. Transgressões? A sensação de estar fora do mundo hoje, na farmácia da Paraná com a Corrientes, que sempre permanece aberta, 24 horas por dia.

Sexta-feira 29
Sou quem avança e se transforma a partir das catástrofes: 1955 foi, nesse sentido, a forma inicial. Tudo vem daí, a prisão do meu pai, a mudança, a escrita deste diário.

Sábado 30
Leitura sobre temporalidade e vida pessoal escrita num diário.
1. Spinoza distingue eternidade e duração. A eternidade é o atributo mediante o qual concebemos a existência infinita. A duração é o atributo mediante o qual concebemos a existência das coisas enquanto persistem na sua existência.
2. Bergson. A duração pura, concreta ou real é em tempo real em oposição à espacialização a que é submetida (por meio da matemática). O tempo material e o tempo físico-matemático são resultado da necessidade de dominar pragmaticamente a realidade. A duração é a própria realidade, para além dos esquemas espaciais. O que é intuitivamente vivido e não simplesmente entendido ou compreendido pelo entendimento.

3. Leibniz. Não existe o tempo sem as coisas. Tempo é a ordem de existência das coisas que não são simultâneas. É uma forma de relação.

Terça-feira 2 de fevereiro
A solidão em meio aos transtornos que continuam e crescem. Isolado, sem enxergar saída.

O fracasso é a história secreta da minha vida, isso é o diário que escrevo há vinte e cinco anos. Toda vida é um processo de demolição? Externamente (se isso pudesse ser dito) existem acontecimentos que não chegam a mitigar a lúcida percepção do desmoronamento que se aproxima. O suicídio seria o fecho lógico dessa vida. Porque nunca vivi nada com tanta intensidade como a certeza do fracasso. Tudo foi precário (dentro), para além do que se possa ver na superfície.

Decidi me matar (e escrever essa frase é idiota) em 1955 e em 1979. Talvez agora pudesse tentar outro caminho, mudar de vida, de identidade, de trabalho, escapar.

Ao mesmo tempo, acho que vou a Adrogué procurar meus diários, que penso começar a passar a limpo, e quem sabe assim consiga encontrar uma saída. A relação entre o suicídio e a escrita de um diário é íntima (ver Pavese, Kafka etc.).

Terça-feira 9
Transcrever o diário seria escrever minha versão de *Em busca do tempo perdido*.

Quarta-feira 17 de fevereiro
Notas para um curso sobre a prosa de Brecht. "Para quem pratica o pensar supérfluo, afirmar que os grandes sistemas intelectuais dependem do econômico equivale a difamá-los. Sem contar que aqui 'o econômico' é objeto daquele menosprezo que, sem sombra de dúvidas, merece no nosso tempo. Nesse menosprezo é explicitada de modo totalmente inconsciente a profunda repulsa, não aceita pelo pensamento, do econômico não modificável pelo pensamento."

"A teoria do conhecimento tem que ser acima de tudo crítica da linguagem."

"A filosofia ensina o comportamento apropriado" (ela sempre teve "um aspecto prático"). "Sempre se denominaram como filosóficas determinadas formas de atividade e determinados modos de comportamento" (sob a forma de gestos ou "respostas").

Pensar dois pensamentos ao mesmo tempo. Uma inteligência de primeira qualidade é capaz de manter dois pensamentos contraditórios ao mesmo tempo, Scott Fitzgerald.

"Mantive assim meus dois pensamentos juntos e não me desfiz da inquietação nem da prudência: não queria me deter por muito tempo no inevitável nem me precipitar em declarar algo como inevitável" (*Escritos políticos y sociales*, p. 17). Ver os exemplos de duplo pensamento na história de Keuner. A verdade é variável e comparativa, as coisas são relações.

Quinta-feira 18 de fevereiro
Ontem à noite, um pesadelo tenaz. Como sempre, a ideia do suicídio.

Sexta-feira 19 de fevereiro
Notas para um curso sobre a prosa de Brecht. O sr. Keuner: histórias breves ou brevíssimas (designadas pelo nome do personagem, que sempre figura como narrador ou protagonista), "representam a tentativa de compreender *gestos citáveis*".

Noção de gesto: nó de uma história. *Gesto* corresponderia à tradução do inglês *gist*, "cerne ou ponto principal de um assunto ou argumento". Por exemplo: "Richard Gloster pede a viúva da vítima em casamento". Ou: "Deus faz uma aposta com o Diabo sobre a alma do dr. Fausto". Ou: "Woyzeck compra uma faca barata para matar a mulher". *Gesto* designa o núcleo básico da história, exposta como amostra de um conjunto de figuras de intenção basicamente social, na qual naturalmente uma interpretação puramente social — ao menos no caso de Fausto — seria um erro.

O *gestus* designa uma figura [do corpo] que expressa um estado de vínculo social e traduz de maneira singular o vínculo de determinação entre um indivíduo e a comunidade.

Modos de estranhamento da experiência empírica. Tornar "citável" a reflexão pessoal é convertê-la em experiência transferível (transmissível) a outros (citável). As únicas afirmações do sr. K a respeito do estilo são: "Deve ser citável. Uma citação é impessoal". A palavra torna-se gesto.

"Descrição do pensamento tal como se apresenta com conduta social" (gesto).

"Pensava em outros cérebros e também em seus cérebros pensavam outros. Esse é o pensar correto."

Segunda-feira 1º de março
Grave situação. Paralisia. Como romper esta imobilidade que começou há exatamente dois anos? Tarefas imediatas: arrumar os livros e os papéis, escrever um ensaio sobre Arlt, preparar o curso sobre Brecht, passar a limpo o diário como exercício mnemotécnico.

Sexta-feira 19 de março
A prosa como utopia. O tempo perdido é o tempo futuro. Proust procura o passado para se furtar, nas coincidências do tempo vivido — a concordância ou a correspondência são efeitos da sintaxe aberta e das frases subordinadas da sua prosa analítica —, sobretudo do futuro. Em certas cenas isoladas, Proust reconhece os sinais antecipatórios.

Sábado 20 de março
Tento afundar para voltar à tona magicamente. Meses de desespero e silêncio. Quase não leio, dias vazios, espero — o quê? Às sextas ela aparece, como um fantasma muito desejado, às terças me escuto dar aula. Agora chove, lá fora, conflito com os ingleses, ilhas Malvinas — será que se agrava? Sem dúvida que sim, os militares não têm outra saída a não ser o mais baixo nacionalismo.

Quarta-feira 26 de maio
No meio, uma sinistra e psicótica guerra com a Inglaterra. Todos os meus amigos viraram estrategistas militares. Lemos os jornais ingleses que chegam com certo atraso, e assim o que eles previam já está se confirmando quando o lemos. O mais inacreditável foi saber que os soldados vêm com óculos infravermelhos que lhes permitem ver os alvos inimigos no escuro. Na *Punto de Vista* nos juntamos para fazer uma declaração contra a guerra, escrita pelo Carlos

Altamirano. Somos apenas cinco ou seis que vemos o horror com calma. A manipulação da informação e as manchetes triunfalistas dos jornais e as notícias inventadas na televisão criam um triste clima de euforia. Os exilados argentinos, em sua grande maioria, apoiaram a posição da ditadura genocida. Os militares foram à guerra procurando uma saída política, a derrota deve ser saudada como uma vitória política. Como sempre, os tiranos deste país — pelo menos no século XX — nunca duram mais do que cinco anos no poder.

Quarta-feira 25 de agosto
Os exilados desencantados passaram um mês aqui. Tornaram-se "realistas" e democráticos, já mortas todas as ilusões que cultivaram na juventude. Da minha parte, para ouvi-los e perceber algum grau de verdade no que eles dizem (por baixo das racionalizações e do cinismo), decido que meu lugar político é a utopia. Eu me declaro, assim, um socialista utópico.

Sexta-feira 27
Conversas erráticas com o José Sazbón, uma única conversa, na realidade, que já dura vinte anos. Ele me oferece seu apartamento na Marcelo T. de Alvear com Ayacucho, e devemos chegar a um acordo.

Projeto um romance sobre Alberdi. A narração transcorreria entre 1879, quando ele volta a Buenos Aires depois de trinta anos de exílio, e 1881, quando, derrotado pelas circunstâncias políticas, volta a Paris e morre lá em 1884. A história se concentraria nos últimos dias da sua vida.

Segunda-feira 30 de agosto
Visito o Andrés no hospital, recém-operado. Escrevo cartas para o tradutor de *Respiração artificial* ao inglês.

Não me interessa o falso heroísmo de quem só procura o favor da mídia.

Terça-feira 14 de setembro
Na sexta, almoço com o Saer no Claudio. Passou aqui para me buscar, vindo do Centro Editor, onde vendeu todos os seus livros em troca de nada, vão ser reeditados nesse circuito que não o merece. Precisava de dinheiro porque, segundo ele, perdeu no avião os 5 mil dólares que trazia. Claro que deve ter perdido tudo jogando pôquer no aeroporto.

9.
Os finais

A certa altura, numa tarde qualquer, ele tinha se dado conta, Renzi dizia ao seu médico pessoal, que seu transtorno passageiro era resultado dos meses e meses que dedicara a ler e escrever seus diários, há muitas maneiras de sofrer as consequências e adoecer, e ele tinha certeza de que a exposição prolongada à luz incandescente do seu estilo provocara primeiro leves incômodos, mas, como seguiu em frente, a persistência na exposição do seu corpo ao brilho inigualável da língua argentina só podia mesmo, disse ao médico, produzir efeitos indesejados. A língua argentina, como qualquer remédio, ou *pharmacon*, ou poção mágica, tinha suas contraindicações. Não era só ele, doutor, Renzi disse a seu médico, que tinha padecido no próprio corpo a presença do seu estilo ao escrever, conhecia outros casos, por exemplo, Borges, que ficou cego. Por exemplo, Roberto Arlt, que morreu de uma síncope aos quarenta e dois anos. Tinha apenas quarenta e dois anos, mas na autópsia os legistas afirmaram que era impossível aquele homem ter essa idade, porque seu corpo era o de um indivíduo de setenta anos, disseram os legistas depois de examinar o corpo morto de Roberto Arlt. Havia outros casos que confirmavam o caráter ou a qualidade destrutiva da língua nacional quando alguém se submete à sua luz incandescente durante longos períodos sem usar alguma proteção que o resguarde da sintaxe argentina. Saer, graves lesões pulmonares. Puig, infecção generalizada. Os escritores medíocres vão escrever de escafandro, com roupa de mergulho, as mãos e os braços envoltos num tecido de proteção, alguns escrevem de capacete e óculos de soldagem e já vi vários escreverem num bar com o rosto coberto por máscaras antigás, e aí o que eles escrevem sai desse jeito, livros assépticos, esterilizados, seu estilo, se é que se pode chamar assim, é um estilo cauteloso e profilático. Eles se afastam da incandescência da língua destas províncias e se resguardam, e por isso o que escrevem é inofensivo.

Portanto, Renzi disse ao seu médico de cabeceira naquela tarde, a doença que me aflige está diretamente ligada aos anos que passei sob a luz zenital e mortífera da gramática nacional. É preciso ter muito cuidado com as palavras e as frases, doutor, ao escrever.

Como meu pai era médico, um consultório era para mim um lugar familiar, eu me sentia à vontade junto à maca, à balança que meu pai usava para pesar, nus, seus pacientes, em meio às luzes e aos aparelhos, aos raios X, às radiografias, portanto me sentia em casa no consultório, conversando com meu médico de cabeceira sobre literatura e doenças. O dr. Andrade era um grande clínico, quer dizer, um médico que examinava pessoalmente os doentes e não os atormentava com baterias de exames, tomografias computadorizadas e outras superstições científicas do gênero, que só servem para tirar dinheiro dos pacientes e, acima de tudo, manter seu corpo longe. Ele, ao contrário, fazia questão de conversar com os doentes, de escutar o que diziam, e lia nos seus corpos os sinais do mal. "O melhor instrumento da medicina é a cadeira, porque aí o paciente pode se sentar e falar", dizia. Portanto eu lhe contei minha vida, falei dos meus cadernos, dos anos que passei exposto ao brilho perturbador da língua materna, assim falei com ele uma tarde no seu consultório. A afecção se manifestara primeiro na sua mão esquerda e logo atingiu sua perna esquerda, e seu médico, o dr. Andrade, depois de escutá-lo com atenção, o aconselhou a abandonar seus cadernos e suas anotações por algum tempo e a sair para caminhar ao ar livre e levar vida saudável.

Àquela altura, Renzi já transcrevera vinte e cinco anos da sua existência e pensou que poderia mesmo parar aí, fazer uma pausa no meio do caminho da sua vida e sentar-se para descansar à sombra das árvores num bosque escuro. Por um lado, pensava contemplando o campo, apoiado no tronco de um álamo e mordiscando o talo de um arbusto, tinha chegado a um ponto-final, ou melhor, a um lugar de arremate e de mudança de época, *1982 ou a véspera*, pensou, porque depois a realidade e o estado de coisas tinham mudado drasticamente. Não se tratava, portanto, apenas dos capítulos da sua vida, mas da virada que ocorrera no real. Terminava uma época em que uma realidade melhor era possível, uma época em que ele e seus amigos viviam numa sociedade paralela, num mundo próprio, alheio à corrente principal da cultura argentina. Tinham vencido porque continuavam vivos e combatiam, mas também tinham sido derrotados, tinham no corpo as cicatrizes e as marcas, eram sobreviventes, eram feridos de guerra. As ilusões *agora*, frisou, eram mais iludidas do que nunca, mas a vida social e política *agora* era mais benigna do que nunca.

Agora, frisou, depois da derrota, todos voltavam ao aprisco, *agora* todos eram escritores oficiais, reconhecidos, recebiam prêmios e eram entrevistados na televisão e assinavam colunas de opinião nos grandes veículos e suas fotos apareciam com frequência em revistas e jornais. Os escritores *agora*, voltou a frisar enfurecido, eram decorativos e eram recebidos nos salões, nas embaixadas, viajavam para cima e para baixo, davam palestras e eram insignificantes mas bem considerados, o lema cultural mais importante na nova época era "visibilidade ou morte", todos queriam aparecer, como se dizia, fazer figura, e os autores *agora* eram mais importantes do que seus livros, o que estava certo, porque seus livros eram tão insignificantes que uma foto no suplemento cultural de um jornal do interior valia mais do que três ou quatro dos seus livros publicados. E então Emilio percebeu com clareza que uma época tinha terminado e que uma cultura tinha sido derrotada. Antes, pensava Renzi, podíamos circular nas margens ligados à contracultura, ao mundo subterrâneo da arte e da literatura, mas *agora* todos éramos figurinhas de um cenário empobrecido e devíamos jogar o jogo que dominava o mundo. Não havia esperança, nem vontade, nem coragem para mudar as coisas ou, pelo menos, para correr o risco de viver de ilusões. Por isso, pensou que aquela temporada da sua vida tinha terminado e que os vinte e cinco anos dedicados a virar um escritor estavam concluídos. E o que vinha depois era previsível e mundano e não fazia parte da história da formação do seu espírito pessoal.

Por outro lado, estava com a saúde meio capenga, como Renzi disse aos amigos depois da consulta com seu médico de cabeceira, nada grave, não sentia dores e estava animado, trabalhando como sempre (o que não era, mesmo, um juízo de valor). Não se sentia doente, mas sentia como se seu corpo fosse alheio, como se fosse o corpo de outro, enquanto seu espírito ou sua alma continuavam intactos. O problema era que seu médico lhe recomendara deixar de percorrer sua vida tal como estava escrita nos seus cadernos. Era essa a causa da sua doença, o médico lhe disse, por isso, ao sair do consultório com receitas de remédios e a recomendação de caminhar e se exercitar, Renzi entendeu que devia parar um pouco com o trabalho de transcrever seus cadernos, passando dias e semanas fechado no seu estúdio com seus diários, páginas e mais páginas escritas que, para seu corpo, segundo o médico, eram venenosas. Não podia viajar impunemente — como um sonâmbulo — na máquina do tempo dos seus cadernos pessoais, percorrendo os dias da sua vida, ou melhor, das notas escritas febrilmente com o objetivo de registrar sua experiência. Então decidiu deter-se nesse primeiro ciclo que revelava melhor que nada a verdade do seu destino, que expunha seu projeto de se transformar num bom escritor; tinha levado vinte e cinco anos para encontrar uma saída, uma porta estreita por onde passava, por assim dizer, o sentido.

Então pensou que a melhor coisa a fazer era mesmo se deter, sair do fluxo incessante da duração pessoal e se concentrar num dia da sua vida. Um dia, digamos 24 horas, uma destilação, uma amostra da passagem do tempo. Ia trocar a longa duração pela micro-história. Tinha várias referências, vários exemplos que sempre tentara superar, tinha sido muito ambicioso e nas suas noites de insônia, louco de pânico, acossado pelo fracasso e pela impossibilidade, confrontara outros modos de sintetizar toda uma vida num dia, e seu modelo era sempre imaginário. Interessava-lhe a construção literária da vida de um artista. Por exemplo, um dia na vida de Stephen Dedalus, um dia na vida do Cônsul ou um dia na vida de Quentin Compson. Essa ideia o encheu de entusiasmo; ia concentrar seus anos futuros num dia. Alegrou-o poder trabalhar num espaço reduzido, ia escolher uma jornada tal como aparecia em vários cadernos, ou melhor, ia guardar os cadernos nas caixas de papelão e levá-los a um guarda-móveis, que era como estavam guardados os papéis do seu avô Emilio e do seu tio Marcelo Maggi; não entendia por que os homens da sua família deixavam esses rastros, papéis escritos nos quais podiam ser descobertas as misérias da sua vida (e eu fiz o mesmo que eles).

Então imaginou sua vida sem os cadernos, *sem os cadernos*, frisou, sem o peso dos registros escritos daquilo que fazia, desejava, pensava ou acreditava. Tinha que escolher bem o dia ao qual dedicaria as próximas semanas. Tinha que ser um dia qualquer, um dia em que pudesse reconstruir os momentos essenciais. Ele lera no livro de Israel Mattuck, *El pensamiento de los profetas*, uma série de análises da Bíblia sobre a temporalidade física, e um comentário o deixara pensando, como se diz, tanto que o copiara imediatamente num dos seus blocos de anotações de leitura: "É difícil acreditar que o profeta Isaías tenha andado nu durante três anos. A palavra hebraica que significa dias pode facilmente ser confundida com a que significa anos". Foi uma revelação, escrever um dia da sua vida nos próximos anos, esquecendo seus diários e, sobretudo, recordando os momentos que se repetiam dia após dia, quer dizer, já que ele não conseguira aprender a arte de esquecer, apesar de ter feito os exercícios russos voltados para construir o esquecimento voluntário dos fatos da própria vida, ia portanto concentrar sua energia num ponto, num momento quase sem tempo, dezoito horas, digamos, da minha vida, um cristal que permita imaginar outros dias iguais e permita deter-se nos fragmentos microscópicos da experiência. E é isso o que ele fez, ou *era* isso o que tinha feito. Passou todo o mês de fevereiro trabalhando durante horas e horas em registrar uma jornada da sua vida.

Tinha um final? Ou era apenas uma mudança de ritmo? Pensou que no final do romance, como o grande gênero pós-trágico, neste mundo desertado pelos deuses, o herói se convertia ou morria, quer dizer, se suicidava (como Quentin Compson) ou assentava a cabeça (Alonso Quijano no final da vida), enquanto ele, ao contrário, não pensava transigir; e, quanto ao suicídio, já passara muitas vezes por aí sem sucesso, então era melhor deixar a história da sua vida nesse ponto, antes, porque depois sua vida era pública demais, de modo que não era pertinente incluir os outros registros dos diários nessa versão da sua experiência. Parei em 1982 porque até aí não tinha desistido nem me suicidado, e depois, como o profeta Isaías, confundiria os anos com os dias, numa jornada inteira que encerrasse, em suas horas, vários tempos.

II.
Um dia na vida

For in a minute there are many days.

W. SHAKESPEARE

Havia chegado de trem à estação Constitución ao amanhecer, confuso, maldormido, e seguiu de táxi rumo ao centro, recostado contra o vento fresco da janela do carro, fumando, insone, lúcido, mais triste do que gostaria, com as lembranças da noite como relâmpagos num céu claro, as imagens nítidas, as ideias muito perturbadoras e sórdidas, um assassino que volta ao seu esconderijo sem conseguir se livrar da imagem do cadáver que deixou para trás, já rígido, pálido, com a palidez aterradora da primeira noite na morte. *Horacio*, disse Emilio para si, *há mais lembranças amadas no mundo do que...* Não era assim, ele alterou a citação, a hora do encontro, tornou a olhar o relógio, a hora, sim, mas o nome era real, e também o morto, velado até que o dia começou a clarear, tão próximo, o morto — disse para si, mais uma vez, para se acostumar —, o que morreu, o que acabava de morrer, o morto, tão íntimo, tão fraternal. Eram sete horas da manhã, e a entrada a Buenos Aires, pelo sul, deixava ver a cidade como num friso, provocando nele a emoção de sempre, a certeza de que podia conquistá-la, fazer um nome para que se falasse dele e das suas façanhas e dos seus livros, como tantas vezes tramara nos velhos tempos, com seus amigos, com Horacio, com Junior, com Miguel, com Cacho Carpatos, saindo dos bares e zanzando a noite inteira pelas ruas, em busca da aventura, da fama, da própria vida. Talvez por isso resolve seguir, não se deitar, não voltar para casa, e em vez disso ir para seu canto, para a toca, para a guarida, mudar o rumo, não pensar, se esconder, não registrar — uma vez que seja — o que viveu nessa noite.

Horacio tinha aparecido de surpresa na chácara que alugavam naquele verão, nos subúrbios, Emilio com Gerardo e Ana mais outros amigos que iam e vinham, incluindo Juani, que tinha chegado da França no final de março e ficara alguns dias, e havia até uma foto em que Emilio aparecia ao lado dele, de Alan e de Marcelo Cohen, todos seminus, só de calção de banho, exceto Saer, que sorria com certo ar de resignação, mas de terno e gravata, como um bancário — "de ponto e banca", esclareceu, mordido e jovial —, porém no dia em que Horacio parou o carro do outro lado da cerca-viva todo mundo já havia voltado para a cidade e Emilio estava sozinho naquela tarde de abril ou início de maio do ano anterior.

— Vim te ver — disse Horacio, descendo do carro, com aquele sorriso que ele conhecia bem.

Chegou sem avisar e estava sozinho, sem Sofía..., estranho, não?, mas não disse nada, não explicou o que o trazia, parecia mais calado que de costume, talvez intimidado, pensou Renzi, que gostava dele mais do que ninguém, era seu duplo fraternal, ou tinha sido.

Entre eles nem precisavam falar, eram irmãos — ou quase, primos-irmãos —, nascidos no mesmo mês do mesmo ano, fisicamente iguais, foram criados juntos, frequentaram as mesmas escolas e amaram as mesmas mulheres. Emilio tinha certeza de que, se tivesse ficado em Adrogué, se o destino — o oráculo paterno — não o tivesse arrancado de lá aos dezesseis anos, sua vida seria a de Horacio: teria se formado médico, teria se casado com a primeira namorada, teria filhos, continuaria morando na casa onde nascera. Era seu duplo, seu espelho, aquilo que Emilio poderia ter sido: um homem tranquilo que se mantinha em forma jogando tênis no mesmo clube onde aprendera a nadar, enquanto Emilio era um errante, sem filhos, sem lar, sem porto seguro, preso apenas a uma obscura convicção — ridícula, sem dúvida — que assumira como um mandato — de ninguém —, em que ele apostara a vida, palavras escritas, e vividas de viés, as experiências, para narrá-las...

Tudo isso ele havia pensado naquela noite ao entrar na câmara-ardente da Casa Lasalle, no final da avenida Mitre, a mesma funerária onde foram velados seus avós e seus tios, aonde o levaram quando era criança e o ergueram para que beijasse um rosto cinzento que parecia de cera, o mesmo salão, a mesma luz branca, as mesmas pessoas conversando aos sussurros, os parentes, os amigos, os vizinhos, em círculo, como fantasmas, rostos queridos que ele não identificava e que o cumprimentavam com cerimônia, como vindos do passado, pensou, por isso ao entrar voltara a sentir que era um estranho e cumprimentou constrangido, disse o que se costuma dizer, abraçou os pais e os filhos daquele que morrera e então avistou Sofía, sozinha, isolada junto a uma parede lateral, como se tivessem erguido um cerco de silêncio ao seu redor.

Pela janela do táxi via passar cenas fugazes, lembranças fixas nas ruas, a cúpula dourada numa esquina, a loja de ferragens Francesa, a casinha branca de Eugenio Diez, iluminada, no alto. A cidade como mnemônica, como um caleidoscópio sentimental. Certa vez ouvira do próprio Horacio: "Viver no passado torna as horas lentas e os anos velozes". Lentov, o neuropsiquiatra russo, fizera esse experimento em soldados com traumas de guerra. Não se trata do rio Lete, mas de uma técnica para apagar as lembranças. Corpos mutilados, canções, palavras soltas. O esquecimento é um trabalho como qualquer outro.

Atravessou o salão até Sofía, gostava dela, tinha estudado filosofia em La Plata e foi lá que Horacio a conheceu. Ela o abandonou por uma mulher. Foi embora sem levar nada, sem pedir nada, os filhos já estavam criados, eram jovens independentes, não deixou nada para trás, exceto a dor e as lembranças. O mundo para Horacio, o mundo de Horacio, corrigiu, estava em ruínas, a moça, sua rival, era uma jovem alta, resoluta, ia à casa deles três vezes por semana, e do consultório Horacio ouvia sua risada franca, que era como uma música. Sofía sofria no corpo a solidão e a monotonia, os dias iguais, sem desejo, e a moça era sua professora de ioga. Naquela tarde em que apareceu na chácara, Horacio estava arrasado, mas não disse nada. Seguiram até a casa, trazia para ele duas garrafas de vinho branco, que tirou do porta-malas e da geladeira de isopor onde as colocara, entre gelo seco, para que chegassem geladas à chácara em Pilar que Emilio alugava naquele verão. Era um vinho suíço, o preferido de Joyce, e Horacio tirou forças de algum lugar secreto da sua alma para dizer umas graças sobre a ambrosia aristocrática e sobre a qualidade paradoxal dos vinhos suíços, tão literários, acrescentou Horacio, quando já estavam na cozinha e punham as garrafas de vinho branco na geladeira.

O carro acaba de virar na avenida Córdoba afastando-se do rio, e no trajeto ele vê mais uma vez os lugares como signos onde esteve e foi jovem — a passagem Del Carmen, o bar da esquina, o restaurante onde jantava todas as noites —, depois entra na Callao, contorna a praça e desemboca na Charcas — ex-Charcas — e segue até a Ayacucho.

Renzi naquela noite atravessou até Sofía, que estava sozinha, isolada, na sala de velar, o caixão estava próximo, aberto, atrás de um biombo de vidro, e ela não se encurralou num canto para passar, como se diz, despercebida, era uma mulher valente, ainda jovem, e se instalara no lugar que corresponde à viúva para receber os pêsames, mas ninguém se aproximava dela, sozinha, portanto, no meio da câmara-ardente. Ninguém é culpado pela morte de ninguém, era isso que Emilio queria lhe dizer, a frase lhe pareceu pouco precisa, mas ele a disse assim mesmo, porque estava sem palavras, naquela noite, e as ideias ou os pensamentos surgiam em blocos isolados, que via aparecer em algum lugar diante dos seus olhos, escritos, divisas vívidas que só ele podia ver.

Emilio, querido, as grandes palavras já não adiantam, ela disse sem chorar. Vivi com o Horacio vinte e cinco anos e o conheci melhor do que ninguém. Não estava chorando, os olhos escuros, limpos, serenos. Não chorava por ele. Tarde para lágrimas, disse, e esse foi seu epitáfio. Ou melhor, pensa agora Emilio enquanto desce do táxi, o epitáfio de qualquer morte.

Abre o portão de vidro do prédio, toma o elevador até o décimo, volta a sentir a certeza de sempre ao chegar, tudo continuaria lá, suspenso, os jornais da véspera no chão, sobre o capacho, e também o jornal do dia, 16 de junho de 1983, que ele levanta e na primeira página *Previsão do tempo. Nebulosidade variável com leve aumento da temperatura. Ventos brandos do Norte. Mínima e máxima para a área urbana e suburbana: 7 e 15 graus. O papa João Paulo II inicia hoje sua viagem à Polônia. Terá um encontro com o líder operário Lech Walesa*, uma rápida olhada enquanto entra no cômodo semiescuro e vai até a persiana, para deixar que o sol inunde a sala, está tudo igual, mas nada é igual agora, a mesa coberta de papéis e livros, um caderno aberto, a janela ao lado, o pátio embaixo. O que aconteceu? O que tinha acontecido?

Aproximou-se da mesa do telefone, na bandeja havia um fax e ergueu o papel para ler à contraluz. Leu em pé, ao lado da janela. *Emilio, aqui vai sua receita. Espero que na farmácia aceitem o fax. Abraço, dr. Alidio.* Lotrial 20 mg.

Uma caixa grande de sessenta comprimidos. Pressão alta, alta pressão. E então viu na sua frente, no ar, como numa tela luminosa, escrito, *com sua letra manuscrita* na qual podia ler o que estava pensando, ou melhor, o que alucinava. Assustou-se um pouco. Estou sem dormir, chegou a dizer mentalmente antes de sua mente soltar as palavras que pareciam arder, sem sentido, no ar. *Houve um crime que, às vezes, como nos sonhos, não é identificado, não se sabe o que é, parece o crime de HCE em* Finnegans Wake, *ou o crime de Karl Rossmann em* América, *ou o crime inominável de Erdosain em* Os sete loucos, *ou é o crime por amor a uma mulher de Sofía Loria de Maggi. É assim por causa da marca de Caim ou do seu dom de apagar os rastros e se perder na multidão?*

Cada vez com mais frequência, imaginava frases que via escritas, como pássaros ou manchetes de jornal, ou legendas alucinadas, grafites nas paredes do coração. Estava preocupado, era o cansaço e era o tédio e era também a incerteza e era o pesar. O pesar máximo, repetiu em voz alta enquanto apertava o *play* da secretária eletrônica. Uma ligação, mais uma, e a voz:

— E aí, campeão? É o Junior... Queria ir com você, mas estamos na maior zona aqui por causa da posse. A gente se vê amanhã no bar. Qualquer coisa, me liga no jornal.

Depois um bipe, outra ligação perdida, e então surgiu uma voz:

— Alô, sim, aqui quem fala é Enriqueta Loayza, estou enviando um fax... — A voz se afastou. — Bom, espero que o senhor responda dizendo o que acha...

Ruídos, um silêncio, entra outra ligação:

— Querido, é a Clara..., você está aí? Emilio... Já saiu... Emilio..., bom..., me liga.

Não ia ligar para ela agora, era muito cedo, imaginou o grande quintal, a casa com telhas de barro, a varanda, a sala e, no quarto, Clara — nua na cama? Melhor trabalhar para não pensar, ia preparar um café. Sua mulher continuava na chácara, com Gerardo e Marga, então, quem sabe? Tinha deixado na máquina aquilo que estava escrevendo, tentava se reconectar, recordar, pôs água para esquentar, três colheres grandes de café na cafeteira de vidro, lá embaixo o rumor áspero da cidade, a sirene das ambulâncias, o Hospital das Clínicas, estado de urgência, os feridos, os desesperados.

Melhor trabalhar um pouco, apagar as más lembranças, as preocupações, como quem entra numa lagoa de águas claras e sente a lama embaixo, nos pés, as arborescências, os arbustos no fundo, mas acima a luz límpida iluminando, já estava na segunda xícara de café e sentado diante da mesa, ao lado da janela; começou a ler o que havia escrito na véspera e foi mexendo no texto com pequenos retoques [com alguns retoques] rápidos, quase sem pensar, por puro instinto [pura intuição], como [sem o como] um caçador atirando diante da presa que salta [dos juncos] ou [e] do pássaro que voa [bate as asas] para o céu, trocando palavras, riscando, escrevendo, à mão, novas frases, à margem, com letra minúscula, com flechas, círculos e chaves, tentando encontrar o ritmo, o acorde, acompanhar o movimento da prosa, e o escrito renasceu, se atualizou, se fez presente, escreve-se no presente e narra-se no passado, na borda, alucinada, ela, a Eva futura, *insone*. Então enfiou uma folha no rolo da máquina, centrou o papel, no topo escreveu *32* e seguiu em frente batendo nas teclas com dois dedos, um som mecânico, as hastes curvas subindo, uma letra, outra letra, contra a fita preta, uma palavra e outra palavra e mais outra, um fraseio, *isso era tudo*, um tom, captar o rumor submerso do iceberg, afundar mais e mais na brancura transparente, um cristal sonhador, ver o que persiste embaixo, na brancura gelada, sob a remota luz do sol que atravessa a água, mergulhar no silêncio branquíssimo, o que havia lá embaixo?, nas altas paredes de gelo mal se enxergam sombras escuras, figuras fixas, liquens, um arpão de osso entalhado, uma tigela de madeira, um caiaque, uma mulher de longos cabelos brancos, com um dos pés calçado num mocassim de pele de foca e o outro pé nu parecendo um peixe, num círculo azul na brancura da geleira, não ver apenas a elegante silhueta visível do iceberg, fazer sentir a massa submersa, mover-se com ela, entrar nas grutas entalhadas, nas estalactites, ir até o fundo, não sugerir, dizer o que imaginava ver [encontrar] [descobrir] e parou aí, distraído com o som cada vez mais distante de uma sirene, pela rua Charcas (ex-Charcas), a ambulância em direção à sala de emergência do Clínicas, a toda hora do dia e da noite as ambulâncias levando os feridos para os hospitais da Faculdade de Medicina, os alarmes, as luzes vermelhas, e percebeu como se despertasse que durante um tempo que não podia calcular ele se desligara, desaparecera do mundo, se esquecera de tudo, as bitucas esmagadas no cinzeiro, uma página por dia, e se deteve e tornou a ver pela janela o reflexo do sol e os prédios da avenida Santa Fe, o estacionamento, a igreja da rua Ayacucho, a rolinha empoleirada num fio, como se o mundo tivesse renascido, com o passar dos anos a imersão era mais profunda e mais fugaz e ao voltar já não conseguia continuar, tinha o dia todo pela frente e a noite inteira antes de voltar a escrever e isso era tudo, vivia por esses momentos, para atingi-los, não importava quanto durassem, antigamente tomava anfetaminas para manter o impulso durante horas, mas já não era assim, apenas ia lá e que durasse quanto fosse, mas chegava cada vez mais longe, lançar o balde no rio subterrâneo e puxar lá do fundo algumas linhas, mil palavras ou alguma imagem, e nunca sei se no dia seguinte poderei voltar a nadar nesse rio, um nadador mais do que um escritor, ele não gostava dessa palavra para pensar em si mesmo, dia após dia um trabalho — era mesmo um trabalho? —, reiniciado dia após dia sem garantias, metade da vida sem companhia alguma afora a vontade de escrever, de ser — não usava a palavra, salvo com ironia — um escritor, fazia décadas que vivia encaminhado apenas para o que queria escrever.

Deixou a mesa e foi até a poltrona de couro, com as páginas datilografadas na mão, e se sentou para ler. Primeiro Eva avistava uma luz branca na noite, um eclipse no meio do pampa. Agia sem pensar, com movimentos naturais e instintivos, as normas de segurança eram como uma segunda natureza. Estava perdida, encurralada. Tinha dezoito anos. Eram recrutados cada vez mais jovens. Nos guetos e bairros pobres e nos colégios. Tinha dezoito, mas parecia ter dezesseis e já era uma "histórica", fundadora do movimento na sua terceira reencarnação. Filha de exilados, nascida em Madri, criada em Paris com o irmão. Viviam nos desvãos, trabalhando no que aparecesse, e os fizeram voltar na onda de 79. A contraofensiva estratégica se baseava na análise da direção externa. Morriam como passarinhos, embora morrer não fosse bem a palavra: eram caçados nas arapucas da cidade. Seu irmão Luca fora assassinado ao desembarcar em Ezeiza. Seu corpo, exibido nos subúrbios como lição e exemplo. Ela veio para que o enterrassem e entrou nas redes clandestinas da organização. Não acreditava em nada do que informavam, a situação política era totalmente diferente do que diziam, tinha a suspeita de que também a direção estava usando informação falsa, percorreu as células e viu que a linha de ação era ilusória. Nenhum dos seus informes chegou ao Comitê Executivo. Sobrevivera a duas campanhas de cerco e aniquilação e retrocedeu até ser encurralada em Almagro.

Precisava trocar seus documentos mais uma vez; a segurança durava dez ou doze horas e tinha que mudar de identidade, porque as quedas eram incessantes e as batidas, invisíveis, desmantelavam as células antes de começarem a funcionar. Ela se lembrava da infância, mas não podia saber o que tinha feito na última semana. Levava anotados os fragmentos que conseguia resgatar do esquecimento. Encontro na catedral. Sabia que estava comprometida, mas não sabia até que ponto. Perdido o senso da orientação, as noções de realidade, reconhecia a cidade como se voltasse a vê-la pela primeira vez. Sabia a circular 4 de cor (o segundo chefe se chamava "Perdia!" *Lost*): "O elemento central que permite ao inimigo completar seu ciclo repressivo é o percentual de traidores a partir do qual ele é capaz de realimentar os ciclos de maneira permanente. A existência desses traidores está diretamente ligada ao moral das forças quanto à maior ou menor confiança na vitória final". Lixo, disse Eva enfurecida, puro lixo, destrutivo, demente, delirante. Criminoso. Isso é o que eram as diretrizes da *orga*. Tinha que pensar, encontrar uma rota de fuga, uma saída, mas onde? Tinha uma mancha roxa no rosto, um estigma que às vezes disfarçava por algumas horas com maquiagem. Às vezes saía para a rua com o rosto coberto com um véu de tule preto, como uma jovem viúva.

———

Saiu para rua, o porteiro não o cumprimentou — não o cumprimentou? —, era chileno, devia cumprimentá-lo — era uma pergunta?, devia cumprimentá-lo? —, a interrogação era a chave do seu estado atual — era a chave?, mas qual seria a incógnita? —, do outro lado da rua havia uma agência de viagens, a gente sempre pode escapar, fugir. O bode expiatório foge para o deserto, pensou, era estranho um encontro de manhã tão cedo, ele se encontrava com os amigos depois das duas, essa era sua única regra, mas agora — estava em dificuldades? — eram dez da manhã, era outro mundo, desconhecido para ele — o que toda aquela gente estava fazendo na rua tão cedo? —, sentia cansaço, mas o ar fresco da cidade o reanimou e resolveu caminhar alguns quarteirões para matar o tempo — matar o tempo? — Parece que se passou mais de um ano, pensaria mais tarde, mas o tempo não me importa, já o perdi, pensou então, não queria buscar nenhum tempo perdido, já nos basta o presente, disse a si mesmo em voz alta, e a moça da banca sorriu para ele, embora estivesse falando sozinho, parecia acostumada, a garota, a que seus clientes de repente proferissem seus pensamentos em voz alta e não se alterou, tinha uma cicatriz na mão, a moça, uma queimadura talvez, e olhos azuis e só lhe interessava o troco — tem moedas?, não tem mais miúdo?, eis sua questão — e lhe entregou o maço de Kent sem que Emilio o pedisse, antes fumava Colorado — havia alguma diferença?, só o preço —, às vezes fantasiava em levar a moça para a cama, chegou a ter um caso com uma caixa do supermercado da rua Junín, mulheres belas, desconhecidas, ligadas à sua vida pela contingência absoluta. A garota do mercado tinha vergonha de uma tatuagem com o nome de um homem na borda do púbis, tinha quinze anos na época, disse como única explicação, e ele a beijou ali. Acho que não vai chover, disse a garota da banca, nunca lhe perguntou o nome, nem queria saber, para não se comprometer, pensou. Tudo lhe parecia perigoso naqueles dias. A pessoa é seu nome? Não há resposta, preferia viver entre desconhecidos, pessoas anônimas, definidas pela função, ele, por exemplo, para a garota era o moço — será que ela dizia *o moço* nos seus pensamentos? —, seria o homem dos cigarros importados, o sr. Kent... Na mesma calçada, o xerox estava fechado, só abriria mais tarde — haveria um mais tarde na sua vida? —, era de Santa Fe, o moço se exilara no México, embora a democracia já tivesse voltado, estava longe da filha, que vivia em Cuernavaca, precisava xerocar setenta páginas, o manuscrito. Avançamos, *don* Emilio, um passo à frente e dois atrás, disse, essas citações e encontros clandestinos eram sua cumplicidade, paciência e ironia são as maiores virtudes dos bolcheviques, dissera Lênin. O que restava de toda aquela cultura de esquerda?, citações e encontros, alguns estavam cantados, como se diz, marcados, e os ativistas armados caíam como moscas. Atravessou a avenida Callao, contornou a praça e pegou pela Rodríguez Peña em direção à Paraguay, muitos homens que viviam na rua, mendigos, vagabundos e párias, se aglomeravam na praça esperando que abrissem os portões do consulado — de que país?, não se lembrava — de um pequeno Estado dos Bálcãs que mudara de nome várias vezes, um Estado teocrático, de fé muçulmana, que seguia os preceitos religiosos do Corão e dava de comer aos famintos, e por isso todo dia um porteiro do consulado saía com uma bandeja e servia, de graça, o café da manhã aos deserdados do mundo, mas somente a dez por dia, era o dízimo que distribuíam entre os pobres. Mas por que só o café da manhã? E em que ordem? Renzi não sabia; os mendicantes, os andarilhos, os pobres estavam lá. Entrou na agência dos Correios da rua Paraguay, um local pequeno e luminoso pegado à esquerda do Palácio Pizzurno — o que chamavam de "palácio" em

Buenos Aires? — Achou graça na pretensão quando passou um mês na Itália, em 1974, com uma bolsa para estudar Pavese, o diário de Pavese, e então tomou um trem, depois um ferryboat e atravessou o mar do Norte só para visitar o palácio de Elsinor, perto de Copenhague, os altos muros, a ponte levadiça, os corredores e terraços por onde passeavam Hamlet e o espectro do seu pai, o meu, pensou, que naquele ano tinha dado um tiro na cabeça, era mais pai do Horacio do que meu pai — por quê?, por quê? —, porque Horacio vivera uma vida que meu pai podia entender, pensou em Copenhague, no palácio do príncipe da Dinamarca. Era um leitor, Hamlet, anda com um livro na mão pelos passadiços do castelo. Levava duas cartas na bolsa de couro, uma para sua amiga Jean Franco, em Nova York, outra para seu irmão em Ontario, *Querido Marcos, acho que não vou viajar por enquanto...*, foi até o guichê para postar as duas cartas, via aérea expressa, conversou sem pressa com o funcionário de viseira verde e guarda-mangas de pano branco, só via suas mãos, afiladas, e parte do reflexo verde da viseira. Faz tempo que não o via por aqui, disse. Parei de vir de manhã, respondeu Emilio, falaram um pouco do tempo e dos rumos da economia e depois foi até sua caixa postal. Nunca dava seu endereço, mantivera esse costume desde a época da ditadura, abriu a portinha de madeira e encontrou uma carta de Tristana, uma relação clandestina, CC 1224, havia também um pacote com um exemplar da revista *El Poeta y Su Trabajo*, vindo do México, atravessou a Callao.

Nesse momento estava alterado pelo remorso da morte de Horacio, com a sensação de que o tempo parara naquela morte, como se um duplo..., tinha lido na Bíblia o milagre dos pães e dos peixes, Jesus Cristo fizera esse milagre a pedido da mãe, era o primeiro milagre relatado no Evangelho, dai de comer aos famintos, eram as bodas de Caná... Foi se sentar num banco, em frente, na praça — para matar o tempo? — As árvores tranquilas, suave rumor, uma folhagem verde que degrada, primeiro para o escuro, depois para o verde-nilo, esverdeado-claro, os belos lampiões de Thays estavam acesos, luz tênue, embaixo de uma árvore. Já se sentara aqui uma vez — não conseguia escrever? — e lera — nesse mesmo banco? — uma entrevista de Gustavo Sainz na revista *Mundo Nuevo*, na época morava na passagem Del Carmen. Para poder continuar pensando precisa recapturar — lendo o que escreveu? — as antigas circunstâncias da vida, bem descritas em outro tempo — tem que repeti-las? —, pensa, um experimento, não uma experiência. Se você consegue narrar, está salvo. *É preciso repetir para não lembrar.* Não lembrar (a morte de Horacio?), esquecer é uma arte como qualquer outra. Era um alto dirigente do ERP, aprendera aquela técnica com os serviços secretos alemães em Berlim, um método neurológico para eliminar da memória nomes e lugares, os soviéticos o usavam nos seus agentes, era inútil torturá-los. *Não se lembravam.* Usavam a famosa teoria da interferência, segundo a qual o esquecimento é causado pela interferência de umas lembranças em outras. Lentov, o neuropsiquiatra russo, aplicara essa teoria em experimentos com soldados com traumas de guerra; não se trata apenas do rio Lete, mas de uma mnemônica do esquecimento. Emilio tentou aprender a técnica para apagar as lembranças, os guerrilheiros argentinos tinham a opção de aprender a lavagem cerebral que permitia não recordar os encontros marcados ou tomar, se caíssem presos, se fossem capturados, a cápsula de cianureto — onde eram fabricadas? —, nos hospitais de campanha clandestinos, os médicos *montoneros*, ou talvez os estudantes de química, fabricavam em laboratórios subterrâneos centenas e centenas de cápsulas, para que os militantes não falassem nos interrogatórios, seu amigo lhe ensinara os primeiros passos, devia se sentar ao ar livre e pensar no nome e substituir suas letras por números pares, não se trata apenas do rio do esquecimento, é uma técnica russa criada pelo discípulo predileto de Pavlov. Esquecer as mulheres que perdeu, esquecer primeiro seu nome, seu endereço, seu rosto amado, é tão breve o amor e tão longo o esquecimento. Usando esse método de apagar as lembranças, não existiria a saudade, pensou sorrindo mentalmente.

Em frente à praça, no edifício Pizzurno, fica a Biblioteca do Professor, que já foi dirigida pelo poeta Leopoldo Lugones. A sala de leitura estava deserta, era muito cedo, acabavam de abrir, já me conhecem; Lugones foi diretor, pensava que logo seria nomeado ministro, mas não, acabou se apaixonando por uma professora e se matou em 1938, detestava o tango e se dedicou a colecioná-lo e a sublinhar as letras, *nunca faltan encontrones cuando un pobre se divierte.* Detestava essa música anarquista, réptil de lupanar. Lá todos me conhecem, vou até o salão, à direita do corredor, ele se matou por amor, *tres esperanzas tuve en mi vida, dos eran blancas y una punzó*, sublinhado, a leitura vigilante: *punzó* [carmim], portanto comunista. Escrevia uma coluna mensal numa revista de quadrinhos, Renzi, preparava uma adaptação do tango "La gayola". *Me encerraron largos años en la sórdida gayola...*, era a cadeia, xerocou no subsolo alguns artigos de que precisava, estava reunindo bibliografia sobre Buenos Aires, ia escrever sobre a cidade, um romance que seria também um guia secreto das ruas e das casas e das histórias aqui localizadas. *Parece que se passou mais de um ano*, pensou, mas o tempo não lhe importava, já o perdi, só vivia recordando.

Eu vi quando ele chegou como se não dormisse havia uma semana, parou na entrada do bar, meio ofuscado pelo sol do meio-dia, e depois seguiu até a mesa de sempre, no chanfro da esquina, encostada na janela; já não escreve mais, ou escreve tão pouco que chega no bar cada vez mais cedo e fica aqui, esperando um amigo, fazendo anotações num caderno, pede um café, lê um pouco, pede outro café, olha pela janela, eu o chamo de O Escritor e ele dá risada, como se fosse uma ofensa, não gosta dessa corja, diz, os imbecis fazem sempre a mesma coisa, dizem, na fronteira, quando têm que preencher o formulário, dizem, de imigração, quando chegam ao campo que pede *profissão*, essas bestas contam, com orgulho, alardeando sua certeza, contam que um dia se jogam e escrevem: *escritor*. Profissão escritor, dizem os canalhas, anunciam que são, segundo eles, escritores. Eles se autonomeiam, delatam que não são o que dizem ser, pois o escrevem no formulário de imigração, *em letra de fôrma*, ao contá-lo são presunçosos e idiotas, enquanto eu coloco, no campo da profissão, *comerciante* ou *desempregado*, ou *médico*. Às vezes, coloco *médico* só para agradar o espectro do meu pai, que queria que eu seguisse seus passos e era tão íntegro, meu pai, que às vezes, só para agradá-lo, apesar de estar morto, escrevo no formulário, em letra de fôrma, *médico*. Ninguém se dá ao trabalho de verificar a profissão declarada, nenhum guarda diz a essas bestas então escreva um poema, defina em poucas palavras o que é discurso indireto livre, o que é figura de linguagem, nada disso, mas, em compensação, se eu declaro, como já declarei nos postos de fronteira ou nos aeroportos, que sou médico, depois o comandante do avião pode pedir pelos alto-falantes em pleno voo, um médico!, porque alguém teve, como se diz, um desarranjo e é preciso rearranjar a pessoa...

Eu contava umas histórias para o Renzi quando ele vinha conversar comigo no balcão, enquanto eu ficava, como se diz, controlando as mesas à distância. Ele queria saber como a gente faz para pegar os pedidos de cabeça, sem tomar nota. Uma tarde me confessou, aflito, que se ele, Emilio, não tomava nota das coisas, acabava esquecendo tudo e era como se não tivesse vivido os dias que não estavam registrados nos seus cadernos. Já um bar você controla de cabeça; controlar um bar, digo para ele, é um exercício mnemônico, o que importa é a distribuição espacial das pessoas, você não memoriza os clientes, memoriza os lugares e faz um mapa mental do bar, de cada uma das mesas, e em cada mesa, o lugar de cada cliente. Você memoriza a localização, é o cliente da mesa do meio, sentado na cabeceira, na posição nordeste, tomando a porta de entrada como referência para o esquema que ajuda a lembrar. Ele, ao contrário, estava interessado em esquecer, dizia, ficar em branco, sem lembranças, quer viver no presente puro, sem memória, é muito observador, não deixa escapar nada, pede explicações detalhadas sobre o funcionamento do bar, quer saber por que voltei, se falo sueco, se sou um apátrida e se o governo uruguaio pode me extraditar. Insulta seus amigos social-democratas, todos se acomodaram, diz, escrevem o discurso oficial, falam como se fossem ministros, diz, venderam suas convicções à imprensa, diz, são conversos, se converteram naquilo que odiavam, eles sim é que não têm memória, sabem que, se você trai seus ideais, esquece tudo aquilo que pensou, que escreveu, que amou, esse é um exercício antimnemônico que detesto e não quero usar, meus amigos agora defendem aquilo que odiavam na juventude, envelheceram e acham que amadureceram, são sensatos, se acomodaram, nem sequer são cínicos, mudaram de crença, continuam dogmáticos, fiquei sozinho, Liber, diz, e me pede o telefone. É o Emilio, diz quando atendem, às vezes ligam para ele, aqui no bar, sempre a mesma mulher, vive fora ou passa o verão fora, e ele fica aqui escrevendo no estúdio, como costuma dizer, mas tem vindo cada vez mais cedo; hoje eram, não sei, onze ou onze e meia, vem abatido. Já não escrevo, diz, só transcrevo, diz, só registro.

Sou um barman, não conheço os clientes para além do que eles me contam, um dia Renzi começou a falar comigo como se eu estivesse e não estivesse lá, não tem coisa melhor do que falar com um estranho, "se abrir" com alguém que parece nos escutar e nos entender, mas que na realidade é um estranho. O barman é uma figura essencial dessas confissões anônimas, e naquele dia Emilio começou a me contar uma história que eu não entendia muito bem, que acabei esquecendo, sobre uma mudança dc endereço, forçada, lembro que ele usou essa expressão, *mudança forçada de endereço*, mas todo o resto acabei esquecendo e talvez ele tenha me falado disso quando ficou sabendo por acaso que estive exilado na Suécia, aí ele pega e me pergunta pelos tupamaros, tomamos Pando, falo para ele, entramos pela rua principal, éramos um cortejo fúnebre, é fácil, se você tem dinheiro, contratar um serviço funerário e sair com os carros pretos, mesmo com o caixão vazio, aí tomamos a delegacia, a central telefônica e o banco, mas eu na verdade, falo para ele, sempre quis mesmo ser barman e morar em Buenos Aires. Duas ou três vezes por semana ele se encontra com um amigo, um rapaz de cabelo crespo de quem ainda não sei o nome, vem sempre com um gravador e registra o que eles conversam, ou melhor, o que Emilio diz. Eu só escuto fragmentos quando vou até a mesa deles servir uma taça de vinho, escuto porque os dois continuam falando como se eu não estivesse lá, pego uns pedaços, frases soltas, palavras perdidas, por exemplo hoje escutei o amigo dele dizer: "Que loucura, Emilio, você acha que matou o Horacio. Ele foi te ver, você não o ajudou, e agora acha que é o responsável". "Se eu tivesse conversado com ele, podia ter salvado sua vida, eu devia ter falado: fica comigo aqui na chácara. Devia ter falado: faz de conta que você ficou viúvo, que ela morreu, *c'est fini*, esquece, o tempo apaga a mágoa..." Eu escutava, do balcão, fragmentos e a partir dos fragmentos imaginava ou achava que sabia do que eles estavam falando. Um tal de Horacio tinha morrido, a mulher dele não era flor que se cheire, parece, virou budista e o largou para fazer ioga. Algo por aí. Você acaba imaginando a vida dos clientes para poder dar trela quando eles encostam no balcão para tomar uns tragos. Se você conversa olho no olho, eles voltam e viram fregueses.

Mas hoje, de repente, se formou uma redoma de silêncio, isso acontece às vezes, havia pouca gente no bar e por acaso estavam em semicírculo, nas mesas que rodeavam a esquina, isolando Renzi, e como as janelas estavam fechadas a voz de Emilio chegava nítida, isso acontece às vezes, se forma uma clareira de silêncio no salão, e aí você escuta, nítido, o que as pessoas falam numa das mesas, parece que tem uma mulher na Europa e Emilio espera por ela, mas não sabe. A mulher lhe escreve cartas furiosas e apaixonadas, e ele está como que petrificado, falou bem assim. Escutei a palavra "petrificado" e levantei a vista surpreso, e ele estava dando risada, portanto petrificado parecia ser um estado agradável. Digo o que escutei, ele deu risada e depois fez uma pausa e continuou contando. Parece que numa viagem à Alemanha, convidado com outros escritores sul-americanos, ele encontrou uma mulher no metrô. Não era uma alemã, era uma velha amiga. É isso que eu consegui entender.

Agora me lembrei que outro dia, quando fui servir a mesa, Renzi estava conversando com um jornalista, parece. O que eu sei é que, como estava com as antenas ligadas para guardar bem o pedido, escutei o que ele estava dizendo e gravei tudo, como se fosse um pedido complicado, numa mesa com dez ou doze pessoas que vão dizendo o que querem, eu memorizo tudo olhando fixo para o lugar de onde cada um fala. Aí o que aconteceu foi que Renzi estava parado e eu me mexia em volta da mesa, e por uma dessas esquisitices da memória não me esqueci do que Renzi falou enquanto eu limpava a mesa e servia uma taça de vinho e uma porção de queijo gruyère. Agora falo para o senhor do jeito que eu me lembro, tal qual.

"Comparada com a música, a literatura é um instrumento tosco. Sempre admirei o Gerardo Gandini, mas quando o conheci pessoalmente (em março do ano passado), vi que ele é muito melhor do que eu podia imaginar que um músico pudesse ser. Trabalha com uma inspiração constante e não faz pose de artista. Uma noite, eu o escutei tocar todas as peças para piano de Schönberg no Goethe e sair com o sorriso e as piadas de sempre. Faz o extraordinário como se fosse simples e transforma o simples em extraordinário."

Se eu tivesse que fazer um resumo, diria que ele é um escritor bem conhecido, publicou vários livros, está sempre lendo, vem ao bar todos os dias e anota frases num caderno e passa muito tempo olhando pela janela, até que tem uma ideia e volta a escrever. Talvez sejam lembranças o que ele anota, porque escreve um pouco e depois fica olhando para o ar como se seguisse o voo de uma mosca invisível, e aí se inclina sobre o caderno e escreve enfurecido duas ou três palavras. E continua assim a manhã inteira. Quando dá meio-dia, pede uma taça de vinho branco e uma porção de azeitonas verdes.

Pelo jeito, esse amigo que vem se encontrar com ele no bar duas ou três vezes por semana está escrevendo sua biografia, porque faz muitas perguntas e pede detalhes, pede dados, volta a perguntar e às vezes os dois passam a tarde inteira no bar. Mas hoje seu amigo não ficou muito, uma hora se tanto, e depois foi embora. Emilio ficou lendo os jornais, ele costuma dizer que vem a este bar porque aqui tem os jornais do dia e ele consegue um vinho branco muito puro, feito na Suíça. Ainda restam algumas caixas desse vinho no porão, e aposto que ele aos poucos vai beber todas as garrafas, e quando acabarem não vai mais voltar a El Cervatillo.

———

Desceu pela Callao, caminhando pela calçada ensolarada, passando pela livraria na esquina da Universidad del Salvador e, depois de atravessar a avenida Córdoba, pela funerária. Uma tarde, em 67, quando morava num apartamento na travessa Del Carmen, ele achou o início do romance em que vinha trabalhando havia meses, os bandidos sequestravam um jornalista e durante o assédio ele gravava suas histórias num gravador portátil, tentava registrar os ritmos da fala, sabia de cor o primeiro parágrafo, levou dois meses para escrever aquelas vinte linhas e se manteve fiel ao tom, os personagens se revezavam nesse romance, ele tinha os jornais da época, o assalto ao carro-forte, a fuga para o Uruguai, o cerco policial, a resistência suicida até o fim, quando resolvem queimar o dinheiro, mas antes soltam o jornalista para que ele conte a história. Naquele dia tinha visto, como uma aparição nítida, a imagem do homem alto, pálido, sufocado pela fumaça e os gases, saindo do apartamento em ruínas e atravessando entre as cinzas e os cadáveres com o gravador no alto, como um soldado que leva seu fuzil sobre a cabeça ao atravessar um rio.

Conhecia bem essa parte da cidade, tinha morado nas redondezas durante quase vinte anos, sem sair de um raio de vinte quarteirões, da Santa Fe até a Rivadavia e da Cerrito até a Ayacucho. Se ele traçasse com um compasso um círculo imaginário no mapa, poderia ver os lugares onde tinha morado e marcar cada um deles com um X, e depois poderia desenhar os percursos e movimentos da sua vida, os bares, as caminhadas noturnas, as livrarias, o Hotel Callao, as conversas intermináveis, os cinemas, o Lorraine, o Premier, a sala Lugones do Teatro San Martín, os restaurantes que frequentava, o velho mercado com teto de metal e um burburinho incandescente, cheio de vida. Era esse seu território, as editoras onde trabalhara, as mulheres amadas, as revistas que integrara, as grandes bancas de jornais nas esquinas, com livros, folhetos, discos, pôsteres, ofertas de fascículos com a história da pintura. Era esse seu mundo, seu território, a memória estava fixa em cada lugar dessa região inesquecível onde ele montara seu acampamento, suas barracas, seus hospitais de campanha, era lá que tinha vivido, que tinha comprado droga nas farmácias de plantão, se quisesse contar sua vida, ou, melhor dizendo, se ele tinha contado sua vida nos cadernos que carregava para cima e para baixo, a chave era a cartografia do espaço da sua mente. O mapa como autobiografia.

Chegou à Corrientes. Sempre sentiu uma onda de euforia ao virar na Callao e pegar a Corrientes; nas temporadas que passou no estrangeiro, a lembrança mais viva, o sentimento nítido, como um vento suave, era a emoção de dobrar a esquina e ver surgir a rua Corrientes, era disso que sentia saudade e não conseguia se esquecer e que voltava como um sonho. "Como num sonho", pensou, não se tratava do conteúdo do sonho, raras vezes sonhava com a cidade nos anos em que morou em outro país, ou nas suas viagens ao estrangeiro, como dizia, Nova York, México, San Francisco, Paris, Montevidéu, Pequim; era outro mapa, tão pessoal como o diagrama dos seus dias em Buenos Aires, não sonhava com o mapa, mas tinha na lembrança, nas imagens vívidas do lugar próprio, a mesma certeza que se tem nos sonhos, a certeza da verdade que está além da vida real, e é mais real, é o real, repetiu em voz alta. Era a força emocional das imagens — a certeza de sentir, de estar sentindo, por assim dizer, que se tem no sonho, produzida por um detalhe mínimo, cujas consequências são inesquecíveis: o sentimento de terror ou de vergonha ou de surpresa que há no sonho — o que se repetia ao recordar, ou melhor, ao ver a si mesmo, em diferentes épocas da vida, entrando na rua Corrientes, vindo pela Callao. Deve-se virar à esquerda, na esquina do bar La Ópera, e seguir sem atravessar, para o lado do rio, mas antes, num instante frágil que a memória registra como um fogo sem dor no sangue, a mudança de direção, o momento exato em que já não se caminha do norte para o sul porque se tomou a direção leste, rumo ao rio. Nesse cruzamento, entre a linha horizontal da caminhada e o corte vertical para a Corrientes, na esquina, estava a lembrança que voltava quando ele estava no estrangeiro e vivia como um forasteiro. Apenas essa imagem em que ele vê a si mesmo entrando na cidade, aí estava a felicidade. A sensação de que tudo era possível no espaço que se abria à sua frente — como alguém que afasta uma grossa cortina e deixa a luz do sol entrar no aposento — estava lá, desde sua remota juventude, quando ele patrulhava as ruas com a violência de um lobo solitário, até hoje, já com mais de quarenta, quando vem pela Callao e vira na Corrientes sente a mesma euforia e a mesma sensação de risco que sentia com Cacho Carpatos, Horacio, Junior, David, batendo a cidade noturna em busca de aventura, ou ao encontro de uma mulher ruiva, com a intenção de conquista que sempre marcara sua vida. Mas não era o sentimento áspero de entrar em combate, não era essa situação o tema dos sonhos, mas a própria certeza e a segurança sobre as próprias emoções que se sente num sonho o que tinha perdurado nele ao longo dos anos, vencendo sua apatia e sua frieza. "Foi a única paixão que permaneceu igual a si mesma até hoje, desde tempos remotos." Então sua autobiografia, se um dia decidisse escrevê-la a partir dos seus diários, giraria em torno da luz azul da sua emoção mais verdadeira. Uma amiga cuja amiga havia partido lhe contara, na noite anterior, um sonho. "Você tinha ido à faculdade para dar uma conferência sobre o seminário V, e a Karla estava comigo", disse. Mas também estavam suas outras amigas queridas, e todas elas, depois de comentar a palestra ("se bem que o comentário não se escutava no sonho, não dava para ouvir"), acenderam uma fogueira no quintal de terra e de repente o fogo foi o gatilho de uma orgia, mas, para decepção de Emilio, a festa, a suruba, comentou sua amiga, "não entrou na matéria onírica". Pois então, pensava Emilio enquanto avançava pela rua, o significado dos sonhos é um enigma que cada qual resolve como pode, mas a verdade sintética dos sentimentos que se produz em nós ao sonhar é única e inesquecível. Essa mesma certeza e verdade da emoção é o que a literatura — quando bem-feita — nos transmite.

Sentou-se a uma mesa do bar La Paz, junto à janela, de novo um bar e uma mesa que dá para a rua, a repetição já era sua marca, talvez aquela monótona sucessão de atos iguais ao longo do dia quisesse dizer alguma coisa. Pediu um café e tirou uma carta da pasta, e começou a lê-la com a mesma atenção meio cômica, pelo menos para quem a vê de fora, e com um lápis foi sublinhando palavras, frases e até alguns parágrafos, parece que, sem grifar o que vai lendo, ele fica à parte, mas ao ler com um lápis na mão consegue, ou tenta, destacar o sentido pessoal que o texto tem para ele. Esse é um tipo de leitura que atravessa sua vida inteira, ler com um lápis na mão, tomar notas, fixar um tipo de atenção para depois poder dizer algo sobre aquilo que leu, as marcas já são um comentário e também um guia para poder transcrever os parágrafos ou as frases numa citação. Mas ele não sublinha os romances e os poemas enquanto os lê, no máximo anota com letra microscópica, na última folha do livro, na página em branco, o número da página, indicando assim sua intenção de reler aquela passagem da narrativa ou do poema. Nessa manhã ele pôs sobre a mesa o papel escrito à máquina com espaço simples, endereçado a ele, e foi lendo com um cuidado especial, como se aquela folha de papel estivesse cheia de minas explosivas, como se a carta fosse, digamos, um campo minado. *Querido Emilio: Tenho tanta coisa para te dizer que nem sei por onde começar. A "companhia" dos outros não existe. Não entendo nenhuma língua. Visto a máscara e continuo sem entender. O que eu sei é que não queria te encontrar, e que as coisas da minha vida, os detalhes, fossem impossíveis de explicar. As pessoas que falam demais cansam. Por isso te escrevo.* Era Tristana, tiveram um caso de amor fazia mais de quinze anos e por causa dela, sem querer, como efeito indesejado, ele perdera Julia, acabaram se separando porque Julia não suportou que ele tivesse uma amizade privada com uma mulher que tinha sido grande amiga dela. Na época — seria em 71 ou 72? — tiveram que abandonar o apartamento da rua Sarmiento para escapar de uma batida do Exército, uma operação pente-fino, típica daquele tempo, procuravam um casal jovem, segundo o porteiro, e por isso ele e Julia levantaram voo de um dia para o outro. Pousaram em vários hotéis e casas emprestadas até que Julia falou do apartamento que uma amiga dela podia emprestar para eles por um ou dois meses, num prédio vetusto na rua Uriburu, perto da avenida Santa Fe, e lá, para aplacar a ansiedade que lhe causava ter abandonado sua casa com a roupa do corpo, como se diz, iniciou, quase sem perceber, um romance com Tristana, que Julia descobriu (lendo seu caderno!). O caso em si foi uma bobagem, e mais ainda escrever a verdade no seu caderno, que ele sempre deixava à vista porque não queria esconder nada da mulher que amava, confiando no pacto de lealdade que se estabelece, implícito, entre duas pessoas que vivem juntas. Não se espera que fiquem espiando uma à outra, mas é o que acaba acontecendo. Julia leu seu caderno e também, indignada, escreveu lá: *Peço a palavra*, escreveu, *você sabia que eu ia ser tua primeira leitora*. Não foi a única, outras já haviam feito isso. (*Não foi assim, nem foi*, tinha escrito, por exemplo, Amanda.) Tristana era uma mulher maravilhosa e conservaram a amizade, e ela, que tinha ido morar em Entre Ríos, lhe escrevia de quando em quando, como amiga.

———

Cartas de uma amiga que escreve. Deveria ser esse o título, pensou Renzi. De quando em quando ela lhe escrevia, a amizade com uma mulher está nas palavras, pensava. Sentado no bar La Paz, como tantas outras vezes, matava o tempo, fazia hora, antes de ler a carta de Tristana. De quando em quando chegava uma carta dela à sua caixa postal, não porque fosse uma correspondência clandestina ou comprometedora, mas preferia manter certas áreas da sua vida a salvo. O marido de Tristana era médico, e ela dava um jeito de falsificar suas receitas e de quando em quando mandava para Emilio, por meio de um representante, uma encomenda com duas caixas de Dexamyl Spansule, as mulheres foram suas passadoras de drogas ao longo da vida. Circe e os lotófagos da *Odisseia* por pouco não capturam Ulisses e sua tripulação com os poderes das alquimias perversas. *Acordo às seis da manhã, tomo um mate, converso com as meninas, elas saem para a escola às sete, e às sete e quinze eu saio para o Registro Civil; peguei esse emprego (o único que encontrei) para me manter em atividade e porque às vezes não temos nem para comer.* As meninas, as filhas, uma delas, era dele?, poderia ser dele? Uma filha natural, por que não? As datas sempre podem coincidir, e muitos anos depois Emilio receberia uma carta emocionada e comprometedora. "Sou sua filha, papai!", não achou graça na notícia, mas Tristana era muito discreta, uma tarde lhe disse: "Emilio, gosto de você, mas vamos parar de nos ver". Ia se casar, Tristana, com um médico, outro médico, porque Emilio era *hors concours*. "Você nunca vai fazer, ou fundar", ela disse sorrindo, "uma família." *Quem o arranjou foi uma irmã do meu pai, viúva de um dos Illia, que pensa que eu sou uma radicalista convicta por causa do livro sobre Alvear, que na verdade foi escrito pelo Nosiglia (eu, bêbada, me limitei a colher informações na revista* Plus Ultra *e com o prócer Félix Luna). Graças a esse livro, ganhei algum respeito dos meus pais e das minhas filhas, que nessa época me olhavam como se eu fosse uma ameba. E era uma ameba, na realidade, dormindo incansavelmente e bebendo também incansavelmente, dizendo a mim mesma que bebia por causa da pressão baixa e da depressão. Minha vontade estava aos cacos.* Era assim, poderia ser assim, era uma época de muito álcool, tudo meio promíscuo, digamos, vivíamos na iminência de uma mudança de época, na ilusão de assistir a uma mudança da civilização. *Uma coisa é real: quando larguei a garrafa, começou a me dar vontade de fazer coisas.* Era a hora do almoço, portanto, animado pela leitura, chamou o garçom e pediu um uísque com gelo. Tinha sublinhado, ou melhor, circulado a palavra *garrafa*. A garrafa, pensou, uma sinédoque, a retórica, ou melhor, as figuras retóricas, muitas vezes o ajudaram a evitar a dor, deter-se na forma de uma expressão o distanciava instantaneamente. Tinha um ouvido muito aguçado para as figuras de linguagem; o modo como uma mulher usava o subjuntivo, por exemplo, podia despertar nele uma paixão sentimental. Ela, por outro lado, não estava brincando, embora não se levasse a sério e tivesse muita elegância irônica. *Meu expediente termina às três. Eu podia ter encontrado um ambiente hostil na repartição, considerando que entrei pela janela com o mesmo salário das fulanas que estão lá enfiadas há quinze ou vinte anos. Mas não encontrei. A situação, moralmente falando, não é nada confortável, mas eu tento, na medida do possível, não pensar nisso. Aquele caso que você uma vez chamou de "bela história de amor com o homem na prisão" está terminando.* Havia uma série de repetições na sua vida que ele não podia evitar e eram visíveis, nos seus cadernos, porque neles podia reler tudo, não apenas lembrar. Por exemplo, uma mulher que tem um homem na prisão: uma série. Alcira, Bimba, Tristana. Uma mulher que estuda teatro e se prostitui para não trair sua vocação artística; havia, embora ninguém acreditasse, duas na sua vida (Constanza e Amanda). Havia uma sucessão extraordinária de coincidências e de réplicas e de figuras que se repetiam na sua vida, quer dizer, nos seus cadernos, que para ele significavam uma prova de que o que estava escrito no seu diário era a própria vida, com suas repetições caóticas. Por exemplo, acabava de ler um romance de Burgess (*Poderes terrestres*, p. 340): "A sra. Killigrew, cujo marido passava a vida jogando bridge, descobriu uma paixão por um homem com o rosto coberto de verrugas. Por que isso? Numa narrativa, você teria que achar uma razão, mas a vida real segue dispensando motivações, até as freudianas". O fim também não é elegante nem faz sentido na vida, enquanto no romance, pelo contrário, o final deve ser enérgico, elétrico, elegíaco. Distraiu-se e continuou lendo, estava mergulhado no assunto. *Todas as histórias de amor acabam? Pareceria que sim, e isso realmente não me abala.* Tristana, antes de se separar do marido médico, tinha morado em Concordia, Entre Ríos. Foi por isso que Renzi situou nessa cidade o final do seu romance *Respiração artificial*. Em homenagem a sua amiga e também porque gostava do lugar, mas principalmente por achar o nome interessante. Depois Tristana se mudou para Buenos Aires com as duas filhas e descambou ladeira abaixo, foi um erro se separar do médico, mas era íntegra e inteligente demais para continuar vivendo com um homem que já não amava, apesar do custo altíssimo que — ela sabia — iria pagar. *O presente era o copo de genebra, e o futuro não existia. Eu só vivia no passado e lá, remexendo, encontrei esse homem, aliança no dedo porque também vivia de lembranças. Costumo pensar que, se o álcool não existisse neste mundo, eu poderia ter acabado numa ilha deserta ou metralhando gente do alto de um camarote qualquer, num evento qualquer. Nunca saberei se ele amainou meu desajuste com a realidade ou se o aumentou. Nunca jamais. Melhor assim*. Fazia muito tempo que não falava com ela; os dois, em certo sentido, eram convalescentes, ex-viciados em diferentes substâncias mágicas, estavam em recuperação, em internação domiciliar, digamos. *Nos dois primeiros meses (sem beber), a realidade me pareceu uma coisa insuportável e cruel. Só me sentia a salvo aqui, com as meninas, ou lá, com os bêbados. Era minha única saída para o exterior, aquela gente. Aos poucos aconteceu minha ressocialização e aqui estou, caminhando devagar e meio titubeante.* Ele podia dizer o mesmo, com as mesmas palavras. *Sinto uma tranquilidade enorme ao te escrever esta carta.* Renzi sublinhou a frase como uma prova de reconhecimento pela imensa generosidade dela, sua amiga de quem ele tanto gostara, não amara, Renzi usava pouco essa palavra. Mas gostava de Tristana, sentia sua proximidade, como a de tantos camaradas da sua vida, feridos, mutilados, caídos em combate, hospitalizados, perdedores de grande qualidade, golpeados pelo vento impetuoso do tempo. Horacio, por exemplo, sempre pensava nele nessa época, não havia um dia em que não o recordasse. E com Tristana, tão querida, acontecia a mesma coisa em relação a ele ("a mim", pensou). *Me liga quando você tiver um tempo, para a gente se ver. Ressurgiu minha timidez congênita, que eu disfarçava com a genebra. Hoje, 17 de maio, faz exatamente seis meses que não bebo.* Ia ligar para ela — ia ligar para ela? —, poderia se levantar e pedir o telefone no balcão ou falar com ela do público que estava na parede às suas costas, junto à porta que dava para a Corrientes, ao lado da livraria Premier, aonde ele sempre ia quando andava por ali. Gostou do epílogo da carta de Tristana. *Acabo de reler esta carta na repartição, por volta das dez da manhã. Era como se ao entardecer (de ontem, domingo, no caso) eu tivesse entrado numa espécie de porre seco* (gostou da expressão, porre seco, e a grifou e assinalou com uma seta na margem); *acho que te escrevi tantos disparates. Veja você o que me consola (e também me alegra, me faz bem) neste momento: uma coisa tão simples como ver o sol através das janelas (passei muito tempo com as persianas fechadas, como num congelador). Nossa única salvação (que palavra mais antiga!) é a ironia e o humor (o senso de). Associação; minha cunhada de Mar del Plata me disse: "Acho que você dá uma educação muito liberal para sua filha", dá para acreditar? Liberal, ela disse. Enquanto isso, sua filha (dela) de quinze anos foge para dançar no Gigoló dizendo que vai ver* Branca de Neve *no cinema. Um abraço, Tristana.*

Ia dar uma passada na livraria Premier, encostada no bar, onde trabalhava seu amigo Vicente Almagro, que tocava a loja mas que na verdade era o chefe secreto da comunidade de amigos excluídos da febre alfonsinista, que estava na moda nesses anos, portanto Emilio se encontrava lá com peronistas de várias estirpes, que bem ou mal lhe lembravam seu pai, pelo modo de falar e também porque os peronistas estão em baixa, sempre de asa caída quando não governam ou ninguém lhes dá trela, foi pensando Renzi, deixando-se levar pelos pensamentos soltos enquanto chamava o garçom, que, como sempre, parecia não vê-lo e o ignorava apesar dos seus acenos, porque estava em outra; os garçons, por mais que o conhecessem, só o atenderiam quando lhes dava na telha, pensou Emilio. Pensou? Pensava cada vez menos, era cada vez mais difícil pensar, pensou agora.

———

A livraria era um refúgio, Emilio podia passar horas lá, conversando com os amigos que entravam e saíam. "Uma unidade básica", na sua definição. Os peronistas se reuniam ali e lembravam a Emilio os amigos do pai, sempre à espera de um milagre político; havia um pouco de superstição no peronismo, como se estar dentro do movimento transmitisse segurança aos desesperados, era uma espécie de garantia irracional, um sentimento que assegurava a continuidade. A livraria Premier ficava no melhor local da cidade, em plena rua Corrientes, encostada no bar La Paz, ao lado do cine Lorraine e em frente ao teatro San Martín. "A cancha da panca", dizia David, sempre hermético, com sua linguagem esotérica que mistura camadas geológicas das palavras esquecidas da cidade.

Naquela tarde Emilio estava — como dizia cada vez com mais frequência — matando o tempo, procurando um livro sobre a Primeira Guerra Mundial, quando Vicente, seu amigo que tocava a livraria, de repente lhe perguntou pela história do avô que se apaixonara pela futura esposa porque ela tinha sido, durante uma temporada em Turim, cantora de ópera, não uma prima-dona, uma figurante, mas ela via a si mesma — nos seus sonhos, esclareceu Emilio — como uma diva, embora tivesse perdido a voz já na juventude e só tivesse participado de uma montagem de *Tosca*, num papel secundário, como jovem promessa a quem confiaram uma fala, uma despedida do irmão que partia para a guerra. O fragmento, não mais de doze palavras que ela cantou sozinha no palco, numa lateral, iluminada durante sete segundos por uma luz branca e vestida com roupa de época, bastou para que se achasse durante o resto da vida uma cantora de ópera que perdera a voz. E às vezes, aos domingos, com a família reunida, todos contentes e meio altos por causa do vinho e do champanhe bebidos, ela, minha avó Rosa, se levantava da longa mesa montada sobre cavaletes no pátio da casa da família, um tanto corada, e apoiando as mãos na toalha cantava, em voz baixa mas muito sentida, uma ária da *Aida*, e todos aplaudiam comovidos com a triste história da carreira triunfal da minha avó pelos teatros de ópera do mundo inteiro. Também se dizia que ela havia abandonado o *bel canto* por amor ao avô Emilio; nessa versão ela era a diva desconsolada que renunciou à sua arte para vir com ele à América.

As constantes e variantes linguísticas, a variação contínua. A música e a relação da voz com a música (a ópera) cumprem um papel maior do que a literatura na definição dos limites da linguagem, pensava Emilio. "Comparada com a música, a literatura é um instrumento tosco", repetiu para si. A ópera faz parte da minha tradição familiar; primeiro, pelo respeito reverencial suscitado pela minha avó Rosa, que tinha abandonado — segundo o mito — a ópera por causa do meu avô Emilio. Segundo, porque todas as tragédias e a vida cotidiana da minha família eram vividas com o tom melodramático de uma ópera. Se a vida tivesse música de fundo, como um filme, dizia meu pai, a ópera seria o acompanhamento das peripécias da família da tua mãe, dos Maggi, dizia, como se quisesse marcar distância daquela tradição de paixões e sentimentos exacerbados.

Renzi começou a contar naquela tarde na livraria Premier a seu amigo Vicente, o livreiro, mas também aos curiosos e clientes habituais da livraria, todos amargurados e abnegados militantes peronistas que se reuniam lá em busca da conversa e da amizade dos companheiros do movimento. Meu pai me contou a história do seu pai uma tarde caminhando pela praia. Meu avô veio para a Argentina e se instalou sozinho como chefe de estação num posto da Ferrovia Sul no meio do campo, um lugarejo sem casas chamado Martín Fierro! Os campeiros o apreciavam porque era um artesão extraordinário, fazia miniaturas surpreendentes. Viviam pedindo para ele um cavalinho com um *gaucho* endomingado, do tamanho de um dedal, entalhado em madeira balsa. Com um sopro, o gauchinho saía voando. Os campeiros, contava meu pai, se aproximavam da sua casa nos dias de festa para ouvir as óperas de Puccini.

Meu avô construiu uma réplica em escala em madeira da estação e das casas do lugarejo. E os campeiros iam ver como se reproduzia a réplica do lugar onde moravam. Suspendendo o telhado das casas podiam ver o interior, idêntico. Apenas os cômodos, os móveis, os objetos, tudo reproduzido com minúcia, mas sem nenhuma figura humana: um vilarejo deserto, em perfeito estado, no meio da planície. A maquete, que não pesava nada porque era toda feita de madeira levíssima, ficou, durante parte da minha infância, num galpão de ferramentas, como se todos maldassem do modo como meu avô havia fixado numa maquete o lugar onde vivia uma mulher querida. (Talvez, penso agora, a diva que perdera a voz culpasse meu avô pela sua desgraça, e com isso, penso às vezes, toda a tragédia familiar estava errada.) Por fim, um colecionador norte-americano comprou a maquete da minha mãe, e com o dinheiro ela pôde fazer uma viagem à Europa (em 1970). Daí me surgiu a ideia de um homem que perde uma mulher e constrói um mundo microscópico e alternativo (um museu). Ainda hoje lembro que meu avô estava sempre ouvindo ópera (geralmente Puccini, que ele considerava um músico único). Meu avô escutava os discos, e eu nunca soube se a mulher dele, ou seja, minha avó Rosa, era uma das cantoras da gravação. Talvez ele só escutasse o trecho da ópera em que a mulher cantava para reter sua voz perdida no coro. Por isso, sempre associei a ópera a uma dor familiar. Quero dizer, uma dor que não pode ser expressa com palavras, algo que está além da linguagem. Já contei outras vezes que, assistindo ao documentário *Shoah*, de Claude Lanzmann (um barbeiro judeu, que era obrigado a cortar o cabelo dos prisioneiros na entrada dos banheiros onde iam ser mortos com gás, descobriu um sobrinho na fila, e ao contar o episódio começou a chorar, a emoção lhe arrebatou a linguagem), eu me dei conta de que há um momento em que os sentimentos não podem ser expressos, e aí as pessoas param de contar e simplesmente choram. Na ópera, a situação é tão extrema que a dor é expressa com o canto, as pessoas não conseguem falar e acaba sendo natural que elas cantem. A outra experiência ligada à ópera é uma ideia de Gramsci que sempre acho fantástica. Na Itália, diz Gramsci, não temos o romance popular, mas tivemos a ópera. A ópera italiana como uma forma exacerbada do melodrama popular do XIX: como uma versão de Dumas, ou Dickens, ou Dostoiévski. A mesma história do folhetim em outro registro: num registro mais agudo, digamos, ressaltando de modo explícito os sentimentos que há na vida. Um homem que teme perder a mulher amada e não pode imaginar o mundo sem ela e faz um pacto fáustico; meu pai, como bom peronista, pensava que meu avô tinha ido à guerra para saldar sua dívida com Lúcifer. Falando em sentido figurado, explicava Renzi aos assombrados clientes da livraria Premier, que tinham ido lá em busca de alguma diretriz política, porque os peronistas estavam muito desorientados, arrasados pela social-democracia, e pensavam que Horacio González ou Chacho Álvarez podia lhes jogar uma corda para sair do atoleiro histórico onde estavam metidos, mas toparam com Renzi, que, encostado no balcão, contava com grande entusiasmo a história da vida do seu avô Emilio, antes, ele frisava, muito antes de se alistar como voluntário na Guerra de 14.

De vez em quando, Gandini me ligava e eu ia ao seu apartamento na rua Chacabuco (que tinha sido de Guillermo Saavedra) e lhe contava a história do meu avô, e ele, ao piano, que ocupava todo um cômodo minúsculo, tocava um fragmento que acabava de compor e cantava, sem articular palavras, fazendo apenas um murmúrio melódico e operístico que me lembrava o modo como minha família acompanhava as árias de ópera que ouviam na vitrola. Uma família muito musical, disse Renzi, olhando para seus absortos interlocutores, como vão as coisas, rapazes?, o peronismo vai voltar ao poder ou não?

Sem esperar a resposta, ele se despediu de Vicente e seus sequazes. Tinha marcado com seus alunos e as almas perdidas da cidade em outro bar, e ao sair para a rua e caminhar para o oeste, por causa dessa mudança de direção ou da conversa sobre ópera, voltou a lembrança do seu amigo músico Gerardo Gandini, e então, como num filme caseiro em super-8, voltaram as imagens daquele verão interminável, quando resolveram passar um mês juntos numa praia do Uruguai, num vilarejo rural à beira-mar, onde os poetas surrealistas Molina e Madariaga, e também Edgar Bayley, antes de morrer, costumavam passar longas temporadas. "Alugamos umas casas e fomos com outros amigos (Rozitchner, Carlos Altamirano), e passávamos a noite bebendo vinho com Freddy, com Madariaga e com outros companheiros. Durante aqueles dias luminosos de janeiro conversávamos a noite inteira até o amanhecer, Gandini ficou na casa onde Edgar Bayley se hospedava e quando tinha insônia o fantasma de Edgar aparecia para consolá-lo e fazer-lhe companhia. ("É infinita essa riqueza abandonada.") Naqueles dias,

Emilio contou repetidas vezes, para os amigos, a paixão do seu avô e sua história de amor com a cantora que perdera a voz por sua culpa.

———

Todas as tardes se instalava no bar La Ópera e ali "recebia" os amigos, as garotas, os estudantes, os colegas e um tipo incerto de assistentes, vagabundos e curiosos da fauna que se reunia naquela esquina e se aproximavam da sua mesa e participavam da conversa. Cada esquina da cidade, sobretudo quando fica perto de uma boca do metrô, tem sua cor local e seu modo de sobreviver. Anotava esses detalhes no seu diário porque imaginava que faria um levantamento da cidade. O tema do dia, porque cada dia tinha um tema diferente que capturava o interesse da mesa onde Renzi se sentava para receber seus conhecidos, era a cibernética.

Nessa tarde todos falavam das vantagens e dos riscos de usar processadores de texto e computadores. Eram a grande novidade que seus amigos transmitiram com entusiasmo. Um que estava escrevendo muito inspirado, mas um corte de luz ou uma tecla errada o jogava no abismo. "Eu tinha escrito cinco páginas, levei a noite inteira nisso, e de repente, caput, sumiu tudo", contava o gordo Soriano, que já era um ousado especialista da escrita com inteligência artificial. Você tem que imprimir tudo, recomendava o gordo. É só ligar a impressora, dizia, e pá, sai a folha com o escrito impecável. Também propagandeava o hábito do backup. Você tem que que fazer um backup a cada meia hora, para não perder tudo e ficar na mão.

Renzi usava o WordPerfect e se sentia muito à vontade com seu computador Macintosh que comprara em Nova York, seguindo o conselho dos amigos mais jovens, que viviam grudados aos seus videogames e seus computadores com programas especiais. Tem a vantagem de poder usar o mouse e trabalhar sem ter que mexer no teclado para abrir os programas; os documentos e arquivos aparecem numas janelas, basta clicar nos ícones, e pronto. Uma vantagem que logo se descobria era a possibilidade de corrigir a frase à medida que se escreve, sem ter que passar a limpo a página inteira com as correções, como acontecia com sua Lettera 22, mas que ele não queria abandonar, porque tinha escrito tudo naquela máquina, desde que a ganhara do seu avô Emilio, em 1959.

Aprendi, contava Renzi, nos meses em que Gandini e eu trabalhamos numa ópera, que os músicos têm uma linguagem privada, uma forma pura que lhes permite frasear e modular um pensamento muito sofisticado que também é feito de citações e vozes alheias. Basta ver o modo como Gandini toca o piano, quase não existe para ele a noção de ensaio, a música é o imediato absoluto, as notas estão lá e ele sempre as interpreta como se as tivesse escrito. Lê de memória, se me permitem a ressonância macedoniana da definição, e essa maneira de ler a música enquanto a toca, como se a estivesse compondo ou estivesse improvisando aquilo que toca, é uma coisa extraordinária. A música funciona como uma linguagem imaginária, é um idioma feito de formas puras, e nisso, claro, ela se parece com a matemática. A literatura aspira a essa linguagem, mas nunca a atinge, nem mesmo Joyce foi capaz de conseguir essa pureza. Eu acho, improvisou, que o computador também tem um ritmo próprio que é preciso procurar e descobrir. Quando viajei pela primeira vez aos Estados Unidos, em 1977, na Universidade da Califórnia, San Diego, estavam fazendo experimentos com os grandes computadores de Palo Alto. Tinham carregado um daqueles enormes IBM, de oitenta válvulas e bobinas de papel, com o *Moby Dick* de Melville, e esperavam que o programa produzisse literatura a partir da combinação das palavras do romance. O arpão pode estar em desuso na vida real, mas no livro soa muito bem para caçar baleias. Era essa, disse Renzi, a ideia, entendem? E a esperança era que as máquinas escrevessem sozinhas, de preferência grandes best-sellers, mas a verdade é que a máquina de Palo Alto só produziu textos ilegíveis.

Fez uma pausa, Renzi, entusiasmado pelo interesse que estava despertando nas garotas na mesa do bar e também pelo fascínio que lhe causou um mendigo que tinha visto na frente do bar, na calçada da Callao, falando a um telefone celular, de madeira, do tamanho de um sapato. Fazia de conta que estava falando com seu cliente pelo aparelho telefônico que reproduzia aquilo que ele via na cidade e era usado pelos executivos das grandes companhias. O mendigo, vestido de farrapos, pensava, com razão, que usar um telefone celular lhe dava status e por isso confeccionou uma réplica de madeira e falava com ela na mão, inclusive agora, junto à mesa, comentava o que Renzi ia dizendo e contava para um amigo que estava em algum lugar subterrâneo, na estação do metrô. "Aqui um senhor está explicando a questão da inteligência artificial, uma máquina que ele viu nos Estados Unidos, que é uma espécie de telefone gigante que fala sozinho e funciona a pilha."

***

Em 1987, Renzi passara um semestre na Princeton University, como *senior fellow* do Council of Humanities, e então elaborou, aproveitando a biblioteca da universidade, os estudos finais para as pesquisas sobre literatura artificial, produzida diretamente pelo computador. Na realidade, tudo tinha começado alguns anos antes, com uma visita inesperada do seu primo Luca, a quem agora devia agradecer aqui por ter sido o primeiro a chamar sua atenção para os riscos da desativação repentina de todo o aparato cibernético com um atentado.

Renzi morava no bairro dos professores perto do lago, numa casa estilo Tudor, de dois andares. Meu vizinho Hans Kruster falava da sua época como pesquisador-chefe dos laboratórios do Institute of Advanced Studies, aqui, em Princeton, como se se referisse a um período imediato e ao mesmo tempo remoto. Hans abandonou a física teórica aos vinte e três anos ou, como costumava dizer com um sorriso, foi abandonado por ela, como alguém que perdeu uma mulher, e aos trinta, depois de uma grande depressão, passou a se dedicar à docência e aceitou o cargo de professor. Hans fala dos teóricos como telepatas que perdem seu poder. Jovens brilhantes que aos vinte e cinco anos já não servem para nada e sobrevivem até a morte como zumbis. Somos ex-combatentes, qualquer tipo de sujeito que tenha vivido uma experiência suficientemente forte e malvada para que depois tudo o mais pareça idiota, ele me disse um dia. Existe uma agilidade na juventude que só os músicos e os matemáticos conhecem: a velocidade e a pureza das formas se gastam com o passar dos anos e só vive na extrema juventude. Aos vinte e cinco anos, já somos velhos; Einstein vegetou pelo resto da vida como um semi-imbecil folclórico dedicado a representar a figura do sábio para o circo da mídia, quando todos, e ele em primeiro lugar, sabiam que estava liquidado. Kurt Gödel concebeu seu teorema como um relâmpago aos vinte anos e depois não fez mais nada durante toda a vida. Na realidade, as grandes universidades nos recrutam como se fôssemos um grupo de ex-alcoólatras incumbidos de adestrar as novas gerações de bêbados; elas nos põem em contato com jovens abstraídos e ambiciosos para que os iniciemos no jogo perverso da inteligência artificial. Ele, já aposentado, dedicara as noites a construir e a pensar, fazendo face a eles, num laboratório que montara nos porões da sua casa, um experimento demoníaco que pretendia mandar para o lixo os escritores criativos e os produtores individuais de literatura.

Uma noite, afinal, ele me mostrou o aparelho, esperou por mim na porta da rua e, assim que cheguei, descemos ao seu gabinete subterrâneo. Sobre uma mesa de fórmica branca, ele tinha colocado uma caixa de papelão e, quando a abriu, apareceu a máquina. Era uma réplica niquelada do tamanho de uma torradeira comum (talvez tivesse mesmo aproveitado a carcaça de uma torradeira). Tinha dois botões vermelhos e uma fita de teletipo que saía de uma fenda no meio da parte superior. Agora olhe, disse Hans. Então apertou um dos botões e introduziu na máquina um jogo de pequenas fichas que reproduziam as letras do alfabeto. Passaram-se cerca de vinte segundos sem que nada acontecesse. Hans estava calmo e sério e tomava cerveja de uma lata; pela janela, no entardecer, avistava-se o reflexo gelado da lagoa. De repente a máquina começou a funcionar, com estalos eletrônicos. Hans arrancou a fita e a leu à contraluz com uma lupa de grande aumento. Seu olho parecia a galáxia Nebulae. Baixou a lupa e sorriu. Uma história de fantasmas, disse, como tem que ser. Pôs a fita dentada sobre um cartão preto e me estendeu a lente de aumento. A narrativa se chamava "O pesadelo". "Uma tia de quem eu gostava muito enlouqueceu e é telepata e no sonho não me deixa acordar." Uma narração de dezoito palavras. O romance microscópico mais longo do mundo, disse Hans. Estava contente. Ele construíra a réplica baseado na minha explicação e em alguns livros sobre cibernética que havia na Firestone Library.

A experiência é cumulativa. Por outro lado, um enigma é um experimento. É uma diminuta máquina verbal de dupla face e forma contraditória, construída por pares de determinações opostas: "pescamos/não pescamos", "deixamos/trazemos", conectadas ao contrário do que se pode esperar naturalmente, isto é, de modo inverso à fórmula "o que pescamos, trazemos; o que não pescamos, deixamos". O enigma é a formulação de um impossível racional que, ainda assim, descreve um objeto real. (Enquanto o experimento científico, disse Hans, constrói um fato impossível para expressar um objeto racional.) O sábio deve saber decifrar a verdade implícita no exemplo falso. O enigma tem a forma de uma contradição dissimulada numa narrativa. (Enquanto um experimento é uma reprodução artificial da experiência que serve para imaginar narrativamente um mundo que ainda não existe.) Quando digo narrativamente, quero dizer, disse Hans, ao longo do tempo. Os enigmas sempre têm a ver com o futuro, com aquilo que não se sabe, com a tensão entre velhice e juventude. O animal que anda sobre quatro pernas, depois sobre duas pernas e por fim sobre três pernas. Tudo deve ser visto sob uma luz não familiar, mesmo que nos custe a vida. Nisso consiste a arte de narrar.

Foi um amigo inesperado, um dos mais queridos e sem dúvida o último da minha vida. No início de 1990, quando me mudei para Cambridge, Massachusetts, onde fui dar um curso sobre "O romance paranoico" em Harvard, Hans pegou uma pneumonia. Tomei o avião na mesma noite e passei duas noites e dois dias com ele. Estava lúcido, certo da sua morte iminente. No mundo atual ninguém mais acredita na ciência, disse da sua cama de hospital, e todos aceitam as superstições e as histórias da televisão, portanto os romances são secundários. Depois começou a delirar. "Eles logo provam que são muitíssimo mais rápidos do que nós e pensam com a leveza e a firmeza da aranha ao tecer sua teia. O professor é a mosca", disse do seu leito de doente, "que abre caminho para o mundo gelado das fórmulas perfeitas." Como um arqueólogo de si mesmo, é o exemplo vivo de que alguma vez foi possível pensar. Tem certeza de que a mesma coisa acontece com os escritores e, como estou aqui para lecionar, ele me toma por um romancista aposentado, e claro que tem razão. Todos somos narradores aposentados. (Seu outro modelo são os grandes pugilistas do passado, meio atordoados pelas velhas lutas, que ensinam seus macetes aos iniciantes. Nisto ele tem razão: sempre pensei que se trata mais de treinar os jovens escritores do que lhes ensinar alguma coisa.)

Estávamos sozinhos, cada um no seu casarão de dois andares entre os bosques gelados, acabamos fazendo amizade. Isto aqui, diz Hans, é como viver numa grande clínica de repouso nos Alpes suíços. Nunca conheci nenhuma, mas imagino como sejam pela leitura de *Tender Is the Night*. (Scott Fitzgerald pagava 2 mil dólares por semana quando Zelda enlouqueceu, como pude ver nos seus papéis pessoais conservados na Firestone Library. Encontrei até mesmo as contas do velho motel de Ohio onde se refugiou em *The Crack-Up*.) Quando a pessoa chega aos noventa anos, já está louca. Tudo é cópia de algo já vivido. A melhor coisa a fazer é atuar deliberadamente e transformar as manias em estilo. As mulheres, por exemplo, se tornam misericordiosas e passam o tempo nos clubes dedicados aos pobres. Pelo menos foi o que fez Ana, minha mulher, até o dia da sua morte. Era russa e tinha visto a revolução e conhecido Trótski, e pensava que só os pobres conheciam a verdade. (Uma teoria fundamentalmente antialemã; eu me apaixonei por uma populista russa que durante toda a vida carregou na bolsa uma cápsula de cianureto para não ser apanhada com vida pela polícia.) Para mim, ao contrário, a verdade é uma qualidade temporal. O único aspecto interessante da velhice é que ela permite compreender a passagem do tempo; depois de certa idade, o futuro deixa de ser um enigma e se transforma numa experiência. Por isso os jovens odeiam os velhos: vivemos naquilo que para eles será o futuro. A velhice tem a estrutura de uma profecia. Diz sobre o futuro algo que ninguém reconhece claramente. Quando alguém cruza o limite de tempo razoável e vive demais, entra numa região de sombras que os antigos associavam aos conhecimentos proibidos.

De volta ao estúdio, ouviu os recados na secretária eletrônica, ligou para a mulher e para alguns amigos e depois preparou um sanduíche de presunto e um chá e se sentou na frente do computador. Tinha transcrito as entradas dos seus diários de 1987 e as organizou e revisou, ia publicá-las numa antologia de prosa autobiográfica editada na Espanha, porque a última moda era aquilo que os jornalistas culturais e os fabricantes de *papers* acadêmicos chamavam de "a escrita do Eu", baseada na conhecida tentação de revelar segredos da própria vida, depois de ajustados ao senso comum geral. A novidade consistia, segundo esses imbecis, em que o autor se tornava a estrela usando o procedimento de chamar o personagem com seu próprio nome. Imediatamente todos aceitavam isso como verdadeiro, já que o nome próprio e a figura do autor eram, pensou enquanto caminhava para sua guarida, a garantia da cultura contemporânea. Por isso ele tinha escolhido um fragmento dos seus diários de 1987 no qual escrevia sobre si mesmo em terceira pessoa e revelava sua paixão secreta — mas que o acompanhara por toda a vida — pela prima — sua priminha —, que ele mencionava com outro nome para não comprometer sua brilhante carreira acadêmica e sentimental. Abriu então o arquivo no computador onde tinha transcrito alguns períodos da sua vida, totalmente baseado na sua própria experiência e no seu próprio diário pessoal, que ele mantinha desde antes que os assim chamados "jornalistas culturais" ou exploradores das profundezas, das baixas esferas da espiral do espírito, começassem a falar em "escritas do Eu". Começou então a ler e a revisar o texto para enviá-lo anexo a um e-mail para seu editor em Barcelona, que criara uma coleção dedicada a ventilar as bobagens da vida doméstica dos domesticados homens de letras das novas — e também das velhas — gerações. Enfim, queria dar uma última lida e, à medida que ia lendo, voltava a recordar, vividamente, os acontecimentos e as palavras ditas naqueles meses de 1987. Ia intitular esse fragmento da sua vida "A prima Érica".

Terça-feira

A Érica diz que o diário é um devocionário idiota, um guia místico; você o escreve, ela diz, "como quem reza". Diz que ele vive a vida como um turista que abre um mapa numa estação desconhecida e tenta se orientar nesse território estrangeiro. Também diz que ele quer fixar o sentido antes de cair na melancolia. É um catálogo do saber microscópico de um náufrago, que se agarra às palavras antes de afundar definitivamente na loucura. Imagina que esses cadernos são um compêndio a partir do qual será possível recomeçar; no futuro, ele poderá combinar as palavras e obter a história completa de uma vida, ou várias histórias possíveis, ou uma mesma vida repetida em diversos registros. Ela compara o diário com um relógio: é uma engrenagem que classifica o vivido (o vívido, diz ele brincando), assim como um relógio classifica o tempo. (Pratica a arte de classificar a experiência.) Samuel Johnson comparou o dicionário com um relógio: serve para dividir o que se sabe, usa formas fixas (as horas, as letras) e com isso evita o fluxo indeciso dos fatos. Um diário é uma máquina de classificar.

Domingo 4

A ideia fixa; não muda. Ponto fixo. Permanecer fixado numa cena. Érica virou o rosto levemente e olhou para ele com um sorriso. Seus peitinhos empinados brilhavam no ar claro, os úmidos pelos loiros do púbis, os quadris suaves e a pele fina: não se surpreendeu (reagiu com a naturalidade de uma mulher experiente), enquanto ele, ao contrário, a amou a partir desse momento até o momento da sua morte. Estava nua, tinha quinze anos, no pátio da casa, numa bacia em forma de trono, e tomava banho com água da chuva. Ele tinha voltado inesperadamente e ao entrar viu seu corpo que nunca mais esqueceu. Estava sentada, com os seios à mostra, e se levantou, surpresa, e girou de leve o rosto para ele, e sorriu como quem, numa festa, convida um estranho a ir aos jardins escuros. Percebeu que essa imagem o afastava de alguém falsamente romântico, de um idiota sentimental, e era assim porque se aproximou para abraçá-la, como ela queria.

Quarta-feira

A Érica agora mora precariamente na sua casa na rua Mansilla, com as malas prontas e os arquivos da sua pesquisa microfilmados, porque aceitou uma proposta da Princeton University para dar aula nos Estados Unidos a partir de setembro. Quer desaparecer na quietude artificial dos novos monastérios medievais, fechar-se para sempre numa biblioteca interminável e perfeita (Firestone Library, Floor C). Imagina que sempre poderá voltar a Buenos Aires, onde tem sua casa e uma amiga que cuida do gato e rega suas plantas. Imagina, a Érica, que manter sua casa pronta para voltar é uma prova de liberdade e de autocontrole. Quer viver duas vidas. Uma possível em Buenos Aires e outra real em Princeton (234 South Stanworth Drive). É o que ela chama ter dois destinos, ser duas pessoas. Na realidade, está fugindo do primo-irmão e procurando um laboratório para pesquisar com calma sua teoria dos ditos.

Quinta-feira

Difração. Forma que a vida adquire ao ser narrada num diário pessoal. Em óptica, fenômeno característico das propriedades ondulatórias da matéria. A primeira referência à difração aparece nos trabalhos de Leonardo da Vinci. Conforme suas observações do Lago dei Fiori sob o sol do meio-dia, a luz, ao entrar na água, espalha-se imprecisa e seu brilho ondula num sistema concêntrico de anéis claros e escuros, até o leito lamacento. Não é uma ilusão de óptica, é um milagre. Os dias se sucedem e se perdem na claridade da infância e o sol ilumina as lembranças de leve.

Segunda-feira

Ela diz que se chama Érica Turner. Estava nua, tinha quinze anos, no pátio da casa, numa bacia que tinha a forma de uma poltrona de espaldar alto, tomava banho com água de chuva (água chovida que na sesta do verão se deixava amornar ao sol). Naquela tarde ele voltou inesperadamente e ao entrar viu o inesquecível corpo nu da sua prima e ficou fixo ali, nenhuma mulher teria então aquela pele nem aquela cruz dourada entre as pernas. Ela estava sentada na água de chuva, com os peitinhos à mostra, mas logo se levantou, surpresa, não levou as mãos aos seios, o corpo molhado, apenas girou de leve o rosto na direção dele e sorriu, como quem num sonho aceita o convite equívoco de um estranho.

Quinta-feira

Uma tarde, anos atrás, avisaram (à Érica) que devia "guardar" uma militante do ERP, escondê-la durante uma semana porque estava sendo procurada intensamente. A moça tinha olhos claros e uma mancha de nascença no lado esquerdo do rosto. Isso facilitava muito sua identificação, era a chefe militar da coluna norte de Santa Fe. A Érica notou que ao falar, quase como um gesto natural, ela tendia a virar para a esquerda e ocultar o perfil manchado. Chegou acompanhada de uma amiga distante da Érica, que era a responsável pela segurança da organização. A garota trazia uma pequena mala de couro e se instalou no quarto dos fundos. Ocupou um dos guarda-roupas, e Érica a viu deixar sua submetralhadora Thompson no maleiro e viu seus seios quando a moça tirou a malha que levava sobre o corpo nu e vestiu uma camisa leve. Fazia calor no quarto porque a calefação ficava ligada o tempo todo. A clandestinidade política sempre a atraíra; viver uma vida secreta, andar pela cidade com uma bomba de plástico num carrinho com uma boneca, como uma jovem mãe que passeia seu bebê. A guerrilheira (digamos que se chamava Elisa) era silenciosa e tranquila, quase não saía do quarto, não abria as janelas, permanecia quieta, iluminada pela luz artificial. Duas vezes se arriscou a dar uma volta pelo bairro, ao entardecer, quando as pessoas voltam do trabalho e as ruas estão mais movimentadas, saiu vestida com as roupas da Érica, talvez porque o disfarce fácil lhe dava a frágil certeza de que não seria reconhecida. Nas esquinas, nas bancas de jornais e nas agências do correio via-se sua foto, com a descrição da mancha de nascença no lado esquerdo do rosto. Durante as duas semanas que viveu com a Érica, ficaram bem íntimas e conversaram por horas a fio, só de política no início, mas depois da vida sentimental e dos projetos pessoais. Ela tivera vários homens, mas não podia estabelecer uma relação porque devia permanecer sempre em movimento, porque não podia pôr em risco a organização com uma relação duradoura. Isso lhe dava um ar ao mesmo tempo cínico e simpático, como um rapazinho que conta suas aventuras e pensa que um dia, no futuro, vai sossegar e formar uma família. Queria ter dois ou três filhos e, por motivos que a

Érica não chegava a entender, tinha certeza de que seus primeiros filhos seriam gêmeos e ruivos. Seu temor secreto era que nascessem com uma mancha no rosto, e imaginava (a Érica imaginou) que, se fossem dois, o risco seria menor ou a mancha, dividida em dois rostos, seria insignificante. Também achava que, se as crianças fossem ruivas, a mancha seria parte da sua expressão ardente. A garota era otimista, pensava que em dois ou três anos o ERP triunfaria; seu irmão e seu pai estavam desaparecidos e sua mãe era uma militante clandestina. Por fim, depois de uma semana, quando o perigo passou, a amiga comum foi buscá-la. A Érica e a garota, emocionadas, se abraçaram e se olharam nos olhos e se beijaram. A guerrilheira se esqueceu da sua mancha e apoiou a face rubra na palma da mão da Érica. A pele era rugosa e suave, como um veludo vermelho. Pela janela, a Érica a olhou sair para a rua e entrar num carro preto com placa de Rosario. Três dias depois, recebeu o telefonema de um homem com forte sotaque avisando que a moça tinha sido morta ao resistir a uma batida no bairro de Clínicas, em Córdoba. Morreu lutando. Num canto do guarda-roupa, a Érica encontrou um lenço branco que a moça tinha deixado, num debrum alguém (talvez ela, talvez a mãe) tinha bordado as iniciais R. L. ao lado de uma diminuta estrela de cinco pontas. A Érica nunca soube como a moça se chamava, mas às vezes voltava a ver seus seios enquanto tirava o blusão pela cabeça. À noite, a Érica fez alguns telefonemas e dali a poucos dias abandonou Buenos Aires e aceitou o cargo de pesquisadora no Institute of Advanced Studies de Princeton. Por muitos anos levou o lenço da moça como uma oferenda à injustiça e à violência irracional que dominava a história do seu país. O lenço macio era uma espécie de bandeira minúscula da moça com a mancha no rosto cujo nome ela nunca soube.

Terça-feira

Todos falam em voz baixa, ninguém chora por ele. Um homem respeitado e temido. A sala de velar está vazia e o morto descansa sobre uma cama, vestido de preto, estendido sobre uma colcha de crochê. Penduraram um retrato de Perón e uma bandeira argentina na parede do fundo. Dizem que ele armava bombas caseiras com relógios redondos, despertadores de tambor, e às vezes, para relaxar em meio à luta clandestina (trancado num quarto anônimo na casa de um companheiro em Villa Urquiza), desmontava relógios de bolso (redondos, com tampa) para construir, com suas ínfimas rodinhas dentadas, máquinas microscópicas (aéreas) que funcionavam eternamente e não serviam para nada. Circuito celeste, fictício, que participa do movimento diurno (*ergo*, invisível) das estrelas. No centro da polia, levemente inclinado, está o eixo que articula as engrenagens que determinam as variantes da repetição. Era relojoeiro de profissão.

Sábado
Uma mulher proibida: não se deve permitir que ela seja de outro, nem sua. Ela dá risada: que seja de quem?, perguntou, que seja o quê? Nada impede, embora ele sofra e ela não. Ficaram frente a frente no pátio, sérios, serenos. Oh, querido, não sofra.

A Érica foi visitá-lo, entusiasmada com suas novas descobertas. *Hay gato encerrado*, a Érica diz (e lê nas suas fichas, no quarto ensolarado): chamavam *gatos* "os sacos de dinheiro feitos de pele [de gato] esfolado inteiro, sem abrir". O rico avarento costumava ser chamado de *atagatos*. E já no Século de Ouro o termo *gato* era definido como "bolsa, algibeira ou surrão". O dito (diz) vem do fato de ser geralmente confeccionado com a pele de um gato esfolado, aberto apenas pelas patas e pela cabeça. Por isso tinha forma de bolsa, onde jogar e juntar moedas. Sua origem, portanto (diz Érica), não é o gato, mas o dinheiro bem guardado e escondido. Vem daí, diz, que atualmente nas cidades as mulheres da rua digam que vão *hacerse un gato*. Mulher-gato: a *call girl* que faz amor por dinheiro com um homem circunstancial, chamada de *gato* porque se esgueira pelos telhados à noite e, por deslocamento, agora elas são (a Érica diz) um *gato*. Sou clara, diz ela, não tenho segredos, faço isso por dinheiro quando me dá vontade (dinheiro expropriado da burguesia para custear meus estudos sobre sua moral).

Estava lá quando o telefone tocou. (Era ela.) Num quarto de hotel, um telefone tocando soa como uma salvação. Demorou a atender, claro. Era ela, que o procurava por vontade própria. Preocupada com a situação do seu primo-irmão, que estava cada vez pior, mais acabado. Teve a impressão de entender que para ela *já não resta nada que ele possa dizer sobre ele*.

―

Passou pela casa de Junior, um apartamento de alto pé-direito, ao lado da confeitaria Del Molino, na avenida Rivadavia, perto do Congresso. Estavam em reunião, e Emilio não entendia bem o objetivo do encontro daquele bando de bandoleiros que sempre andavam com Junior para cima e para baixo, encantados com a capacidade oratória do Inglês, como às vezes também o chamavam seus amigos mais antigos, que o conheciam do tempo em que Junior estudava no colégio Newman e jogava rúgbi no San Isidro Club.

— Oh, Emilio, o vate, nosso Virgílio, enfim apontas teu nariz italiano por estas plagas — disse Junior, e foi apresentando os amigos da vida, como ele os chamava, embora Emilio já os conhecesse de outros eventos cívicos e alcoólicos. — Daqui — disse Junior, abrindo a vidraça e saindo para a sacada do quarto andar, ampla e ensolarada, que dava para o Palácio Legislativo, como o chamava Junior —, daqui — repetiu, erguendo as mãos num gesto pomposo — eu vigio o templo da democracia peronista.

De fato, embaixo se avistava a praça e o Congresso, e também a tenda branca armada pelos professores para protestar contra os cortes no orçamento para a educação decididos arbitrariamente pelo caudilho justicialista de La Rioja que governava o país com grande apoio popular.

Muitos dos amigos de Junior, frequentadores habituais da livraria Premier, resolveram então romper publicamente com o peronismo, por considerá-lo um movimento sem futuro que tinha traído as velhas bandeiras de luta. Portanto, o Inglês e seus sequazes estavam em assembleia permanente, porque pensavam publicar uma carta aberta à nação explicando por que aquelas vinte pessoas — porque não passavam de vinte —, depois de longos anos de luta pela causa de Perón e Eva Perón, haviam tomado a triste — em algumas versões da carta se dizia "a trágica", e em outro rascunho constava "a irrevogável" — decisão de renunciar à sua filiação ao movimento peronista.

— Acho melhor irrevogável — Emilio comentou —, porque assim vocês podem retirar a carta de renúncia irrevogável a qualquer momento.

Ele não levava a sério aquelas tribulações paroquiais da política pública, tinha ido à casa de Junior porque gostava de conversar com ele, sobre a morte da bezerra ("de quem era, afinal, essa bezerra?") e sobre literatura, porque seu amigo era o único com quem podia passar a noite inteira discutindo, por exemplo, sobre a poesia narrativa dos papas do *sencillismo* argentino, mas o tema favorito de Junior nessa época eram a política e as mulheres, e Renzi sentia que tinha perdido seu principal interlocutor.

O apartamento era amplo e estava decorado com uma grande bandeira argentina que tomava uma parede inteira e que os companheiros (de Junior) olhavam com admiração e respeito, como se ali tivesse se constituído a própria pátria, e naquela tarde a sala estava abarrotada de homens e mulheres jovens que falavam alto, todos ao mesmo tempo, e fumavam e tomavam cerveja e de quando em quando iam cheirar umas carreiras de cocaína estendidas sobre o vidro de uma mesa de centro, com uma fulana vestida de preto postada ao lado para controlar os papelotes. Emilio não entrou na roda porque logo em seguida ia dar aula e achava impróprio lecionar para os jovens drogado, por mais que naquele tempo a droga circulasse por toda parte, como um efeito da conversão do peronismo num organismo destinado a liquidar o país (com o apoio das grandes maiorias populares). Quando os peronistas deixam de acreditar e de participar do *sentimento* nacional popular, viram uns fissurados, viciados em qualquer merda, pensou Renzi, só para manter a cabeça ocupada. Renzi sabia disso por experiência própria, de quando o pai, desencantado do peronismo e de tudo aquilo que amava, deu um tiro na cabeça, mergulhando Emilio na perplexidade e numa dor tão profunda que a ferida levou quase dez anos para fechar, embora a relação entre os dois fosse em geral hostil e muito difícil, mas isso, evidentemente — nas palavras de Julia —, era uma prova do seu amor por ele. Os motivos íntimos, pensou Renzi aquela tarde no apartamento de Junior, servem para explicar qualquer estado do mundo e seu oposto. Emilio narrou o suicídio do pai num conto (autobiográfico!) que acabava exatamente na noite da sua morte, mas o pesar continuou por vários anos, a melancolia não veio logo em seguida, surgiu de repente alguns meses depois, e então Emilio via o pai vindo até ele pela calçada de uma alameda, mancando, e essa imagem o fazia chorar. Entrou numa crise brutal, por algum tempo se agarrou à coca para se manter à tona, passou meses cheirando até que um dia acordou com o rosto todo dolorido e quando se olhou no espelho não viu nada, estava tudo embaçado, e no pronto-socorro do Hospital das Clínicas lhe disseram que devia largar o álcool e as drogas porque estava com a pressão altíssima e tinha se salvado por milagre de um ataque cerebral. Tinha se salvado? O ceticismo e a falta de esperança mataram seu pai. E agora ele via a droga circulando como um efeito do fim da política. Em todo caso, naqueles anos, por toda a parte reinavam a cocaína, a hiperatividade e o cinismo. Viu Junior inclinar-se sobre a mesa e aspirar o pó de estrelas com o corpo azul de uma esferográfica sem carga.

— Antes você usava a caneta para coisas melhores — disse Renzi, e o Inglês sorriu, resignado.

— Você conhece El Tuerto? — perguntou, apontando para um homem envelhecido e caolho, com um tapa-olho do lado esquerdo que lhe dava aparência de bucaneiro. Tinha perdido um olho na tortura e era um legendário quadro político da resistência peronista. Falava muito baixo, num sussurro incompreensível, mas é tão querido, explicou Junior, que alguns companheiros conseguem entender e traduzir o que ele diz.

— É preciso ficar firme nestes tempos sombrios — disse o homem, como se falasse sozinho ou estivesse sonhando. O companheiro disse que é preciso ir avante, a toda vela, sem claudicar e seguir a linha política apontada por Chacho e apoiando o grupo dos vinte legisladores dissidentes, traduziu um loiro de óculos escuros.

O caolho sacudia a cabeça fazendo que não, que não era isso que ele tinha dito, mas ninguém prestava atenção nele. O peronismo é assim, pensou Renzi, alguém solta duas frases e todo mundo entende o que acha melhor e sai repetindo como palavra sagrada. Aconteceu quando Perón estava no exílio, cada um escutava suas palavras sentenciosas e ocas e as traduzia nas diretrizes políticas que convinham à sua facção.

A conversa continuou, muito intensa e confusa, todos escutando atentamente o que o convidado daquela tarde, o caolho, dizia e depois voltando a discutir a questão que os preocupava: a renúncia à identidade peronista. Martelavam o assunto: havia no movimento antecedentes de uma decisão moral desse calibre?, diziam, enquanto o caolho repetia em voz baixa seus lemas de luta. "O peronismo verdadeiro não é o peronismo do entreguista que usurpa o poder." A essa altura ninguém o traduzia, e a única pessoa que o escutava com atenção, inclinando-se perto dele com uma mão na orelha, era Renzi, que balançava a cabeça em sinal de assentimento, pois tinha pena de ver aquele velho militante, herói de tantas batalhas, falando sozinho.

É mais fácil a pessoa virar peronista do que deixar de ser, pensava Renzi enquanto escutava, compassivo, o monólogo inaudível do velho caolho. Emilio assistira com espanto à entrada instantânea e eufórica no peronismo de pessoas que o combateram a vida inteira, mas que, de um dia para o outro, estavam dispostas a dar a vida por Perón. Gente madura e politicamente experiente, muitos ex-membros do Partido Comunista, poetas, jornalistas, atrizes, professoras, tinham virado peronistas e depois, agora, tentavam virar a casaca, como diz o outro. Seu pai e o caolho que falava aos sussurros eram peronistas de 45, restavam poucos, e ninguém queria saber deles.

Renzi conseguiu se isolar com Junior na cozinha, aproveitando que seu amigo tinha se afastado do grupo para beliscar umas azeitonas verdes que guardava na geladeira.

— Como vai a vida, maninho? O que você tem feito? Me disseram no jornal que anda escrevendo para o cinema e dando aula na universidade. As duas atividades mais mortíferas para um escritor.

— Escuta, Junior — disse Renzi sem registrar as palavras do amigo. — Não consigo tirar da cabeça a questão do meu primo Horacio, você sabe que ele me procurou e eu não fiz nada para ajudar. Deixei que ele fosse embora sem nem lhe jogar uma corda. — Junior o escutava com expressão séria enquanto enfiava uma azeitona na boca e em seguida se virava para cuspir o caroço na pia da cozinha. — Estava no fundo do poço.

— Por que você não tira uns dias e vai para o Tigre, sossegado? Eu te dou as chaves da minha casa, e você fica lá como um rei.

— Ele foi até a chácara, sozinho, de carro, para falar comigo…, a mulher, você conhece, a Sofía. Pegou as coisas dela e foi embora.

— Com outra — interrompeu Junior —, eu sei, o Horacio também me procurou uma tarde no jornal e disse que queria fazer uma viagem e me perguntou se eu não tinha um amigo de confiança no Rio de Janeiro, achei esquisito…

— Ele te procurou? — Fez uma pausa. — No jornal? Por que você não me contou?

— Eu contei, sim, meu querido, mas já era tarde. E por que você anda com isso na cabeça agora?

— Porque mexendo nas anotações dos meus cadernos daquela época, quando ele ainda não tinha me procurado, achei no meio o registro de um telefonema muito estranho do Horacio, uma semana antes.

— E agora você vai se preocupar com isso? Quantos anos se passaram? Para de escarafunchar nesses cadernos, quem manda você anotar as baboseiras da vida?

— Quer dizer, então, que ele te procurou. E o que foi que ele te falou?

— Nada, queria ir pescar comigo em Mar Chiquita, mas eu não fui, e ele foi sozinho.

— Isso foi antes ou depois de a mulher o abandonar?

— Acho que foi antes, não me lembro da data, não fico anotando tudo o que eu vivo feito um amnésico.

Renzi ficou pensando, e Junior pôs uma mão no seu ombro.

— Já te contei que uma noite o Pelusa me disse que um russo ensinou para eles lá no ERP um método para esquecer o que quisessem, e assim não ter como entregar ninguém se caíssem e fossem torturados.

— Pelo visto, esqueceram do método, porque os militares desmantelaram a organização em três meses.

— Era um cara dos serviços soviéticos, e a técnica era infalível. A tecnologia do esquecimento.

— Já deu, Emilio. A gente se vê amanhã, se você quiser; agora preciso voltar para a assembleia. E vê se esquece essas ideias.

— Justamente, não consigo, eu me lembro de tudo.

— E o que não lembra escreve nos cadernos. Você é um caso perdido. Vamos embora, anda.

E os dois saíram da cozinha e voltaram para a sala onde a discussão continuava, intensa, no mesmo ponto em que a deixaram. É possível deixar de ser peronista ou se trata de uma identidade irrenunciável?

É preciso esquecer, pensou Renzi, essa é a saída, disse a si mesmo enquanto se encaminhava para a porta tentando não perturbar os oradores.

O esquecimento. É um dos grandes temas da literatura, disse Renzi ao começar sua aula. Ser esquecido, a tragédia do amante abandonado que sabe que se perdeu na memória da pessoa amada. E ainda a impossibilidade de esquecer, outro grande tema, as lembranças como castigo, o remorso.

Gostaria de desdobrar essa questão em três fatos linguísticos que talvez nos permitam avançar um pouco. Comecemos com a distinção entre enigma, mistério e segredo, três formas em que a informação é habitualmente decodificada no interior das narrativas.

O enigma seria, como sabemos, até por sua etimologia,* a existência de um elemento — pode ser um texto, uma situação — que encerra um sentido que não é entendido, mas que pode ser decifrado. *Enigma*, etimologicamente, quer dizer "dar a entender".

O mistério, por seu lado, seria um elemento que não é entendido porque não tem explicação, ou que pelo menos não a tem dentro da lógica da razão ou do conceito de realidade que está dado e dentro da qual nos movemos.

Quanto ao segredo, também se trata de um vazio de significado, um esquecimento, algo que se quer saber e não se sabe, assim como o enigma e o mistério, mas neste caso é um conhecimento que alguém possui e não expõe. Quer dizer, o segredo é um sentido subtraído por alguém. O texto, portanto, gira no vazio disso que não é dito; dentro da série a que me refiro, tem a particularidade de nos remeter a algo que está guardado — e aqui também é pertinente a etimologia da palavra *segredo* —,** e assim gera imediatamente uma série bem conhecida, assimilando-se à intriga, com as diferentes versões em circulação de uma mesma história: quem sabe o quê, quem não sabe…

Dentro dessa série, queria retomar a noção de esquecimento, de olvido. Tem-se algo que é esquecido porque é indecifrável, ou porque é incompreensível, ou porque alguém o apagou. Mas a questão, para nós, é se o esquecimento pode ser deliberado e que tipo de estratégia seria essa, o que provoca ou produz um esquecimento, ou seja, que algo seja esquecido, que caia no olvido.

Na sala de aula do segundo andar se amontoavam cerca de trezentos alunos, que ocupavam os bancos mas também se sentavam no chão, no corredor, muitos tomavam notas e fumavam e outros apontavam seu gravador para o estrado onde Emilio falava e de vez em quando se virava para anotar palavras na lousa e depois, com o giz ainda na mão, descia e caminhava de um lado para outro da sala, seguindo uma linha horizontal aproveitando a faixa livre entre o estrado e a primeira fileira de carteiras.

---

* Enigma. Lat. *aenigma*. Do gr. *áinigma, -atos*. Frase equívoca ou obscura, derivado de *ainíssomai*, "dar a entender".   ** Segredo. Lat. *secretum*, "separado, isolado, remoto", particípio de *secernere*, "separar, isolar", derivado de *cernere*, "cernir, peneirar, distinguir".

A palavra *olvido* é constituída de radicais latinos. Seus componentes lexicais são o prefixo *ob* (sobre) e *levis* (leve). O verbo *olvidar* vem do latim *oblitare*, derivado de *oblitus*, particípio do verbo *oblivisci* (esquecer), formado de *ob* (contra, diante, oposição) e *livisci*, do radical indo-europeu *lei* (viscoso, liso), que deu *lima*, instrumento para limar, e *linimento*. A ideia original era o deslizar da memória, o resvalar para o esquecimento.

Vejamos agora as palavras gregas, e escreveu na lousa, com as vagas lembranças que tinha do curso de Grego III, do seu tempo da faculdade, αλήθεια (*aletheia* = verdade) e λήθη (*líthi* = esquecimento). O significado da palavra αλήθεια, em grego, remete ao estado em que as coisas não se encontram no olvido, quer dizer, que são conhecidas e patentes, portanto são essencialmente verdadeiras. Além disso, a palavra grega λάθος (*láthos* = erro) está ligada às palavras αλήθεια e λήθη, disse enquanto as escrevia na lousa, pois todas elas têm raiz no verbo λανθάνω (*lanthano* = algo fugir da atenção de alguém, estar latente, não ser manifesto).

Com efeito, quando algo escapa da nossa perspectiva, percepção ou atenção, costumamos cair em erros. Seguindo essa mesma linha de pensamento, a *memória* (μνήμη/*mními*, em grego) é uma ferramenta muito importante para defender a verdade, para nos defendermos a nós mesmos, eu diria, disse Renzi. Na tradição grega, portanto, o esquecimento é antagônico à verdade e não mais à memória, isto é, pode ser assimilado à construção de um mundo ilusório e frágil. Não se trata da doxa nem do erro, e sim, mais precisamente, de uma classe vazia de entes que se inclui numa categoria de objetos ao mesmo tempo ausentes e latentes. Vocês devem se lembrar que no seminário definimos a ficção como uma forma particular de enunciação, estabelecida, como eu disse, do seguinte modo: "Quem conta não existe". Aquele que fala e relata numa narrativa não existe, essa é a verdade da ficção; mesmo quando aquilo que se expõe na narrativa é real e pode ser verificado, a ficção não depende do conteúdo verdadeiro ou falso daquilo que se conta, mas da posição de quem enuncia, que definimos como sujeito esquecido.

De vez em quando a porta se abria e entravam outros estudantes atrasados, que procuravam um lugar sem que Renzi desse a menor importância à interrupção. Esquecer, disse, é uma ação, em princípio, involuntária, que consiste em deixar de guardar na memória a informação adquirida.

Muitas vezes o esquecimento é produzido pela "aprendizagem interferente", ou seja, a aprendizagem que substitui uma lembrança não consolidada na memória e a faz, digamos assim, "desaparecer" da consciência. É bom lembrar que nos lembramos de que esquecemos algo, portanto sabemos que tínhamos um conhecimento que já não se encontra, ou seja, somos conscientes de que antes o possuíamos. Portanto, as lembranças esquecidas não desaparecem, mas são sepultadas em algum lugar. Chamaremos esse fosso de *arquivo amnésico*, quer dizer, o local, lugar ou espaço onde se acumulam os rostos, as palavras, os fatos, as pessoas que esquecemos. É uma espécie de limbo onde as lembranças perdidas perduram invisíveis. No campo argentino, no deserto, mais além da fronteira, em *terra alheia*, como diz Martín Fierro, as lembranças esquecidas se manifestam e se dão a ver como um brilho, como fogos-fátuos, as *luces malas*, como são chamadas nos nossos pampas.

Martín Fierro canta para não esquecer, e Facundo, segundo Sarmiento, tem uma memória prodigiosa, lembra-se do nome de todos os seus soldados. Rosas consegue saber em que parte da província se encontra pelo gosto do capim. Há algo de bárbaro na memória excessiva. O Funes de Borges é um homem primitivo, e já Platão opôs a letra à memória. No entanto, num dos grandes relatos da literatura argentina, Martínez Estrada conta a história de um homem que recorda um livro inteiro que se perdeu, e sobre a base da sua memória fotográfica escreve o prefácio da obra ausente. Em *Os adeuses*, de Onetti, o narrador "esquece" umas cartas que reaparecem no final da história e são decisivas para decifrar o enigma da narrativa, e que, ao serem lembradas fora de lugar, possibilitam outra verdade. Gostaria que vocês registrassem os momentos de esquecimento narrados nos textos de ficção de Onetti, de Felisberto Hernández e de Rulfo, onde aparece narrada a ação de esquecer ou de perder a memória de um fato.

Para nós, a forma novela se estrutura sobre a narração de um esquecimento que se torna o centro da trama. Por quê? Porque, se fosse lembrado, seria o caso de escrever um romance. A concentração da forma novela se baseia no esquecimento. Mas não em qualquer esquecimento, e sim num vazio que se dá e que circula no marco da história, ou seja, entre aqueles que contam a história. São eles que não conseguem recordar algo — um rosto, um endereço, um nome — e por isso narram. A narração é tecida com o fio do esquecimento. Exemplos: *Coração das trevas*, de Conrad, ou *Bartleby*, de Melville, e os grandes romances curtos de Kafka.

Na mitologia grega, Lete (Λήθη), literalmente "esquecimento", ou também *Leteo* (do latim *Lethæus*), era um dos rios do Hades. Beber das suas águas provocava um esquecimento completo. Alguns gregos antigos acreditavam que as almas eram levadas a beber desse rio antes de reencarnar, para não recordarem a vida passada. E há um pouco disso em *Pedro Páramo*, de Rulfo, nos fantasmas dos contos de Cortázar e em *Sombras suele vestir*, de José Bianco.

Lete também era uma náiade, filha de Éris ("Discórdia" na *Teogonia* de Hesíodo), embora provavelmente fosse uma personificação separada do esquecimento, mais do que uma referência ao rio que leva seu nome. Algumas religiões mistéricas privadas ensinavam a existência de outro rio, o Mnemosine, cujas águas, ao ser bebidas, faziam a pessoa recordar tudo e alcançar a onisciência. Ensinava-se aos iniciados que lhes seria dado escolher de que rio beber depois da morte e que eles deviam sempre beber do Mnemosine, e não do Lete. Esses dois rios aparecem em vários versos gravados em placas de ouro a partir do século IV a.C., achadas na região de Thurium, no sul da Itália, e em todo o mundo grego. O mito de Er, no final da *República* de Platão, conta que os mortos chegam à "planície do Lete", que é atravessada pelo rio Ameles ("descuidado"). Havia dois rios, portanto, chamados Lete e Mnemosine, no altar de Trofônio, na Beócia, dos quais os adoradores bebiam antes de fazer consultas oraculares ao deus. Entre os autores antigos dizia-se que o pequeno rio Limia, perto de Ginço de Limia (Ourense), tinha as mesmas propriedades de apagar a memória que o mítico Lete. Em 138 a.C., o general romano Décimo Júnio Bruto Galaico resolveu desfazer a lenda, que dificultava as campanhas militares na região. Consta que ele cruzou o Limia e em seguida chamou seus soldados na outra margem, um por um, pelo nome. Estes, assombrados com o fato de o general recordar seus nomes, também atravessaram o rio sem medo, acabando assim com sua fama de perigoso.

Na *Divina comédia*, a corrente do Lete flui para o centro da Terra a partir da superfície, mas sua nascente está situada no Paraíso Terrestre, localizado no topo da montanha do Purgatório. E em seguida Renzi, de memória e em tom elegíaco no seu italiano perfeito e com seu pedantismo habitual, citou os versos em que aparece a primeira menção ao rio milagroso:

E io ancor: "Maestro, ove si trova
Flegetonta e Letè? ché de l'un taci,
e l'altro di' che si fa d'esta piova".

"In tutte tue question certo mi piaci",
rispuose; "ma 'l bollor de l'acqua rossa
dovea ben solver l'una che tu faci.

Letè vedrai, ma fuor di questa fossa,
là dove vanno l'anime a lavarsi
quando la colpa pentuta è rimossa."

Poi disse: "Omai è tempo da scostarsi
dal bosco; fa che di retro a me vegne:
li margini fan via, che non son arsi,

e sopra loro ogne vapor si spegne".

Numa peça de teatro perdida e sem o nome de Eurídice, da qual sobreviveram apenas sete fragmentos citados por Heródoto, todas as sombras devem beber do Lete e transformar-se em algo semelhante a pedras, falando na sua linguagem inaudível e esquecendo tudo que é do mundo. Do mesmo modo, em *Hamlet*, de William Shakespeare, menciona-se o rio Lete, e é o espectro do pai que recorda o rio do esquecimento. Então, novamente de memória (tinha decorado os versos na noite anterior, repetindo-os diante do espelho), citou no seu inglês elisabetano aprendido com Miss Jackson:
    Ghost, disse, com voz de além-túmulo, e esclareceu, mudando a voz: quem fala é o espectro do pai.

I find thee apt;
And duller shouldst thou be than the fat weed
That roots itself in ease on Lethe wharf,
Wouldst thou not stir in this. Now, Hamlet, hear:
'Tis given out that, sleeping in my orchard,

A serpent stung me; so the whole ear of Denmark
Is by a forged process of my death
Rankly abused: but know, thou noble youth,
The serpent that did sting thy father's life
Now wears his crown.

Há uma referência às águas do rio Lete no poema número LXXVII, "Spleen", de *As flores do mal*, de Charles Baudelaire. E com seu francês mal falado, segurando uma fotocópia do parágrafo, recitou os versos com ar misterioso:

Le savant qui lui fait de l'or n'a jamais pu
De son être extirper l'élément corrompu,
Et dans ses bains de sang qui des Romains nous viennent,
Et dont sur leurs vieux jours les puissants se souviennent,
Il n'a su réchauffer son cadavre hébété
Où coule au lieu de sang l'eau verte du Léthé.

Por outro lado, acrescentou, lendo suas anotações, também na "Ode à melancolia", de John Keats, são citadas as águas do esquecimento, e repetiu os versos inesquecíveis no seu inglês aprendido na infância:

No, no, go not to Lethe, neither twist
Wolf's-bane, tight-rooted, for its poisonous wine;

O venenoso vinho, traduziu com ironia; Borges gostava dessa figura, basta recordar seu poema "Ao vinho", onde também faz alusão ao esquecido rio, e depois de uma pausa um tanto teatral recitou dois versos do poema com a cansada entonação borgiana:

Que otros en tu Leteo beban un triste olvido;
yo busco en ti las fiestas del fervor compartido.

Depois de iluminar essas referências e mais algumas, pediu aos estudantes que procurassem o contexto dos versos citados, quer dizer, que lessem os poemas completos. Assim, Renzi deu a aula por terminada e pediu aos estudantes que, para a próxima, escrevessem um resumo de vinte linhas do argumento da novela de Onetti *Tão triste como ela*. Por favor, disse, enquanto se retirava, escrevam à máquina, quero dizer, no computador, com espaço duplo, sem rasuras, tentando ser claros e não interpretar a história, mas voltar a narrá-la. Eu vou analisar o que vocês esqueceram da trama ao recontá-la. Até a próxima, disse, e desceu do estrado, sendo imediatamente rodeado por um grupo de estudantes que falavam todos ao mesmo tempo.

———

Renzi ia descendo as escadas da faculdade, rodeado de um enxame de estudantes que falavam com ele, faziam perguntas e consultas, propunham temas para o trabalho final ou tentavam lhe entregar contos, livros de poemas, capítulos de romances para que ele lesse, eram inteligentes, rápidos, simpáticos, eram atrevidos e combativos os estudantes de Letras da UBA, que o seguiam na saída de sua aula, por entre cartazes, bandeiras, palavras de ordem escritas nas paredes com diferentes posições políticas de esquerda, postuladas pelos agrupamentos e movimentos combativos. O nome de alguns grupos chamava sua atenção, como La Walsh ou La Mariátegui, que pareciam resgatar identidades de travestis, imaginou um que se chamaria "La chica Che Guevara", e, quando ele fez a piada, nenhum dos ativistas disse nada, mas o olharam com certa reprovação. A propaganda saturava o lugar, e Renzi se embrenhava com seus alunos por uma selva de palavras e de anúncios, uma floresta decorada com pichações, fotos, bandeiras, todas muito críticas e muito eufóricas, anunciando marchas, passeatas, atos, bloqueios de ruas, greves e mobilizações. Também os degraus exibiam a intervenção de frases escritas com spray preto, e assim, enquanto ele descia, podia ler uma convocatória fragmentada anunciando o repúdio ao decano da casa. Como num filme, sobrepuseram-se em Emilio as imagens da faculdade no seu tempo de estudante, recordou as assembleias, as greves e as marchas e viu os cartazes e as pichações na sua memória, como fotos fixas da sua juventude. Era tudo igual, salvo por certa fúria discursiva que agora transformava os dizeres em ordens, contraordens, imperativos categóricos destinados a despertar a massa estudantil do sonho ideológico. Recordou seus anos de estudante, que eram na memória — e tinham sido na realidade — incandescentes, inesquecíveis, imbatíveis e sobretudo serenos, quando comparados com o ativismo atual, marcado pelo ceticismo e pela lembrança do terror da repressão da ditadura militar. O socialismo agora era um fantasma, mais morto do que nunca, e as reivindicações e lutas eram, acima de tudo, críticas negativas e selvagens à situação política.

***

Quando chegou ao saguão, o panorama era o mesmo, mas agora com o acréscimo das mesas onde eram vendidos livros de Trótski, de John William Cooke, de Jauretche e de Karl Marx, também havia pelo chão estudantes vendendo bugigangas e artesanato, além de CDs e porções de comida caseira. Atravessou o mercado de compra e venda de ilusões políticas e saiu para a rua acompanhado por sua equipe de trabalho, os estudantes que formavam um grupo de pesquisa — do UBACYT —,* coordenado por Renzi, chamado Coletivo 12, porque eram doze pessoas, porque ele gostava do conceito de coletivos de trabalho e também porque as garotas — que eram maioria absoluta, dez mulheres e apenas dois rapazes — pegavam o ônibus [*colectivo*] 12 para ir ao seu estúdio na rua Marcelo T. de Alvear, onde se reuniam com ele uma vez por semana para discutir, debater e explorar as possibilidades do tema "Forma e função do esquecimento na tradição cultural". Trabalhavam sobre os rastros, documentos e monumentos suprimidos, rasurados, negados na história da cultura, aquilo que decidiram chamar "lembrança do que se esqueceu". Levavam em conta, por exemplo, os rolos carbonizados de Herculano, uma biblioteca que tinha sido queimada pela erupção do Vesúvio no ano 79 da nossa era, a única biblioteca que se conservava intacta mas calcinada, e também o incêndio deliberado do arquivo histórico da província da Santa Fe, que foi queimado pelos soldados do exército unitário, comandado pelo general Juan Lavalle, depois de derrotar o caudilho Estanislao López e ocupar a cidade; usaram os papéis, documentos e registros da memória da província para acender os fogareiros onde esquentavam a água para o mate. Era nisso que estavam trabalhando, preparando um dicionário do esquecimento, ou seja, em vez de entregar *papers*, iam escrever, juntos, os verbetes de um catálogo *raisonné* daquilo que se perdeu no passado, que foi queimado ou destruído. Também o chamavam "dicionário da antimemória".

Saíram do prédio e caminharam pela rua Puán até a Pedro Goyena e se instalaram no bar Sócrates, juntando duas mesas para que coubessem os doze (os treze, contando Renzi) confabulados que integravam o complô amnésico, como o chamava Emilio, ou na realidade, como apontou uma

---

* Programa de Ciencia y Técnica de la Universidad de Buenos Aires. [N. T.]

das moças, antiamnésico. A reunião era confusa, todos falavam ao mesmo tempo, conversavam entre si, sem seguir nenhum roteiro nem se importar com o tema do dia, que era a preparação de uma exposição pública em Rosario, apresentando o estado atual do trabalho em equipe. Havia também, como sempre, alguns penetras, dois estudantes de filosofia tinham se sentado à mesa e logo iniciaram uma palestra em dupla sobre a escrita e o esquecimento em Platão. A escrita era um apagamento da memória, disse um deles, de jaqueta de couro. O esquecimento está na origem da literatura escrita, assegurou o outro jovem, que tinha brincos nas orelhas e grandes olheiras nos olhos. Mas ninguém lhes deu atenção; quem atraiu o interesse da mesa, ao contrário, foi um homem mais velho, vestido com muita elegância, de terno com colete, que ninguém conhecia mas que soube encaminhar a conversa para a prática estalinista de apagar a figura de Trótski das fotos em que ele aparecia ao lado de Lênin em atos e reuniões, e também de fazê-lo desaparecer da história da Revolução Russa, apesar do seu papel como fundador do Exército Vermelho. Era um trotskista, portanto apresentava grandes hipóteses sem muito fundamento, embora — como apontou Renzi — tivesse razão. A pesquisa sobre o material fotográfico teria que ser um campo de trabalho nos próximos meses, por exemplo, disse, vasculhar as fotos dos jantares e banquetes de escritores argentinos ao longo do século XX para ver quem estava presente e quem não aparecia ou deixava de aparecer. A conversa se generalizou, tinham pedido sanduíches de *miga* e cerveja e o clima era relaxado. Renzi estava exausto, como sempre depois de dar aula, tinha a cabeça vazia, em branco, e foi se afastando mentalmente do lugar; disperso, um pouco abatido, escutava o burburinho da conversa, mas sem um ponto fixo.

Logo teria que atravessar a cidade para voltar, já se via no táxi — ele vivia nos táxis —, às vezes calculava quanto tempo tinha perdido, o tempo perdido e nunca recuperado, nos cruzamentos esperando o sinal abrir. Calculou um minuto de espera no sinal fechado, em frente ao farol vermelho, digamos, cinquenta segundos, ao longo de um dia podia passar uns quinhentos (seriam tantos assim?) semáforos, à razão de um minuto cada um, quantas horas dava?, quantos minutos? Não conseguia fazer as contas, ia puxar o assunto com algum taxista, para ver se eles faziam esse cálculo, um taxista, pensou, deve passar, em média, duas horas por dia parado nos cruzamentos, por isso os taxistas viviam envenenados e eram todos meio nazistas, eram simpáticos e engraçados, mas muito direitistas, e isso era, deduziu Renzi, por causa do tempo que passavam parados em frente a um farol vermelho, eu mesmo viraria um indignado populista conservador se tivesse que ficar esperando tanto tempo no sinal fechado, a primeira coisa que a gente então se pergunta é quem controla os semáforos, e daí para o ceticismo antipolítico é apenas um passo.

Distraiu-se por algum tempo pensando na dicotomia memória/esquecimento e suas consequências na história argentina. Por exemplo, pensava, o esquecimento era condenado pela esquerda e defendido pela direita, mas a questão era o esquecimento *involuntário*. Era sempre involuntário o esquecimento? Quanto à oposição memória/esquecimento, talvez se pudesse acrescentar um termo-síntese... Pensava nisso quando notou que estavam falando com ele.

— O que o senhor acha, professor? — perguntava um desconhecido de barba, sentado na frente dele na mesa do Sócrates.

— Sintetize melhor sua hipótese — disse, usando uma frase que sempre o tirava do aperto quando estava distraído ou não sabia de onde vinham as perguntas inesperadas.

— As oposições binárias nos incomodam — disse o rapaz.

— Por quê? — perguntou Renzi. — As oposições binárias são boas, eu não acredito nessa moda atual que oferece tantas alternativas que as convicções se diluem numa geleia liberal onde todos os termos e categorias têm o mesmo valor; nós pensamos a partir de opostos, os opostos são juízos sintéticos a priori, têm redes múltiplas no seu interior.

— O binarismo não me convence — insistiu o rapaz —, é maniqueísta.

— Mas nós somos maniqueístas. No dicionário de Corominas, procure a raiz etimológica de *maniqueo* e verá que Mani, o profeta persa, era bem simpático.

— Por outro lado — interveio Celia Gutiérrez, uma das integrantes do Coletivo —, o professor Renzi incorporou...

— Sim — interrompeu Renzi —, a noção de saudade para abrir a dicotomia memória/esquecimento. Que tipo de lembrança ou de evocação a saudade pressupõe? Deve-se pensar nisso. A saudade pressupõe uma versão positiva do passado, nem tudo são ruínas ou tragédias e derrotas, a memória conserva e entesoura momentos esplêndidos, no meio da luta e dos conflitos há eventos felizes que gostaríamos de reviver. A saudade está na ordem da épica.

Continuou falando mais um pouco, mas já havia perdido o interesse, e pediu a Mónica que, por favor, pagasse a conta com a verba de pesquisa. Para que vocês acham que serve o dinheiro que recebemos da universidade? Não é só para tirar xerox e comprar livros, mas também para celebrarmos um ágape de vez em quando, ou o nome deste lugar não é Sócrates? Então, uma vez por semana realizamos um pequeno banquete; frugal, comparado com o tanto que os filósofos gregos comiam e bebiam para aguçar a lucidez. Nós somos austeros, em comparação. Isso sim, Patricia, não esquece de pedir a nota e guardar com a documentação para a universidade. Levantou-se e depois de um cumprimento rápido e geral saiu para a rua e parou um táxi que vinha livre pela Pedro Goyena, sentido centro.

———

Na avenida Santa Fe, pediu para o taxista parar em frente ao cine Atlas, na altura da Ayacucho, bem na esquina do seu estúdio, mas preferiu não ir lá deixar suas coisas e entrou no cinema e se sentou para assistir a *Pulp Fiction*, de Tarantino, que tinha estreado na semana anterior, e seus amigos mais jovens estavam maravilhados com a descoberta de uma *peli*, como diziam, feita por um cinéfilo que renovava a sétima arte. Só os filmes permitiam a Renzi parar de pensar nas aulas ou nas conferências que acabava de dar e sempre o deixavam elétrico, sem conseguir parar de pensar, ideias soltas, reflexões insistentes, coisas que poderia ter dito e não disse — por esquecimento? Dava suas aulas com algumas anotações e referências escritas numa folha de papel branco tamanho carta, um quadro sinóptico dos temas que pensava expor, mas nunca conseguia consultar nada, geralmente improvisava procurando manter o interesse do público, sem baixar os olhos para as anotações, pois logo se desconcentrava, por isso as aulas o deixavam paralisado ao sair e não conseguia parar de ruminar os mesmos assuntos, a não ser que entrasse na aura escura do cinema, que o transportava a outra dimensão, *o cinema é o divã do pobre*, quem foi mesmo que disse isso? Sartre? Não era Sartre, o nome do filósofo francês lhe escapava, fugia...

Gostava do título, remetia às revistas baratas, feitas com polpa de papel, principalmente *Black Mask*, onde Hammett, Chandler, Goodis publicaram suas histórias; recordou, enquanto na tela iam passando os comerciais e o trailer do próximo filme, o "Capitão" Joseph T. Shaw, que estava à frente daquela *pulp magazine* e que, sem nunca escrever uma linha, foi o verdadeiro criador do gênero policial *hard-boiled*. As luzes da sala se acenderam e em seguida se apagaram, criando a expectativa do escuro ritual imaginário que iria começar, e Renzi se pegou vendo a frase que estava pensando, como se estivesse escrita diante dos seus olhos: "E é isso, sem dúvida, que Hammett reconheceu ao dedicar a Shaw seu primeiro romance, *Seara vermelha*".

O filme não tinha muito a ver com a história do gênero, não era um remake no estilo de *Chinatown*, entrava mais numa nova série, o neo-noir ou *néo--polar*, não era o caso de enquadrá-lo no gênero, pensava Renzi com o lado esquerdo do cérebro, enquanto com o direito se envolvia no filme e sentia a violência da ação com emoções variadas. Surpresa, satisfação, serenidade e também seriedade. Os diálogos, por exemplo, eram muito bons, pensaria depois, ao sair do cinema, conversando com Carola, sua mulher, com quem se encontraria no Babieca, na esquina da Riobamba, ela não assistia a filmes da moda, muito menos histórias fabricadas por Hollywood para produzir efeitos universais num público que tinha a idade mental, emocional e sexual, ela diria mais tarde, comentando o filme durante o jantar, de doze ou catorze anos, para o qual o cinema americano passou a ser feito a partir do momento em que a televisão, e agora a internet e os celulares, roubavam o público dos filmes, sem falar nos megashows de rock e seus efeitos luminosos, com fogos, explosões e bonequinhos fantasiados de músicos contraculturais. Ela sorriria, imbatível e linda, tomando bitter com Coca-Cola no bar onde ficaram de se encontrar quando Emilio saísse do cinema. "Por princípio, não assisto a nenhum filme que não seja proibido para menores de dezoito anos. Logo vão proibir para menores de 22 os filmes de Godard, Cassavettes, Tarkovski e Antonioni." Era verdade, concordaria Emilio, que no cinema, nas retrospectivas de Ozu ou Bergman, costumavam se encontrar no saguão do San Martín com veteranos como eles, velhos amigos, gente mais velha que pertencia a uma cultura esquecida.

Mas Emilio estava envolvido com o filme, até agora o que ele tinha de melhor era o manejo dos diálogos, que quase lhe escapavam, embora os seguisse perfeitamente em inglês sem olhar as legendas, que não chegava a ler porque as conversas fluíam, no filme de Tarantino, tão rápido, com tanta graça, e eram tão criativas e brilhantes que até agora, aos vinte minutos do filme, eram o que mais o impressionava. Não se tratava de diálogos que explicassem a ação; em vez disso, partia-se de uma situação narrativa muito intensa e extrema — por exemplo, dois capangas iam matar vários cúmplices desleais que logo massacrariam —, numa ação de violência-limite. Enquanto isso, os diálogos fluíam livremente, e eles, os dois matadores, continuavam conversando no carro a caminho do lugar, e depois, ao entrar no prédio e subir de elevador, bater na porta e entrar no apartamento e matar todo mundo, mantinham uma conversa sobre hambúrgueres, comentando seus nomes e ingredientes num diálogo rápido, muito engraçado.

Se a situação dramática está bem estruturada, o diálogo é secundário, funciona como uma música de fundo, não tem função direta e é tão livre quanto quiser o roteirista alucinado que associa sem nenhuma restrição, porque a ação é tão potente que dispensa a palavra. Um filme pré-verbal, mas muito falado, com diálogos contínuos e brilhantes que não têm função narrativa e por isso são belos e inesquecíveis. A técnica do diálogo vem de Hemingway, opinaria Renzi mais tarde, dando sua versão — não sua interpretação, como esclareceria com ênfase — do filme *Pulp Fiction* numa conversa com os amigos no jantar, a tensão narrativa é tão forte que o que é dito não importa, não interfere na ação, e por isso a linguagem é muito poética e livre. Tudo vem de "The Killers", onde dois gângsteres que vão matar um sueco num bar conversam sobre a comida que é servida no local onde aguardam a vítima, e o conto inteiro gira em torno dos diferentes pratos possíveis, mas num clima tão intenso que as observações sobre os ovos fritos com bacon têm uma carga de perigo insuperável. A técnica da ameaça, pensou Renzi no cinema, enquanto via como massacravam, sem interromper as piadas e trocadilhos, os condenados que tinham roubado ou desviado uma mala com heroína.

A motivação era frontal e direta, nada psicológica nem social, violência pura sem sentimentos e sem razão, isso também era o gênero policial, aquilo que Renzi às vezes chamava de ficção paranoica; no filme, todos os personagens estavam em perigo em algum momento e eram condenados à morte pelo poderoso e gordo mafioso negro que funcionava como uma espécie de divindade mortífera e onipotente. Assim, a motivação era muito fraca e muito clara, todas as pequenas histórias que constituíam o filme, como uma colagem de cenas isoladas, eram controladas pelo espírito maligno e arbitrário do quase invisível e poderoso dono do microcosmo do crime. Por exemplo, o pugilista que se negava a entregar a vitória numa luta arranjada, como o mafioso lhe mandara para manipular as apostas, era perseguido por um assassino eficaz e malévolo, e a história disparava para uma cena sadomasoquista extrema, em que o gângster negro que perseguia o lutador para matá-lo era dominado e violentado por um policial, era humilhado e sodomizado numa simples ação secundária do filme.

A mulher do chefe era escoltada e acompanhada por um jovem assassino de aluguel que, por ordem e decisão do chefe, devia entretê-la e diverti-la, o que dava lugar a uma sequência formidável e muito retrô num bar americano onde se dançava ao som de Elvis Presley, representado ou repetido por um sósia que o imitava cantando num palco circular, enquanto as mesas eram servidas por garçonetes vestidas de — e iguais a — Marilyn Monroe. Esse jogo de réplicas pop se fechava na cena final, com o assalto-relâmpago a uma lanchonete, que na verdade se ligava à primeira cena do filme, em que um casal nessa mesma lanchonete planeja o roubo que se realizaria — com resultados paradoxais — na cena final, quando o espectador percebe que o tempo do filme estava fragmentado e não seguia uma ordem linear. A conversão religiosa de um capanga desumano que cita a Bíblia de cabeça antes de executar suas vítimas, pensava Renzi enquanto ia saindo do cinema, é típica do cinema norte-americano, que sempre encontra uma saída místico-evangélico-psicótica para explicar — ou dar a entender — as razões ou as motivações dos *serial killers* e da violência individual extrema que se repete nos seus filmes, suas séries de televisão e sua realidade política. Um impulso religioso, pensou na rua, essa é a base da tragédia americana. A noite era fresca e mais uma vez o cinema o ajudara a voltar à realidade e sair dos seus pensamentos e suas ideias fixas.

———

Estava no Thelonius com Carola, Francine, Roberto Jacoby e outros amigos, sentados a uma mesa exclusiva, tomando champanhe, perto do piano, porque naquela noite Gandini ia se apresentar, depois de ficar com eles fazendo piadas e reclamando da acústica da sala e também da lentidão da vida. "A música é mais rápida, pode ser mais rápida quando é boa", disse sorrindo, o andamento lento da vida o irritava, e naquela noite, numa ação-relâmpago, tinha conquistado uma loira bem jeitosa, que ele imediatamente pediu em casamento; era uma cantora bastante conhecida, Gerardo inclusive já a contratara no Centro de Experimentação do Teatro Colón para cantar algumas peças de Charles Ives acompanhada ao piano, o concerto foi bom, mas Gerardo se esqueceu dela até essa noite, quando a moça o abordou para cumprimentá-lo num momento em que ele estava no balcão tomando uísque. Andava sozinho, Gandini, naqueles dias, outra mulher o deixara reclamando das repetidas ausências do Gerardo, que volta e meia passava a noite fora de casa, sempre com pretextos musicais. "As bailarinas, ah, as bailarinas", dizia, sonhador. Sempre andava rondando e convidando as garotas do elenco estável do balé do Colón. A moça, Magda, tinha ido aquela noite à apresentação de Gandini para lhe entregar um disco que ela gravara e demonstrar sua admiração, e Gerardo pegou na mão dela, dizendo que ia ler sua sorte, e, depois de fazer duas ou três brincadeiras sobre o futuro, lhe pediu para se casar com ele (coisa que ela fez algum tempo depois), porque seu destino, profetizou o malandro do Gerardo, como se via claramente na palma da sua mão, era se casar com um músico.

Nessa noite também estava com eles Francine, uma velha amiga que lecionava em Berkeley e que Emilio conhecia desde sua primeira temporada nos Estados Unidos, em 1977. Francine era uma italiana de Nova York e a levaram lá para escutar Gerardo, e ela estava muito feliz com aquele mergulho na tradição argentina que vinha estudando havia muitos anos. Gostava de música, Francine, e vivia os shows e recitais que davam todas as noites em San Francisco. Com ela Emilio assistira uma noite, na livraria City Lights, a Miles Davis acompanhado por seus músicos, que tinham, assim como ele, um ar de gângsteres metafísicos, Miles tocava de costas para o público, vestido de preto, meio encurvado com o trompete apontando para o chão, e agora Emilio e Carola levaram Francine para escutar música de Buenos Aires. Essa noite, no Thelonius, Gandini estrearia seu tango "A Don Emilio Renzi", que ele já havia gravado na Alemanha, mas que tocaria pela primeira vez — ou como deve ser, segundo Gerardo — em Buenos Aires.

Estavam passando uma bela noite no Thelonius, e Gerardo de vez em quando ia até a mesa para beber com eles, fazendo hora até o momento de iniciar a apresentação. Então se sentava ao lado de Carola e lhe contava suas mágoas sentimentais. Essa noite, brincando, apostou com ela que até o final do ano se casaria com a cantora. Depois voltou ao balcão e ao seu uísque, e todo mundo o viu fazer pose e rir com Magda, que já estava bebendo com ele no bar enquanto, como observou Emilio, arrumava o cabelo e pintava os lábios olhando-se espelho atrás das garrafas, apoiada no balcão, em pé e sorrindo como se não percebesse que Gandini lhe beijava a outra mão. "Fico feliz", disse Carola, "não posso ver o Gerardo sozinho." Emilio andava concentrado no piano, só escutava música para piano, tinha uma boa coleção de peças para piano, versões das sonatas para piano de Beethoven, Schubert e Chopin, e também gravações de Art Tatum, Oscar Peterson, Bill Evans e Erroll Garner, e até de Nat King Cole no seu tempo de pianista, antes de virar cantor, e também do Mono Villegas, além de grandes pianistas de tango como Osvaldo Goñi, Horacio Salgán e Osvaldo Tarantino. Era uma mania como outra qualquer, e aí entrava sua mentalidade de colecionador, não que ele pretendesse reunir toda a música para piano, era uma obsessão pianística, não tinha todas as versões nem todos os pianistas, e além disso ele perdia 70% da música que poderia escutar — inclusive a que escutara antes que, de um dia para o outro, fosse tomado da paixão pelo piano —, era um modo de manter uma classificação coerente da música, um modo de restringir suas compras de CDs, e até de vinis, como um que reunia velhas gravações de Friedrich Gulda, por exemplo.

Essa noite, no Thelonius, Renzi ia participar do concerto de Gandini, como apresentador, diria algumas palavras antes de Gerardo se sentar ao piano, numa posição que Emilio já vira muitas vezes, uma pose em que o pianista primeiro relaxava os pulsos e deixava as mãos soltas, como que fora de controle, e depois se inclinava sobre o teclado, parecendo um gnomo, um corcunda, ele se inclinava sobre o piano e a música parecia sair do seu corpo, às vezes o via murmurar em silêncio e acompanhar a música com palavras não ditas, porque Gerardo improvisava a partir da melodia dos tangos, se deixava levar por sua imaginação pessoal e por sua cultura musical. Porque Gandini, na impressão de Emilio, tinha toda a música na cabeça. Na temporada em que alugaram juntos uma chácara para passar o verão, ele viu Gerardo se afastar por entre as árvores, sozinho, sem falar, escutando, Renzi tinha certeza disso, a música no seu interior, inclusive nessa época estava preparando um concerto com todas as peças para piano de Schönberg e nunca ensaiou, nunca fazia exercícios preliminares ao piano, e quando naquela noite ele se sentou para tocar as peças de Schönberg, tão difíceis, não tinha praticado nem ensaiado nada, a não ser na cabeça, e tocou todas com grande qualidade e emoção. Não era um intérprete extraordinário; era, mais simplesmente, um compositor extraordinário.

Renzi falou um pouco disso aquela noite no Thelonius, quando apresentou Gerardo entre brincadeiras e gestos de cumplicidade, daquela virtude espiritual, mental e física que Gandini tinha quando se sentava ao piano. E depois, para comentar os pós-tangos de Gerardo, que eram simplesmente (para ele) improvisações sobre o padrão dos tangos tradicionais, Renzi começou lembrando um caso que Gerardo lhe contara: no tempo em que ele era o pianista de Astor Piazzolla, com quem tocou no mundo inteiro, numa pausa entre uma apresentação e outra, Piazzolla e Gandini estavam num quarto de hotel escutando uma gravação de Hermeto Pascoal, o músico brasileiro, grande pianista, quando a certa altura, tocando "El día que me quieras", Hermeto errou um acorde e em vez de um lá tocou um ré menor, e o efeito fez um dos dois, Piazzolla ou Gandini, dizer que naquela falha, naquele deslize ao tocar a melodia, se abria uma porta para renovar a tradição do tango. Porque os dois enxergaram nesse equívoco uma música futura, a possibilidade de alterar deliberadamente a emoção do tango e a partir daí improvisar uma versão mais livre que seguisse os caminhos não explorados da melodia. Foi isso que Gandini fez nos seus pós-tangos, pegou a música e avançou improvisando e associando rumo a novas regiões da tradição tanguista.

Para terminar, Renzi contou uma história fascinante que tinha lido numa velha biografia de Carlos Gardel. Uma noite, Tucci, o arranjador e orquestrador que trabalhava com Gardel em Nova York, convidou Gardel e Le Pera a assistirem à estreia de *Pierrot Lunaire* e *Noite transfigurada*, de Schönberg, no Metropolitan House. Um acontecimento extraordinário, o cantor de tango escutando a estreia de uma obra que iria revolucionar a música contemporânea, e ao cruzar o Central Park de volta do concerto, Gardel falou com admiração da música que acabava de ouvir naquela noite. "O cruzamento ou o encontro de Carlos Gardel, a figura máxima do tango argentino, com Schönberg, o grande renovador da música clássica, essa mistura de Schönberg com Carlitos Gardel são os pós-tangos de Gerardo Gandini", foi assim que Renzi encerrou sua apresentação, entre risadas e brincadeiras de Gandini, que já se sentava ao piano e atacava com brio uma versão de "Los mareados", de Cobián, que era o tango favorito de Gerardo e de Emilio.

Tinham ido jantar no La Cátedra, um restaurante na esquina da Cerviño com a Sinclair, perto do hipódromo de Palermo, uma área da cidade que antigamente era ocupada por alguns studs de cavalos de corrida, por isso, para além da ironia acadêmica, o nome do restaurante remetia aos especialistas — os "professores", como eram chamados pelos turfistas — que opinavam sobre o pedigree dos puros-sangues e sobre as barbadas e os palpites que consultavam nas páginas dos jornais para apostar "na certa", e por isso havia tantas fotos de cavalos nas paredes do restaurante. Essa história foi sendo desfiada por Renzi em duo com o dono do local, um amante da ópera e admirador de Gandini, que se aproximou para cumprimentar os amigos do músico ali reunidos para festejar um aniversário incerto, que iria se esclarecendo ao longo da noite, com a ajuda das garrafas de vinho que apareceram na mesa muito antes de a comida chegar.

Gandini estava lá desde cedo, acompanhado de Magda, sua recentíssima esposa, que já havia bebido algumas taças quando apareceram, ao mesmo tempo, descendo de três táxis diferentes, Emilio e Carola, Germán e Graciela, além de Roberto Jacoby e Kiwi com Cecilia, a irmã de Kiwi, acompanhada de José Fernández Vega, o vibrante filósofo oficial do grupo (que se doutorara na Alemanha com uma tese sobre peronismo e guerra). Gandini estava rindo ao ver que no cardápio tinham incorporado, em sua homenagem, os *fetuccini à la Gandini*, e assim que viu Emilio e os outros amigos chegarem e ocuparem seus lugares na grande mesa redonda habilitada num salão reservado da cantina, voltou a contar que ele tinha pedido ao dono do restaurante para batizar algum prato com o nome de Emilio Renzi, mas o chef e o maître se negaram porque, como contava Gandini, Emilio não estava à altura de ter seu nome numa especialidade da casa. Isso remeteu imediatamente aos canelones à Rossini que vários se apressaram a pedir, enquanto Gerardo fazia o elogio de Rossini, um compositor que ele considerava "muito, mas muito superior a Verdi". Cecilia se afastou da mesa e começou a filmar o restaurante e todo o grupo com uma levíssima câmera digital, de longe, para um documentário sobre *Cenas argentinas* que estava preparando para o Discovery Channel. Circulou mais um pouco pelo local e depois voltou a se sentar com eles, mas de vez em quando tirava a câmera e filmava os rostos e principalmente as mãos dos amigos que jantavam no La Cátedra naquela noite.

A conversa começou com brio, num *andante* musical que duraria a noite inteira com discussões, brincadeiras e argumentos que giravam em torno das vantagens e dos riscos do casamento. Festejava-se o primeiro aniversário de casamento de Emilio com Carola, um grande happening que tinha se estendido por vários dias e culminou numa festa — desenfreada, segundo Gerardo — no belo edifício art déco de formas geométricas que Germán emprestara para o evento. O que se comemorava, na realidade, era a decisão passional de Renzi, que durante mais de quarenta anos havia sido um solteiro privilegiado, que elaborara, como de costume, várias teorias delirantes sobre o celibato dos grandes artistas e também, ou principalmente, dos míticos *private eyes* ou detetives particulares do gênero policial, sempre à parte da instituição conjugal, que era a base, segundo o raciocínio de Renzi, da sociedade capitalista. Chegara a escrever várias páginas notáveis sobre a oposição entre literatura e matrimônio, citando o exemplo de grandes solteiros, em especial Franz Kafka. "Nunca se desposar para poder sempre amar as mulheres" era um dos epigramas preferidos de Renzi em sua juventude. Anos atrás, numa entrevista para o jornal *La Nación*, Renzi alegara as razões pelas quais de modo algum e por motivo algum se deveria ter filhos, primeiro porque essa responsabilidade biológica, cultural, estatal e religiosa justificava o que ele, ironicamente, na entrevista denominou "a loucura de contrair enlaces", as pessoas se casavam para ter filhos, sem descendência o casamento era uma instituição vazia, um passo em falso que um artista — e um revolucionário, e um conspirador (e para ele todas essas palavras eram sinônimos) — nunca deveria dar. Seu repúdio da paternidade rendera uma onda de críticas dos jovens escritores que antes de publicar um livro já se casavam, formavam, como se diz, uma família e tinham filhos, descendentes, herdeiros.

Germán viu no repúdio unânime, geral e jornalístico àquela declaração de Renzi um sintoma de que algo havia sido abalado por sua defesa do celibato e seu ataque ao *pater familias*, sobretudo por dizê-lo publicamente, numa prova de que a sociedade não suporta que alguém enuncie um desejo desviado da norma social. Por isso, quando o solteiro se casou, houve grandes festejos entre os amigos e conhecidos de Renzi (em sua maioria casados, com filhos) porque, como Kiwi dizia com ironia, "Emilio voltava ao aprisco". Tinha se casado porque se apaixonara e também porque resolvera aceitar a cátedra que lhe ofereceram na Universidade de Princeton, e é claro que, para ser professor nos Estados Unidos, convinha estar casado, mas também porque isso facilitaria os trâmites para que Carola se instalasse com ele na América do Norte. Nos últimos anos, ele tinha sido um professor visitante que passava alguns meses lecionando no estrangeiro e depois voltava a Buenos Aires como se nunca tivesse saído, mas agora a perspectiva de sumir do ambiente tóxico da cultura argentina e "tomar o beco", como Emilio dizia metaforicamente, o levara a compactuar com o statu quo do matrimônio.

Casara-se com Carola porque se apaixonara por ela, que conhecia e desejava havia muitos anos mas com quem mantivera uma amizade platônica, porque naquele tempo ela era a mulher, a companheira, como se dizia na época, do seu amigo David, e ele estava decidido a não repetir suas aventuras do passado e a não voltar a cair num triângulo adúltero, por isso começou a sair, como se diz, com Carola depois que ela se separou do seu companheiro declarado, o intenso, hermético e combativo D. V., mas, para chegar a isso, tinha-se encadeado uma série de circunstâncias fortuitas que seus amigos chamavam "o milagre", e era isso que estavam festejando naquela noite de 16 de junho, porque foi esse o dia do encontro inesperado, contrário a toda lógica e a toda condição de possibilidade — porque ocorreu em Paris —, e foi também por isso que, com um aceno de cumplicidade e também com uma secreta referência literária, escolheram essa data — um 16 de junho — para se casar e que agora, justo um ano depois, todos os seus amigos comemoravam, meio brincando, meio a sério, no La Cátedra. O que aconteceu, afinal, naquele dia em Paris, origem mítica de uma série de eventos que se sucederam um após o outro e foram a razão para que Emilio deixasse de ser solteiro?

Renzi tinha passado algumas semanas na Alemanha com outros escritores sul-americanos, percorrendo várias cidades, dando conferências, entrevistas e participando de mesas-redondas, e ao terminar a turnê cultural, bastante cansativa, seguiu de trem até Paris para descansar um pouco e ver os amigos, especialmente Saer, aproveitando a generosa oferta do seu tradutor para o francês de ficar no seu apartamento, enquanto Antoine viajava para o sul da França, animado com a previsão de tempo que anunciava um mês de junho ensolarado e ameno. Portanto antecipou as férias e ofereceu a Emilio ficar na sua casa no Quartier Latin. Uma noite, na casa de Saer, que naquele tempo ainda morava num apartamento no boulevard Voltaire, na conversa de sobremesa, uma amiga argentina o convidou para jantar na sua casa no dia seguinte. Emilio aceitou o convite, anotou o endereço num papelzinho e também a indicação das combinações de metrô que deveria fazer para chegar nas primeiras horas da noite do dia seguinte à casa de Estela, uma ex-colega de faculdade de Emilio, que tinha viajado a Paris com uma bolsa, recém-formada, e acabara se instalando na França, trabalhando na École Normale como psicanalista especializada em Freud e Lacan.

No dia seguinte, Emilio saiu às 19h ou 19h10 do apartamento na Rue Cuyas, Rive Gauche; quando chegou à boca da linha 4, vindo de Saint-Michel rumo a Porte de Clignancourt, percebeu que não estava levando nada para sua amiga argentina e desandou o caminho até encontrar uma floricultura, onde comprou duas dúzias de rosas vermelhas; voltou à estação do metrô às 19h30, ia em direção a Pigalle, caminhou uma quadra pelas galerias subterrâneas do metrô e foi até a estação Barbès-Rochechouart, para fazer a conexão com a linha 2. Inclusive se deteve na plataforma para dar uns francos a uma moça indiana que tocava cítara, sentada no chão, executando música oriental. De repente, Renzi voltou sobre seus passos para ficar uns momentos diante da bela jovem e deixar mais alguns francos na caixa de madeira que ela tinha a seu lado, no chão. Com isso, viu passar dois trens, que ele não quis tomar para continuar escutando a melodia cativante da cítara que lhe lembrou vivamente a trilha sonora de Ravi Shankar para o filme *O terceiro homem*, de Carol Reed, do mesmo modo que uma sensação de urgência o levara a comprar as flores que ainda segurava na mão esquerda, porque era canhoto. Assim, às 19h50, finalmente entrou no trem que o levaria a Porte Dauphine, onde poderia fazer a baldeação que o levaria a Pigalle e à casa de sua amiga.

Viajou em pé com o ramo de rosas vermelhas na mão e se sentia um pouco ridículo, porque todos os passageiros o olhavam com ar benévolo, pensando que Renzi estava a caminho de um encontro amoroso. Mas era outro o encontro amoroso que o destino lhe preparava! Chegou à estação que entroncava uma rede de conexões e teve que parar para consultar o trajeto no mapa do metrô. Apertou dois botões e se acenderam umas lampadinhas minúsculas indicando o caminho, então se afastou dali e se enfiou por um corredor que desembocava em altas escadas e seguiu as indicações nas paredes que lhe mostravam a direção certa. Até que, num desses percursos, num largo corredor cheio de gente indo e vindo a seu destino, ele viu Carola vir, como uma aparição ou uma réplica da sua amiga tão querida. Era ela mesma, que sorriu ao vê-lo como se estivesse esperando por ele. Ficaram lá batendo papo, Renzi lhe entregou as rosas. "Comprei estas flores para você", disse, e ela sorriu com um sorriso cálido e irônico porque entendeu a graça que a fortuna tinha armado para eles. E essa noite ficaram juntos e nunca mais se separaram, e se casaram escolhendo a data daquele encontro providencial, 16 de junho, quando se cruzaram por acaso no labirinto intrincado e móvel do metrô de Paris.

Esse relato do encontro foi narrado naquela noite pelos seus amigos, que passavam a palavra uns aos outros, de modo que Roberto e Kiwi, Germán ou Graciela foram contando os trechos da história que lembravam melhor, acrescentando detalhes, precisando os fatos, com entusiasmo apesar das críticas de Carola, que atribuía a si mesma os méritos do encontro, como se naquele dia em Paris ela tivesse passado a tarde inteira indo e vindo pelo metrô por estar convencida, disse, de que em algum lugar daquele formigueiro Emilio esperava por ela, como se fosse a abelha rainha dos indivíduos, dos trens, que representavam, na sua versão, o papel das operárias da colmeia preparando tudo para a refeição ritual em que Renzi não passava de um ente capturado na câmara real. Assim transcorreu a noite em que também foram festejados outros acontecimentos, que, mesmo sem aflorarem como tema de conversa, estavam presentes de forma elíptica e eram, enfim, um modo de honrar aquilo que Jacoby chamava "as estratégias da amizade". Na esquina se despediram com aplausos e brincadeiras, e aí, na noite clara, como se despertasse, José observou com gesto concentrado que os grandes filósofos também foram solteiros e não tiveram filhos. "Por exemplo", disse, "Kant, Kierkegaard, Schopenhauer, Nietzsche e Wittgenstein." Todos o olharam surpresos e concordaram com ar distante. Em seguida se despediram e cada um deles tomou um táxi e todos foram para casa seguindo uma direção diferente até se perderem na noite como conjurados irmanados numa causa secreta.

Já faz uma semana que estamos aqui, e desde que cheguei me pergunto se nos despedimos na noite do último jantar no restaurante. Você foi embora de repente, como é habitual, com a elegância de um provocador de vanguarda que espero que você não perca agora que ocupa uma sala antigamente forrada de vermelho (gostei da história do botão escondido embaixo da mesa, porque também pode ser usado para chamar os guarda-costas), mas não sei se chegamos a nos abraçar como cabe a dois argentinos formados na velha tradição tangueira da amizade, cujo exemplo maior foi o *trolo** Troilo.

Ontem, outra vez pelo acaso das leituras, deparei com uma alusão levemente enigmática que parece dirigida a você (ou pelo menos a uma possível explicação "musical"). Wittgenstein confessou a Norman Malcolm que o movimento lento do terceiro quarteto de Brahms o levou duas vezes à beira do suicídio. Que é que tem esse quarteto? Será que podemos usar essa música para matar nossos inimigos? (Posso usar o quarteto para provocar a morte de um personagem como crime perfeito num romance policial..., todo dia, ao anoitecer, o personagem escuta essa música tocar na casa vizinha e no final se suicida.) Wittgenstein era meio exagerado (um fanático, para ser mais exato), mas acho que é uma boa metáfora dos poderes da *musique*... Aqui em junho chegou o verão e tudo floresce, e estamos nos preparando para conhecer umas praias que ficam a uma hora de Princeton e que, pelo que dizem, são uma versão ianque da Costa Azul (a uruguaia).

Trabalhando no meu seminário sobre o tango, volto a encontrar dados secretos destinados a você. Descobri um tango (de 1944-45), com letra do grande Homero Expósito e música de Enrique Villegas (*yes, the monk*), chamado "Si hoy fuera ayer", a letra é belíssima. Imagino que você pode encontrar a partitura na Sadaic e incluir no teu disco de tangos e pós-tangos. Gostei muito da tua intervenção à la Cage, uma conferência em forma de peça musical (espero que você tenha um piano por perto), na realidade, lembra o poema de Lope que aprendemos no colégio ("*Un soneto me manda a hacer Violante, que en mi vida me he visto en tal aprieto...*"), vejo que ultimamente você tem se dedicado a atacar a *musique contemporaine*, e a *avant-garde* (os ex-vanguardistas são os piores inimigos da vanguarda) e a defender *le sens comun* (espero que não seja influência do Horacio González, via Fito...). Parece um minicongresso onde todos (menos os músicos) bancam os "entendidos" e os "artistas", todos cínicos e engraçados e

---

* Homossexual. [N. T.]

já cansados de tudo, menos da pretensão de se mostrarem *à la page* (êmulos secretos de Teodolina Villar, a heroína de "O zahir", que você sem dúvida deve recordar como precursora do estado atual do *nouveau tilinguisme** na Argentina).

Por aqui tudo bem, vivo como numa clínica suíça, estilo *Tender Is the Night*. Olho os esquilos recolherem nozes para o inverno e leio todas as versões existentes da vida de Nietzsche para o macedoniano (por sua iminência) libreto da nossa ópera futura *Lucia Nietzsche* (gosto do título, acho mais operístico que *O fluir...* e fico feliz por ter perto outra Lucía a quem amar). Nas horas intercaladas, escrevo pequenos rascunhos dos diálogos de *Lucia Nietzsche*, procurando o tom que diferencia cada personagem, e entre as paredes do crânio (na linha de encaixe das placas cranianas) ouço ressoar a música épica do incesto e as réplicas sarcásticas da irmã de Nietzsche (e do anão maldito). Estou satisfeito com a história e tenho certeza de que vou resolver rápido as cenas e as falas, só preciso de duas semanas livres, sem nenhuma distração de manhã, mas antes disso tenho que dar cabo do trabalho pendente, porque estou preparando meus cursos do próximo semestre.

Aqui me sinto um misto de Dreyfus e Ruggierito, sou o Bairoletto da cultura argentina, perseguido pelas patrulhas, fugindo a pé e ensanguentando a planície, sozinho no meio do campus ("para o campus, vamos viver no campus"...), de noite rolo na cama e escrevo respostas mortíferas que de manhã já esqueci, hoje dei uma aula sobre Horacio Quiroga e acho que pela primeira vez o entendi bem: o cara foi viver na selva para fugir de Buenos Aires e do ambiente letrado, e acabou falando com os micos. Será que é esse o meu destino? Falar com os macacos? Acho que não. Estou desanimado e furioso (estranha mistura que algum efeito há de causar), tento não me fazer de vítima, porque os caras que me atacam e querem me mandar para a cadeia cultivam a poética da vítima, dos canalhas que posam de mártires. Mas imaginar a capa dessa revista onde me estamparam como emblema da corrupção cultural levanta em mim altas ondas de indignação que rompem contra meu passado e volto a ficar cego, minha sorte é que os amigos (os melhores, não todos) reagiram com grande lealdade (você em primeiro lugar), de repente tenho vontade de fugir, não voltar mais para esse país

---

* *Tilingo(a)*, na gíria rio-platense, é a pessoa frívola, superficial e exibicionista. [N. T.]

sinistro, aceitar a proposta da Princeton e envelhecer aqui, entre os álamos e a língua inglesa, sou atacado da síndrome Puig, que deixou a Argentina e nunca mais voltou, nem por um dia, a chave é eu conseguir esquecer e manter a calma (calma e violência, como um personagem de Burroughs). Não sei muito bem que rastros vão ficar disso tudo, mas por enquanto, como você pode ver, estou indignado. Como você também pode imaginar, as últimas duas ou três semanas em Buenos Aires foram muito vertiginosas, com a ópera e o reencontro dos amigos e do circo *beat* e a onda toda. Desde que voltei a Princeton já me sinto bem melhor, passo o tempo lendo livros de Nietzsche e livros sobre Coleridge (você logo vai ver por quê), estou tentando voltar a escrever, mas logo me disperso, tinha quase pronta uma segunda parte do conto de Saint-Nazaire e também vou avançando com Lucia Nietzsche, a mocinha mefistofélica.

Fiquei pensando naquilo que acho que você falou da última vez: voltar a incluir as cenas do *breakdown* de Nietzsche, que é como uma obra fechada em si mesma — o cavalo, a pensão, as cartas aos reis e imperadores, a chegada do amigo, a entrada teatral na estação de Turim de onde parte o trem para Berlim, os dez anos que ele passa isolado com a irmã na casa que depois será o Arquivo Nietzsche e onde ele é exibido a todos os fiéis que querem vê-lo, e durante os quais Nietzsche, mudo, não faz nada além de tocar uma música indecifrável (ou dodecafônica?) ao piano: tudo isso se passa entre 1888 e 1900; esse "tema" (assim como o tema da colônia ariana no Paraguai, com os aristocratas alemães liderados por Förster, o marido de Elizabeth Nietzsche, e os nativos explorados por esses colonizadores racistas, cuja decadência e abandono começa por volta de 1888 e coincide com a loucura de Nietzsche) me atrai muitíssimo, mas acho que é muito difícil de integrar aos três temas centrais que delineamos.

a) A misteriosa casa assobradada em Adrogué, onde mora aquela que diz ser descendente sanguínea do filósofo e sua irmã, a cantora lírica Lucia Nietzsche, que contrata o jovem pianista como refém da sua loucura wagneriana para compor uma falsa ópera, que ela na verdade pretende atribuir ao autor de *Ecce Homo*, enquanto é vigiada pelo pai, que vai e vem (drogado ou bêbado) na sua cadeira de rodas.

b) O pai, um musicólogo alemão, Igor, que fez experimentos musicais com vozes gravadas. O arquivo sonoro onde se ouvem os cantos e o lamento da derrota e da matança, o relato dos vencidos que contam sua versão secreta e silenciada dos fatos, uma história (coral dos campos de concentração do século XX?, ou a história de um naufrágio?, ou a história de uma peste?) múltipla e variada.

c) O primeiro ato da suposta ópera wagneriana de Nietzsche. A festa de casamento, que encobre a derrota e a matança sofridas pelo reino da noiva e que a torna refém política do marido, o despótico e depravado príncipe vencedor, culmina com a crise causada pela irrupção do irmão incestuoso e seu bufão anão na câmara nupcial, com o suicídio da moça (parece uma telenovela de Andrea del Boca, mas vamos tratar da matéria em tom Wagner-Shakespeare-Estanislao del Campo).

Tudo me parece fantástico e bem operístico (nos próximos dias vou assistir ao filme de Visconti *Crepúsculo dos deuses*, e também penso em *Os sequestrados de Altona*, de Sartre, e em *Marat/Sade*, de Peter Brook), mas muito complicado e difícil de estruturar. Pensei que o nível "b" talvez pudesse incluir a loucura de Nietzsche e pensei também que deveria trabalhar, por um lado, o coro (as vozes da história como representação da loucura de Nietzsche, ou seja, como as vozes que Nietzsche ouve no interior da cabeça, por isso não fala! e por isso só toca piano, porque está procurando uma música para acompanhar esse coro). Na realidade, Nietzsche escuta o futuro, não o vê, escuta o lamento do século XX e morre quando esse século começa. Por outro lado, o que fazer com a irmã? (fodê-la!, diria o bufão do príncipe)... Ando com essas ideias e com esses personagens na cabeça, tentando construir as situações dramáticas e chegar a Buenos Aires em dezembro com um esquema básico, para podermos trabalhar juntos na chácara de Triste-le-Roy, sóbrios e ascéticos, como monges, como artistas alemães (porque parte da ópera tem que ser recitada em alemão). Espero já ter pronta uma primeira versão do libreto em meados de setembro para podermos trabalhar nela juntos quando você vier a Princeton. Todos aqui estão esperando por você e logo vão te mandar a agenda. No dia 27, quinta, gostaria que você viesse ao meu seminário sobre "O tango na cultura argentina" e, se puder (e tiver vontade), fale um pouco sobre as tendências da música e sua "evolução" (De Caro/Pugliese/Troilo/Salgán/Piazzolla ou a série que você escolher. Pode até analisar um único tango, por exemplo "Los mareados" ou o que você preferir, e também, se quiser, pode falar só de Piazzolla). O importante é que eles aprendam alguma coisa sobre o tipo de música que é o tango (seria bom você trazer algumas gravações para escutar e analisar). A palestra é em castelhano, e você tem que falar por mais ou menos uma hora.

Imagino que o Arcadio vá te convidar para o seminário que ele está dando sobre "minha obra", e aí, de modo bem informal, você pode contar o processo de *A cidade ausente* e talvez mostrar alguns trechos do vídeo. Na sexta-feira, 28, você tem o concerto dos pós-tangos, e é bem possível que o pessoal da Escola de Música da universidade também te convide para dar um pequeno workshop sobre tua música. Na semana que vem, devem confirmar a agenda; tudo vai ser, obviamente, muito leve e tranquilo, e você pode mudar o tema como quiser. O importante é passarmos uma semana juntos, conversando e tomando vinho e passeando na região. Já temos carro, e a Carola com seu bólido vermelho é uma das figuras mais famosas (e também mais temidas) de Princeton.

Vamos ver que melodrama faremos nestas solidões (onde o que mais tem, na realidade, são estudiosos do melodrama, como Peter Brook), por ora vou me adaptando, já comprei um fax (como você pode ver) e nos próximos dias vou receber (pelo correio) um computador portátil supersônico onde vou instalar, entre outras coisas, um e-mail. Levanto às seis da manhã e o dia flui (ele sim) como a vida no século XIX, passo horas na biblioteca, que é perfeita e infinita, e de vez em quando vamos a Nova York só para constatar que as cidades ainda existem (às vezes penso que continuo em Buenos Aires e que fiquei louco e que no meu delírio, enfurnado no meu estúdio da rua Charcas, em meio aos rumores violentos da metrópole, acredito que moro numa cidadezinha sossegada nos intermináveis subúrbios de Manhattan). Você logo vai ver, neste lugar nunca chove, os patos se preparam para emigrar para as regiões quentes, os *scholars* são alcoólatras ou secretos *serial killers*, e tudo aqui parece planejado para a pessoa passar a vida em paz (o que, claro, não quer dizer que a pessoa queira passar vida em paz), lendo e escrevendo numa espécie de ilha esquecida. Portanto, estou escrevendo um primeiro rascunho do libreto da ópera e também uns contos para incluir na reedição de *Prisão perpétua* (nestes dias escrevo uma história chamada "Diário de um louco", que é uma minuciosa transcrição dos meus dias em Princeton); de segunda a quinta, vou à minha sala no campus, faço as compras no *supermarket*, lavo roupa na *laundry* e descobri um vinho chileno muito bom que dispensa o confuso nome de "Los Vascos" e também, claro, temos saudades dos amigos (nem todos).

Enquanto isso, leio Nietzsche (em inglês), que escreve como ninguém e tem um tom único, um fraseado que me lembra Hölderlin, Novalis. O que fazer com tudo isso? (confiar no músico): pensar uma estrutura fixa, muito nítida, que talvez saia inteira da imagem do arquivo de vozes, uma espécie de prisão invisível onde perdura a voz dos condenados, um quarto branco, uma câmara à prova de som na qual o pai perambula na sua cadeira de rodas. Sigo mexendo por aí e te mantenho a par do que sair. Sempre que posso dou um pulo em New York, e na *city*, como você sabe, coexistem todas as línguas, todos os capitais, os fluxos mundiais que se cruzam, estou visitando museus marginais (da história da televisão, da imigração, o museu judeu) procurando (como dizem os idiotas) "imagens" para a ópera, mas acho que temos imagens de sobra e preciso começar a cortar e limar as "boas ideias", porque as obras não são feitas com boas ideias, mas com uma única ideia bem tratada, a fundo (exemplo: uma mulher-máquina). Hoje é sexta-feira e esta carta foi escrita em diferentes momentos ao longo do dia, e como você pode ver as oscilações do meu estado de espírito (e da minha prosa) continuam. Aqui na universidade tem uns caras de quem eu gosto muito, dedicam a vida inteira a um único tema (como corresponde aos loucos). Tem um, por exemplo, que é o maior especialista do mundo em *Dom Quixote* e há trinta anos não faz outra coisa além de dar aulas sobre esse romance, a qualquer hora da noite que você passa perto do seu escritório pode ver a luz acesa e imaginar o sujeito relendo o livro de Cervantes pela enésima vez, com uma espécie de obstinação idiota, como se houvesse mais alguma coisa a aprender. Às vezes penso que eu gostaria de viver assim, longe do mundo, com uma ideia fixa (fixo num ponto): só me falta escolher o livro..., mas às vezes penso que um personagem assim (obcecado por alguma coisa, fixo num ponto) poderia ser o pai de Lucia Nietzsche, o velho louco de cadeira de rodas quer, por exemplo, transcrever as vozes que gravou (e que talvez ninguém ouça)... Agora é de noite, você me mandou outro fax que supostamente já estou respondendo. Espero te ver logo, estamos esperando por você, e enquanto isso podemos trocar mais fax (*mais fax* soa bem). Vai aqui um grande abraço, com carinhos calorosos da Carola (numa aliteração perfeita) para os dois.

Ao entrar, teve a impressão de ver Amanda e num canto viu Inés conversando com Julia, ela de vermelho e as outras duas de preto. Era possível? As três juntas, pensou Emilio, é uma conspiração, mas seguiu em frente com Carola, que o conduzia para os fundos da galeria. A circulação dos visitantes pela sala de exposição fazia parte da obra, eles eram a própria obra, caminhavam entre os manequins que León Ferrari tinha intervindo com legendas e frases escritas à mão com hidrográficas vermelhas e pretas. Distraído e nervoso, Emilio tentava não ser visto por suas ex. Elas estavam lá, não tinha escapatória. A exposição, que estava sendo inaugurada naquela noite, chamava-se justamente O Vermelho e o Negro, e os participantes — mais ou menos involuntários —, ao descer ao subsolo do bar e restaurante Filo-Espacio de Arte, recebiam, alternadamente, um crachá vermelho ou preto; os vermelhos deviam entrar na galeria pela direita e os pretos pela esquerda. Não havia muita gente na *vernis* aquela noite, mas o suficiente para produzir um efeito de confusão e de multidão organizada. Os manequins eram as típicas figuras humanas sem cabeça, sem braços e sem pernas, ou seja, um torso muito esbelto de madeira clara com um bico, ou melhor, um cabo de guarda-chuva vertical pintado de preto. Os manequins produziam certo efeito de familiaridade sinistra, pareciam estátuas inacabadas ou fixas figuras fantasmagóricas. Por uma incrível série de coincidências, aquelas mulheres que ele tinha amado confluíam na sua direção. Viu que Amanda se aproximava de Julia e que Julia lhe apresentava Inés. Emilio tentou se afastar de cara para a parede para não ser visto. Carola se deteve e olhou para ele:

— Que foi, pardalzinho? — perguntou.

Ela o chamara mesmo de "pardalzinho"? Podia ser, ou não tinha ouvido direito. Na sala, as vozes aumentavam e diminuíam de intensidade como um coro psicótico. *Um coro de lunáticos num asilo de loucos pela arte*, pensou.

— Nada — respondeu —, estou tentando entender o sentido do acaso na exposição.

Para observar a obra em seu conjunto era necessário subir por uma escada que levava aos altos do salão, uma espécie de desvão que Ferrari preparara como mirante privado da mostra. De dois em dois — um vermelho e um preto —, os participantes tinham acesso ao mirante numa ordem arbitrária. León selecionava ao acaso os eleitos para entrar no observatório. Emilio esperava que as três subissem sem vê-lo, ele era vermelho e Carola tinha o preto. Três pares o separavam das três ex que agora riam com alegria, como se vê-lo e falar entre elas fosse o melhor da noite. Emilio fez cara de surpresa e as cumprimentou fazendo gestos e mexendo as mãos, mas elas não responderam e continuaram rindo e brincando como se não o vissem. Carola também não viu nada e avançou seguindo o percurso indicado. Com sua cara de anjo malicioso, León Ferrari, vestido — ou melhor, fantasiado — de pintor, com um guarda-pó cinza-claro manchado de tinta de várias cores e com um pincel na mão, apontava com um gesto as duplas eleitas para subir no mezanino.

Emilio e Carola tinham subido depois de cumprimentar o artista com um abraço e agora contemplavam do alto, através de claraboias em forma de binóculo, a obra. Só duas pessoas por vez podiam ver, ou melhor, construir a obra; a ideia de uma instalação que funcionava como uma máquina humana era muito atraente; do alto, os manequins e as pessoas formavam uma série em movimento contínuo e circular. Nem todos os que entravam na sala podiam ver a obra, o conceito de percepção dual e seletiva era a base da experiência; o segundo ponto interessante era, claro, transformar os espectadores em matéria artística e parte da obra. O que se via do alto era uma massa de pessoas um tanto achatadas e irreais — por efeito das lentes de aumento das janelinhas do mirante; por outro lado, os espectadores se transformavam em voyeurs que espiavam um acontecimento confuso e um pouco irreal. Eram dois de cada vez porque Ferrari queria incluir a duplicidade e os comentários dos observadores. Mas Emilio, mais do que ver o conjunto, tentou acompanhar o movimento de Amanda, a única das três que entrava no seu campo de visão lá do alto; talvez elas tivessem combinado de se encontrar na exposição sem saber que ele também iria. Será que tinham virado amigas? E contariam em coro umas às outras as tropelias de Emilio? De onde saiu essa palavra?, pensou.

Ao descer, não as viu. Será que já estavam lá em cima? Teriam subido as três juntas? As erínias amadas. Parou para escutar León. "A princípio", estava dizendo, "o que eu fazia era uma escrita deformada, ou simplesmente sinais de alfabetos inventados. Era uma palavra incompreensível. Sob essa forma escrevi uma série de desenhos que intitulei *Carta a um general*, e foi a primeira vez que introduzi o elemento político e conceitual na minha arte. Mas já em 1964 comecei a fazer escrita normal, no sentido de ser compreensível. Você pode ler o texto, mas ele também é um desenho. Digo que escrevo coisas que a palavra não pode expressar, e que com as palavras expresso coisas que de outra forma não poderia transmitir."

Emilio viu as três num canto. Teriam descido sem que ele as visse e agora zombavam dele fazendo caretas? Pareciam estar se divertindo, e Julia até piscou para ele. Emilio tentou se concentrar. Eram alucinações, visões? Não. Elas estavam lá, fazendo caras e bocas. Iriam esperar por ele lá fora? Agora escutava a voz de León. "Abandonei a linha abstrata e as escritas para fazer uma arte política de forma direta. Uma dessas obras foi recusada no Di Tella: era uma imagem de Cristo crucificado sobre um bombardeiro norte-americano. A obra se intitulava *A civilização ocidental e cristã*. Ficou exposta dois dias e depois a retiraram. Romero Brest disse que ofendia os sentimentos religiosos das pessoas que trabalhavam no instituto. Reconheço que era muito forte. Também acho que podia ter ficado, mas enfim... O fato é que depois desse episódio praticamente deixei de fazer arte até 1975, mas participei da organização de várias mostras."

Emilio tinha visto com Julia o avião com o Cristo na mostra do Di Tella. Ferrari agora brincava: "No intuito de não dilapidar óleos, acrílicos, gesso, isopor e epóxi, tão necessários para meus colegas artistas, as obras que integram esta exegese ecológica nesta exposição ecológica também são ecológicas. Ou seja, dispensam o material tanto quanto possível: são quadros, esculturas, instalações, feitas somente com palavras: o recurso mais fácil de renovar".

As pessoas se dispersavam ou se sentavam para comer no local, a pizza da Filo era ótima, pensou Renzi, agora que suas três ex-amantes já não estavam lá. Tinham ido embora? Ou tinham se desmaterializado? O fantasma das mulheres amadas. Carola estava ao lado dele conversando com Roberto J. Emilio se aproximou de León.

— A literatura está atrasada em relação à arte, os pintores abandonaram o cavalete e a tela, mas nós, escritores, continuamos presos às páginas e ao livro — disse —, quem sabe a tela do computador e o e-mail nos permitam sacudir a modorra. O uso de textos já escritos como material para novas obras é um caminho.

— É preciso usar o que já está feito — disse León.

— Claro — respondeu Emilio —, a literatura deve aprofundar seu impulso conceitual e avançar em direção a uma arte sintética a priori.

— E isso nos dois sentidos. Primeiro, tornar a prática mais ligeira, procurar a concentração máxima, dizer tudo em pouco espaço.

— Há palavras demais no mundo e páginas demais para ler, portanto deve-se buscar a velocidade.

— A brevidade e a circulação imaterial.

— Nós desmaterializamos — disse Jacoby, que se aproximara, risonho.

— Claro — disse León —, procuramos obras leves, baratas e ultracríticas.

— O outro caminho é inventar uma enunciação potencial que permita criar textos futuros ditos, pensados ou concebidos por escritores imaginários.

— Bom, Valéry já fez isso com *Monsieur Teste* — disse Carola.

— Ele postulava uma literatura não empírica — sorriu Renzi.

— E é anterior a Duchamp — ela disse.

— E você, Emilio, o que tem feito?

— Sempre na mesma, mas teu aparelho óptico à la Stendhal me deu o que pensar.

Separaram-se, e Emilio começou a escrever mentalmente. *O diário que ele escreve é um laboratório de literatura potencial. A última obra gravitacional e extensa. É um conjunto inorgânico e em movimento; todos os materiais são reais, as palavras foram previamente vividas por ele, nesse sentido é um documento antropológico sobre a vida de um terráqueo que poderia ser usado por um leitor de outro planeta para entender os modos de vida de uma comunidade humana específica, localizada e datada com exatidão. A vida ou as vidas de um sujeito que em sua remota juventude apostou tudo na palavra escrita. Nesse aspecto é uma obra de não ficção, um romance verdadeiro, um testemunho real e um documento histórico. Isto que ele diz é uma descrição, e não é um juízo de valor.* Tinha a impressão de ver as palavras escritas no ar da noite.

— Cadê você? — perguntou Carola. — Aonde subiu? Pousa, passarinho — disse, rindo. — Passarão, melhor dizendo.

— É isso mesmo — ele disse —, acertou na mosca, perfeito. É como eu me sinto, um passarão com dificuldade de voar.

Os diários de Renzi ou *Livro de Quequén* — assim chamado por ter sido encontrado nas proximidades do porto de mesmo nome à beira do mar Atlântico — foi descoberto por Armeno e seu primo Roque, dois pescadores dos navios frigoríficos chineses que, ao se recolherem às furnas de uma lavra de areia para dormir a sesta, encontraram o livro em meio às ruínas, em um vão sob uma viga de concreto. Conta-se que Armeno jogou o livro no mar "por carecer de conhecimento quanto à importância do achado" (*Xul News*). O mar devolveu-o à praia, muito deteriorado porém íntegro, e o exemplar permaneceu na areia sob o sol até o entardecer. Por isso, alguns historiadores o denominaram *O livro do naufrágio*. Não é uma garrafa ao mar, mas uma mensagem enviada séculos atrás de uma ilha de edição perdida em tempos remotos.

O volume encontra-se há meses na sala reservada da Biblioteca Nacional. Seu estado de conservação — e a tradicional escassez de recursos da biblioteca — por ora impede elucidar com segurança o enigma de sua data de edição. Essa incerteza temporal parece fazer parte do conceito de ficção ao qual o livro quer se filiar.

Alguns historiadores sustentam que o livro foi escrito na primeira década do século XXII, fingindo ter sido composto cinquenta anos antes. Outros, ao contrário, aceitam a proposta implícita no livro e acreditam que o diário foi de fato escrito durante um longo período que vai aproximadamente de 1957 a 2007. Seja qual for a elucidação desse dilema, trata-se de um dos testemunhos mais antigos da prática literária nos tempos de expansão da cultura web, anteriores à sua brusca virada e sua crise do final do século XXI.

A crítica filológica — a corrente atualmente em voga no Departamento de Línguas Clássicas da Universidade de Buenos Aires — analisa essa trilogia como testemunho do momento em que os escritos literários ainda eram assinados por seus autores, embora já acossados pela expansão das escritas conceituais do *cyber*, o anonimato generalizado dos blogs, as identidades virtuais do Facebook e do Twitter, as intervenções e alterações livres dos textos nas interferências RAM e os conectores net. Essas tecnologias remotas — que aspiravam à divulgação, à tradução automática e à escrita generalizada — questionaram a ideia da autoria, da criação individual e da originalidade. "A literatura deve ser feita por todos, não por um", a frase do uruguaio Lautréamont foi o lema literário da época.

A corrente historicista da escola de Bahía Blanca, por seu lado, considera que essas narrativas são documentos etnográficos de uma cultura extinta, e o nome de seus autores, simples registro da identidade dos informantes. Os textos dos diários — segundo essa hipótese — teriam assumido a forma do testemunho, da autobiografia, da reportagem jornalística, da crônica para mostrar a literatura na vida, e não mais — como no realismo mimético do século XXI — a vida na literatura. Os historiadores consideram-no o único arquivo remanescente de uma época de transição, um mapa do momento em que a realidade — composta da mídia, da tecnologia e da ciência — passava a ser uma miragem. Essas narrativas do século XXI — segundo as hipóteses mais radicais — eram ficções poderosas capazes de *entrar* na "realidade". Uma realidade mutante, aterradora, que incluía sonhos, mitos, delírios, mundos virtuais, catástrofes reais e fatos imaginários.

Seja qual for a posição assumida no debate, há que ressaltar a importância desses textos cujo ciclo — ao menos na região do Rio da Prata — alude explicitamente ao segundo centenário da Revolução de 1810. No século XXI, a democracia era uma utopia que os jovens Estados americanos estavam realizando na Terra, mas já no século XXII essa realidade tornou-se anacrônica, e a dispersão e a desordem dos Estados individuais a reduziram a uma lembrança. Meu avô — se me permitem esta interferência pessoal — recordava ter recebido de seu avô, e este do dele, o relato mítico das pompas do bicentenário (2010), quando grandes carros alegóricos desfilaram pelas ruas asfaltadas do centro da cidade com imagens e figuras da história. Começou-se com os povos originários e chegou-se até aquele presente longínquo. A pátria tinha então apenas duzentos anos, mas já se pensava altiva e antiga, ainda que, vista da nossa distância axial, contasse apenas um minuto — ou dois — na interminável hora da história. Olhamos hoje com ironia, mas também com admiração, o entusiasmo daquela época. Cerca de 1 milhão de pessoas saíram às ruas para assistir à representação. "É melhor do que ver na televisão", disse uma testemunha presencial captada pelas câmeras — uma assombrada jovem de olhos claros (*Xul History*) —, e sua frase ainda comove a todos. As experiências imediatas ainda eram possíveis, embora a epifania da moça anônima mostre que elas começavam a ser raras e surpreendentes.

À medida que me aprofundo no estudo deste livro, pressinto — com nostalgia, como algo que eu já tivesse vivido e esquecido — do que eram feitos aqueles anos remotos. Sofro o mal dos historiadores, de tanto imaginar como eram os homens do passado, transformo-me em um deles e sinto-me desorientado e estranho no presente interminável. Minha humilde proposta é restaurar — tanto quanto possível — o contexto histórico e as referências implícitas nas entradas dos diários. Para entender a mensagem secreta que chegou até nós daquela época remota, convém navegar para trás no rio do tempo e observar os escritos de perto.

O texto que gerou mais controvérsia é "Diário de um conto"; muitos pesquisadores sustentam que há rastros dessa narrativa em um livro — já legendário — de mesmo título, publicado poucos anos antes do bicentenário. Não sobreviveu nenhum exemplar, mas circula na *Xul* uma velha cópia web considerada um livro cult pelos jovens contistas do século XXI. Está escrita em primeira pessoa por um jovem estudante que visita o avô, um coronel de uma das guerras antigas; portanto, narra fatos acontecidos na segunda metade do século XX. Alguns detalhes pedem elucidação. Os *médanos*, por exemplo, eram dunas, às vezes móveis e nômades, às vezes fixas com ramos de arbustos, que orlavam as praias do sul. Desapareceram com as grandes cheias oceânicas, mas conservam-se imagens da região de Mar del Plata (cf. *Tlön.9*), que também é aludida em uma narrativa do livro que abordarei mais adiante.

A mesma incerteza temporal é produzida pelo relato da juventude do narrador, naquele tempo o fogo era uma ameaça real, e um grupo de voluntários fardados patrulhava as ruas em um carro-bomba à caça de um incêndio. A previsão que se enuncia sossegadamente na frase "Os mortos anunciam o futuro" poderia ser o modo de antecipar nessa narrativa o flamejante — ou ardente — futuro. Não se deve esquecer que o autor (cf. *Tlön.8*) foi um dos maiores especialistas da época em espiritismo e psicanálise.

A história da mulher que não saía de casa repete os jogos com o tempo e é parte de um texto de mesmo nome originalmente divulgado na web. Gardel é conhecido por todos e sua voz continua a melhorar, e agora mesmo o escuto cantar "Viejo smoking".

Abordaremos agora uma série de notas do diário que evitam registrar os fatos políticos, mas narram suas consequências. Alguns historiadores da Antiguidade apontaram que a descrição das periferias portenhas em vários momentos do livro é um dado histórico significativo. Não há referências diretas no relato, mas os teóricos da *thick description* sustentam que o ambiente aterrador confirma a conjetura de que o movimento peronista só pode ter sido derrotado por uma intervenção extraterrestre que sepultou em ruína biopolítica os cinturões eleitorais da Grande Buenos Aires.

A sensação de carência de massas, de ausência de multidões e de desaparecimento dos moradores dos bairros populares — típicos desse período sombrio — aparece também no segundo volume, mas define sobretudo o clima de *Os anos da peste*, ao registrar as altas temperaturas artificiais, as artérias labirínticas, os edifícios abandonados e pôr em evidência os traços da cidade "vazia e ordenada [...] que já não se parece com Buenos Aires". Além de suas alusões aos movimentos extraparlamentares daquela época.

Por seu lado, a crônica do livro II, com sua precisa descrição do deserto urbano, também parece corresponder a tal periodização. A referência à seita de "Os doze" (ou "A Doze") é um testemunho das lutas dos grupos dispersos da chamada *terceira resistência peronista*. Alguns analistas sustentam que as dependências químicas insinuadas no texto são um efeito da despersonalização social daquele tempo sem esperança. Todas essas elucidações são conjeturais, porque as narrativas, longe de tematizar sua chave política, relatam os fatos da consciência "baixa" e "cega" dos sujeitos da história.

Em resumo, esses escritos apocalípticos são testemunhos indiretos de um tempo catastrófico. Pode-se inferir também que, em paralelo à zona devastada, existiam cidades fechadas e que o país era dominado por mutantes que enfim haviam conseguido impor suas pretensões liberais neorrepublicanas.

A comovente história de amor por Lidia parece retomar a lenda inglesa de uma impossível paixão adolescente e é uma reconstrução complexa e eficaz daqueles anos incertos. Gestação biológica artificial, novas legislações repressivas e novos métodos de controle e de confinamento são o marco científico e jurídico da separação absoluta dos sexos masculino e feminino, que evoca as utópicas divisões político-sexuais postuladas por Williams Burroughs.

Abordaremos agora a série de narrativas do terceiro livro que são — no meu entender — posteriores à grande crise. Repete-se aqui a discussão sobre a cronologia: se escritas no século XXII, estariam próximas dos fatos; se escritas cinquenta anos antes, seriam sua prefiguração. Não nos interessa esse debate eclesiástico nem tampouco as hipóteses do ridículo dr. Anselmi, com suas ressonâncias malévolas e sua inconsequência metodológica. Com os dados sobre esse período de que dispomos atualmente e os novos achados arqueológicos, é possível uma reconstrução relativamente aceitável dos fatos.

Depois de um período de longa escuridão, deu-se a mudança de nome da República, em consequência da qual se alterou toda a geografia política. Perto do bicentenário, o governo social-democrata — em face da crise mundial e do incremento sideral das exigências financeiras internacionais — decidiu transferir a República Argentina e suas instituições à ilha Martín García. O Estado nacional, com seus três poderes instalados na ilha, devia honrar os compromissos jurídicos assumidos em sua história, ao passo que o vasto território continental iniciava uma nova etapa sob o nome de República do Rio da Prata, já livre da dívida externa, do seu passado trágico e dos tratados preexistentes aos quais a Argentina insular devia agora responder.

Começou então uma nova época nas Províncias do Sul que os anais históricos registraram como *A secessão invertida*. A nação argentina deslocou-se para a ilha levando todo o seu passado e deixando um território vazio, no qual a história pôde recomeçar, dando lugar a uma nova era livre de dívidas (em todos os sentidos) e sem o peso da herança recebida de governos anteriores. Deu-se então o início de um processo de construção histórica a partir de zero que se estendeu até finais do século XXII. As demais entradas do diário devem ser situadas nesse contexto e são crônicas dos novos tempos. A tradição argentina começou a ser contada de outra maneira, foi reformada e adaptada às novas ideias, mudaram os heróis e também os fatos.

O estado da linguagem utilizada nas narrativas parece obedecer às regras do idioma escrito no período da gramática unificada, anterior às grandes transformações lexicais e sintáticas da alta era web, e foi nos moldes daquela linguagem que produzi este relatório. Realizei sua fixação e normatização aplicando os procedimentos de tradução automática dos sensores Quain, aos quais meus eventuais leitores também podem recorrer em caso de dúvida quanto ao sentido de alguma frase nos capítulos desta trilogia. Preferimos conservar a linguagem original dos textos, com seus diversos arcaísmos — e sua remota sintaxe —, para não alterar os dispersos dialetos rio-platenses que a constituíam.

O prólogo inicial assinado por Emilio Renzi foi o texto mais afetado pela permanência do livro nas águas do mar. Sobreviveram apenas algumas frases isoladas.

Vivemos em um tempo que é cego ao futuro, por isso é auspicioso ler estes... E logo abaixo: *As utopias defensivas são para nós...* Por fim, no final: *Escrevo este prefácio em Temperley em 11 de junho de...* Isso é tudo que restou do texto, mas quisemos, entretanto, repor o nome de seu autor para que esta reedição *Xul* conservasse o marco do livro original. Será também um modo de resgatar esse esquecido autor do qual perdurou apenas a lembrança de sua amizade com a escritora uruguaia Amalia Ibáñez; em uma nota de rodapé de uma das muitas teses dedicadas à autora, afirma-se que o *Emilio* do legendário poema "Tekhnai en Luján" era ele, era Renzi (ou quem se fazia chamar por esse nome).

———

Confuso, acordou. Onde estava? Ou onde estaria? Ou melhor, onde tinha estado? Era ele? Tinha sonhado com *O livro do naufrágio*. Nunca sabemos a duração dos sonhos; enquanto sonhamos, o tempo se fragmenta e se acelera e se concentra, a imagem de um grão de areia na palma da mão pode conter uma vida inteira, pensou; recordava melhor o sonho, com mais clareza, que sua experiência das últimas horas.

Estava com Junior num pub irlandês da rua Viamonte, para a banda do rio, perto da Filo, vinham de algum lugar, Emilio e Carola, de uma inauguração, o milênio tinha virado e continuava tudo na mesma, era disso que ele falava com Junior, que estava com Monique, sua amiga francesa, sua *querida*, era interessante chamar a amante clandestina de *querida*, ou *mantenida*, como também se dizia. Era essa a condição da moça francesa? Tinha sido enviada pelo *Le Figaro* para reportar o novo século no remoto sul.

***

Demorou a entender que estava acordando no estúdio quando ouviu as sirenes hospitalares. Também as sereias cujo canto seduz o viajante, as moças com rabo de peixe o seduziam e o levavam pelo mau caminho, mas quem é que fala neste caso? Também se diz *los cantos de la sirena* para falar dos últimos dias ou dos últimos suspiros de algo imaginário e já fora de uso. Os cantos da sereia do peronismo, por exemplo, dizia Junior no bar irlandês.

Então se lembrou de uma cena do sonho, a única cena vívida, virtual, visual, vital que ele recordava com a nitidez inconfundível daquilo que se vê ao sonhar; a praia de Quequén, o balneário onde ele passou alguns verões, transformara-se na imaginação e agora era um boqueirão de ruínas, de edifícios ruinosos, defronte ao oceano Atlântico, as lembranças de um verão na praia se transformaram, ao dormir, numa paisagem lunar de um tempo futuro. Como Emilio sabia, no sonho, que a imagem vinha do futuro? Era a certeza inquestionável que se tem ao sonhar, sem necessidade de explicações. Um livro era tirado das águas, parecia um animal mitológico, maligno e marinho, ou melhor, marítimo. Um livro que as águas do mar haviam arremessado contra as penúltimas areias do planeta.

Sem sair da cama, Renzi pegou uma caneta e na última página do livro que tinha na mesa de cabeceira, *The Craft of Fiction* (Nova York, The Viking Press, 1959), na página em branco, anotou: *uma praia remota num tempo axial* — a palavra "axial" saiu da memória da noite — *e o volume deteriorado porém invicto era este que estou escrevendo*. Podia lê-lo e, de fato, grande parte do sonho tinha sido a leitura em voz alta do prefácio ao livro dos seus diários, ouvia vozes, os loucos ouvem vozes também quando dormem? O resto do dia, calculou, tinha sido a encarniçada e alcoólica discussão que tivera com Junior sobre o futuro da sua ilusão.

Nos números luminosos do relógio do computador portátil viu que eram cinco da manhã, 5.00 a.m., como dizia o relógio norte-americano do seu iMac, chegou a pensar, confuso, e em seguida voltou a dormir. Um sono leve, sem imagens, apenas com as palavras que decifrava, sem ver, de memória: *Um volume deteriorado porém invicto*. Seria assim? Ou não foi assim, nem foi nada. Tinha acordado no seu estúdio, demorou a entender, no quarto que ele usava quando pernoitava no centro, uma cama turca, uma mesa de cabeceira onde tinha deixado seu computador portátil ligado, fechara um escrito às 3.10 a.m., portanto não voltara para casa, tinha tomado um táxi e, bêbado, deu sem pensar o endereço exato da rua Charcas (ex-Charcas), da Marcelo T., e adormecera imediatamente no carro e o chofer o acordara buzinando como um louco, uma buzina enlouquecida como uma sirene, um canto de sereia, como um sinal de que sua cabeça "não *funcionava* muito bem", como lhe disse o chofer, que se chamava Roco Armeno, como ele chegou a ler na identificação do motorista, dentro de um plástico com foto e tudo, como um prontuário policial, pendurado no banco da frente, portanto o sonho tinha conservado esse nome atribuindo-o aos pescadores (Armeno e seu primo Roque), chegou a entender, satisfeito com a descoberta, no entressonho em que tinha caído ou recaído.

Começara uma discussão insensata com Junior no pub irlandês, sobre o futuro do capitalismo financeiro e da Argentina, "a pátria", como dizia Junior para indignação de Renzi, e sobre o futuro do peronismo e também de Emilio Renzi e do seu projeto, ou seja, tinham seguido em ordem decrescente da totalidade à particularidade, a passos rápidos e confusos. Junior, que era um ferrenho peronista e também um periodista, encurralava Emilio e o criticava por abandonar o campo de batalha, já que Renzi por fim aceitara a proposta de assumir uma cátedra de literatura na Universidade de Princeton a partir de setembro. Para piorar, enquanto Emilio passava um semestre lá como *visiting professor*, na primavera de 1995, Junior tivera um romance com Clara, sua ex-mulher, e se instalara no apartamento onde Emilio tinha vivido durante vários anos com ela e onde ainda estava parte da sua biblioteca.

Carola e Monique se cansaram da enfurecida repetição dos temas que Emilio e Junior discutiam e da caminhada noturna pela cidade, eles dois abraçados e parando a cada tanto para expressar mutuamente sua amizade e sua admiração, e em seguida, numa brusca mudança de canal, se desafiavam a brigar numa esquina, sob a luz de um poste, tiravam o paletó e os óculos, punham-se em guarda, trocavam insultos e lançavam socos no ar, como dois bonecos ridículos que as moças observavam, já fartas da comédia masculina da amizade argentina, "que sempre acaba mal", como comentou a amiga de Junior com seu forte sotaque parisiense. Num momento em que voltaram a se abraçar e se dirigiam cambaleantes para o próximo bar aberto, na rua Córdoba, Carola e Monique os chamaram de moleques ridículos, repetitivos e reacionários e foram embora, as duas no mesmo táxi, o que imediatamente desanuviou os contendores, que, postados na esquina, passaram a criticá-las por insensíveis, feministas dogmáticas da velha guarda, com ideias fora de moda sobre a masculinidade, queixando-se em duo antes de se separarem olhando um na cara do outro, ambos um tanto vacilantes sobre seus pés, antes de insinuarem, os dois ao mesmo tempo, que as garotas estariam juntas não apenas no táxi, mas também na cama. "Não será a primeira vez", disse Renzi, "que vão para o catre, as garotas."

Talvez tenha sido essa especulação alcoólica que levou Emilio a não dormir em casa naquela noite ("para não ter uma surpresa"), e também porque, passadas as três da manhã, lhe veio à mente uma ideia para resolver uma parte do seu diário que estava transcrevendo no computador, e talvez por isso tenha dado ao taxista o endereço do seu estúdio.

Foram então de bar em bar naquela noite, Emilio e Junior, discutindo seriamente questões insensatas, por exemplo: a literatura tem futuro? Quanto dinheiro é necessário para largar tudo e ir morar numa ilha do Tigre? Qual o sentido de ir dar aula nos Estados Unidos? O peronismo é um sentimento ou uma máfia?

Por fim, a uma hora incerta da madrugada se separaram, e no dia seguinte nenhum dos dois se lembrava se tinham se despedido brigados de morte ou assegurando que um era para o outro seu melhor amigo, o mais íntimo porém também o mais difícil, rancoroso e instável, momento em que voltavam a discutir acaloradamente, por exemplo, sobre a tarde em que Junior foi receber Renzi no aeroporto de Ezeiza, quando voltava dos Estados Unidos furioso porque seu amigo tivera a brilhante ideia de ir viver com Clara e ocupar o apartamento com sua desordem e desconsideração habituais, o que provocava uma nova briga dos dois amigos naquela noite.

Chegara ao estúdio às três da manhã sem entender como acabara lá, tinha lembranças como relâmpagos e via imagens e lugares e estava tonto de álcool. Ao entrar, recolhera do chão o exemplar do jornal *La Nación*, portanto não tinha ido trabalhar na véspera, sentou-se na poltrona que usava para ler e recapitulou o acontecido. Tinha topado com Junior ao sair de uma exposição e foram beber num pub irlandês do Bajo; para ele, o dia começara, em sua memória, nesse momento, não se lembrava do que havia feito antes de estar no pub com Junior a altas horas da noite. Andava à procura de um método para esquecer, e o uísque tinha apagado da sua mente um dia inteiro da sua vida. Estava em branco. Adormecia por momentos, tinha na mão, sobre o regaço, o jornal de 16 de junho de 2000, aberto na primeira página. "Projeto do Ministério da Justiça. Não será preso quem delinquir devido a seu vício." Que bom, estou salvo, pensou. "A palavra hebraica que significa dias pode facilmente ser confundida com a que significa anos." Tinha grifado essa frase no livro que estava a seu lado. Estivera lendo esse livro na véspera? Para quê? Sua noção de tempo, alterada. Agora recorda fragmentos isolados, sem continuidade. Uma esquina da cidade, a luz branca da lâmpada de néon, ele e Junior chorando abraçados, no meio da rua, querem pegar um táxi e ir juntos ao cemitério onde Horacio está enterrado. Mas nenhum carro para, apesar dos acenos aparatosos que eles fazem tentando chamar a atenção dos motoristas com seus gestos; no relógio redondo da esquina da Córdoba com a Florida são duas da manhã. Junior agita um lenço branco, mas os táxis passam ao largo, rápidos, e se perdem na escuridão.

Não se lembra de como acabou no estúdio em vez de seguir até a rua Malabia, já estavam sozinhos e bêbados; Carola e Monique — a namorada francesa de Junior — tinham ido embora, fartas dos bêbados e do seu discursinho idiota. Renzi viu Carola, que com um gesto aborrecido se virou e disse algo que ele não chegou a entender, mas ficou pairando sobre sua cabeça, como um letreiro luminoso, a expressão "discursinho idiota". Mesmo assim, quando ele e Junior ficaram sozinhos, continuaram a ronda dos bares até agora há pouco, contentes por não terem mais à sua frente o olhar vigilante e cáustico das suas queridas.

Precisava ligar para Carola, mas ainda era muito cedo, sentia-se péssimo, com sede e com vergonha do que não conseguia se lembrar, o remorso é uma forma destrutiva da memória, a pessoa volta sempre ao mesmo ponto, na imaginação se repetem os acontecimentos desolados da vida, mudados ou alterados, basta uma simples mudança de tom para que a recordação, persistente e atroz, mude seu rumo. Não é possível esquecer, mas é possível mudar a lembrança, embora seja um trabalho que leva dias e dias. Continuava na poltrona, mergulhado num torpor confuso, e depois de várias tentativas frustradas conseguiu abrir seu computador portátil, sem se lembrar como conseguira encontrá-lo na desordem do apartamento; será que o levara com ele, ou o computador estava na poltrona onde às vezes se sentava para repensar seus tediosos, insistentes e inoportunos e-mails? *A gente confunde o passado com o remorso*, escreveu, com remorso, pensou, e imaginou uma máquina que triturava a carne da memória remordendo um fato, e era impossível escapar dos dentes da recordação; por que ele não reteve Horacio naquela tarde e não o ajudou a sair do buraco? Ele sempre usara os amigos como seus — descreveu agora — *dublês de corpo*, que executavam as ações de risco em seu lugar, não era apenas saltar no vazio para escapar do fogo que arde naquilo que se viveu mal, nos assassinatos imperfeitos — gostou da expressão e a escreveu à sua máquina —, *assassinatos imperfeitos*, ou seja, não consumados, mas mesmo assim alguém devia dar o salto da janela do quarto andar para a minúscula rede circular que os bombeiros seguravam na rua. *Me tiré por vos*, cantou na poltrona, maldormido e espectral, Emilio Renzi. Me atirei por você. Quantos amigos se atiraram por ele no vazio. Eles faziam em sua imaginação o que ele não ousava fazer — ou não queria admitir que tinha feito. Por exemplo, deixar-se cair. Junior lhe dissera isto, os dois parados no meio da rua, na esquina da Córdoba com a Florida: "Você, velhinho, vive vicariamente". "Não me alitera, não me enche o saco com interpretações de botequim." Mas Junior tinha razão, tinha pensado nisso muitas vezes, que criticava os amigos por coisas que ele mesmo fazia. *Sair de mim*, escreveu, *a amizade como vidas possíveis*. O que lhe pesava e não conseguia esquecer era a morte de Horacio. Não podia conceber que aquele que tinha vivido sua vida em outra dimensão, num mundo paralelo, especular, simétrico, tivesse desaparecido, deixando-o em carne viva, que tivesse tirado o corpo fora. Não podia suportar que naquela tarde na chácara não tivesse sido capaz de revelar a verdade ao seu irmão. Cada um deles desdobrava um aspecto não vivido da sua vida. E começou a escrever sua lista pessoal, íntima, secreta, de duplos ou de fantasmas que o acompanhavam e lhe permitiam seguir em frente como se não tivesse sacrificado dezenas e dezenas de momentos e emoções que, em sua imaginação, outros viviam por ele. Anoto: *Cacho ou a vida aventureira; Ramón T. e a violência política; Horacio, uma vida serena e previsível*. Viviam por ele as experiências perdidas da sua vida. Perdidas por quê? *Para poder escrevê-las*. Era um preço muito alto. Era seu preço? Sua libra de carne pessoal. E as mulheres que amara? Elas faziam parte da sua reserva, ou reservatório, de sentimentos. Nelas havia experimentado — ou visto, entrevisto, percebido, como um voyeur — o arco, o registro das emoções possíveis. Cada uma das suas garotas divinas sustentava um sentimento: Inés, o ciúme; Julia, as tragédias da alma; Vicky, a fantasia sentimental. Amanda tinha sido a paixão sexual, a garota que, para agradá-lo — percebia agora —, fazia striptease e trabalhava como garota de programa numa boate. E as ruivas? Todas eram uma só para ele. Na lucidez absorta da insônia e do álcool — e das carreiras de cocaína que Monique tinha "esticado", como disse Junior —, viu as figuras da sua vida como uma sucessão de imagens viventes que se apresentavam diante dele com a nitidez insuportável dos sonhos malignos, sentiu-se abatido e ao mesmo tempo alegre, como às vezes lhe acontecia quando transpunha uma barreira eletrizada e invisível. Tonto, doente, quase vivo, escrevo palavras previamente choradas na cidade onde amei, recitou em tom elegíaco, e se sentiu melhor. Ia descer, *ia sair, naquela hora incerta em que os que morreram voltam conduzidos por seus cães de guarda, seus cães-guia, mensageiros fiéis, das sombras*. Leu o que tinha escrito e fechou a página, não podia esquecer, não podia apagar da sua mente os pensamentos ainda não pensados, assim como não podia matar uma velha agiota, melhor levar a vida na brincadeira. Sua própria vida miserável e cômica? Ou — digamos assim — a vida em geral, o existir diáfano e abstrato, sem sentido, que tinha a forma de uma piada demoníaca? Não sabia muito bem do que se tratava, mas estava mortalmente triste, embora ao mesmo tempo visse a si mesmo como um farrapo humano, largado numa poltrona, desesperado, *mas escrevendo*. Essa figura o divertia, era cômica. Precisava descer, sentir o ar fresco da madrugada ou voltar para a cidade como um lobo solitário. É a fodida angústia, dizia Remo Erdosain, e era assim, logo ia passar, o que podia fazer? Sua vida não tinha passado diante dele como um filme, como contavam os sobreviventes que, antes de morrer, assistiam a uma sessão privada onde se apresentavam, condenados e condensados, os principais fatos da sua vida. Não viu nada disso na sua tela mental, mas tinha, enfim, suas anotações, seus caderninhos, seus discursinhos miseráveis e não podia fazer nada para aliviar essa dor no lado esquerdo (do peito) porque, lembrou, no lado esquerdo, mas um pouco mais abaixo, alguns graus ao sul, Cristo foi ferido com uma lança. Esses detalhes o alucinavam, por exemplo, o detalhe sem função, a cena dos soldados romanos que, ao pé da cruz, apostam nos dados o manto que cobre o crucificado. Eu, o crucificado, escreveu Nietzsche, e também escreveu: Sou todos os nomes da História, que era, mais ou menos, o que Emilio acabava de dizer, sou Horacio, sou Cacho Carpatos, sou todos os nomes dos meus amigos e das mulheres que amei.

Delirava um pouco a essa altura, Emilio, descia no elevador olhando sua figura no espelho imaginário: o corpo coberto com um casaco preto, com um pijama azul-celeste, quando o vestiu? Será que uma mulher o ajudou a se trocar quando chegou ao seu estúdio de madrugada? Pegou uma garota da vida e a levou para a cama? Mais de uma vez tinha acordado com uma mulher na cama sem saber quem era e sem se lembrar como chegaram àquela situação. Junior tinha insistido para irem a um prostíbulo, não é esse o nome, devia simplesmente ir ao bar na esquina da Córdoba com a Reconquista e sair de lá com duas garotas e caminhar abraçados os quatro até o hotel barato na travessa Tres Sargentos. Muitas vezes tinham feito algo parecido, Junior e ele, no passado.

Mas estava sozinho ao acordar de manhã, embora não entendesse como conseguira tirar a roupa e pôr o pijama sem ajuda. Tinha subido com uma mulher? A sensação aterradora continuava lá. Oh, quem dera esquecer, apagar da sua alma os pecados do mundo. Ria ao se ver no espelho, falando sozinho e vestido como um louco que fugiu do hospital neuropsiquiátrico vestindo o pijama dos internos, mas coberto com um capote e descalço.

Porque estava descalço, Renzi, naquela madrugada ao sair do prédio, meio nu, desgrenhado, sem óculos, envolto num capote escuro. Para que ele tinha saído? Não sabia, não se lembrava, e isso lhe dava vontade de chorar. Mas não chorava, não ia chorar, não tinha chorado diante do cadáver do seu irmão Horacio. *Tarde para lágrimas*, disse em voz alta, e então, com a melodia de "Jugo de tomate frío", foi entoando *tarde para lágrimas*, cantando enquanto virava na Ayacucho em direção à Santa Fe procurando alguma banca aberta onde comprar uma garrafa de água mineralizada para matar a sede. *Temos sede e paciências de animal*, recitou com sede e paciência de animal, cuidem-se de nós. Atravessou a rua Ayacucho e caminhou até a Santa Fe, procurando um mercadinho aberto para comprar água e matar sua sede. Mas que espécie de sede era essa?, perguntou-se ao chegar à grade da igreja da Misericórdia, que estava no meio do caminho da sua vida, a meio caminho entre a rua Marcelo T. e a avenida Santa Fe, junto à Ayacucho. Então reparou que o portão do templo estava aberto e se deixou levar por um impulso cego e atávico e entrou na casa de Deus, e logo ao entrar foi invadido por uma sensação de paz e de calma. Estava sozinho na grande nave, diante do altar coroado por um Cristo sofredor, na cruz, com uma coroa de espinhos. No silêncio da igreja, sentado no banco de madeira, sem perceber começou a chorar. Entre lágrimas, viu que uma mulher com um casaco de pele se levantava do confessionário e ao passar ao lado dele lhe fez um gesto, uma leve inclinação da cabeça velada, para indicar que era a vez dele. "É minha vez", disse Renzi, e foi até a elegante e discreta cabine de madeira escura, dentro da qual se adivinhava um sacerdote, e se ajoelhou no genuflexório e levantou o rosto para a janela circular e gradeada. "Estou descalço, padre", disse com uma voz falsamente grave. "Fui educado num colégio de padres em Temperley, mas perdi a fé e agora estou muito desorientado." Do outro lado ouviu como um gemido, ou talvez fosse uma pergunta ou simplesmente um suspiro. Emilio esperou um instante e em seguida disse: "Eu pequei, padre, acho, ou fui tomado pelo espírito de Satanás, como se eu tivesse feito um pacto com o demônio para poder escrever". Ouviu agora uma voz, cansada e calma, que lhe perguntou: "Há quanto tempo não te confessas, meu filho?". De início Renzi não entendeu muito bem a pergunta e respondeu sem pensar: "Justamente, passei a noite confessando minha desgraça a um amigo...". Não lhe pareceu pertinente dar o nome de Junior, como quase ia fazendo; então, para cobrir o vazio do nome do amigo, começou a falar da sua responsabilidade na morte do seu primo Horacio. "Eu me sinto um criminoso, carrego um morto na consciência, às vezes falo com ele, não sei se isso é um pecado, mas sinto alívio ao conversar com o morto, porque ele me responde e me diz com palavras que só eu escuto que me acalme, que não tenho por que me preocupar, mas também não sei se é exatamente isso que ele me diz, porque fala numa linguagem muito estranha, sem verbos, padre, isso é pecado? Falar com um morto pode ser visto de diferentes maneiras. Por que me pesa essa morte? Meu pesar é permanente e agora procuro alívio na calma do templo." Seguiu nessa toada, desvairando um pouco e lamentando-se por não poder evitar o remorso. O padre, que ele nunca chegou a ver, seguiu sua conversa até que, a certa altura, como se desconfiasse que o estava fazendo de bobo, ou foi o que Renzi pensou quando o sacerdote deu por encerrada a confissão, mandou-lhe rezar três ave-marias e três pais-nossos. *Ego te absolvo*, acrescentou, e fechou a gelosia com um golpe seco. Emilio se levantou e ao passar em frente ao altar fez o sinal da cruz, persignou-se como tantas vezes na sua infância. Depois saiu da igreja, sem ter rezado a penitência, e caminhou pela Ayacucho até seu estúdio. Ia tranquilo e aliviado e se sentia puro e a salvo, desviando dos buracos na calçada, caminhando descalço rumo à sua guarida.

III.
Dias sem data

I.
Private eye

Segunda-feira

Passo a noite internado no Hospital de Princeton. Enquanto espero o diagnóstico, sentado na antessala do pronto-socorro, vejo entrar um homem que mal consegue andar. É um ex-alcoólatra que teve uma recaída; passou dois dias perambulando pelos bares de Trenton. Antes de encaminhá-lo a uma clínica de reabilitação, têm que desintoxicá-lo. Pouco depois chega o filho dele, um jovem arredio, com um boné de beisebol na cabeça, vai até o balcão, preenche uns formulários. O homem de início não o reconhece, mas por fim se levanta, apoia uma mão no ombro do filho e fala com ele em voz baixa, de muito perto. O rapaz o escuta como se estivesse ofendido. Na dispersão de línguas, típica desses lugares, um enfermeiro porto-riquenho explica a um maqueiro negro que o homem perdeu os óculos e não enxerga. "*The old man has lost his* espejuelos", diz, "*and he can't see anything.*" A desgarrada palavra espanhola brilha como uma luz no meio da noite.

Quarta-feira

Contou que tinha passado um tempo na prisão por estelionato e me explicou que seu pai era treinador de cavalos no jóquei e que deu azar nas corridas. Voltou a aparecer dali a dois dias e se apresentou de novo como se nunca tivesse me visto. Sofre de um transtorno indefinido que afeta seu senso de realidade. Está perdido num movimento contínuo que o obriga a pensar para deter a confusão. Pensar não é recordar, é possível pensar mesmo quando se perdeu a memória. (Faz tempo que venho sabendo disso por experiência própria: só me lembro do que está escrito no diário.) Ainda assim, não se esquece da linguagem. Tudo o que ele precisa saber, encontra na web. O conhecimento já não pertence à sua vida. Um novo tipo de romance seria então possível. "Precisamos de uma linguagem para nossa ignorância", dizia Gombrowicz. Essa poderia ser a epígrafe.

Domingo

Finalmente conheci um detetive particular. Ralph Anderson, Ace Agency. Kathy o contratou para encontrar a mãe, que a abandonou quando ela tinha seis anos. Ralph localizou a mulher em Atlanta, Georgia. Mudou de nome, morava no centro da cidade, trabalhava numa revista de moda. Kathy não teve coragem de falar com a mãe, mas acabou fazendo amizade com o detetive. Muitos dos seus clientes procuram algum parente perdido e depois não se atrevem a conhecê-lo.

Ralph mora num apartamento perto da Washington Square. Embaixo, na entrada do edifício, portaria de controle, detector de metais, câmeras. Ralph está esperando por nós na saída do elevador. Deve ter uns trinta anos, óculos escuros, cara de raposa. Vive numa sala de pé-direito alto, quase vazia, com janelões que dão para a cidade. Tem quatro computadores dispostos em semicírculo sobre uma grande mesa, sempre ligados, com vários arquivos e sites abertos. "Já não é preciso ir para a rua", diz. "Tudo o que procuramos está aí." Fuma um *joint* atrás do outro, bebe *ginger ale*, mora sozinho. Está investigando a morte de três soldados negros de um batalhão de infantaria instalado no Iraque, com oficiais e suboficiais na sua maioria texanos. Uma associação de familiares de soldados afro-americanos o contratou para investigar o caso. Ralph tem certeza de que foram assassinados. Se conseguir as provas, vão levar o caso à justiça. Ele nos mostra as fotos dos jovens soldados, com o deserto ao fundo. Depois vamos jantar num restaurante chinês.

Quinta-feira

Curiosamente, ninguém parece ter notado que não foi T. W. Adorno o primeiro a estabelecer uma relação entre o futuro da literatura e os campos de extermínio nazistas. Em 1948, Brecht, em suas *Conversas com jovens intelectuais*, já havia formulado o problema. "Sem dúvida, os acontecimentos de Auschwitz, do gueto de Varsóvia e de Buchenwald não admitem nenhuma descrição sob forma literária. De fato, a literatura não está preparada para semelhantes acontecimentos, não desenvolveu nenhum meio para tanto." Adorno se refere ao mesmo assunto mais tarde, em seu ensaio de 1955, "Crítica cultural e sociedade", onde escreveu no seu habitual tom admonitório: "A crítica cultural se encontra diante do estágio final da dialética entre cultura e barbárie: escrever um poema depois de Auschwitz é um ato bárbaro, e isso corrói até o próprio conhecimento do motivo por que hoje é impossível escrever um poema". Brecht, claro, não aceita essa condenação da poesia, apenas se refere às dificuldades técnicas que permeiam as relações entre política e literatura. Alguns anos antes, no seu *Diário de trabalho*, em 16 de setembro de 1940, havia escrito: "Seria inacreditavelmente difícil expressar o estado de espírito com que acompanho pelo rádio a batalha da Inglaterra e em seguida me ponho a escrever *Puntila*. Esse fenômeno prova por que a produção literária não para, apesar de guerras como esta. Puntila quase não significa nada para mim, a guerra significa tudo; sobre Puntila posso escrever praticamente qualquer coisa; sobre a guerra, nada. E não quero dizer que eu não *deva* escrever, mas que realmente *não posso*. É interessante observar como a literatura, enquanto prática, está longe dos centros onde se desenrolam os acontecimentos dos quais tudo depende". A tese de Adorno teve rápida difusão entre os críticos culturais, sempre dispostos a aceitar a metafísica do silêncio e os limites da linguagem. Brecht, ao contrário, com astúcia e sem ilusões, nunca se perguntou se o que estava fazendo era lícito, só lhe interessava saber se era possível.

Segunda-feira
Com a proliferação de livros encontrados entre os papéis — nos arquivos de computador — de autores famosos mortos (Bolaño, Cabrera Infante, Nabokov etc.), um grupo de escritores resolveu ganhar a vida escrevendo romances póstumos. Depois de algumas reuniões, decidiram escrever o romance póstumo de Samuel Beckett, *Moran*, uma continuação da trilogia. Junto com o manuscrito, precisam inventar a forma como o livro foi encontrado. Beckett levou o romance ao seu psicanalista, Bion, que o aconselhou a não publicá-lo. Aliviado, Beckett desceu as escadas precipitadamente e esqueceu o manuscrito no consultório. Anos mais tarde, um jovem pesquisador da Universidade da Califórnia, em Irvine, descobriu o romance no arquivo não classificado de Bion. Depois de negociar diretamente com os herdeiros e acertar o adiantamento, entregam o livro etc.

Sábado
    Todo dia vejo o velho sair de casa e caminhar lentamente pela neve até a beira da lagoa. A bruma da sua respiração é como uma névoa no ar transparente. Conversamos algumas vezes quando nos encontramos por acaso no caminho para o campus, ele lecionou física aqui em Princeton nos anos 50 e agora está aposentado, mora sozinho, sua mulher morreu no ano passado, não tem filhos, seu nome é Karl Unger, um exilado alemão. Quando chegam os patos selvagens, escuta-se primeiro um barulho abafado, como se alguém sacudisse um pano molhado no céu. Quase imediatamente começa a se escutar o grasnido e aparecem voando em fila indiana e depois formando um V sobre o fundo do bosque. Dão duas voltas sobre a lagoa até se lançarem na água congelada, e quando mergulham patinam com as asas abertas e o pescoço contra o gelo. Voltam caminhando desajeitados, escorregam e alguns ficam quietos com os pés como ossos mortos na geada. Vivem no presente puro e a cada manhã se surpreendem ao bater contra o gelo. Perderam o senso de orientação. Procuram as águas mornas do lago onde deveriam começar a migração para as terras quentes. Quando vejo o velho professor sair para o jardim e atravessar a neve e chegar à lagoa para alimentar os patos selvagens que estão morrendo de frio, sei que está começando outro dia que será igual ao anterior.

2.
O cachorro cego

Segunda-feira
Não tem objeto continuar, disse minha mãe. Nenhuma resignação. *Não tem objeto*. Como se ela pudesse decidir o momento. A casa dos meus avós tinha seu nome, e seu nome foi a primeira palavra que aprendi a ler. "Ida, está vendo?", ela dizia, apontando para as letras no portão. Usava um vestido azul. Sua imagem na lembrança é mais nítida que a luz desta lâmpada. Estava sempre alegre. No final, leves delírios, divagava. Perguntou: Que foi que o senhor disse?, e sorriu, antes de morrer. E eu não estava lá. Oh, mãe…

Quarta-feira
Preciso telefonar para minha mãe, penso de repente. Pensamentos soltos, pesadelos. (Sonho que sou um cachorro cego. Pequenos movimentos aterrorizados, o focinho para o ar.)

Domingo
O Gato Barbieri tocou ontem à noite no Blue Note. Muita gente, tudo bem íntimo. Eu não o escutava desde 77, quando o vi num show em San Diego e ele apresentou *Ruby, Ruby*. Quero fazer com alguns amigos um documentário sobre o jazz em Buenos Aires. O Gato na origem do *free jazz*; em meados dos anos 60 ele gravou *Symphony for Improvisers*, pura improvisação quase sem standards. Steve Lacy ficou encalhado em Buenos Aires, sem dinheiro, em 1965 ou 1966, e tocou no Jamaica, onde também tocavam Salgán e De Lío. Lembro que fui lá com o Néstor Sánchez, que naquele tempo queria levar a improvisação para a prosa: *Siberia blues*. Curiosamente, na literatura o jazz sempre esteve ligado ao estilo oral (Kerouac, Boris Vian, Cortázar etc.).

Terça-feira

A Carola tem o dom de fazer amizades, como quem diz "faço uma obra". Cada uma das suas amigas, definida por uma qualidade específica, tem um leve toque diferencial. A moça húngara que organiza cursos para largar o cigarro para funcionários da ONU; a jovem brasileira que se dedica a garimpar inesperadas galerias de arte no Bowery, para colecionadores que pagam pelo tour; a mulher de meia-idade, ex-tenista profissional, que só vai para a cama com negros.

A amizade entre mulheres tem a forma de uma sociedade fechada em que não há segredos. Claro que não há segredos, Carola me diz, nem segredos nem vida privada. Você tem que viver em terceira pessoa. Olha pela janela. Aqui os esquilos são praga porque faltam cachorros de rua, diz. Deviam importar vira-latas etc.

Sexta-feira

Longa conversa no bar Lahiere's com James Irby, legendário tradutor de Borges ao inglês, extraordinário professor de poesia em Princeton. Discutimos alguns poemas de Lezama Lima, entre eles "Oda a Julián del Casal", sobre o qual Jim escreveu um longo ensaio que ele ainda considera incompleto. Você devia fazer um livro sobre esse poema, digo. Existe algum livro dedicado a um único poema? Lembramos do livro de Butor sobre um sonho de Baudelaire. Os versos são como o resto diurno do sonho, uma trama de imagens aos cacos, de lembranças e palavras perdidas. Calasso publicou agora um livro sobre o mesmo sonho de Baudelaire, diz Jim, mas sem citar Butor.

A chave do trabalho do Jim é que ele analisa poemas escritos em língua estrangeira. A leitura é sempre incerta, as palavras parecem pedras de um muro: o sentido depende do peso, da posição. Chamamos esse modo de ler "crítica concreta". Na mesma linha, ele aponta que o final de *Alvo noturno* remete à anáfora do poema "Metempsicosis", de Rubén Darío, que li muitas vezes ao longo do tempo, mas no qual não pensei enquanto escrevia o romance. O Jim o recita, com ar irônico, marcando a escansão dos decassílabos e o corte da estrofe: *Yo fui un soldado que durmió en el lecho/ de Cleopatra la reina. Su blancura/ y su mirada astral y omnipotente./ Eso fue todo// Y crujió su espinazo por mi brazo;/ y yo, liberto, hice olvidar a Antonio./ (¡Oh el lecho y la mirada y la blancura!*)/ *Eso fue todo*. E depois de uma pausa, agora enfatizando o tom metálico do verso, recita a última estrofe: *Yo fui llevado a Egipto. La cadena/ tuve al pescuezo. Fui comido un día/ por los perros./ Mi nombre, Rufo Galo./ Eso fue todo*. Esqueci algumas estrofes, ele diz enquanto vamos saindo. Às vezes esquecemos uns versos para melhorar o poema, respondo. Não foi esse o caso, Jim sorri. Lá fora já é noite. Você sabe que vão fechar este bar?, me pergunta.

Enquanto fazia minhas anotações sobre a conversa de agora há pouco com o Irby, me lembrei de que a metempsicose — a palavra que Molly não entende no início do romance — está na origem do *Ulysses* de Joyce. Bloom é a reencarnação do herói grego. Essa concepção define o enredo.

Auden tem razão quando aponta que os artistas mudam de visão de mundo para renovar sua poética. Explicava assim sua adesão ao marxismo e também a paixão tardia de Yeats pelo espiritismo, ou a conversão de Eliot ao catolicismo, ou o populismo de Tolstói. O escritor não inventa a ideologia, ele a encontra pronta e a utiliza como material de trabalho. Antes de criticar os pensamentos de um escritor, deve-se analisar sua função técnica. As dúvidas de Hamlet servem para retardar a ação.

Sexta-feira

David Simon, o criador da série *The Wire*, é um grande narrador social. Ele incorpora à trama policial os fatos do presente (o ajuste econômico de Bush, a manipulação das campanhas eleitorais, a legalização das drogas). No episódio-piloto de *Treme*, sua nova série de televisão que vi uma noite dessas, o cenário é New Orleans logo depois do Katrina: os desastres nunca são naturais, essa é a posição de Simon.

A narração social se deslocou do romance para o cinema e depois do cinema para as séries e agora está passando das séries para o Facebook e o Twitter e as redes da internet. O que envelhece e perde vigência fica solto e mais livre: quando o público do romance do século XIX se desloca para o cinema, passam a ser possíveis as obras de Joyce, de Musil e de Proust. Quando o cinema é relegado como meio de massas pela televisão, os cineastas dos *Cahiers du Cinéma* resgatam os velhos artesãos de Hollywood como grandes artistas; agora que a televisão começa a ser substituída maciçamente pela web, as séries são valorizadas como forma de arte. Logo mais, com o avanço das novas tecnologias, os blogs e os velhíssimos e-mails e as mensagens de texto serão exibidos em museus. Que lógica é essa? Só se torna artístico aquilo que caduca e está "atrasado".

Terça-feira

Na esquina da Witherspoon com a Paul Robeson, um sujeito de jeans e blusão de flanela xadrez ergue um cartaz em apoio ao candidato republicano nas eleições legislativas. Fez questão de pendurar uma bandeirinha americana, sinal de que pertence à direita nacionalista. Faz propaganda aproveitando o longo sinal fechado. Eu nunca tinha visto um ato proselitista de um homem só.

Tudo aqui se individualiza. É assim também que funcionam os atentados políticos. Lee Harvey Oswald; o assassino de Martin Luther King; quem atirou contra a congressista democrata no Arizona. São sempre atos de um indivíduo perturbado, *singular*. Essa personalização extrema é "a aparência puramente estética" do mundo social, como dizia Marx falando de Robinson Crusoé. Não se veem as lutas sociais, mas sua ausência se manifesta alegoricamente: um funcionário dos Correios, em Ohio, ao ser demitido, sobe numa torre e mata as pessoas que passam pela rua.

Outro exemplo é a decisão da Corte Suprema de Justiça dos Estados Unidos, que aprovou a lei (caso *Citizens United*) que obriga a considerar as poderosas corporações econômicas como cidadãos individuais. A utopia do capitalismo americano é que os grupos de poder e as forças sociais sejam considerados pessoas isoladas. Todos os indivíduos seriam iguais, cada qual um Robinson lendo a Bíblia na sua ilha deserta.

3.
O conselho de Tolstói

Segunda-feira
Depois que parei de beber, passei a ter pequenas perturbações que me causavam efeitos estranhos. Não conseguia dormir e nas noites de insônia saía para caminhar. A cidade parecia deserta, e eu mergulhava nos bairros escuros, como um espectro. Via as casas na claridade da noite, os jardins iguais; ouvia o rumor do vento entre as árvores.

Terça-feira
Saio desses estados meio ofuscado, como quem passou muito tempo olhando para a luz de uma lâmpada. Acordo com uma estranha sensação de lucidez, lembro vividamente alguns detalhes isolados — uma corrente quebrada na calçada, um pássaro congelado na neve, a frase de um livro. — É o contrário da amnésia: as imagens estão fixas com a nitidez de uma fotografia.

Só meu médico em Buenos Aires sabe o que está acontecendo comigo, tanto que, em dezembro, me proibiu de viajar. Impossível, tenho que dar aula. Se os sintomas persistissem, eu devia procurar um especialista aqui. É um grande clínico e um homem afável; está sempre sereno. Segundo ele, eu sofria de um transtorno raro chamado "cristalização arborescente". O cansaço acumulado e um leve distúrbio neurológico me provocavam pequenas alucinações.

Quinta-feira
Há um mendigo que dorme no estacionamento do restaurante Blue Point, no final da Nassau Street. Tem no peito um cartaz que diz "Sou de Órion" e está sempre com uma capa branca fechada até o pescoço. De longe parece um enfermeiro ou um cientista no seu laboratório. Ontem, ao

voltar de uma das minhas caminhadas noturnas, parei para conversar com ele. Leva escrito que é de Órion para o caso de aparecer alguém que também seja de Órion. Precisa de companhia, mas não qualquer companhia. "Só pessoas de Órion, Monsieur", diz. Pensa que sou francês, e não o desmenti para não alterar o rumo da conversa. Dali a pouco fica em silêncio e em seguida se deita sob a marquise e pega no sono. Tem um carrinho de supermercado onde leva todos os seus pertences.

Sexta-feira

Quando me sinto confinado, vou a Nova York e passo uns dias no meio da multidão da cidade, sem procurar ninguém, evitando ser visto, preferindo locais anônimos e passando ao largo dos bares. Fico na Leo House, uma residência católica administrada por freiras. Foi criada como hospedagem para os familiares que visitavam os doentes de um hospital próximo, mas agora é um pequeno hotel aberto ao público (porém com prioridade para padres e seminaristas).

Em Chelsea, achei uma videolocadora, Film Noir, especializada em policiais. O dono é bem simpático; todo mundo o chama de Dutch, porque é filho de holandeses. Tem algumas joias raríssimas, por exemplo *Detour*, de Edgar Ulmer, um filme extraordinário, rodado em uma semana, quase sem dinheiro; longos primeiros planos de uma viagem de carro, conversas em off, luz na noite. Conta a história de um homem desesperado que viaja de carona e se perde pelos desvios do caminho. Parece uma versão psicótica de *On the Road*, de Kerouac. Tudo o que ele encontra por acaso na estrada é destrutivo e mortal.

Na verdade, estou procurando *Section des disparus*, do diretor francês Pierre Chenal, baseado num romance de David Goodis e filmado em Buenos Aires nos anos 40. Um filme mítico que ninguém viu. O Holandês me garante que pode consegui-lo, mas vai precisar de tempo, acha que deve haver uma cópia num dos grandes shoppings de pirataria em Lima, Polvos Azules: lá se encontram as réplicas de todos os filmes já rodados no mundo.

Segunda-feira

Ontem, quando cheguei de volta em casa, era por volta de meia-noite. Encontrei correspondência atrasada na caixa do correio, mas nada de importante, contas a pagar, folhetos de publicidade. Liguei a tevê, os Lakers estavam ganhando dos Celtics, Obama sorria com seu ar artificial, um carro afundava no mar numa propaganda da Toyota, num canal estavam passando *Possessed*, de Curtis Bernhardt, outro dos meus filmes favoritos. Joan Crawford aparece no meio da noite num bairro de Los Angeles e perambula pelas ruas estranhamente iluminadas. Acho que peguei no sono, porque fui acordado pelo telefonema de alguém que sabia meu nome e me chamava de professor, com demasiada insistência, oferecendo cocaína.

Quando o telefone tocou, achei que fosse algum amigo que me ligasse de Buenos Aires e tirei o som da tevê. Quando o *dealer* foi ao assunto, pensei que aquilo era tão insólito que só podia ser verdade. Cortei a conversa e desliguei. Podia ser o trote de um idiota qualquer, ou um agente da DEA controlando a vida privada dos acadêmicos da Ivy League. Como ele sabia meu sobrenome?

Na tela, as figuras silenciosas de Geraldine Brooks e Van Heflin se abraçavam sob a claridade pálida. Do outro lado da janela vi a casa iluminada do meu vizinho e, na sala do térreo, uma mulher de jogging fazendo exercícios de tai chi, lentos e harmoniosos, como se flutuasse no ar.

Quarta-feira
   Ultimamente têm surgido o que poderíamos chamar de utopias defensivas. Como podemos escapar do controle? Uma estratégia de fuga impossível, porque não existe lugar de chegada. Faz alguns meses, organizamos uma antologia em Buenos Aires pedindo a vinte narradores de diferentes gerações que escrevessem um conto ambientado no futuro. Os textos, mais do que apocalípticos, eram ficções defensivas definidas pela solidão e pela fuga. Utopias que tendem à invisibilidade, que tentam produzir um sujeito fora de controle.

Sábado
   As mulheres que saem para fumar no portão dos prédios de Nova York têm uma aparência furtiva, são inquietantes. Há poucos homens, cada vez menos, fumando na rua. As mulheres saem da firma e acendem um cigarro no ar gelado, determinadas pela urgência e pela graça sedutora do vício. Um vício fraco, se é que se pode dizer assim. Os *junkies* ainda se escondem.

Lamento ter parado de fumar, quando as vejo. Pouco depois, como se retomasse algo que estava dizendo, a Carola diz: Nesta época, pela primeira vez na história, há mais escritores do que leitores de literatura.

Quinta-feira

Depois de tantos anos escrevendo nestes cadernos, comecei a me perguntar em que tempo verbal eu deveria situar os acontecimentos. Um diário registra os fatos enquanto eles ocorrem, não os rememora nem os organiza narrativamente. Tende à linguagem privada, ao idioleto. Por isso, quando lemos um diário, encontramos blocos de existência, sempre no presente, e só a leitura permite reconstruir a história que se desenrola invisível ao longo dos anos. Mas os diários aspiram ao relato e nesse sentido são escritos para serem lidos (mesmo que ninguém os leia).

Terça-feira

Estou trabalhando no prefácio a uma edição das últimas narrativas breves de Tolstói. Textos que ele escreveu em segredo, escondido de si mesmo, e que são sem dúvida excelentes, tão bons quanto os contos de Tchékhov.

Depois da conversão que o levou a abandonar a literatura, Tolstói resolveu dedicar a vida aos camponeses, transformar-se em outro, ser mais puro e mais simples. Renuncia às suas propriedades, quer viver do trabalho manual. Resolve aprender a fazer sapatos, porque um par de botas bem-feitas são, segundo ele, mais úteis do que *Anna Kariênina*. O sapateiro da aldeia lhe ensina — temeroso das perigosas excentricidades do conde — seu velho ofício.

Tolstói anotou no seu diário: *Escrever não é difícil, o difícil é não escrever*. Essa frase deveria ser o lema da literatura contemporânea.

4.
O piano

Segunda-feira

Depois do terremoto e do tsunami no Japão, a Carola só tem lido Kawabata, como um rabino leria a Torá em tempos de crise. No caso dela, não é para pedir compaixão, mas para se sentir pessoalmente afetada. Estou afetada, diz, e reflete sobre o sentido da expressão. Pensa que a palavra define as afecções — e os afetos — de uma experiência verdadeira. É verdade que ela também a usa para desprezar os escritores que lhe parecem *afetados*. Por exemplo, o insuportável Murakami!, diz. Horroroso! Na sexta-feira, ela foi para Nova York, muito preocupada com a crise das usinas nucleares, e desde então estou sozinho em casa.

Acordo cedo e saio para tomar o café da manhã no povoado. O dia está claro e frio, uma daquelas luminosas manhãs de inverno do hemisfério Norte. Dou umas voltas pelo centro, compro os jornais na banca da Palmer Square e finalmente entro no café Small World.

Peço um expresso duplo, um croissant e um suco de laranja. Nas mesas em volta, as moças e os rapazes tomam água mineral ou chá verde, concentrados nos seus notebooks, seus iPods, seus BlackBerries, com os fones nos ouvidos, isolados nas suas cápsulas espaciais mas ligados à realidade exterior pelo celular. No *New York Times*, há dois dias que os reatores de Fukushima deslocaram para segundo plano a intervenção militar na Líbia e os conflitos do Oriente Médio. Ao mesmo tempo, nos últimos dias a intervenção militar e o risco nuclear substituíram as notícias locais.

Como sempre, os atos de controle e de agressão são justificados como defesa dos controlados e agredidos. Se você telefona para uma repartição pública, surge uma voz mecânica anunciando: "Para sua segurança, esta conversa será gravada". Nesse caso, a CIA resolveu bombardear a população civil "para proteger a população civil".

Quando estou lendo o caderno de esportes, meu celular toca. É a Carola, está na Park Avenue com a rua 50. Ela sempre precisa se localizar antes de falar. Estou bem em frente à loja de discos onde estivemos outro dia, diz. Ela e suas amigas formaram uma espécie de brigada de agitprop e participam de vigílias e marchas de protesto diante da embaixada japonesa. Vão contaminar os oceanos, diz, frisando o plural. A radiação vem pelo mar. Não coma peixe de jeito nenhum! Quer que nos mudemos para Berlim, porque na Alemanha os verdes têm poder e é possível lutar contra a destruição da natureza.

Quinta-feira

Há anos rondo a ideia de fazer uma história da pintura com o título dos quadros. Uma série de longuíssima duração. Às vezes são um conto; às vezes parecem a linha perdida de um poema: *O sumo sacerdote Coreso sacrificando-se para salvar Calirroé*, de Fragonard; *Luxe, calme et volupté*, de Matisse. Alguns mostram a incerteza da representação: *Light, Earth and Blue*, de Rothko, que pode ser visto como *Luz, terra e céu* ou como *Claro, marrom e azul*. Outros são muito precisos: *Vista do Delft*, de Vermeer; *Trinta e seis vistas do monte Fuji*, de Hokusai.

Os nomes melhoram à medida que os quadros deixam de ser figurativos. *Impression, soleil levant* (1872), de Monet, é um título fundador (do Impressionismo). E o mesmo poderíamos dizer do extraordinário *Quadrado branco sobre fundo branco*, de Malévich. Ou de *Julgue*, o duchampiano título de Xul Solar. Como são descritivos, tendem a ser enigmáticos porque a imagem que representam não é fácil de nomear. Por isso, muitos pintores acabaram trabalhando no grau zero da descrição, como Pollock no seu *Number 32*, 1950.

A chave, claro, é que o título depende do quadro; em certo sentido o descreve, em todo caso o nomeia. A tensão entre mostrar (*showing*) e dizer (*telling*), sobre a qual Henry James baseava sua teoria do romance, decide a tensão entre as palavras e a imagem.

Eles definem um uso particular da linguagem: aquilo que se nomeia está aí. (Na literatura, aquilo que se nomeia já não está.) Algo é fixado na linguagem; melhor seria dizer: a linguagem é fixada numa imagem. Depende dela até quando a desmente, como no famoso *Isto não é um cachimbo*, de Magritte. Descrever aquilo do qual a obra trata não é dizer o que ela significa, e o que ela significa não depende do título.

A fotografia, ao contrário, parece necessitar da linguagem para significar. É tudo tão visível que faz falta aquilo que Jean-Marie Schaeffer, no seu livro sobre a fotografia, chama de "saber lateral", isto é, certas informações que não surgem da própria imagem. Assim como os sonhos, a foto necessita da linguagem para encontrar seu sentido. Digamos que necessita de um título. Melhor seria dizer (freudianamente): o título da foto é sua interpretação.

Vivemos numa cultura em que a interpretação define as imagens. A hiperexplicação é a marca da cultura atual, circula na mídia, nos blogs, no Facebook, nos tuítes: tudo deve ser esclarecido. Nos Estados Unidos, séries como *Lost* e *The Corner* são interpretadas e discutidas quase no mesmo momento em que seus episódios são transmitidos, os receptores têm um conhecimento completo do que estão para ver.

Isso sempre aconteceu no futebol, um grande espetáculo narrativo de massas, o relato das partidas é acompanhado de uma análise muita sofisticada, que explica as táticas e o sentido de jogo. Narração e interpretação ocorrem ao mesmo tempo.

Terça-feira
Dou uma conferência na Universidade da Pensilvânia sobre o escritor como crítico. Depois janto com Roger Chartier, Antonio Feros, Luis Moreno-Caballud e outros amigos no restaurante White Dog. Nessa casa morou Madame Blavatsky, fundadora da Sociedade Teosófica; dizem que o piano do salão principal às vezes toca sozinho no meio da noite. Conversa muito divertida sobre superstições e cultura acadêmica americana. Passo a noite na Filadélfia e de manhã, antes de voltar para Princeton, ainda consigo ver a exposição de Roberto Capucci no museu. Uma mostra extraordinária. Iluminados com luz branca na penumbra de uma galeria circular, os vestidos e as esculturas de tecido parecem mulheres mutantes de um

mundo paralelo. Essas figuras femininas sem corpo deviam ser incluídas na história da representação da mulher que John Berger reconstruiu admiravelmente na sua série de televisão *Modos de ver*. Foi Capucci que desenhou os vestidos de Silvana Mangano no filme *Teorema*, de Pasolini.

A crítica literária é a mais afetada pela situação atual da literatura. Sumiu do mapa. Nos seus melhores momentos — em Yuri Tyniánov, em Franco Fortini ou em Edmund Wilson —, foi uma referência na discussão pública sobre a construção do sentido numa comunidade. Não resta nada dessa tradição. Os melhores — e mais influentes — leitores atuais são historiadores, como Carlo Ginzburg, Robert Darnton, François Hartog e Roger Chartier. A leitura dos textos passou a ser assunto do passado ou do estudo do passado.

Quarta-feira

A Carola está me esperando na Princeton Junction e, a caminho de casa, paramos no Home Depot. É uma espécie de imensa loja de ferragens com toda a área coberta de instrumentos, aparelhos e maquinários, como se fossem as peças de uma interminável oficina desmantelada. Não há clientes nem funcionários, está deserta. É a crise, ela diz. Caminhamos pelos corredores numerados entre grandes objetos vermelhos e furadeiras. Tenho a sensação de ainda estar no museu da Filadélfia. Um museu masculino, ironiza Carola. É a fantasia do galpão de ferramentas das casas antigas, diz, mas ampliado até o delírio. As caixas registradoras estão fechadas e cobertas. Num extremo, uma moça atende o único balcão em funcionamento. Ninguém faz fila porque não há ninguém. Compro uma pá para neve, um par de luvas de lona e um alicate (para abrir e fechar janelas). Estão anunciando uma nevasca, a última do inverno, talvez.

5.
O urso

Terça-feira

Avistaram um urso no bosque, junto a um barranco, não muito longe daqui. Era uma mancha entre as árvores, uma névoa no ar. Abriu caminho e surgiu num descampado, à beira da Mountain Avenue. Erguido sobre duas patas, agitado por causa do barulho dos automóveis, com um brilho assassino nos olhos, andou em círculos e por fim se afastou para a mata.

Lembrei-me do urso de um circo mambembe que se instalou num terreno baldio nos fundos da minha casa em Adrogué, quando eu era criança. Passei horas observando o bicho através da cerca viva. Preso a uma corrente, também andava em círculos e às vezes eu escutava seus uivos na noite.

O circo encerrava a função com um espetáculo teatral. Os quadros eram adaptações de peças costumbristas e radionovelas populares. Os atores pediram emprestados alguns móveis à minha mãe para montar o cenário. Quando assisti à representação, as cadeiras de madeira clara do jardim de casa que apareciam no palco não me deixaram acreditar naquilo que via. O urso rondando os arredores do campus provoca em mim o efeito oposto.

Quarta-feira

Estou lendo *Letters*, de Saul Bellow. Escritas entre 1932 e 2005, as cartas podem ser vistas como a história de um escritor que constrói — ou inventa — sua própria tradição.

Bellow foi o primeiro tradutor de Isaac Bashevis Singer para o inglês (o conto "Gimpel, the Fool", traduzido por ele, foi publicado na *Partisan*

Review em 1952), mas se afastou do retrato realista das vítimas (os *shlimazl*) e dos foscos homens derrotados da tradição judaica à la Bernard Malamud.

"Em algum lugar do meu sangue judeu e imigrante há claros sinais de dúvida quanto ao meu direito de ser escritor", diz Bellow. O momento de ruptura foi *As aventuras de Augie March* (1953), em que ele encontra sua voz e descobre que não tem por que se forçar a escrever "seguindo as regras de nosso querido establishment branco, anglo-saxão e protestante, como se eu fosse um inglês ou um colaborador da *New Yorker*".

O herói dos seus grandes romances é um intelectual: o que importa não é como a realidade constrói a consciência dos personagens, mas como a consciência dos personagens define — e dá forma a — a realidade. *Herzog* é o ponto mais alto dessa linha.

Entre nós, quem realiza essa operação de ruptura é Roberto Arlt: ele escrevia contra a tradição central e por isso inaugurou um novo modo de fazer literatura. Sua filha, Mirta Arlt, o definiu com nitidez: "Meu pai era amigo do Güiraldes, que era um senhor muito chique, mas meu pai não tinha a menor intenção de se parecer com as pessoas chiques, que no fundo desprezava. Entre outras coisas, porque as pessoas chiques achavam que um filho de imigrantes não devia ser escritor, e sim carcereiro".

Quinta-feira
   Comecei a frequentar um ginásio de boxe. As categorias de pugilistas não são definidas pela idade, mas pelo peso. Antigamente eu era um meio-médio (66 quilos), mas agora sou um médio (72 quilos). Quem vai treinar nesse ginásio são rapazes de catorze ou quinze anos que se preparam para as Golden Gloves. Alguns deles, no entanto, só querem fortalecer o braço para os lançamentos de bola rápida do beisebol. Praticam o jab e o direto contra o saco de areia e exercitam o impulso do ombro e o giro do corpo para poder arremessar a bola a cem milhas por hora sem romper os ligamentos. A rotina de exercícios segue o ritmo das lutas: três minutos de treinamento pesado e um de descanso.

O instrutor é um velho exilado cubano que diz ter sido campeão de peso-pena em remotos campeonatos socialistas de boxe em Moscou. Mulato e muito tranquilo, é admirador de Kid Gavilán e de Sugar Ray Leonard. No pugilismo, diz, o estilo depende da vista e da velocidade, ou do que ele chama, "cientificamente", de visão instantânea.

Todos suspeitam que estou lá para escrever uma crônica dos ginásios de boxe e vêm me contar suas histórias. Vários dizem ser conhecidos da romancista Joyce Carol Oates, que escreveu um bom livro sobre boxe e que eles chamam carinhosamente de Olivia, por causa da sua semelhança com a mulher do Popeye.

Sexta-feira
Releio o *Journal* de Stendhal. Lembro da visita que fiz à biblioteca de Grenoble, com o Michel Lafon. Nos porões, tive acesso aos originais do diário. A responsável pelos manuscritos era uma figura stendhaliana, uma mulher severa e atraente, de um erotismo gelado, que trouxe o caderno sobre uma almofada de veludo vermelho. Tive que colocar umas luvas de borracha branca para poder tocar nas suas páginas, enquanto sentia a respiração da dama francesa nas minhas costas.

Stendhal acompanha de desenhos e esboços as cenas que narra no seu diário. Conta um jantar com amigos e em seguida faz um croqui minucioso da sala e da disposição dos comensais à mesa. Tinha uma imaginação espacial, cartográfica. Basta pensar na panorâmica da aldeia de Verrières no início de *O vermelho e o negro*.

Ele anota no diário, em 23 de agosto de 1806: "Eis aqui a razão pela qual creio ter algum talento: observo melhor que ninguém, vejo mais detalhes, vejo com mais justeza, até sem necessidade de fixar a atenção...". O diário de Stendhal, outro exercício de "visão instantânea".

Sábado
A primeira tradução de *Dom Quixote* para o chinês foi obra do escritor Lin Shu e seu assistente Chen Jialin. Como Lin Shu não sabia nenhuma língua estrangeira, seu assistente o visitava todas as tardes e lhe contava episódios do romance de Cervantes. Lin Shu o traduzia a partir desse relato. Publicado em 1922, com o título de *A história de um cavaleiro louco*, a obra foi recebida como um grande acontecimento na história da tradução literária

na China. Seria interessante traduzir para o castelhano essa versão chinesa de *Dom Quixote*. Por meu lado, gostaria de escrever um conto a respeito das conversas entre Lin Shu e seu assistente Chen Jialin enquanto trabalham na transcrição imaginária de *Dom Quixote*.

Domingo

O suicídio de Antonio Calvo, responsável pelo ensino de língua espanhola na Princeton University, abalou a comunidade acadêmica. Três dias antes da sua morte trágica, Calvo foi afastado pela administração, que não apenas determinou a suspensão imediata das suas aulas sem explicação alguma, como plantou um segurança para impedi-lo de entrar na sua própria sala, como se fosse um perigoso marginal.

Para tomar sua decisão, as autoridades se basearam nas observações e opiniões registradas em algumas das cartas de avaliação que a administração pedira a alunos e colegas de Calvo. O que está em jogo nesse acontecimento tristíssimo não é o conteúdo dessas cartas — que costumam circular nos processos de avaliação, numerosas e kafkianas —, mas o modo como foram lidas. Nos dez anos de trabalho de Calvo na universidade, não houve um único fato que justificasse essa decisão: tratou-se basicamente de uma questão de interpretação de metáforas, ditos e estilos culturais.

Os acadêmicos encarregados de ler as cartas agiram como aquele camponês do conto clássico que interrompe uma peça de teatro para alertar o herói de que corre perigo. Antonio Calvo era um jovem intelectual espanhol, formado nos debates da transição democrática no seu país. Nada justifica um suicídio, mas nada tampouco justifica a decisão prepotente dos responsáveis por colegas que pertencem a tradições culturais diferentes daquelas que predominam na academia norte-americana.

Os heróis da tragédia clássica pagavam com a vida a compreensão equivocada da palavra oracular; na atualidade, são outros os que leem tendenciosamente os textos que cifram os destinos pessoais. O significado das palavras — diria algum dos discípulos de Wittgenstein que são legião no campus — depende de quem tem o poder de decidir seu sentido.

Segunda-feira

O pianista que mora em frente, do outro lado da rua, ensaia todas as tardes a última sonata de Schubert. Avança um pouco, para e volta a começar. Sensação de uma janela que demora a se abrir. Hoje o vi, em pé diante do seu carro, o capô levantado, em estado de quietude. De vez em quando se inclinava para ouvir o som do motor em funcionamento. Voltava a se erguer e persistia, imóvel, em sua espera, indecifrável e tranquila.

6.
O bar de Scott Fitzgerald

Segunda-feira

Só consigo fazer uma coisa de cada vez. Lento. Poucos movimentos. Minha vida se ordena em séries descontínuas. Há uma persistência invisível dos hábitos. A série dos bares, das leituras, da política, do dinheiro, do amor, da música. Certas imagens — uma luz na janela no meio da noite, a cidade ao amanhecer — se repetem ao longo dos anos.

Gostaria de editar este diário em sequências que seguissem as séries: todas as vezes que me encontrei com amigos num bar, todas as vezes que visitei minha mãe. Desse modo, poderia alterar a causalidade cronológica. Não uma situação depois da outra, mas uma situação *igual à* outra. Efeito irônico da repetição.

Essas ideias surgem quando estou dando minhas últimas aulas em Princeton. Um seminário sobre "Poéticas do romance". Outra série possível: todas as vezes que entrei para dar aula na sala B-6-M do Firestone nestes catorze anos e o que aconteceu em seguida.

Quarta-feira

Fui com o Arcadio Díaz-Quiñones visitar a exposição sobre a Nova York latina no Museu do Bairro. As relações da América Latina com Nova York a partir do século XVII.

O Arcadio foi um dos primeiros a chamar a atenção para a importância da situação extralocal na diáspora porto-riquenha e na história da cidade. Assim como Juan Goytisolo destacou a presença árabe nas galerias e nos bairros de Paris, o Arcadio registrou as marcas da cultura latina em Nova York e — por outro lado — o modo como a emigração para os Estados Unidos definiu a prática artística e a tradição nacional de Porto Rico. Seus livros *La memoria rota* e *El arte de bregar* são fundadores de uma nova noção da cultura latino-americana.

Numa esquina do bairro, vemos as crianças saindo da escola, os pais vêm buscá-las. As crianças negras, latinas, coreanas, árabes não andam sozinhas pela cidade. Uma mulher de véu caminha com a filha de cinco ou seis anos, também velada; esperam o sinal abrir, a menina segurando na túnica da mãe.

Quinta-feira
Continua a discussão sobre o caso de Antonio Calvo. Boas intervenções de Paul Firbas e de Luis Othoniel Rosa-Rodríguez. Apontam a necessidade de politizar a questão. Por que os sindicatos de professores não funcionam? Por que não há um centro estudantil? Os conflitos se personalizam e não há a quem recorrer em caso de demissão.

Sábado
Vou com meu irmão a Atlantic City para jogar no cassino. Os bairros da periferia cheios de prédios enegrecidos e incendiados; imagens de desastre bélico nas áreas pobres da cidade. Depois, os hotéis de luxo, o calçadão de madeira, os luminosos acesos de dia. Perdemos na roleta tudo o que tínhamos, mas um dos dois achou um cartão de crédito no fundo da carteira, apesar da promessa de deixar todos em casa. Voltamos a entrar, recuperamos o dinheiro e ganhamos alguns dólares.

Na volta, pegamos uma saída errada e nos perdemos. Acabamos numa cidadezinha desconhecida, sem ninguém nas ruas; por fim, num supermercado vazio, uma mulher coreana ou chinesa passando o aspirador nos grandes corredores iluminados. Ela não sabe onde fica Princeton nem como voltar para a rodovia. Rodamos um pouco pelos subúrbios escuros até que finalmente pegamos a *freeway* e chegamos a tempo de jantar no Blue Point.

Domingo
Faz alguns meses, Alexander Kluge veio dar uma conferência em Princeton, mas um pequeno acidente de inverno o obrigou a suspendê-la. Ele não podia falar porque tinha batido o rosto e quebrado um braço. Kluge

apareceu no salão, engessado, e se inclinou para cumprimentar com uma espécie de reverência chinesa. Isso foi tudo.

Nas suas narrações sempre há um fato inesperado — um contratempo — que altera a temporalidade e concentra vários sentidos. Em alemão, o evento surpreendente é *unerhörte Begebenheit*. O acontecimento inesperado está na origem do romance como forma. E a narrativa de meia distância é o modelo em Kluge.

Nos seus livros de contos — *Biografias, Novas histórias, Stalingrado* —, a vida breve dos protagonistas se intercala na trama dos fatos históricos. Kluge trabalha como ninguém a diferença entre o sentido da experiência e o vazio impessoal da informação. A literatura como historiografia.

Terça-feira
Passamos dois ou três dias assistindo — com intervalos — às nove horas do filme de Kluge sobre *O capital*, de Marx. Na verdade é um ensaio narrativo sobre as fantasmagorias do capital, sobre sua capacidade de criar novas realidades. Por um lado, retoma a potência corrosiva do *Manifesto comunista* (a forma do manifesto como irrupção de uma nova visão crítica). Por outro, renova a discussão sobre o conceito de fetichismo da mercadoria e analisa o caráter ilusório do real na sociedade capitalista. Muito boa utilização dos letreiros, das palavras de ordem e dos cartazes como imagens verbais, na linha do construtivismo russo. Uma lição de pedagogia política e de arte didática em que convivem a montagem e os projetos de Eisenstein, o capítulo do catecismo no *Ulysses* de Joyce e os poemas de Brecht. Uma nova dramaturgia histórica na época da tecnologia avançada.

Quinta-feira
Depois de ver o filme de Kluge, a Carola decidiu viajar para a Índia com duas amigas. Um trio não familiar. Justamente, vão procurar a desfamiliarização absoluta. Pensam chegar a Nova Delhi e depois passar um tempo numa aldeia ecológica e semideserta (apenas 1 milhão de habitantes). Todos os habitantes são vegetarianos, a medicina só usa produtos naturais, o plástico e o poliéster são proibidos. A Carola e suas amigas estão indo em busca do distanciamento, da *ostranénie*, o efeito-v. O mais provável, digo a ela, é que vocês virem objeto de atenção. Também estamos indo para isso, diz.

Segunda-feira
　Os estudantes do seminário me presentearam com um Kindle. Para o senhor atualizar seu modo de ler, professor, ironizam. Já o carregaram com as obras completas de Rosa Luxemburgo e Henry James. Passo algumas horas estudando as diversas possibilidades do aparelho digital. Uma máquina de ler mais dinâmica que um livro (e mais fria).

Lemos igual apesar das mudanças? Que é que persiste nessa prática de longuíssima duração? Tendo a pensar que o modo de ler não mudou, para além das mudanças de suporte — papiro, rolo, livro, tela —, da postura do corpo, dos sistemas de iluminação e das mudanças na diagramação dos textos. Ler sempre foi passar de um signo a outro. Esse movimento, assim como a respiração, não variou. Lemos na mesma velocidade que no tempo de Aristóteles.

Quando se diz que uma imagem vale mais que mil palavras, quer dizer que a imagem chega mais rápido, a captação é instantânea, enquanto ler um texto de mil palavras, qualquer que seja, exige outro tempo, uma pausa.

A linguagem tem sua própria temporalidade; ou melhor, é a linguagem que define nossa experiência de temporalidade, não só porque a tematiza e a encarna na conjugação verbal, mas porque impõe sua própria duração quando a usamos. Para estar à altura da velocidade de circulação das novas tecnologias, teríamos que abandonar as palavras e adotar uma linguagem inventada, feita de números e notações matemáticas. Aí sim talvez estivéssemos à altura das máquinas rápidas. Mas é impossível substituir a linguagem, todo esperanto é ridículo. O sistema de abreviações taquigráficas do Twitter e das mensagens de texto acelera a escrita, mas não o tempo de leitura; é preciso repor as letras faltantes — e reconstruir sua desolada sintaxe — para compreender o sentido.

Sábado
　Vou ao bar Lahiere's, que será definitivamente fechado dentro de alguns dias. Scott Fitzgerald costumava vir aqui. Peço um uísque com gelo, depois de quase um ano sem beber.

Segunda-feira
Última aula. Fotos em grupo. Vou sentir saudade dos estudantes.

Reunião na Palmer House com os colegas do departamento. Cumprimentos, lembranças, discursos, presentes.

Terça-feira
Entrevista no escritório do Retirement Funds para discutir o salário que vou receber quando parar de dar aula e me tornar um professor aposentado. A reunião é num lugar belíssimo, talvez o escritório mais elegante da universidade, em frente aos bosques e ao lago. A secretária responsável pelo trâmite é jovem e sorri automaticamente no fim de cada frase. É uma espécie de *killer* desalmado e alegre. "Quantos anos o senhor calcula que vai viver? E sua mulher?", pergunta enquanto examina meu arquivo pessoal no computador. A quantidade de dinheiro deve ser dividida pela quantidade de anos de vida do "beneficiário". Ela fala do assunto com naturalidade e eficácia, inclusive me mostra as estatísticas e os gráficos que indicam a expectativa de vida dos professores aposentados da universidade. Parece que os que mais duram são os matemáticos e os físicos (média de 85 anos). Os catedráticos de literatura costumam morrer aqui muito jovens (média 76 anos). "Há exceções", diz sorrindo, "mas a estimativa é importante porque dela depende o valor da pensão." Bom, digo para me defender, minha mãe e minha avó foram muito longevas, superaram a média dos professores de matemática. Ela me escuta com seriedade, mas sorrindo. Também quer saber onde penso investir o capital. Com maior risco, os juros serão mais altos; se o investimento for em títulos garantidos, claro, diz sorrindo, os ganhos serão menores. Em seguida me pergunta, como que de passagem, quantos anos a Carola vai viver. Eu olho para a bela paisagem que se vê nas amplas janelas e estou um pouco desanimado. Estimar quantos anos as pessoas vão viver para calcular o dinheiro que podem receber a cada mês é o exemplo mais acabado da ética do capitalismo. Sem véus ideológicos nem falsas ilusões, a pessoa encara o real puro. No final proponho um acordo, prefiro não pôr um limite à minha vida. Nesse caso, ela explica, posso contratar um seguro de vida e receber um salário estipulado. É uma aposta, à maneira da aposta de Pascal. Se eu viver muito, azar do fundo de pensão; se eu viver pouco, azar o meu, porque o resto do dinheiro que continua a gerar lucros depois do meu sentido passamento será incorporado

ao Tesouro federal. Começo a receber o salário em janeiro do ano que vem, vamos ver quanto dura.

Quarta-feira

O Andrés Di Tella veio para o Princeton Documentary Festival e aproveita para filmar enquanto desocupo a sala, devolvo livros na biblioteca, tiro os quadros da parede, esvazio as gavetas, arquivo papéis. Tenho nele meu Grande Irmão pessoal.

Quinta-feira

Janto com o Arcadio, a Alma Concepción e a Sarah Hirschman no legendário — para mim — restaurante chinês do centro comercial, no fim da Harrison Avenue. Nós levamos o vinho. Bebo demais, porque não gosto das despedidas.

Aeroporto Kennedy. Viagem a Buenos Aires.

7.
Que gato?

Sexta-feira

Aterrisso de manhã em Buenos Aires depois de meses de ausência. Vou e venho pela casa, abro as janelas, dou alguns telefonemas. No estúdio está cristalizado o dia em que parti, como se tivesse saído fugindo. Um jornal *La Nación* do mês de maio na poltrona; fichas, diagramas e anotações soltas coladas na parede (*Homens de capa branca, óculos escuros, a ameaçam. A moça pensa: Se eu olhar para as armas, estou perdida*). Sobre a mesa, os livros que provavelmente estava lendo: *El sol que declina*, de Osamu Dazai; *Terrorism and Modern Literature*, de Alex Houen; *El amparo*, de Gustavo Ferreyra. A quantas andava naquele tempo?

A Carola ficou na Filadélfia, espera seguir para Los Angeles e daí para Tóquio. Viaja sem bagagem. "Só vou levar minha máquina fotográfica e os comprimidos para dormir", diz.

Sábado

Passo a noite de Natal sozinho na cidade deserta. Não há carros nas ruas, poucas luzes, as lojas fechadas, uma estranha penumbra. Desço a Corrientes à procura de um lugar aberto onde jantar e acabo numa churrascaria improvisada num local com mesas na calçada. Ao fundo, atrás do Obelisco, um jogo de luzes que parece vir do rio. De quando em quando, estouros e fogos. Aos poucos o lugar vai se enchendo dos náufragos da noite, pessoas sozinhas, alemães, belgas, americanos, viajantes que saíram como eu em busca de um lugar para jantar. Peço costela com salada e uma garrafa de vinho. Dali a pouco já estou conversando com um inglês sentado à mesa vizinha. É de Liverpool, veio buscar — ele diz "pescar" — jogadores de futebol das divisões inferiores. Acabo tentando lhe explicar nosso futebol através da identidade — futebolística, física e criativa — de Enrique Omar Sívori, Ricardo Bochini, Diego Armando Maradona e Lionel Messi: a arrancada, a finta, o drible curto, a trivela. "Eram muito parecidos", concluo. E o inglês anota o que vou dizendo num cantinho do papel branco que serve de toalha. Enquanto isso, no alto da noite soam sirenes, apitos, explosões, distantes e defasadas.

Sábado
Escrever à mão é uma prática arcaica, anterior até à linguagem oral. Os instrumentos mudaram ao longo dos séculos, mas o gesto é o mesmo: usa-se a mão mais habilidosa para traçar as letras e a outra como ajuda ocasional. Sou um canhoto contrariado, só uso a direita para escrever, e em tudo o mais a mão esquerda. A inesquecível srta. Tumini, professora do primeiro ano primário, me obrigava a escrever com a mão direita. Eu me vejo na sala de aula vazia copiando palavras com o furor de um pequeno disléxico demente.

Quarta-feira
Antigamente, a três por dois eu entrava numa polêmica pública. Agora não vejo sentido nesse burburinho incessante de opiniões e previsões. Mas às vezes, de manhã cedo, no chuveiro, ainda escrevo indignadas cartas imaginárias aos jornais respondendo a argumentos idiotas. Assim que eu saio da água, as réplicas se dissolvem.

Uma mendiga matou outra nas arcadas de Plaza Once porque lhe roubou uma maçã.

Quinta-feira
Leio num velho número da *Magazine of Fantasy and Science Fiction* um artigo sobre a persistência do tigre na literatura inglesa: o tigre que arde luminoso na floresta da noite de W. Blake, o Shere Khan de Rudyard Kipling, o tigre de Iucatã de Hilaire Belloc, o tigre malhado das planícies do paraíso de Ian McKenzie, e então penso que também o tigre foi roubado das bibliotecas pelo fazedor cego que quis sonhá-los, mas sem sorte, porque seus tigres saíam "puxando a cão ou pássaro".

Sexta-feira

Escrevo um prefácio para o romance de Sylvia Molloy *Em breve cárcere*. Quando dizemos que não podemos deixar de ler um romance é porque queremos continuar escutando a voz que narra. Para além da intriga e das peripécias, há um tom que decide a forma como a história avança e flui. Não se trata do estilo — da elegância na disposição das palavras —, mas da cadência e da intensidade do relato. Em suma, o tom define a relação que o narrador mantém com a história que narra.

Ela me envia seus e-mails do BlackBerry: frases breves, ordens ("Rega as plantas!").

Segunda-feira

Saio para comprar os jornais. Na calçada da rua Cabrera, uma mulher fala com um gatinho que está no alto de uma árvore. O gato lambe as patas, indiferente. A mulher tenta fazê-lo descer. "Não quero que ele viva uma vida nojenta na rua", ela me diz. A gata deu cria no oco de uma bifurcação do tronco e ontem carregou os outros filhotes e o abandonou. Quando passo de volta, a mulher já não está, e o gato continua lá. No mercadinho coreano, compro leite e um pouco de carne moída. O gato desce e o levo para casa.

Tive um gato há muitos anos em Mar del Prata, logo depois de terminar o colégio. Em março fui estudar em La Plata e pedi para minha mãe cuidar dele. Nas férias de inverno, voltei para casa e não o encontrei. Pergunto para minha mãe: Cadê o gato? Ela me olha com seus belos olhos irônicos. "Que gato?", devolve.

A vizinha russa. Eu a conheci em Princeton, onde se instalara em 1950. Saiu da Rússia pela Finlândia em 1937, quando Bukharin caiu em desgraça, e se exilou em Paris. Nas últimas décadas, publicou dois tomos de uma monumental biografia de Tolstói e está trabalhando no último volume, que ela chama provisoriamente de *A conversão*. Já viajou duas vezes para a ex-União Soviética para trabalhar nos arquivos secretos da KGB abertos recentemente em Moscou.

Sábado

Tenho interesse na distinção que Sartre estabelece em *O ser e o nada* entre estar morto e estar "aposentado" (*être mis a la retraite*): no primeiro caso, o passado não existe; no segundo, não há nada além dele.

O ex-lutador, o ex-combatente, o ex-dependente, o amante abandonado. Quem está aposentado (eu mesmo, em Princeton). A frase de *In Another Country* (Em outro país) de Hemingway que F. Scott Fitzgerald considerava uma das mais sugestivas e inquietantes da língua inglesa (*In the fall the war was always there, but we did not go to it anymore*), dá conta dessa nostalgia da experiência intensa que persiste como um *lugar* aonde não é possível voltar. Poderia ser traduzida, literalmente, assim: "No outono a guerra ainda estava lá, mas nós já não íamos mais a ela". Outra opção: "No outono, a guerra continuava lá, mas já não íamos a ela". Frase clara mas estranha, por causa do seu leve deslocamento sintático e sua torção pronominal.

Por outro lado, a vivência de que já não há passado remete à figura do *morto-vivo*, que não tem história nem sabe nada do passado, bebeu das águas do rio Lete. "Pergunte aos historiadores! Eles, em seus aposentos, contemplam boquiabertos o que foi e não se cansam de descrevê-lo. Vá perguntar a eles e depois volte aqui", diz o caçador Gracchus, que vaga pelos tempos e pela Floresta Negra, no extraordinário conto de Kafka ("Aqui estou eu, morto, morto, morto").

Esse é o lugar da enunciação e do tom irônico que Beckett toma de Kafka para definir um novo tipo de narrador. Seu primeiro conto escrito em francês, "Le Calmant", diz no início: *Je ne sais plus quand je suis mort. Il m'a toujours semblé être mort vieux* ("Não sei quando morri. Sempre me pareceu ter morrido velho"). Textos que narram a experiência de viver fora da vida, num presente perpétuo. Daí sua atualidade etc.

Há um pouco dessa figura na cultura política atual. A noção da testemunha, como o morto no Walsh de *Operação Massacre* ("Há um fuzilado que vive"), que a partir dessa figura restitui a verdade. Também há o caso dos prisioneiros clandestinos que sobreviveram aos campos de concentração argentinos (o desaparecido que regressa) e são testemunhas-chave na reconstrução dos fatos no *Nunca más* e nos julgamentos atuais dos militares.

***

A testemunha como o sobrevivente de uma experiência extrema. Talvez esse seja o único caso em que vale a equação *só quem viveu pode contar*, porque parece de antemão impossível sobreviver a essa situação. Me chamem de Ishmael, sou o sobrevivente do Pequod, sou o caçador Gracchus, sou Molloy, sou Malone.

O romance policial põe a verdade no lugar do morto. (A cena clássica do moribundo que não chega a dizer... o nome do assassino.)

Tchékhov, nessa mesma linha, define o argumento de um conto (que ele não escreve, acho): "*A man whose madness take the form of an idea that he is a ghost: walks at night*" (*Notebook of Anton Chekhov*. Published by Leonard & Virginia Woolf at The Hogarth Press, Richmond, 1921). "Um homem cuja loucura o faz acreditar que é um fantasma: caminha na noite."

Mais duas de Tchékhov: "Toda noite eu perco o sono e leio *Guerra e paz* (se eu estivesse perto do príncipe Andrei já o teria curado)". E enquanto lê *Pais e filhos*, de Turguêniev: "A doença de Bazárov está tão bem descrita que eu mesmo me debilitei e tive a sensação de me contagiar dele". A leitura do médico.

Segunda-feira
   O gato se adaptou logo à sua nova vida. Imediatamente se instalou no quintal e se dedicou a observar os pássaros que sobrevoam a trepadeira ("Investigações de um gato"). Fita o ar, abstraído, como se captasse o que ninguém pode ver.

8.
A maré baixa

Sexta-feira

A Carola encurtou sua viagem e voltou ontem à noite. Passou várias semanas entre Filadélfia, Princeton e Nova York. Não quis seguir até Los Angeles, indignada com o tratamento nos aeroportos norte-americanos. "Eles te tratam como se você fosse um prisioneiro político", diz. Na escala em Dallas, confiscaram sua máquina fotográfica e a devolveram duas horas depois, com várias imagens apagadas. Faz anos que ela vem fotografando as câmeras de segurança. "Não gostam que a gente tire retratos *deles*", diz.

Segunda-feira

Tarde da noite, quando o calor amaina, saímos para caminhar. Atravessamos a cidade, que vai envelhecendo à medida que nos aproximamos do rio pelo sul. No Bajo, a Costanera é belíssima. Há churrascarias com mesas ao ar livre sob as árvores. Pescadores junto à mureta defronte ao rio, de costas para a cidade, com suas varas e seus apetrechos. Um parque de diversões com lanternas coloridas e brinquedos quase em ruínas. Esse é o mundo de *Alrededor de la jaula* e *En vida*, dois dos melhores livros do Haroldo Conti. As luzes longínquas dos navios que cruzam o rio são o único horizonte dessas histórias sem saída.

Habitualmente, os narradores mais líricos e mais atentos à paisagem narram o rio. Já foram escritas várias obras-primas nessa linha: *Zama*, de Di Benedetto; *El limonero real*, de Saer; *Sudeste*, de Conti; *La ribera*, de Wernicke, *Hombre en la orilla*, de Briante. Procuram a lentidão; tendem a narrar no presente algo que já aconteceu. Alguns romances de Conrad se movem nessa direção: a calmaria modorrenta é a motivação da narrativa. Em *Coração das trevas*, Marlow conta a história enquanto esperam a maré do

Tâmisa subir. Quanto mais profunda a quietude, mais intensa a narração. A dispersão do fluxo do tempo se detém e é acalmada pela vazante, a crescente que não chega se torna uma metáfora da arte de narrar.

Terça-feira

Vou ao dentista. Ele me recomenda usar uma placa de mordida. É um arco de acrílico transparente — e muito firme — que reproduz a parte superior da dentadura. Com isso, vou parar de cerrar a mandíbula ao dormir. O ranger e o bater de dentes eram sinais de pavor nos quadrinhos e romances de aventuras que eu lia na infância. À noite durmo tranquilo e sonho que viajo de bonde.

Quinta-feira

Recebo em casa a visita do Fernando Kriss, um amigo de toda a vida, professor de filosofia, inativo, ou melhor, desativado, como ele diz. Traz duas garrafas de vinho branco. Compramos comida árabe no restaurante da esquina e nos sentamos para comer no quintal. Sem cair na moda atual em que todo mundo faz pose de entendido girando a taça enfiada no nariz antes de dar o primeiro gole, começamos uma discussão delirante sobre a diferença entre o Chardonnay e o Chenin. Poderíamos aplicar à diferença entre os vinhos, diz Fernando na metade da primeira garrafa, a teoria dos conjuntos imprecisos. É um tipo de lógica que pretende introduzir silogismos não perfeitos, ou seja, um conhecimento incerto e difuso. O raciocínio se baseia em experiências semelhantes mas não idênticas, imprecisas, digamos. Ele está no quarto casamento. Faz um mês, sua última mulher foi viajar e voltou dali a uma semana sem que Fernando notasse sua ausência. Chama esses eventos de experiências com os conjuntos imprecisos. Por exemplo, diz, os jornalistas hoje ocupam o lugar dos intelectuais, e os intelectuais se identificaram com os jornalistas. Típico caso de um conjunto impreciso. Alguns dos intelectuais que na época dos militares apoiaram a guerra das Malvinas agora assinaram uma petição defendendo a posição da Grã-Bretanha. Não são oportunistas, diverte-se meu amigo, são apenas imprecisos. Abrimos a segunda garrafa de vinho. Ao ar livre, a noite é esplêndida.

Domingo

Leio no *Diário* de Brecht (9/8/1940): "Sobre a concisão do estilo clássico: se numa página eu omitir o suficiente, estou reservando para uma única palavra — por exemplo, a palavra noite, na frase 'ao cair da noite' — o valor equivalente àquilo que deixei fora, na imaginação do leitor". Idêntica à teoria do iceberg de Hemingway: só que no caso de Brecht deixa-se fora aquilo que o leitor já conhece, e no caso de Hemingway deixa-se fora aquilo que o leitor não conhece.

Em *Paris é uma festa*, referindo-se a uma de suas primeiras narrativas, Hemingway escreve: "Num conto muito simples chamado 'Out of Season' (Fora de temporada), omiti o verdadeiro final em que o velho se enforcava. Fiz isso baseado na minha teoria de que é possível omitir qualquer coisa quando se sabe o que omitir e que a parte omitida reforça a história e faz com que o leitor sinta algo além do que entendeu".

O conto de Walsh "Essa mulher" pertence à primeira categoria. Todos os leitores — argentinos — sabem que a mulher, que nunca é nomeada, é Eva Perón. Por outro lado, "A sesta de terça-feira", de García Márquez, pertence à segunda categoria. Não se narra a cena central — a mulher que vai com a filha ao cemitério sob o olhar acusador do povo —, e o leitor deve imaginá-la. Nos dois casos, aquilo que se subtrai define a história.

Terça-feira
    Giorgio Mara está preparando, em Madri e Buenos Aires, uma exposição de trabalhos do Eduardo Stupía com fragmentos deste diário. O Eduardo usa minhas notas como pretexto para avançar na sua pesquisa sobre as múltiplas possibilidades de construir uma imagem. Discutimos sobre os registros possíveis de um diário. Já sabemos que sua única condição é cronológica e aleatória. Trata-se de registros que só obedecem à sucessão dos dias. Um diário registra o que ainda não é, digo. O Eduardo dá risada, "Metafísico demais", diz. O Giorgio abre umas caixas de livros que acaba de receber. Dentre eles, o segundo volume da correspondência de Beckett e vários livros sobre Lee Krasner. "Parece que o marido dela também pintava", diz o Eduardo.

Quarta-feira
    A vizinha russa. Agora, ao recordar aqueles meses, penso que, se consegui manter uma relativa sanidade, foi graças a Nina Andropova, minha vizinha russa. Ela tinha uma idade incerta entre os oitenta e os noventa anos,

período em que algumas mulheres voltam a florescer antes de se extinguirem gloriosas. Magra e miúda, de olhos cinza-azulados e cabelo de um branco luminoso, exibia tamanha vivacidade e graça que, mais do que uma velha real, parecia uma atriz jovem que estivesse representando o papel de uma distinta dama entrada em anos.

Sexta-feira

Em outubro de 1921, Kafka entregou seus cadernos a Milena. ("Você encontrou algo decisivo contra mim no diário?") Tolstói fez a mesma coisa com Sofia, sua futura esposa (e ela nunca o perdoou por isso), e também Nabokov com Vera. Em vários momentos, Pavese pensa nessa possibilidade ("Escrevo o diário para que ela o leia"). No meu caso, quem tem vivido comigo não apenas lê estes cadernos como também escreve neles. Às vezes são observações sobre o conteúdo (*Na realidade, passamos a noite no trem*) e às vezes sobre a forma (*que sintaxe horrorosa!*). Nunca escondo estes cadernos porque não há nada a esconder. E quem intervém neles só quer deixar claro que os leu.

9.
A ilha

Sexta-feira

Passamos vários dias na casa de umas amigas, numa ilha do Tigre. Ao navegar pelos afluentes do rio Paraná penso, como tantos outros antes de mim, que nenhuma cidade é lindeira, como Buenos Aires, de um arquipélago de remotas ilhas que se afastam e se perdem nas tranquilas águas de um rio tão lento que as pessoas do lugar o chamam de "caminho que anda devagar".

A paisagem lembra os ambientes de Conrad, e essa ressonância está num dos melhores poemas de Borges, "Manuscrito encontrado num livro de Joseph Conrad", que é na verdade uma nítida estampa dos densos verões do Delta. "Nas trêmulas terras que exalam o verão,/ o dia é invisível de puro branco. O dia/ é uma estria cruel numa gelosia,/ um fulgor na costa e uma febre no chão.// Mas a antiga noite é funda como um jarro/ de água côncava. Água que se abre a infinitas esteiras,/ e na ociosa canoa, de cara às estrelas,/ o homem mede o vago tempo com seu cigarro..." (e hoje já não consigo me lembrar como o poema de Borges termina).

Sábado

Desço para o rio e me lanço a nadar e me deixo levar pela corrente até um remanso junto ao Rama Negra. Dali a pouco, na água, sinto uma estranha vibração, e quando mergulho encontro no leito lamacento, a dois metros de profundidade, um celular tocando. Alguém o jogou fora ou o perdeu, mas o mais insólito — ou o mais inquietante — é que o telefone continua respondendo às ligações com sua voz mecânica.

Alguém precisava fazer uma enciclopédia das coisas que perduram na fugacidade do presente. Todo mundo aqui tem wi-fi e internet e escreve e-mails e tuítes, mas mesmo assim — como sempre —, de manhã cedo e ao cair da tarde, passa a lancha do correio. Na ida deixa a correspondência nos atracadouros, amarrada a uma estaca, e na volta recolhe as cartas que os moradores das ilhas deixam penduradas sobre o rio na ponta de uma vara.

Domingo

Saí para remar e ao subir no bote ele deu uma corcoveada, e os vizinhos — ilhéus de três gerações — me olharam com o sorriso malicioso de um campeiro que, terra adentro, observa um forasteiro presunçoso montar a cavalo.

Segunda-feira

Noites tranquilas, conversando na varanda de frente para o rio, com o cheiro balsâmico dos espirais para espantar mosquitos no ar quieto. É engraçado comprovar que o mito da volta à natureza tem antecedentes imemoriais. No seu excelente livro *El salvaje en el espejo*, o antropólogo mexicano Roger Bartra aponta que no ano 493 a.C. foi estreada a comédia *Os selvagens* (*Agrioi*), do comediante grego Ferécrates; a peça, da qual sobreviveram apenas alguns fragmentos, conta a história de dois misantropos atenienses que fogem da confusão da cidade e se refugiam numa paragem primitiva em busca de uma existência natural despojada da maldade conturbada da civilização.

Quarta-feira

Acaba de sair uma ótima tradução do *Inferno* de Dante, feita pelo poeta Jorge Aulicino. Não faz muito tempo saiu em inglês uma notável versão de Robert Hollander. De quando em quando é preciso voltar a traduzir os clássicos porque a língua muda. Melhor seria dizer que muda o modelo de estilo literário de cada época, ao qual o tradutor obedece implicitamente. Por isso uma história das traduções seria o melhor caminho para uma história do estilo literário.

A primeira tradução de *A divina comédia* na Argentina foi feita por Bartolomé Mitre, um político e militar que chegou a presidente da República. Lucio Mansilla, notável escritor e o único dândi dadá do século XIX, tinha uma entrevista marcada com Mitre, mas tomou um chá de cadeira. Quando Mansilla entrou no gabinete de Mitre, este justificou a demora porque estava trabalhando na sua tradução de Dante. "Mas claro, general", disse Mansilla. "Tem que peitar esses gringos sem dó."

Quinta-feira

O gato que encontrei na rua viveu tranquilo em casa. Logo se adaptou, tinha seu território no quintal, andava pelos quartos, subia no terraço, quando eu estava lendo vinha ficar comigo. Gostava de ver tevê, mas não suportava o canal Animal Planet. Dormia numa caixa de sapatos, não gostava da luz elétrica. O veterinário disse que estava saudável, que eu teria gato por um bom tempo. Quando fui ao Tigre, pedi para minha vizinha cuidar dele. Parece que me reconheceu quando me viu de volta. Imediatamente se instalou na poltrona, como que esperando que eu me sentasse para ler. Ontem fui jantar com uns amigos e quando voltei o gato não estava lá. Imaginei que devia andar pelos telhados e não me preocupei. Hoje de manhã não tinha voltado, e quando saí para comprar o jornal o encontrei no oco da árvore da rua Cabrera, lá onde o resgatei há um mês. Voltou ao aprisco, como Gramsci dizia dos intelectuais. Prefere ser um gato de rua a passar o dia inteiro entre livros.

Sexta-feira

Fomos ver o documentário de W. Herzog *A caverna dos sonhos esquecidos*, sobre as pinturas rupestres encontradas nas grutas de Chauvet-Pont d'Arc, no sudoeste da França. As imagens têm cerca de 40 mil anos e podem ser consideradas o início da representação figurativa na arte. Uma das ladeiras rochosas da gruta, que dá para o rio Ardèche, desabou e fechou a entrada, preservando as figuras por milhares de anos, como numa cápsula do tempo. As pinturas e desenhos da gruta têm a qualidade de uma Capela Sistina do Paleolítico. Há nas paredes um bestiário de animais poderosos e, numa ala, um extraordinário grupo de cavalos cujas cabeças são de uma leveza e uma beleza surpreendentes. Desenhada na lateral de uma rocha há uma mulher de pernas abertas unida a um bisonte. Como aponta Herzog, essa figura parece um eco distante da série de desenhos de Picasso *Minotaure et femme*. "De certo modo, são como traços de sonhos esquecidos que depois afloraram na arte moderna." A experiência do filme é inesquecível e perturbadora. O que chamamos arte estava dado desde o princípio em toda a sua perfeição. As pinturas da caverna parecem uma comprovação das hipóteses de Aby Warburg: não existe evolução nem progresso na história das imagens. As formas podem ser comparadas umas com as outras, sem mediação, numa constelação aberta de estilos de representação que são comuns por sobre séculos de diferença. Ao ver as figuras, pensei na teoria do espírito como criador de formas simbólicas de Ernst Cassirer, pensador hoje meio esquecido, mas muito lido no meu tempo de faculdade. Vale lembrar que Cassirer trabalhou por vários anos na Biblioteca de Warburg e foi de fato "o filósofo da casa". Sua influência é muito clara no livro de Panofsky *A perspectiva como forma simbólica*. A iconografia começava então a substituir o autor e a cronologia na análise conceitual da arte. Certo platonismo kantiano será sempre bem-vindo no estudo das formas e dos procedimentos artísticos de construção.

Quinta-feira

Faz muito calor na cidade. Volto caminhando ao meio-dia e numa construção cruzo com dois rapazes batendo papo à sombra de uma árvore. Ao passar, escuto um dizer para o outro, falando de um amigo ausente: "Ele pegou a mulher na própria cama com um chapa". Um conto perfeito de dez palavras. O melhor é o deslocamento da posse da mulher para a cama e a simpatia na locução final que define o intruso.

10.
Um dia perfeito

Sexta-feira
    Alguém lembrou que o entardecer não existia como tema poético para os gregos. Todo o mérito era para o amanhecer e suas muitas metáforas: a aurora, a alvorada, o despertar. Foi só em Roma, com o declínio do império, que Virgílio e seus amigos começaram a celebrar o ocaso, o crepúsculo da tarde, o fim do dia.

Haveria então escritores do amanhecer e escritores do ocaso? Essas são as listas que eu gosto de fazer. Mas, em vez disso, agora que a noite cai e me ilumina uma velha luminária, gostaria de rememorar um sentimento ligado ao pôr do sol. Como poderíamos definir um dia perfeito? Talvez fosse melhor dizer: como eu poderia narrar um dia perfeito?

É para isso que escrevo um diário? Para fixar — ou reler — um desses dias de inesperada felicidade?

Terça-feira
    Sánchez Ferlosio, em *La forja de un plumífero*, explicou de que maneira foi escrito seu romance *El Jarama*… "Peguei o serviço militar no Marrocos, meus companheiros, claro, eram das classes mais modestas, e comecei a tomar gosto pela fala popular. Quando voltei para casa, comecei a fazer uma lista e de tudo o que me lembrava da tropa, que foi se ampliando mais e mais com todo tipo de palavras, frases feitas, 'modismos', construções ou retorções sintáticas — com dupla, tripla e até quádrupla negação —, que eu anotava sistematicamente. Essas longuíssimas listas foram a urdidura sobre a qual teci, até em termos do enredo, *El Jarama*. Algumas conversas — ou situações — foram muitas vezes inventadas sem outro motivo além de dar lugar a este ou aquele item das minhas listas."

Segunda-feira

"A imortal polaca" é uma partida de xadrez — do mestre Miguel Najdorf — considerada uma obra de arte. Em 1929, o jovem Najdorf, em Varsóvia, entrega várias peças e dá xeque-mate em 22 movimentos com um brilhante e insano ataque ao rei. Estaria tudo certo, mas (sempre há um "mas" na arte) algumas opiniões contemporâneas à época em que a partida foi disputada "duvidam" da sua autenticidade e insinuam que, na realidade, a partida disputada se *parecia* com essa, portanto o que conhecemos é, no fundo, apenas uma bela análise *post factum* que retoca e melhora os lances das brancas e das pretas; obviamente não é possível garantir nem desmentir nada, *mas* é mesmo verdade que há alguns pontos obscuros; por exemplo, nunca ficou claro em que torneio a partida foi disputada. Podemos pensar que foi só uma análise e que nunca foi jogada, ou só foi jogada para dar fama à partida (e com sucesso, pois essa sequência tem vida eterna). É claro que, se não fosse apresentada como uma partida, dificilmente essa análise teria repercussão, pois quem se lembra de uma análise brilhante?

Em 1939, Najdorf se refugiou em Buenos Aires, aonde tinha ido jogar um campeonato, e se naturalizou argentino, e foi o primeiro tabuleiro no Torneio das Nações em que a Argentina ficou em segundo lugar, atrás da União Soviética.

Najdorf e Gombrowicz fizeram amizade e se encontravam algumas tardes no café Gran Rex, em cima de um cinema da rua Corrientes, para conversar um pouco em polonês e jogar xadrez.

Domingo

Há uma tradição de livros incompletos, sem fim, não terminados, projetos que levam a vida inteira, as obras de Macedonio Fernández, os romances de Kafka, *Bouvard e Pécuchet*, *O homem sem qualidades*. Representam as tentativas mais radicais de alterar a lógica tradicional que vê no equilíbrio da forma (ou seja, na elegância do final) a chave de uma boa narração. Escritas justamente para quebrar essa ordem harmoniosa, ou escritas com uma vontade de totalização impossível, essas obras inacabadas são lidas por nós com fervor, como se pudessem mostrar a impossibilidade de fechar o sentido; o rascunho entendido como texto sempre reescrito e instável, mal datado e que não tem fim.

Algumas obras foram escritas seguindo esse critério fortuito e fugaz: os *Cahiers*, de Valéry; *O túmulo inquieto*, de Connolly, *Os cadernos de Malte Laurids Brigge*, de Rilke; até o esplêndido livro de Borges *O fazedor*. Parecem não ter forma ou não ter outra forma além da desordem e da fragilidade. *O ofício de viver*, de Pavese, é um caso especial: o suicídio é o fim deliberado do diário ("basta de palavras, um gesto, não escreverei mais"), dá a ele um ar de conclusão inevitável.

Terça-feira

Faz alguns anos, em Jujuy, bem no norte da província, meu amigo Héctor Tizón e eu visitamos as ruínas do antigo marquesado de Yavi, onde ficava a residência principal do marquês Feliciano Fernández Campero, que durante as Guerras da Independência se uniu às forças patrióticas e foi derrotado e capturado pelo exército realista na Batalha de Yavi, em 15 de novembro de 1816 — segundo o que o Tizón me contou, porque estava gordo demais para fugir. Visitamos a biblioteca que ocupa uma casa bem modesta, e a bibliotecária — uma mulher magra e amável, com aspecto de dama do Exército de Salvação — abriu a porta e nos convidou a entrar. A sala de altos tetos de palha e madeira estava coberta de livros do ilustrado marquês. E então, num canto, numa simples vitrine, vimos a primeira edição de *Dom Quixote*. A aura da arte nos espera nos lugares mais inesperados. Os dois nos inclinamos sobre as páginas abertas do livro que o marquês, famoso bibliófilo e colecionador, comprara no final do século XVIII, na sua remota juventude, e transportara até estas províncias distantes... Emocionados, nos despedimos da mulher e saímos para o ar límpido da tarde no campo deserto.

Caminhamos em silêncio até o carro, enquanto eu sentia desfilar dentro de mim pensamentos torpes, não confessados a Tizón: voltar sozinho algum tempo depois, levando clorofórmio para a bibliotecária, abrir a vitrine, *deixar uma réplica do original*, abrir a caixa envidraçada e roubar o mágico romance; ter o livro em casa, nunca mostrá-lo a ninguém; ler suas páginas, tarde na noite, uma leitura solitária, sacrílega, sigilosa. A ideia de saber que eu tinha o livro comigo e que ninguém jamais o veria me enchia de uma emoção turbulenta. Entrei no carro pensando: esse segredo pessoal não mudaria para sempre minha vida ou meu caráter, ou pelo menos minha forma de ler? Saímos por um caminho de terra e vento em busca da estrada provincial que subia para o Altiplano e a fronteira com a Bolívia.

II.
A queda

Quinta-feira

Hoje voltei a cair, acontecimento sempre surpreendente e estúpido, levantei a muito custo. Na cama, dificuldades demoníacas para me sentar, depois vou pegar uma calça no guarda-roupa e, ao me virar, caio. A Carola alucina, o porteiro sobe. "Não se preocupe, *don* Emilio", diz, vem com o jovem empregado que recebe os clientes da Deborah, a travesti que atende no terceiro andar. Os dois juntos me ajudam a voltar à vida.

Terça-feira

Morrer é difícil, algo está acontecendo comigo, não é uma doença, é um estado progressivo que altera meus movimentos. Isto não está funcionando. Começou em setembro do ano passado, não conseguia fechar os botões de uma camisa branca.

Segunda-feira

Vendi minha biblioteca, preciso de espaço. Conservo só quinhentos livros, a biblioteca ideal; com essa quantidade dá para trabalhar.

Comecei a declinar inesperadamente. Não se deve reclamar.

Sábado 5

Minha vida agora depende da mão direita, a esquerda começou a falhar em setembro, depois que terminei o programa de televisão sobre Borges. Aconteceu naquele momento, mas não por causa disso. Os médicos não sabem a causa. O primeiro sintoma foi não conseguir fazer movimentos finos, os dedos pararam de obedecer.

Segunda-feira
A mão direita está pesada e indócil, mas consigo escrever. Quando não conseguir mais...

Sinto um formigueiro, uma bateia crescendo no corpo. Quero ter certeza disso antes de escrever. Escrupuloso até o fim.

Sempre quis ser apenas o homem que escreve.

Agora me refugiei na mente, na linguagem e no futuro.

Já não consigo me vestir sozinho, por isso mandei confeccionar uma capa, ou melhor, uma túnica que me cobre o corpo confortavelmente, amarrada com dois laços. Tenho duas mudas; enquanto uma é lavada, uso a outra; são de linho azul, não preciso de mais nada.

A enfermeira meretriz pode entrar no quarto a qualquer hora, enquanto eu, entre as cobertas, olho a cidade pela janela.

O papagaio numa gaiola.

A cadeira de rodas, o andar mecânico, o corpo metálico.

A doença como garantia de lucidez extrema.

Um transtorno passageiro.

Para não me desesperar, decidi gravar algumas mensagens em voz alta num minúsculo gravador digital que repousa no bolso superior da minha capa — ou do meu casco?

Se você pode usar seu corpo, o que disser não importa.

O gênio é a invalidez.

Índice onomástico

36 Billares, Los (bar/café de Buenos Aires), 60, 78

A

Acevedo Bandeiras (personagem), 138
Adeuses, Os (Onetti), 219
Adorno, T. W., 47, 268-9
Adrian (personagem), 47
Adrogué (Argentina), 28, 86, 90, 94, 98, 100, 142, 163, 176, 241, 283
Agostinho, Santo, 38
Agrioi (Ferécrates), 304
Águas-fortes (Arlt), 20
Ahumada, Silvia, 108
Aida (ópera de Verdi), 198
Alberdi, Juan Bautista, 64, 120, 166
Aldrich, Robert, 138
Alemanha, 48, 77, 188, 231, 234, 236, 280
"Aleph, O" (Borges), 145
Alice nas cidades (filme), 87
Alidio, dr. (médico), 178
Alpes Suíços, 205
Alrededor de la jaula (Conti), 299
Alsina, Adolfo, 59
Altamirano, Carlos, 26, 36, 38, 41-2, 48, 60, 62, 64, 75, 97, 117, 122, 125, 133, 136, 155, 165-6, 200

Álvarez, Chacho, 200
Álvarez de Cristina, Antonia, 13, 16
Alvear, Marcelo T. de, 194
Alvo noturno (Piglia), 272
Amanda (namorada de Renzi), 29, 69, 76, 193, 195, 244, 246, 260
América (Kafka), 179
América Latina, 44, 288
Amigo americano, O (filme), 87
Amparo, El (Ferreyra), 294
Ana, 205
Anderson, Ralph, 268
Andrade, dr. (médico), 168
Andropova, Nina, 301-2
Angelino, Diego, 151
Angelis, Pedro de, 49
Animal Planet, 305
Anna Kariênina (Tolstói), 278
Annie Hall (filme), 72
Ansel, Edgar, 88
Anselmi, dr., 253
Antígona (pergonagem mitológica), 17
Antonioni, Michelangelo, 228
"Anverso y reverso" (Pauls), 57
Apologia de Sócrates (Platão), 108
Appel, Susana, 83
Aráoz, Esther, 96
Archivo americano (Angelis), 49
Argélia, 14

Argentina, 16, 21, 36, 66, 74, 83, 95, 113, 116, 120, 131, 135, 148, 156-7, 198, 240-1, 253, 256, 304, 308
Argentina, sociedad de masas (Torcuato Di Tella), 64
Aristóteles, 54, 291
Arizona (EUA), 274
Arlt, Mirta, 284
Arlt, Roberto, 19-20, 22, 25-6, 58, 60, 100, 102, 105, 132, 151, 153-4, 165, 167, 284
Armeno, Roco, 256
Armstrong, Louis, 157
Arocena (personagem), 28, 72, 80, 96-8
Arte de bregar, El (Díaz-Quiñones), 289
Asís, Jorge, 31, 55, 122, 129, 132, 137, 150
Aspects of the Novel (Forster), 145
Astrada, Carlos, 61, 123
Ateneo, El (livraria de Buenos Aires), 154
Atlantic City (Nova Jersey), 289
Atlántico, El (jornal), 55
Aubert, Jacques, 18
Auden, W. H., 145, 273
Auerbach, Erich, 38
Aulicino, Jorge, 304
Auschwitz (campo de concentração), 268-9
Autobiografía (Fidel López), 64
Aventuras de Augie March, As (Bellow), 284
Aventuras de un novelista atonal (Laiseca), 145
Avram, Graciela, 234, 238

B

Bacon, Francis, 123
Badaraco, Ariel, 154
Bahía Blanca (Argentina), 249
Bairoletto, Juan Bautista, 240
Bakhtin, Mikhail, 139, 145
Balbín, Ricardo, 131
Bálcãs, 183
Balderston, Daniel, 157
Balzac, Honoré de, 40
Banco Central (Argentina), 125
Barba, Enrique, 93
Barbieri, Gato, 271
Barrenechea, Ana María (Anita), 36, 58, 63, 85, 119, 123
Barrett, Rafael, 25
Barth, John, 35, 144, 160
Barthelme, Donald, 35
Barthes, Roland, 18, 87, 128
Bartleby, o escrivão (Melville), 220
Bartra, Roger, 304
Batalha de Yavi (1816), 309
Baudelaire, Charles, 40, 222, 272
Bauhaus, 62
Bayley, Edgar, 200
Bazárov (personagem), 298
Beckett, Samuel, 73, 152, 269, 297, 301
Beethoven, Ludwig van, 232
Belgrano, Universidad de, 155, 158
Belgrano Rawson, Eduardo, 159
Belloc, Hilaire, 295
Bellow, Saul, 153-4, 156, 283-4
Benjamin, Walter, 40, 59-60, 106, 123, 145, 147
Beócia (Grécia), 220
Berger, John, 282
Bergman, Ingmar, 134, 228
Bergson, Henri, 162
Berlim, 28, 185, 241, 280
Berman, Antoine, 157, 236
Bernhardt, Curtis, 277
Bianco, José (Pepe), 85, 96, 129, 156, 220
Bíblia, 170, 184, 230, 274

Biblioteca de Grenoble (França), 285
Biblioteca do Congresso (Buenos Aires), 25, 78, 87
Biblioteca do Professor (Buenos Aires), 185
Biblioteca Nacional (Buenos Aires), 28, 63, 78, 107, 249
Biografias (Kluge), 290
Bioy Casares, Adolfo, 24
Black Mask (revista), 227
Blake, William, 295
Blavatsky, Madame Helena, 281
Bloch, Ernst, 127
Bloom, Leopold (personagem), 18, 115, 273
Bloom, Molly (personagem), 273
Blue Point (restaurante de Princeton), 275, 289
Boccaccio, Giovanni, 14
Boccardo, Carlos, 39, 55
Bochini, Ricardo, 295
Bolaño, Roberto, 269
Bolívia, 309
Bordiga, Amadeo, 70
Borges, Jorge Luis, 26, 30-1, 33, 36-7, 42, 51, 60, 74, 76, 92, 93, 96-7, 100, 102, 104, 119, 133-4, 137-8, 144-5, 156, 167, 219, 222, 272, 303, 309-10
Bouvard et Pécuchet (Flaubert), 76, 308
Bracher, Karl D., 88
Branca de Neve (personagem), 196
Brassaï, Gilberte, 137
Brecht, Bertolt, 22, 27, 37-9, 47, 74, 78, 84, 118-9, 121-3, 126, 128-31, 136, 140, 145, 163-5, 268-9, 290, 300-1
Breve carta para um longo adeus (Handke), 34
Briante, Miguel, 55, 57, 74, 109, 124, 139, 175, 299
Brinquedo raivoso, O (Arlt), 145

Broch, Hermann, 127
Brook, Peter, 242-3
Brooks, Geraldine, 277
Brújulas muertas, Las (Plá), 159
Bruno, Giordano, 123
Buchenwald (campo de concentração), 268
Buenos Aires, 12, 14-5, 19, 24-5, 34-5, 57, 68, 70, 75, 86-7, 94-5, 116, 120-1, 123, 130, 132, 141, 147, 154, 157, 166, 175, 184, 186, 188, 191, 195, 208, 210, 224, 231, 236, 240, 242-3, 249, 252, 271, 275-7, 293-4, 301, 303, 308
Buenos Aires Affaire, The (Puig), 145
Bukharin, Nikolai, 296
Buñuel, Luis, 40
Burgess, Anthony, 195
Burroughs, William, 241, 252
Bush, George W., 273
Bustos, Miguel Ángel, 152
Butley (Gray), 75
Butor, Michel, 121, 148, 272

C

Cabrera Infante, Guillermo, 269
Cacho Carpatos (amigo de Renzi), 175, 192, 261
Cadernos de Malte, Os (Rilke), 31, 309
Cadernos do cárcere (Gramsci), 37
Cahiers (Valéry), 309
Cahiers du Cinéma (revista), 273
Calasso, Roberto, 272
Califórnia (EUA), 34, 36, 41, 43, 47, 65, 95, 153
"Calmant, Le" (Beckett), 297
Calvino, Italo, 37, 145
Calvo, Antonio, 286, 289
Cambaceres, Eugenio, 122

Cambridge (Massachusetts), 205
Campo, Estanislao del, 242
Camus, Albert, 13, 148
Cancela, Arturo, 62
Capital, O (Marx), 93, 290
Capucci, Roberto, 281-2
Carola (mulher de Renzi), 228, 230-2, 234-6, 238, 243-8, 254, 256-8, 272, 278-80, 282, 290, 292, 294, 299, 310
Carrera, Arturo, 150
Carrillo, Ramón, 60
Carta a um general (desenhos), 246
Cartas inéditas (Alberdi), 64
Carter, Jimmy, 65
Casa dos mortos, A (Dostoiévski), 67
Casa Lasalle (funerária), 176
Casamiento de Laucha, El (Payró), 159
Cassavetes, John, 228
Cassino de Paraná (Entre Ríos), 71
Cassirer, Ernst, 306
Castellani, Leonardo, 26
Cátedra, La (restaurante de Buenos Aires), 234, 236
Causeries (Mansilla), 20
Caverna dos sonhos esquecidos, A (documentário), 305
Cenas argentinas (documentário), 234
Centro Clacso (Buenos Aires), 158
Centro Editor (editora argentina), 91-2, 100, 103, 117, 155, 166
Cerne da questão, O (Greene), 75
Cervatillo, El (bar de Buenos Aires), 190
Chandler, Raymond, 34, 227
Chardonnay (vinho), 300
Chartier, Roger, 281, 282
Chauvet-Pont d'Arc (França), 305
Chelsea (Nova York), 276
Chenal, Pierre, 276
Chenin (vinho), 300
Chile, 80, 90, 137

China, 285-6
Chinatown (filme), 228
Chiquito (primo de Piglia), 53, 101
Chklóvski, Viktor, 22, 26, 145
Chomsky, Noam, 140
Chopin, Frédéric, 232
Christ L. (estudante), 95
Cidade ausente, A (Piglia), 243
Circe (personagem mitológica), 194
Círculo de giz caucasiano, O (Brecht), 129
Citizens United (caso judicial dos EUA), 274
Civilização ocidental e cristã, A (instalação de Ferrari), 247
Clarín (jornal), 41, 54, 149, 157
Cluny (França), 48
Coca (personagem), 81-2, 97, 102, 104-6
Cohen, Marcelo, 176
Cole, Nat King, 232
Collège de France, 128
Comodoro Rivadavia (Argentina), 52
Compson, Quentin (personagem), 170-1
Concepción, Alma, 293
Concordia (Argentina), 81-2, 97, 99-100, 103, 106, 195
Confirmado (revista), 87
Confissões (Rousseau), 24
Connolly, Cyril, 148, 309
Conrad, Joseph, 32, 44, 72, 220, 299, 303
Conti, Haroldo, 26, 152, 299
Contrato social, O (Rousseau), 36
Controversia (revista), 153
Conversas com jovens intelectuais (Brecht), 268
Conversas com Picasso (Brassaï), 137
Cooke, Janet, 149
Cooke, John William, 224
Copa do Mundo (Argentina, 1978), 83
Copenhague, 184
Coppola, Francis Ford, 38, 51

Coppola, Silvia, 95, 97, 122
Coração das trevas (Conrad), 220, 299
Cornell, Universidade, 98
Corner, The (série de TV), 281
Cortázar, Julio, 21, 48, 145, 220, 271
Coseriu, Eugenio, 37
Council of Humanities (Princeton), 203
Crack-Up, The (Fitzgerald), 205
Craft of Fiction, The (Lubbock), 255
Crawford, Joan, 277
Crepúsculo dos deuses (filme), 242
Cristina, Roberto Luis, 16
Cristina de Domínguez, Eleonora, 16
"Crítica cultural e sociedade" (Adorno), 269
Cronista Comercial, El (jornal), 25, 28
"Cruce de la cordillera, El" (Rivera), 28
Cultura das cidades, A (Mumford), 59
Culture and Society (Williams), 58

D

Dallas (Texas), 299
Dante Alighieri, 304-5
Darío, Rubén, 272
Darnton, Robert, 282
Davis, Miles, 231
Dazai, Osamu, 294
De Caro, Julio, 242
De La Rúa, Fernando, 23
De Lío, Ubaldo, 271
Deborah (travesti, vizinha de Renzi), 310
Decameron (Boccaccio), 14
Dedalus, Stephen (personagem), 26, 115, 145, 170
Deleuze, Gilles, 87, 126, 134
Delfos, oráculo de, 12, 88
Delgado, Josefina, 42, 60
Departamento de Línguas Clássicas (Universidade de Buenos Aires), 249
Descartes, René, 60, 135
Detour (filme), 276
Dexamyl Spansule (medicamento), 194
Di Benedetto, Antonio, 299
Di Paola, Jorge (Dipi), 124
Di Tella, Andrés, 293
Di Tella, Torcuato, 64
Dia muito especial, Um (filme), 40
Dia na vida de Ivan Denisovich, Um (Soljenítsin), 64, 66
"Día que me quieras, El" (canção), 233
Diario alemán, El (La Rochelle), 78
Diário de trabalho (Brecht), 269
"Diário de um louco" (Piglia), 243
Diários (1957-1981) (Renzi), 148
Diários (Anaïs Nin), 79
Diários (Brecht), 22, 300
Diários (Kafka), 30, 302
Diários (Stendhal), 285
Diários (Tolstói), 278
Díaz, Marcelo, 24
Díaz-Quiñones, Arcadio, 243, 288, 293
Dick, Philip K., 68
Dickens, Charles, 25, 199
Diez años en la vida de A. Solzhenitsyn (Medvedev), 64
Diez, Eugenio, 177
Dinamarca, 184
Discovery Channel, 234
Ditadura alemã, A (Bracher), 88
Divina comédia, A (Dante Alighieri), 36, 220, 304
Dobb, Maurice, 71
Dom Quixote (Cervantes), 20, 145-6, 149, 244, 285-6, 309
Don Juan (personagem), 44

Donleavy, James Patrick, 35
Dostoiévski, Fiódor, 67, 145, 199
Dotti, Jorge Eugenio, 133, 136
Doutor Fausto (Mann), 46
Doze condenados, Os (filme), 138
Dreyfus, Alfred, 240
Drieu La Rochelle, Pierre, 78
Duchamp, Marcel, 161, 248
Dulcineia (personagem), 149
Dumas, Alexandre, 199
Dutch (Holandês, dono de videolocadora), 276

E

Earwicker, Humphrey Chimpden (HCE, personagem), 179
Ecce Homo (Nietzsche), 241
Echeverría, Esteban, 28, 49
Eduardo II, rei da Inglaterra, 131
Eguía, Beba, 27
Einstein, Albert, 72, 203
Eisenstein, Serguei, 290
Eleonora *ver* Cristina de Domínguez, Eleonora
Eliot, T.S., 74, 120, 145, 273
Em breve cárcere (Molloy), 296
Em busca do tempo perdido (Proust), 163
Emilio (avô de Renzi), 10, 45, 86, 142, 170, 198, 200-1
"Emma Zunz" (Borges), 137-8
En vida (Conti), 299
Entre Ríos (Argentina), 71, 193, 195
Er, mito de (Platão), 220
Era das revoluções, A (Hobsbawm), 66, 71
Era do capital, A (Hobsbawm), 71
Erdosain, Remo (personagem), 260
Érica, 207-11

Éris (personagem mitológica), 220
"Escritor fracassado" (Arlt), 154
Espanha, 206
Esperancita (personagem), 82, 112
Espinoza, Gladis, 53
Esse obscuro objeto do desejo (filme), 40
Estados Unidos, 33-4, 43, 46-7, 65, 68, 70, 78, 80, 90, 103, 119-20, 140, 157, 202, 208, 231, 236, 257, 274, 281, 286, 289
Estela (ex-colega de Renzi), 237
Estudios sobre el desarrollo del capitalismo (Dobb), 71
Eu o Supremo (Roa Bastos), 21
Eurídice (personagem), 221
Europa, 48, 79, 95-6, 137, 154, 159, 188, 199
Evans, Bill, 232
Exceção e a regra, A (Brecht), 129
Excursión a los indios ranqueles, Una (Mansilla), 25, 87
Exército Vermelho (URSS), 225
"Experimento, O" (Brecht), 129
Expósito, Homero, 239

F

Facebook, 249, 273, 281
Facundo (Sarmiento), 22, 25, 27, 35, 38, 51, 55, 57, 77, 91, 100, 103, 117, 137, 219
Faulkner, William, 32, 108, 145, 155
Fausto (livraria de Buenos Aires), 50, 59, 64, 73, 78, 107
Fazedor, O (Borges), 309
Ferécrates, 304
"Ferida de Sócrates, A" (Brecht), 129
Fernández, Macedonio, 106, 308
Fernández, María Luisa, 12
Fernández Campero, Feliciano, 309

Fernando (filho de Iris), 67
Feros, Antonio, 281
Ferrari, León, 245-8
Ferreyra, Gustavo, 294
Fidel López, Vicente, 64
Figari, Pedro, 65
Figaro, Le (jornal), 254
Figure et le lieu: l'ordre visuel du Quattrocento, La (Francastel), 37
Filadélfia (Pensilvânia), 281-2, 294, 299
Filipinas, 85
Filo-Espacio de Arte (Buenos Aires), 245
"Filosofia da composição" (Poe), 145
Finnegans Wake (Joyce), 129, 179
Fiori, Giuseppe, 71
Firbas, Paul, 289
Firestone Library (Princeton), 204-5, 208
Fitzgerald, Francis Scott, 34, 40, 50, 59, 65, 77, 164, 205, 288, 291, 297
Fitzgerald, Zelda, 205
Flaubert, Gustave, 18, 37, 88
Flores do mal, As (Baudelaire), 222
Fogwill, Rodolfo Enrique, 155
Fontana, Alberto, 69
Ford, Aníbal, 158
Forja de un plumífero, La (Sánchez Ferlosio), 307
Förster, Bernhard, 241
Forster, Edward Morgan, 145
Fortini, Franco, 282
Foster, Jodie, 149
Foucault, Michel, 50
Fragonard, Jean Honoré, 280
França, 25, 48, 175, 236-7, 305
Francastel, Pierre, 37
Francine *ver* Masiello, Francine
Franco, Jean, 62, 184
Freud, Sigmund, 91, 99, 134, 237, 281

Frisch, Max, 148
Fuentes, Carlos, 48
Fukushima, acidente nuclear de, 279

G

Galaico, Décimo Júnio Bruto (general romano), 220
Galeano, Eduardo, 28
Galeria Carmen Waugh (Buenos Aires), 39
Gandini, Gerardo, 189, 200, 202, 230-5
García Canclini, Néstor, 21
García, Germán, 35, 42, 55, 234-5, 238
Gardel, Carlos, 233, 251
Garner, Erroll, 232
Gass, William Howard, 35
Gaucho Martín Fierro, El (José Hernández), 87, 98, 100, 154, 219
Genesis of Secrecy, The (Kermode), 145
Genz (personagem), 83
Gide, André, 148
Gilmore, Gary, 139
"Gimpel, the Fool" (Singer), 283
Ginço de Limia (Ourense, Espanha), 220
Ginzburg, Carlo, 282
Girri, Alberto, 129
Godard, Jean-Luc, 228
Gödel, Kurt, 146, 203
Goebbels, Joseph, 88
Goethe, Johann Wolfgang von, 62, 189
Gógol, Nikolai, 140
Golden Gloves (competições de boxe), 284
Golden Notebook, The (Lessing), 109
Gombrowicz, Witold, 46, 61, 65, 75-6, 145-6, 148, 156, 159, 268, 308
Gómez, cabo (personagem), 51

Goñi, Osvaldo, 232
González, Horacio, 200, 239
Goodis, David, 227, 276
Goytisolo, Juan, 288
Gracchus (personagem), 297-8
Gramsci, Antonio, 37, 70-1, 199, 305
Gramuglio, María Teresa, 42, 60, 74, 151
Gray, Simon, 75
Grécia Antiga, 16
Green, Julien, 148
Greene, Graham, 75
Gregorich, Luis, 55, 124, 127, 138, 155
Groussac, Paul, 56, 64, 74
Guerra das Gálias, A (Júlio César), 36
Guerra e paz (Tolstói), 298
Guerras da Independência (Argentina), 309
Guerrero, Diana, 152
Guerrero, Luis Juan, 61
Güiraldes, Ricardo, 65, 72, 284
Gulda, Friedrich, 232
Gusmán, Luis, 24, 31, 35, 41, 50, 55, 62, 74, 78, 102, 110, 117-8, 120, 124, 129, 137, 150
Gustavo T., 55
Gutiérrez, Celia, 226

H

Hades (lugar mitológico), 220
Halperín, Tulio, 28
Hamlet (Shakespeare), 184, 221, 273
Hamlet, The (Faulkner), 108
Hammett, Dashiell, 227-8
Handke, Peter, 34, 120
Harguindeguy, Albano Eduardo, 52, 90
Hartog, François, 282
Harvard, Universidade, 205
Hawkes, John, 35

Hegel, Georg Wilhelm Friedrich, 70, 96, 119, 136
Heidegger, Martin, 119, 124, 132, 134-5
Helena D., 53, 55
Heller, Joseph, 35
Hemingway, Ernest, 47, 50, 59, 64, 72, 229, 297, 301
Herculano, biblioteca de (Itália), 224
Hernández, Felisberto, 108, 219
Hernández, José, 36, 87, 98, 100, 154
Heródoto, 221
Herzog (Bellow), 153, 157, 284, 305
Herzog, Werner, 305
Hesíodo, 220
Hinckley, John, 149
Hípias (sofista), 126
Hirschman, Sarah, 293
História da sexualidade (Foucault), 50
História de um cavaleiro louco, A (versão chinesa de *Dom Quixote*), 285
Histórias do sr. Keuner (Brecht), 123, 126, 129, 164
Hitler, Adolf, 27, 88-9, 115, 135
Hobsbawm, Eric, 66, 71
Hokusai, Katsushika, 280
Hölderlin, Friedrich, 243
Hollander, Robert, 304
Hollywood, 228, 273
Hombre en la orilla (Briante), 299
Hombres sin mujeres (Hemingway, trad. Piglia), 72
Home Depot (Princeton), 282
Homem sem qualidades, O (Musil), 51-2, 308
Homero, 52
Hora do amor, A (filme), 134
Horacio (primo de Renzi) *ver* Maggi, Horacio
Houen, Alex, 294
Hudson, William Henry, 72-3, 75
Husserl, Edmund, 119-20, 122, 140

I

IBM (computador), 202
Ídolos, Los (Mujica Láinez), 145
IFT (Ídisher Folks Teater/Teatro Popular Judaico, Buenos Aires), 38
Igreja Pentecostal de Santidade, 79
Illia, Arturo Umberto, 194
"Imortal polaca, A" (partida de xadrez de Najdorf), 308
Impression, soleil levant (tela de Monet), 280
In Another Country (Hemingway), 297
Índia, 290
Inferno (Dante Alighieri), 304
Inglaterra, 165, 269, 300
Inquilino, O (filme), 40
Institute of Advanced Studies (Princeton), 203, 210
Instituto Torcuato Di Tella (Buenos Aires), 247
Interpretação dos sonhos, A (Freud), 99
Introducción a la política (livro), 131
Irby, James, 272-3
Irvine (Califórina), 269
Isabel (namorada de Renzi), 29
Isaías, profeta, 171
Isto não é um cachimbo (tela de Magritte), 281
Itália, 107, 184, 199, 220
Iucatã, tigre de (personagem), 295
Ives, Charles, 230

J

Jacoby, Roberto, 139, 230, 234, 238, 248
Jakobson, Roman, 26
Jamaica, 271
James, Henry, 140, 145, 280, 291
Japão, 279
Jarama, El (Sánchez Ferlosio), 307
Jardim Botânico (Buenos Aires), 28
Jauretche, Arturo, 224
Jesenská, Milena, 302
Jesus Cristo, 101, 184, 247, 261
Jialin, Chen, 285-6
João Paulo II, papa, 178
Johnson, John J., 64
Johnson, Samuel, 207
Joplin, Janis, 133
Journal (Stendhal), 285
Joyce, James, 18, 28, 60, 129, 144, 177, 202, 273, 290
Joyce, Lucia, 129
Juárez (personagem), 43
Jujuy (Argentina), 309
Julgue (tela de Xul Solar), 280
Julia (namorada de Renzi), 26, 39, 77, 193, 213, 244-5, 247, 260
Julia C., 98
Júlio César, 36, 123
Jung, Carl Gustav, 129
Jünger, Ernest, 148
Junior (Miguel Mac Kensey Jr., personagem), 175
Justo, Juan B., 155, 158

K

Kafka, Franz, 30, 37, 57, 88-9, 115, 148, 155, 163, 220, 235, 297, 302, 308
Kamenszain, Tamara, 36, 44, 61, 63, 87
Kant, Immanuel, 110, 146, 238, 306
Karpov, Anatoly, 85
Kathy, 268
Katrina, furacão, 273
Kawabata, Yasunari, 279
Kazan, Elia, 40

Keats, John, 222
Kermode, Frank, 145
Kerouac, Jack, 271, 276
KGB, 133, 296
Kid Gavilán (boxeador), 285
Kierkegaard, Søren, 124, 238
Kindle, 291
King, Martin Luther, 274
Kipling, Rudyard, 295
Kluge, Alexander, 289, 290
Korchnoi, Viktor, 85, 133
Kordon, Bernardo, 38, 96
Krapp (Beckett), 73
Krasner, Lee, 301
Kriss, Fernando, 300
Kristkausky, Rubén, 19, 36, 61, 74, 86, 112, 131
Kruster, Hans, 203-5
Kubrick, Stanley, 54

L

La Boca (Buenos Aires), 60
La Jolla (Califórnia), 34
La Paz (bar/café de Buenos Aires), 192-3, 197
La Plata (Argentina), 43, 57, 120, 177, 296
Lacan, Jacques-Marie, 18, 42, 56, 70, 237
Lācis, Asja, 131
Lacy, Steve, 271
Lafforgue, Jorge, 60, 91, 103, 124, 127, 138
Lafon, Michel, 285
Lafuente, Clara (personagem), 82
Lafuente, Enrique (personagem), 82, 94, 107-8, 112-4, 116-7, 119
Lafuente, Marcos (personagem), 82
Laiseca, Alberto, 68, 74, 77
Lamborghini, Osvaldo, 115, 150, 153

Lanzmann, Claude, 199
Lastra, Héctor, 55, 122, 129, 141
Laurids Brigge (Rilke), 309
Lautréamont, conde de, 249
Lavalle, Juan, 224
Lavandera, Beatriz Rosario, 140
Le Blanc (comandante francês), 65
Le Pera, Alfredo, 233
Le Roy Ladurie, Emmanuel, 106
Leibniz, Gottfried Wilhelm, 163
Lênin, Vladímir, 161, 183, 225
Lentov, 177
Leonardo da Vinci, 208
Lessing, Doris, 83, 109
Lete (rio mitológico), 220-1
Lettera 22 (máquina de escrever), 201
Letters (Bellow), 283
"Léxico da sociologia da literatura" (Altamirano e Sarlo), 97
Lezama Lima, José, 272
Libertella, Héctor, 36, 44, 61, 63, 80, 85
Líbia, 279
Lidia (personagem), 252
Light, Earth and Blue (tela de Rothko), 280
Lihn, Enrique, 80
Lima (Peru), 276
Limia, rio (Espanha), 220
Limonero real, El (Saer), 299
Livro das mutações, O (Brecht), 129
Londres, 83, 130
López, Estanislao, 36, 224
Loria de Maggi, Sofía, 176-7, 179
Los Angeles (Califórnia), 277, 294, 299
Lost (série de TV), 281
lotófagos (personagens mitológicos), 194
Lowell, Robert, 142
Lowry, Malcolm, 11, 31

Lucia Nietzsche (projeto de ópera), 240-1, 244
Lucía (namorada de Renzi), 29
Ludmer, Josefina ("China"), 55
Lugones, Leopoldo, 153, 185
Luisa (assistente mexicana) *ver* Fernández, María Luisa
Lukács, Georg, 40, 42, 49-50, 54-5, 126, 140, 145
Luna, Félix, 194
Luxe, calme et volupté (tela de Matisse), 280
Luxemburgo, Rosa, 291
Luxo e capitalismo (Sombart), 59
Lynch, Marta, 150

M

Macintosh (computador), 201
Madame Bovary (Flaubert), 18, 120, 129, 144
Madariaga, Francisco, 200
Madri, 181, 301
Mãe Coragem (filme), 38
Magazine of Fantasy and Science Fiction (revista), 295
Magda, 231, 234
Magdalena (personagem), 102
Maggi, Horacio (primo de Renzi), 28-9, 90, 96, 175-8, 184-5, 188, 192, 196, 215, 258-9, 261-2
Maggi, Marcelo (personagem), 22, 45, 47, 53, 61-3, 67, 76, 80-3, 97, 101-5, 107, 112-4, 116, 119, 134, 170
Magritte, René, 281
Mailer, Norman, 139
Mal metafísico, El (Gálvez), 145
Malamud, Bernard, 284
Malcolm, Norman, 136, 239

Malévich, Kazimir, 280
Mallarmé, Stéphane, 40
Malone (personagem), 298
Malvinas, guerra das, 14, 17, 165, 300
Mangano, Silvana, 282
Mani (profeta persa), 226
Manifesto comunista (Marx e Engels), 290
Mann, Thomas, 46
Mansilla, Lucio, 20, 36, 51, 87, 93, 304-5
Mansion, The (Faulkner), 108
"Manto do herege, O" (Brecht), 129
Mao Tse-tung, 16
Mar del Plata (Argentina), 39, 43, 86, 150, 196, 251
Mara, Giorgio, 301
Maradona, Diego, 121, 295
Marat/Sade (Brook), 242
"Mareados, Los" (canção), 233, 242
Maria Teresa da Áustria, imperatriz, 101
María, 41
Mariani, Roberto, 95
Marleen, Lili, 159, 160
Marlow (personagem), 299
Mármol, José, 20, 100
Marrapodi, Iris (mulher de Renzi), 15, 30, 36, 39, 41-2, 44, 58, 67, 69, 72, 79, 81, 97, 102-5, 115, 118-9, 123, 125, 129, 134, 159
Marrocos, 307
"Martha Riquelme" (Martínez Estrada), 145
Martín Fierro (livraria de Buenos Aires), 31, 33
Martín Fierro ver *Gaucho Martín Fierro, El* (José Hernández)
Martín García, ilha (Argentina), 253
Martínez de Hoz, José Alfredo, 23, 52, 89, 121, 125, 131
Martínez de Perón, Isabel (Isabelita), 19
Martínez Howard, Julio (Freddy), 200

Martini Real, Juan Carlos, 152, 153, 155
Martini, Juan Carlos, 19
Marx, Karl, 70, 130, 133, 224, 274, 290
Masiello, Francine, 230-1
Massera, Emilio E., 150
Massuh, Gabriela, 150
Mastronardi, Carlos, 156
"Matadouro, O" (Echeverría), 49
Matisse, Henri, 280
Mattuck, Israel, 170
McKenzie, Ian, 295
Medina, Enrique, 122
Medo do goleiro diante do pênalti, O (filme), 120
Medveded, Zhores A., 64
Mein Kampf (Hitler), 89
Melville, Herman, 202, 220
Memoria rota, La (Díaz-Quiñones), 289
Memórias do subsolo (Dostoiévski), 67
Méndez, Javier, 15
Menéndez, Eduardo, 21
Messi, Lionel, 295
"Metempsicosis" (Darío), 272
Me-Ti (Brecht), 119, 123, 128-9
Metropolitan House (Nova York), 233
México, 28, 117-8, 123, 153, 183-4, 191
Migré, Alberto, 60
Mil e uma noites, As (contos árabes), 22
Militares y sociedad en América Latina (Johnson), 64
Minotaure et femme (tela de Picasso), 305
Misiones (Argentina), 141
Mitre, Bartolomé, 304
Mnemosine (rio mitológico), 220
Moby Dick (Melville), 202
Modos de ver (série de TV), 282
Moledo, Leonardo, 153, 157
Molina, Enrique, 19, 200
Molina, Oscar, 117-8, 156
Molloy (personagem), 298

Molloy, Sylvia, 296
Mondolfo, Rodolfo, 61
Monet, Claude, 280
Monique, 254, 256, 258, 260
Montevidéu, 107, 191
Montoneros (grupo guerrilheiro argentino), 16, 43, 185
Moran (Beckett), 269
Moreno, María, 35
Moreno, Mariano, 36
Moreno-Caballud, Luis, 281
Morte de Quiroga, A (Figari), 65
Moscou, 284, 296
Mosquera, Manuel (Manolo), 50, 64
Muhr, Dorotea (Dolly), 127, 130
Mujica Láinez, Manuel, 56, 123
Mumford, Lewis, 59
Mundo Nuevo (revista), 184
Murakami, Haruki, 279
Murat, Ulyses Petit de, 19
Muriel (filme), 134
Museu do Bairro (Buenos Aires), 288
Musil, Robert, 148, 273

N

Nabokov, Vera, 302
Nabokov, Vladimir, 31, 80, 133, 145, 269, 302
Nación, La (jornal), 22, 58, 65, 76, 122, 129, 235, 257, 294
Najdorf, Miguel, 308
Negócios do sr. Júlio César, Os (Brecht), 129
Negro Díaz, 50
New Orleans (EUA), 273
New York Times, The (jornal), 279
New Yorker (revista), 284
Nietzsche, Elizabeth, 241

Nietzsche, Friedrich, 19, 119-20, 124, 126, 238, 240-3, 261
Nin, Anaïs, 79
No decurso do tempo (filme), 87
"Noite em que no sul o velaram, A" (Borges), 42
Noite transfigurada (Schönberg), 233
Nome falso (Piglia), 19, 44, 76, 118
"Nota sobre *Facundo*" (Piglia), 117
Nova York, 37, 42, 46, 63, 65, 96, 118, 128, 144, 184, 191, 201, 231, 233, 243-4, 276-7, 279, 288-9, 299
Novalis, 243
Novas histórias (Kluge), 290
Nudelman, Ricardo, 153
Number 32 (tela de Pollock), 280

O

O'Donnell, Mario Ernesto (Pacho), 124, 127, 137, 151
Oates, Joyce Carol, 285
Ocampo, Victoria, 92-3, 96, 102
"Oda a Julián del Casal" (Lezama Lima), 272
"Ode à melancolia" (Keats), 222
Odisseia (Homero), 194
Ofício de viver, O (Pavese), 309
Ohio (EUA), 205, 274
Olsen, Regine, 124
On the Road (Kerouac), 276
Onetti, Juan Carlos, 127, 130, 219, 222
Onganía, Juan Carlos, 52
Ópera, La (bar/café de Buenos Aires), 25, 118, 191, 201
Operação Massacre (Walsh), 297
Opinión, La (jornal), 41, 50, 55, 60, 92, 96, 102
Orgullosa hermana muerte, La (Wolfe), 50

Origens da revolução industrial, As (Hobsbawm), 71
Ortiz, Ricardo M., 21
Ossorio (personagem), 22, 42, 45-6, 119; *ver também* Senador, o
Osvaldo B., 154
Oswald, Lee Harvey, 274
Ozu, Yasujiro, 228

P

Páez, Rodolfo (Fito), 239
Pago chico (Payró), 159
Pais e filhos (Turguêniev), 298
Palácio de Elsinor (Dinamarca), 184
Palácio Pizzurno (Buenos Aires), 183, 185
Paley, Grace, 35
Palmer House (Princeton), 292
Palo Alto (Califórnia), 202
Panofsky, Erwin, 306
Paraná, rio, 303
Paris, 19, 95, 130, 156-7, 166, 181, 191, 236, 238, 288, 296
Paris é uma festa (Hemingway), 301
Partisan Review (revista), 283-4
Pascal, Blaise, 31, 292
Pascoal, Hermeto, 233
Pasolini, Pier Paolo, 145, 282
"Passos nas pegadas, Os" (Cortázar), 145
Patton (filme), 51
Pauls, Alan, 57, 79, 176
Pavese, Cesare, 107, 148, 163, 184, 302, 309
Pavlov, Ivan, 185
Payró, Roberto, 159
Paz, Octavio, 48
Pedro Páramo (Rulfo), 220
Pensamiento de los profetas, El (Mattuck), 170
Pequim, 96, 191

Perette, Carlos Humberto, 23
Perón, Eva (Evita), 212, 301
Perón, Juan Domingo, 60, 131, 210, 212, 214-5
peronismo, 23, 60, 90, 97, 155, 158, 197, 200, 212-6, 234, 252, 255-7
Perspectiva como forma simbólica, A (Panofsky), 306
Peste, A (Camus), 13-4
Peterson, Oscar, 232
Pezzoni, Enrique, 24, 36, 55, 63, 85, 117-8, 123, 129
Piazzolla, Astor, 233, 242
Picasso, Pablo, 305
Pichon-Rivière, Marcelo, 35, 151, 158
Pierrot Lunaire (Schönberg), 233
Piglia, Carlos (irmão de Ricardo Piglia), 20-1, 43, 53-4, 61, 96, 228, 289, 302, 317, 339, 184
Pinter, Harold, 40
Pirandello, Luigi, 49
Plá, Roger, 159
Platão, 108, 132, 136, 219-20, 225, 306
Plus Ultra (revista), 194
Pochi Francia, 57
Pocho Peña, 78
Poderes terrestres (Burgess), 195
Poe, Edgar Allan, 145
Poeta y su trabajo, El (revista), 184
Pola (namorada de Renzi), 29
Polanski, Roman, 40
Pollock, Jackson, 280
Polônia, 53, 65, 148, 178
Polugaevsky, Lev, 133
Polvos Azules (shopping de pirataria em Lima), 276
Pomaire (editora), 83, 117-21, 123, 125, 132, 134, 137-8, 149, 154, 156
Portantiero, Juan Carlos, 131, 153
Porto Rico, 288-9

Possessed (filme), 277
Potash, Robert A., 156
Pound, Ezra, 74, 145
Premier (livraria de Buenos Aires), 42, 133, 190, 196-8, 200, 212
"Prêmio Coca-Cola nas Artes e nas Letras", 155
Prensa, La (jornal), 122
Primeira Guerra Mundial, 197
Primeiro círculo, O (Soljenítsin), 64, 68
Princeton, Universidade de, 124, 203, 208, 210, 235, 239, 241-3, 256, 270, 272, 281, 286, 288-9, 293, 296-7, 299
Princípio da esperança, O (Bloch), 127
Prisão perpétua (Piglia), 243
Prolixidade do real, A (projeto de Piglia), 42, 78, 82, 94, 116
Proust, Marcel, 60, 156, 159, 165, 273
Províncias do Sul (Argentina), 253
Pucciarelli, Eugenio, 61
Pugliese, Osvaldo, 242
Puig, Manuel, 31, 55, 74, 76, 167, 241
Pulitzer, Prêmio, 149
Pulp Fiction (filme), 227, 229
Puntila (Brecht), 269
Punto de Vista (revista), 72, 74, 79, 83, 97, 110, 117, 125, 127, 134, 150-1, 157, 165
Pynchon, Thomas, 35, 68, 98

Q

Quadrado branco sobre fundo branco (tela de Malévich), 280
Quijano, Alonso (personagem), 171; *ver também Dom Quixote* (Cervantes)
Quiroga, Horacio, 240

R

Rabanal, Rodolfo, 31, 55, 122, 137, 152-3
Rama, Ángel, 25-6
Reagan, Ronald, 140, 149
Rechy, John, 35
Reed, Carol, 237
Reinhardt, Django, 157
Relatos argentinos (Groussac), 64
Renzi, Juan Pablo, 139
República, A (Platão), 220
Resnais, Alain, 134
Respiração artificial (Piglia), 61, 65, 76, 120, 123-4, 126-7, 129, 133, 135, 138, 147, 149, 154, 156-7, 159, 166, 195
Rest, Jaime, 134
Retirement Funds (Princeton), 292
Revolução Francesa, A (Rudé), 66
Ribera, La (Wernicke), 299
Rilke, Rainer Maria, 31, 309
Rio da Prata, 47, 250, 253
Rivera, Andrés, 22-3, 28, 30, 33, 61-2, 79, 86, 95-6, 117-8, 127, 130, 149, 151, 166
Rivera, Jorge, 74
Roa Bastos, Augusto, 21, 25-6, 48, 62-3
Roberto *ver* Cristina, Roberto Luis
Robinson Crusoé (Defoe), 50, 83, 274
Roma Antiga, 220, 307
Romero Brest, Jorge, 247
Rosa (avó de Renzi), 198-9
Rosa, Nicolás, 60, 74, 138
Rosario (Argentina), 210, 225
Rosa-Rodríguez, Luis Othoniel, 289
Rosas, Juan Manuel de, 49, 82, 137, 219
Rosita, 84
Rossini, Gioachino, 234
Rossmann, Karl (personagem), 179
Roth, Philip, 35
Rothko, Mark, 280
Rousseau, Jean-Jacques, 24

Rozitchner, León, 31, 61, 156, 200
Rudé, George, 66
Ruggiero, Juan (Ruggierito), 240
Rulfo, Juan, 98, 219-20
Russell, Bertrand, 140
Russell, Bill, 29
Rússia, 296; *ver também* União Soviética

S

Sacher-Masoch, Leopold von, 43
Saer, Juan José, 31, 55, 60, 69, 83, 155, 166-7, 176, 236, 299
Sainz, Cecilia, 234
Sainz, Gustavo, 184
Sainz, Mariana (Kiwi), 234-5, 238
Salgán, Horacio, 232, 242, 271
Salvaje en el espejo, El (Bartra), 304
San Diego (Califórnia), 15, 27, 33, 202, 271
San Francisco (Califórnia), 144, 191, 231
Sánchez Ferlosio, Rafael, 307
Sánchez, Néstor, 271
Santa Cruz, Universidade de, 153
Santa Fe (Argentina), 20, 63, 69, 85
Santoro, Roberto Jorge, 152
Sarlo, Beatriz, 26, 36, 38, 40-3, 48-9, 55, 60, 62, 64, 73, 75, 87, 97, 117, 122-3, 125, 136
Sarmiento, Domingo Faustino, 19-20, 25, 28, 35, 51, 55, 58-9, 63, 65, 70, 72, 77, 85, 91, 133, 160, 193, 219
Sartoris (Faulkner), 108
Sartre, Jean-Paul, 11, 124, 155, 161, 227, 242, 297
Sazbón, José, 21, 28, 31, 40, 94, 133, 135, 147, 150, 155, 166
Schaeffer, Jean-Marie, 281
Scharlach (personagem), 138
Schavelzon, Guillermo (Willy), 41
Schönberg, Arnold, 47, 189, 232-3

Schopenhauer, Arthur, 238
Schreber, Daniel Paul, 101
Schubert, Franz, 232, 287
Sciarretta, Raúl, 38
Scola, Ettore, 40
Seara vermelha (Hammett), 228
Segunda Guerra Mundial, 98
Selvagens, Os (Ferécrates), 304
Semán, Elías, 30, 36, 74, 86, 112, 131
Semprún, Jorge, 79
Senador (personagem), 41, 113-4, 116, 119, 127, 134, 138; *ver também* Ossorio
Senso (filme), 59
Sequestrados de Altona, Os (Sartre), 242
Ser e o nada, O (Sartre), 297
Sete loucos, Os (Arlt), 100, 132, 179
SHA (Sociedad Hebraica Argentina), 137
Shakespeare, William, 21-2, 96, 173, 221, 242
Shankar, Ravi, 237
Shaw, Joseph T., 227
Sherazade (personagem), 53
Shere Khan, tigre (personagem), 295
Shoah (documentário), 199
Shu, Lin, 285, 286
"Si hoy fuera ayer" (tango), 239
Siberia blues (Sánchez), 271
Siglo XXI (editora), 24, 28, 117
Simon, David, 273
Singer, Isaac Bashevis, 283
Sívori, Enrique Omar, 295
Smith, Bessie, 157
Snopes, família (personagem), 108
Sociedade Teosófica, 281
Sócrates, 123, 126
Sol que declina, El (Dazai), 294
Solano López, Francisco, 21
Solidariedade (movimento operário polonês), 148
Soljenítsin, Alexander, 64, 66-7
Som e a fúria, O (Faulkner), 145

Sombart, Werner, 59
"Sombras sobre vidrio esmerilado" (Saer), 145
Sombras suele vestir (Bianco), 220
Sommers, Joseph (Joe), 34, 80
Sontag, Susan, 128
Soriano, Osvaldo, 19, 201
Speak, Memory (Nabokov), 31
Spinoza, Baruch, 162
Spivakow, Miguel, 103
"Spleen" (Baudelaire), 222
Stalingrado (Kluge), 290
Stendhal, 124, 248, 285
Stern, Grete, 135
Stravinsky, Ígor, 27
Stupía, Eduardo, 301
"Suave é a noite" (Piglia), 41
Sudeste (Conti), 299
Suécia, 188
Sugar Ray Leonard (boxeador), 285
Suíça, 190
Sumo sacerdote Coreso sacrificando-se para salvar Calirroé, O (tela de Fragonard), 280
Sur (revista), 92, 96-7, 102
Symphony for Improvisers (disco), 271
Szpunberg, Alberto, 24

T

Tâmisa, rio, 299-300
Tão triste como ela (Onetti), 222
Tarantino, Osvaldo, 232
Tarantino, Quentin, 227, 228
Tardewski (personagem), 97, 99, 101-3, 105, 114-5, 126-7, 134, 140
Tarkovski, Andrei, 228
Tatum, Art, 232
Taxi Driver (filme), 149

Tchékhov, Anton, 278, 298
Tcherkaski, Osvaldo, 62, 130
Teatro Colón (Buenos Aires), 230
Teatro Del Picadero (Buenos Aires), 132, 154
Teatro San Martín (Buenos Aires), 190
Telemann, Georg Philipp, 95
"Tema do traidor e do herói" (Borges), 138
Tender Is the Night (Fitzgerald), 205, 240
Teogonia (Hesíodo), 220
Teorema (filme), 282
Teoría de la prosa (Chklóvski), 145
Teoria do romance (Lukács), 54, 126, 145
Terán, Oscar, 39, 73
Terceira fábrica, A (Chklóvski), 26
Terceiro homem, O (filme), 237
Terror e miséria do Terceiro Reich (Brecht), 129
Terrorism and Modern Literature (Houen), 294
Tesouro Federal (EUA), 293
Thays, Carlos, 184
Thelonius (jazz club de Buenos Aires), 230-3
Thurium (Itália), 220
Tiempo Contemporáneo (editora), 64
Times (jornal), 83
Tizón, Héctor, 309
"Tlön, Uqbar, Orbis Tertius" (Borges), 138
Tolstáia, Sofia, 302
Tolstói, Liev, 148, 161, 273, 275, 278, 296, 302
Tóquio, 294
Tortoni (café de Buenos Aires), 61, 92, 97, 130
Tosca (ópera de Puccini), 197
Town, The (Faulkner), 108
Tractatus Logico-Philosophicus (Wittgenstein), 140
Treme (série de TV), 273

Trenton (Nova Jersey), 267
Tres gauchos orientales, Los (Lussich), 36
Trinta e seis vistas do monte Fuji (pinturas de Hokusai), 280
Tristana (amante de Renzi), 59, 99, 142, 184, 193-6
Trofônio (personagem mitológico), 220
Troilo, Aníbal, 239, 242
Trótski, Leon, 205, 224, 225
Tucci, Terig, 233
Turguêniev, Ivan, 298
Twitter, 249, 273, 291
Tyniánov, Yuri, 79, 282

U

UBACYT (Programa de Ciencia y Técnica de la Universidad de Buenos Aires), 224
Ulisses (personagem), 52, 194
Ulla, Noemí, 42, 138
Ulmer, Edgar, 276
Último magnata, O (filme), 40
Últimos días de J. B. A., Los (projeto de Piglia), 120-1, 166
Ulysses (Joyce), 115, 144, 273, 290
Unger, Karl, 270
União Soviética, 21, 53, 67, 77, 131, 185, 216, 296, 308
Universidade da Califórnia (Irvine), 269
Universidade da Califórnia (San Diego), 15, 33, 70, 78, 202
Universidade da Pensilvânia, 281
Universidade de Buenos Aires, 249
Updike, John, 35
Urbanyi, Pablo, 26
Ure, Alberto, 69
Urondo, Francisco (Paco), 64, 152
Uruguai, 104, 190, 200

V

Vale das abelhas, O (filme), 28
Valéry, Paul, 74, 145, 248, 309
Van Heflin, 277
Varia (Gombrowicz), 146
Varsóvia, 65, 268, 308
Vascos, Los (vinho), 243
Vazeilles, José Gabriel (Pico), 136
Vega, José Fernández, 234
Vega, Lope de, 239
Venezuela, 25, 26, 94, 123, 156
Verdi, Giuseppe, 234
Vermeer, Johannes, 280
Vermelho e o Negro, O (exposição em Buenos Aires), 245
Vermelho e o negro, O (Stendhal), 285
Vezzetti, Hugo, 38, 41, 151
Vian, Boris, 271
Vida de A. Gramsci, A (Fiori), 71
Videla, Jorge Rafael, 26, 90, 149
"Viejo smoking" (tango), 251
Vigencia (revista), 150, 153, 155, 158
Villar, Teodolina (personagem), 240
Villegas, Enrique (Mono), 232, 239
Viñas, David, 27, 31, 39, 68, 103
Viola, Roberto Eduardo, 149, 153
Virgílio, 307
Visconti, Luchino, 59, 242
Vista do Delft (tela de Vermeer), 280
Von Wright, Georg Henrik, 136
Vonnegut, Kurt, 68

W

Wagner, Richard, 242
"Wakerfield" (Hawthorne), 20
Walesa, Lech, 178
Walsh, Rodolfo, 87, 131, 152, 297, 301
Warburg, Aby, 305-6
Washington Post, The (jornal), 149
Waves, The (Woolf), 134
Weigel, Helene, 39
Wellek, René, 145
Wenders, Wim, 87, 120
Wernicke, Enrique, 299
White Dog (restaurante da Filadélfia), 281
Williams, Raymond, 58
Wilson, Edmund, 282
Wire, The (série de TV), 273
Wittgenstein, Ludwig, 119, 124, 132, 135-6, 139-40, 146, 161, 238-9, 286
Wolfe, Thomas, 50
Woolf, Virginia, 134
WordPerfect, 201

X

Xul Solar, 280

Y

Yavi, marquesado de (Argentina), 309
Yeats, William Butler, 273
Yrigoyen, Hipólito, 23

Z

"Zahir, O" (Borges), 137, 240
Zama (Di Benedetto), 299
Zanetti, Susana, 42
Zárate (Argentina), 55
Zelarayán, Ricardo, 60

© Heirs of Ricardo Piglia c/o Schavelzon
Graham Agencia Literaria, 2017
www.schavelzongraham.com

Todos os direitos desta edição reservados à Todavia.

Grafia atualizada segundo o Acordo Ortográfico da Língua Portuguesa de 1990, que entrou em vigor no Brasil em 2009.

capa
Pedro Inoue
imagem da capa
Arquivo do autor
composição
Jussara Fino
preparação
Silvia Massimini Felix
índice onomástico
Luciano Marchiori
revisão
Ana Maria Barbosa
Huendel Viana

Dados Internacionais de Catalogação na Publicação (CIP)
—
Piglia, Ricardo (1941-2017)
Um dia na vida: Os diários de Emilio Renzi: Ricardo Piglia
Título original: *Los diarios de Emilio Renzi: Un día en la vida*
Tradução: Sérgio Molina
São Paulo: Todavia, 1ª ed., 2021
336 páginas

ISBN 978-65-5692-144-0

1. Literatura argentina 2. Diários
I. Molina, Sérgio II. Título

CDD 868.9932
—
Índice para catálogo sistemático:
1. Literatura argentina: Diários 868.9932

todavia
Rua Luís Anhaia, 44
05433.020 São Paulo SP
T. 55 11 3094 0500
www.todavialivros.com.br

fonte
Register*
papel
Munken print cream
80 g/m²
impressão
Geográfica